人生简史

我活了上千年

A Brief History Of Life

章剑华 著

作家出版社

图书在版编目（CIP）数据

人生简史：我活了上千年 / 章剑华著. -- 北京：作家出版社，2025. 4. -- ISBN 978-7-5212-3300-1

Ⅰ. I267

中国国家版本馆 CIP 数据核字第 2025PW8990 号

人生简史：我活了上千年

作　　者：章剑华
责任编辑：赵文文
封面题字：章剑华
装帧设计：南京爱德印刷有限公司
出版发行：作家出版社有限公司
社　　址：北京农展馆南里10号　　邮　　编：100125
电话传真：86-10-65067186（发行中心）
　　　　　86-10-65004079（总编室）
E-mail:zuojia@zuojia.net.cn
http://www.zuojiachubanshe.com
印　　刷：南京爱德印刷有限公司
成品尺寸：155×230
字　　数：312千
印　　张：26.75
版　　次：2025年4月第1版
印　　次：2025年4月第1次印刷
ISBN 978-7-5212-3300-1
定　　价：88.00元

游走在官场与文坛之间

——题记

目　录

第二章　少年时光

太阳升起来了！崭新崭新的，鲜红鲜红的。它不耀眼，看得一清二楚，看得心花怒放。它就是少年，多么漂亮，多么帅气！

第三章　青春之歌

太阳升高了，高悬在晴空万里的东方。它光芒四射，把自己的光与热慷慨地投向大地。这是早晨八九点钟的太阳。这是一首青春之歌！

第五章　人到中年

太阳在慢慢移动，移动得如此之慢，你似乎感觉不到它的移动，但当你无意间抬头一望：啊！太阳已经在头顶上了！人也是这样，总有一天让你蓦然一惊——已经中年了。

第六章 使命在肩

太阳开始有点往下走了，但热度不减，照得大地火辣辣的。此时的太阳就是50岁的你，继续无保留地发出你的光和热。

第七章 春华秋实

夕阳西下，映红了天边的晚霞。夕阳是成熟了的朝阳。它虽然没有朝阳那么鲜亮与艳丽，但比朝阳执着与凝重。60岁的你，虽是夕阳，并非落日。

引言一 我活了上千年

苏格拉底说过，认识自己，方能认识人生。

每个人有每个人的人生。我是我，我有我的人生。你是你，你有你的人生。

前几年火爆的电视剧《人世间》，是根据梁晓声的同名小说改编的。小说从20世纪70年代写到改革开放后的21世纪初，将几代人跌宕起伏的人生经历，嵌入中国社会近五十年来发生的上山下乡、恢复高考、改革开放、反腐倡廉等重大社会变局中，既写他们生活的磨难与困苦，更写他们怀揣梦想艰苦奋斗的尊严与荣光。他们中有的通过读书改变命运成为社会精英，有的子承父业努力打拼辛劳谋生，其性格命运虽各有不同，但始终恪守原则做一个好人。这些人在完成各自人生使命的同时，也书写了一部当代中国百姓的生活史诗，展示了波澜壮阔的中国社会巨变。

我早就看过这部小说，再看改编的电视剧，更有许多共鸣与感慨。作品中的主要人物与我是同龄人，经历了同样的社会变迁和发展进程。我总觉得，我们这代人是非常特殊的一代，也是非常幸运的一代。特殊的年代给了我们特殊的生命体验，拉长了我们的生命长度，更造就了我们的生命价值。

我出生于1957年，但我常常觉得自己活了上千年。为什么这样说呢?

那时候，农村还没有通电。没有电，意味着人们的生产方式非常原始，不说刀耕火种，也是“脸朝黄土背朝天”，完全是简单而繁重的手工作业。生活方式也是这样，住的是茅草矮房，吃的是粗茶淡饭。一到晚上，到处一片漆黑，伸手不见五指，家里点的是煤油灯，发出极其微弱的光亮，有一丁点儿的风就会把灯吹灭，所以大人小孩天黑后就只能上床睡觉了。

这显然与上千年前的农耕社会相差无几。而在短短的六七十年中，我国跟随时代发展的步伐，逐步实现了工业化、信息化，正在迈向智能化和现代化，无论是社会发展、城乡面貌，还是人民生活，都发生了天翻地覆的巨大变化。真可谓“山中方一日，世上已千年”。

而乙巳春节，这种感觉尤甚。我不禁写了一首歌词——

我出生在没有电的年代
黑暗主宰着每一个夜晚
鬼火在漆黑的田野里游弋
煤油灯点亮了破旧的窗台

时代的潮流汹涌澎湃
电灯电话，高楼大厦
电视机打开多彩的世界
电脑与手机连接五洲四海

横空出世的奇妙AI

穿梭过去现在与未来

现代文明如童话般的存在

引发我活了上千年的感慨……

说是上千年，实则也就六七十年的时光。对于我来说，人生之旅中的许多事情就像空中的蒲公英一样，飘然而去。而生命中的一些东西，像大风大雨过后的泥土，被冲刷、被洗礼、被沉淀，直至融入生命的最深处；又像万年火山喷发的岩浆，涌流出来后凝固成巨石，成为我生命河床中最坚硬的底部。

在我的生命河床中，童年和少年是在家乡度过的。我的人生转折点是在1977年，中央作出了恢复高考的决定。我有幸参加了高考，获得到外地求学的机会。

之后，因自己的努力和各种机缘，从农村调到县城，又从县城调到省城，大致经历了人生中重要的“四个十年”：十年文字秘书，从大队书记的秘书、公社书记的秘书、县委书记的秘书，到省委书记的秘书；十年电视台台长，从省有线电视台台长到省广电总台台长；十年文化厅厅长，其间兼任过省委宣传部常务副部长；十年文联主席，现在正在任上。

三年前，不知什么缘故促使我独自去了一趟南京汤山猿人洞。那天雨过天晴，我伫立于汤山之巅，头顶是碧蓝无际的苍穹，脚下是五十万年前南京猿人生活的葫芦洞。此时此刻，仰观宇宙之大，俯察品类之盛，获天地之灵感，得祖先之暗示，遂有顿悟。人生犹如爬山。到我这个年龄，已抵达人生高坡，就像我立于汤山之上。放眼望去，一边是来时的路，一边是归去的路。在这时，似乎也看清了自己的人生之路——以前是爬坡，以后是下坡。现在的我，已经到了可以客观地回顾与展望自己人生的年纪了。我要站在人生的高处，多停留一会儿，让时间的子弹多飞一会儿，从容不迫地追问一下自己是谁，好好整理一下自己，领略一下人生的风景，进而对自己、对人生有全面正确的自我认知。

那天以后，我就在自己的微信公众号开设了《人生简史》栏目，既讲广义的人生，也讲狭义的人生，重点是把我自己的人生经历、体验和感悟记录下来。需要特别说明的是，我不想写成自传，因为自传以记述自己的生平事迹为主，而我没有什么突出的事迹和成就，没有资格来写自传。我写的当属随笔杂谈之类，亦可说是散文吧，主要是回顾人生经历，畅谈人生感悟，既按时间顺序又按人生逻辑来写，大约每十年为一章，但也会有时空上的交叉，尽兴而为，即兴而写。

我希望我写的东西，就像与你聊天一样，不那么一本正经，不那么字斟句酌，有什么说什么，尽量自然些、真实些，尽可能让你看得轻松自在，知道我是谁——我的人生——我们这一代的人生，并从中获得共鸣和启迪。

引言二 人生的目录

人生是一个生命过程。这个过程可以划分为各个阶段，通常用年龄来划分：一年一岁，这是最基本的划分。如果从大的阶段来划分，可划分为幼年、少年、青年、中年、老年五个阶段。

古人划分得更细一点：人之初生为婴儿，满周岁称襁褓，2至3岁称孩提，女孩7岁称髫年，男孩7岁称韶年，10岁以下称黄口，13至15岁称舞勺之年，15至20岁称舞象之年；女孩12岁称金钗之年，13岁称豆蔻年华，15岁称及笄之年，16岁称碧玉年华，20岁称桃李年华，24岁称花信年华；男子20岁称弱冠，30岁称而立之年，40岁称不惑之年，50岁称知命之年，60岁称花甲或耳顺之年，70岁称古稀之年，80岁称杖朝之年，80至90岁称耄耋之年，100岁乐期颐。

2017年，总部设于瑞士日内瓦的联合国世界卫生组织（WHO），对全球人体素质和平均寿命进行测定，对年龄划分标准作了新的规定：44岁以下为青年人，45岁至59岁为中年人，60岁至74岁为年轻老年人，75岁至89岁为老年人，90岁以上为长寿老人。这个最新的年龄段划分，将人类衰老期推迟了十年左右，这既符合人类寿命延长的实际，也有利于人们坚定心理健康和抗衰老的意志。

我曾把人生比喻为自然界的春夏秋冬，即把人生划分为四季：

人之春，从呱呱坠地的婴儿到稚气未脱的少年，那是阳光开朗、茁壮成长的时期；

人之夏，从青春飞扬的青年到壮怀激烈的中年，那是热情似火、拼搏奋斗的时期；

人之秋，从负重前行的中年到老有所乐的老年，那是走向成熟、收获果实的时期；

人之冬，从满目晚霞的老年到寿登耄耋的晚年，那是颐养天年、延年益寿的时期。

也有人把人生用标点符号来表示。童年是问号，小时候惊奇的眼睛里永远是数不清的为什么；少年是等号，有些问题知道答案了，还有许多问题在等待弄清；青年是惊叹号，正如早晨八九点钟的太阳，激情四射，创造奇迹；中年是逗号，成家立业，可以稍微歇会儿，但还要努力往前走；老年是句号，安享晚年，画上一个圆满的句号。

有一首打油诗，对人生过程作了这样的描述：零岁闪亮登场，十岁茁壮成长，二十为情彷徨，三十打拼闯荡，四十基本定向，五十回头望望，六十告老还乡，七十搓搓麻将，八十晒晒太阳，九十躺在床上，一百照片上墙。这显然有点调侃的成分。

在我看来，对于人生阶段的划分，还是孔子最为高明。当然，孔子也有局限性，他是根据自己的人生来划分和总结的，他只活到72岁，所以，他只把人生划分到70岁。而如今时代不同了，生活和医疗条件改善了，人的寿命增加了，百岁老人有的是，据说再过十年，随着科学技术的突破，人的寿命将普遍达到百岁以上。

不管你信不信，反正我是信了。我们现在对人生阶段的划分，应以百岁计，在孔老夫子的基础上作点扩充，把人生划分为：十岁不愁，二十不悔，三十而立，四十不惑，五十知命，六十耳顺，七十从心，八十耄耋，九十无畏，一百无限。

这不妨作为人生的目录。

当然，每个人的人生不尽相同，所以，其目录也不是整齐划一。网上曾有过一首很火的新诗，是一个美国人写的，题目是《走在自己的时区里》，翻译过来是这样的：

> 在时间上，纽约走在加州前面三个小时，但加州并没有变慢。
>
> 有人22岁就大学毕业了，但等了五年才找到工作！
>
> 有人25岁就当上了CEO，却在50岁去世了。
>
> 也有人直到50岁才当上CEO，最后活到了90岁。
>
> 有人依然单身，而别人却早已结婚。
>
> 奥巴马55岁退任总统，而特朗普却是70岁才开始当。
>
> 世上每个人都有自己的发展时区。身边有些人看似走在你前面，也有人看似走在你后面。
>
> 但其实每个人在自己的时区有自己的步程。
>
> 不用嫉妒或嘲笑他们。他们都在自己的时区，你在你的！
>
> 所以，放轻松。你没落后，你没领先。
>
> 在命运为你安排的属于你自己的时区里，一切都非常准时。
>
> 好，别忘了危机与奋斗。
>
> 难，别忘了梦想与坚守。
>
> 忙，别忘了读书与锻炼。

人生，就是一场长跑。

的确，人生就是一场长跑。我们也可以说，人生就是一次长途旅行。有人说，我们从降生的那一刻起，就坐上了生命的列车。经过一个个大小车站，经历一次次上车下车，有父母及兄弟姐妹的陪伴，也结识了许多新老朋友，还遇到了心上人，后来成为自己的爱人，当然，也许也会碰到不讲道理的人甚至坏人。总之，一路都是风景，都是故事。我们怀揣梦想，迎接挑战，历经艰辛，面对离别……就是不回头，总是往前走。

每一个人都有自己的人生目录。人生的目录是人生过程的标注。我们应当重视人生的过程而不是人生的结果。人生的结果都是一样的，皆为死亡，没有区别。上自帝王将相，下至黎民百姓，概莫能外。人生的真正意义在于人生的过程。人生的过程五彩缤纷、丰富多彩，有奋进也有彷徨，有坦途也有曲折，有苦恼也有欢乐，有失败也有成功。这才是人生的意义和价值所在。正如英国哲学家、数学家伯特兰·罗素所说，幸福与否，不在于目的的达到，而在于追求的本身及其过程。

因此，我们应当时刻把握人生的过程。这个过程，就是我们为人生之书开出的那份目录。人生的目录为我们划分了人生中的各个阶段。

让我们按照人生的目录去开启和书写自己的人生吧。

冲开暗蓝色的天幕，鲜红的朝阳喷薄而出。从呱呱坠地的婴儿到幼小童年，犹如旭日之初升，开始了人生的清晨。

第01章 人生之初

生命的孕育竟如此奇妙和不易

我们每一个人的生命都源于母亲的孕育，母亲赋予了我们宝贵的生命。那么，人的生命是怎样孕育而成的呢？

人类是人的总称。具体到每一个人，其生命的形成虽然并不漫长，却是那样的奇妙和不易。

我们不妨到神话传说中，重温一下亚当与夏娃的故事：

上帝用六天创造了世间的万物。造人，是上帝最后的也是最神圣的一项工作。最初的时候，天上尚未降下雨水，地上却有雾气蒸腾，滋生植物，滋润大地。上帝便用泥土造人，在泥坯的鼻中吹入生命的气息。

这就创造了有生命的人。上帝给他起名叫亚当。亚当出生后倍感孤独，上帝就想为他造一个配偶，于是便在亚当沉睡时取了他的一根肋骨，并用这根肋骨造了一个女人，取名夏娃。

上帝把夏娃领到亚当的面前，亚当立刻意识到这个女人与自己生命的联系，心中充满了快意与幸福，便脱口而出：这是我的骨中之骨、肉中之肉啊！

这就是传说中人类的生命之源。亚当的含义是“人”，夏娃的含义是“生命之母”。

传说中，上帝创造人的生命是如此简单，如此轻而易举。其实，哪有那么容易的事啊。且不说从宇宙的形成到人类生命体的形成，经历了上百亿年的千变万化，就其单个生命体的形成而言，也是相当地复杂。

我听过施一公教授题为《面对生命之谜的不懈追问》的精彩演讲。在这个演讲中，他从现代科学的视野向我们讲述了我们个体生命的形成过程：

> 也许你并不知道，男女做爱时会排出2亿—4亿个精子，而其中大约有500万个精子同时游向它们的终点——卵子。精子在前进过程中，沿途要受到子宫颈黏液的阻挡和子宫腔内白细胞的吞噬，最后到达输卵管的仅有数十条至一二百条。
>
> 到达这里的每一个精子在卵子表面不停地游逛，寻找一个入口，找到合适的位点以后，就分泌出一些酶，然后钻进去。
>
> 虽然这支队伍拥有上百之众，但最终能攻破卵子的却只有一个！
>
> 卵子的外层被一层透明的薄膜保护着，这使它看起来像一个悬浮在天体中漂亮的星球。克服重重障碍的精子终于与卵子相遇，卵子外膜成为它们第一道需要攻克的关卡。

经过努力，精子的头已经成功地钻了进去，中部和尾部还在外面，它就像一个不断旋转的钻头，在尾部拍打的驱动下努力进入卵子。

卵子很聪明，也很专一，一般不会让第二个精子再有机会，所以一有精子进来，马上把入口封闭起来。

精子完全进入卵子体内后，通过核的融合，形成一个新的细胞，即受精卵。受精卵开始发育，逐渐分裂为2个细胞，再分裂为4个、8个、16个细胞。此时，受精卵还在子宫外面游逛，但逐渐向宫腔方向移动，在移动中继续分裂下去，形成64个、128个细胞，3—4天后到达子宫，8天后胜利着床。

着床后，便开始了十月怀胎的漫漫征程——

4个礼拜，胎儿开始有了心跳；6个礼拜后，人形已隐约可见；到第4个月，胎儿从5厘米长到10厘米；5个月后，胎儿全身长出细毛，头发、眉毛、指甲已基本齐备；到第7个月后，胎儿体重达到近1000克，且有了人脸，但皱纹很多，相貌像老人似的。

再过两个月，胎儿全身开始出现皮下脂肪，身体变成圆形的，皮肤开始有了光泽和肤色。到了10个月的时候，胎儿的皱纹已消失，头盖骨变硬，此时胎儿大脑发育非常之快，各种神经突触迅速扩大……

一个新的生命就这样形成了！

当你知道生命产生孕育的过程，你是不是觉得特别的震撼、特别的神圣，也特别的不简单、不容易。

我们不禁赞叹道，生命的形成原来如此美妙又如此不易！

你我竟是从亿万个精子中脱颖而出的！

人的生命是一个奇迹。在无限的时空中，在无数个因素的恰巧组合中，才产生了这样一个特定的生命个体，以后也许永远不会有同样的机会了。

当我们知道了生命的来之不易，就要更加珍惜自己的生命。每个人的生命只有一次。生命具有最基本的价值，它是我们拥有其他一切价值的前提条件。没有生命，其他一切都无从谈起。

生命，是人生的载体与平台，是人生的意义所在和价值所依。

人的降生是一件伟大而神圣的事情

古时人们认为，人的降生与天象有关。而且，在一些历史典籍和文学作品中，伟人、名人、奇人的降生，一般都会有奇异天象的出现。

这里不妨举几例：

先说孔子。有书记载，孔子是黑帝的孩子，颜徵在熟睡时被请到天上与黑帝相交之后便怀上了孔子。一天，天上突然出现一只麒麟，随即缓缓地落下。瞬间，天地间响起了美妙的音乐，两条龙盘旋在屋梁上。这时有位仙翁降临，和颜悦色道，将有圣子降世。随后，一只凤凰落在颜徵在身旁，于是孔子降生了。

再说刘邦。据说，刘邦的母亲刘媪在外出时，突然天象巨变，雷电交加，刘母便晕了过去。之后人们便看到一条紫金色的巨龙缠绕在刘母的身上，人们叫她也没有任何反应，之后金龙就消失了。人们问刘母什么情况，她却说不出来，过几天便发觉自己怀孕了。一天，天的东南方有金光紫气。

那天，刘邦降生了。

又说朱元璋。有一个传说，朱元璋的母亲怀他时，曾经梦到一位老神仙，给她一粒闪着金光的药丸让她吃下，第二天朱母醒来后就感觉嘴里香气四溢。后来朱元璋出生时，红光冲天，人们以为着了火，纷纷赶来救火，到了之后才发现原来是孩子出生时带着红光。

像这样的传说还有许多，显然是著书立说者的想象虚构或牵强附会，无非是借奇异的天象来表明此人非一般人物而已。

可以肯定的是，任何人的出生都与天象无关，更不可能出现所谓的异常天象。即使有，也是偶然，并非必然。平常人出生时，说不定也会遇到特殊的天象和奇异的情况。

母亲就曾告诉我，我出生前的几天里，天天大雨，昼夜不停，而我出生的那天早晨，大雨居然戛然而止，阳光透过窗户照在母亲的床上。有乡亲见到，都说是吉祥之光。而我与千千万万的人一样，极其普通而平凡。

古时人们认为，人的出世除了天象，还与生辰八字有关，而且关系很大。

每一个人从出生的那一刻开始，就有了出生年月日和时辰，这些时间根据阴阳五行学说，可以转换为一个人的四柱八字：年柱是我们的根基所在，月柱则主导着我们主体的强弱，日柱则代表昌盛与否，时柱代表我们获取的人生果实。故而，出生的时间与人的命运紧密相连。通过一个人的生辰八字，可以大致分析出一个人的财运以及事业、学业、家庭、情感、健康等各个方面的情况。

而我以为，人的命运与生辰八字也无多大关系。人的出生都是自然而然的事。

比如《圣经》在描写耶稣出世时，就很一般。说是玛利亚将要临产时，无奈遵政府之命与丈夫约瑟一起来到伯利恒，此时天色已昏，而两人未能找到旅馆过夜，只有一个马棚可以临时住下。就在那天晚上，耶稣平安地降生了。你看，耶稣的出生毫无特别的征兆，平淡无奇。

无论是伟人、奇人和名人，还是普通人，出生时的状况大抵都是一样的，都是在母亲难以承受的阵痛中出生的。

婴儿出生时，往往会发出来到这个世界的第一声啼哭。

至于人出生的那一刻，为什么是啼哭而不是欢笑？俗界、佛界、医学界各有各的说法和理解。记得《白鹿原》里有一段冷先生对白嘉轩说的话："兄弟，我看人到世上来，没有享福的，尽是受苦的。穷汉有穷汉的苦楚，富汉有富汉的苦楚，皇官贵人也是有难言的苦楚。这是人出世时带来的。你看，个个人都是哇哇大哭着来到这世上，没听说哪人落地头一声不是哭而是笑……"在冷先生看来，人出生时的第一声啼哭，是因人生将来的苦楚而发出的，或者是报告着人生将要到来的苦楚。

我不这么认为。虽然我不知道人出世时为什么发出的是哭声而不是笑声，但我知道新生儿的第一声啼哭并不是因为苦楚。而且，这一声啼哭特别重要。不仅向父母家人报告他的到来，而且证明婴儿小小的肺部已经开始正常工作了。婴儿的哭声越响亮、越清脆、越顺畅，就表明婴儿越健康。妈妈最想听到自己孩子的第一声啼哭。这哭声，是父母的笑声、家庭的福音和未来的希望。

我曾经对自己出生的情景做过这样的描述：

> 1957年农历九月初七的清晨，月隐了，星遁了，灰褐色的雾霭正悠缓地消融。河水像往常一样流过这座小桥，天边一片铁青，些微现出白意，不一会儿，霞光照耀在大地上，也照进了街西一户人家的窗口。这时，

这家传出了一声裂帛似的啼哭：“哇——”

我出生了。出生在这个不见经传却有着浓厚水乡气息的小镇。

随着我的第一声啼哭，满屋紧张的气氛顿时变成了一片欢乐。尽管我是父母的第四个孩子，但父母还是为我的出生而无比高兴。我的两个哥哥以及还不太懂事的姐姐也由衷地欢迎我的到来。全家人沉浸在喜悦之中。

我的这段记叙与描写，明显带有一定的文学色彩。我不可能知道我出生时的情景，全凭母亲曾经对我的讲述，并加入了我的想象。我这样写的目的，是为了告诉人们——

人的降生，是值得欢笑与庆贺的。

人的降生，那是一件伟大而神圣的事情。

人的降生，拉开了人生的帷幕。

微弱的生命之焰

人刚出生时，生命总有相当程度的脆弱性和危险性。即使平安降临，初生婴儿也是极其脆弱的。在漫长的历史时期里，婴儿的成活率都是很低的。即使到了科学和医学发达的今天，婴儿的成活率也不是百分之百。所以，人们对于刚刚出世的婴儿，总是特别细心地呵护。

在译林出版社出版的樊锦诗《我心归处是敦煌》一书中，这位“感动中国”的著名文博专家在自述中，这样谈到了她出生和幼婴时的状况：

1936年7月9日，我出生于北平。我出生的时候，家里已经有了一个大姐，我和二姐是双生子。我是在协和医院出生的。我和姐姐是早产儿，出生的时候才六个半月。听祖母说，我们生下来的时候，大腿就只有她大拇指那么粗。由于我们严重不足月，医院不让出院，需要放在暖箱里观察。现在想想，如果不是在协和医院，以当时一般的医疗条件，估计我们早就没命了。

因为有两个孩子，母亲的奶水又不足，等我们出院的时候，她就雇了一个奶妈。姐姐由母亲亲自喂养，我就交给奶妈喂养。因为奶妈奶水很好，很快我各方面的指标都超过了姐姐。过了一阵子，我们到协和医院做检查，医生说这两个孩子，怎么一个胖一个瘦，是不是妈妈偏心。其实并非妈妈偏心，而是奶妈格外偏爱我，照顾我特别细心。

但我和姐姐毕竟是不足月的早产儿，又是双生子，从小体质就比较弱。特别是我，小时候多病多灾。因为先天不足，背也有点驼，就是一只“丑小鸭”。

比起这只“丑小鸭”，我则是只“丑小鸡”。我生于1957年，属鸡。我一出生就面临过一次生命的危机。

出生才三天，襁褓中瘦弱的我就开始发热，进而高烧不止，这使我父母万分焦急。而当时农村没有医院，没有医生，也无法送到远处的医院去治疗。母亲只能用她的奶水和一些传统土方维持着我的生命。发烧到第五天，我已奄奄一息了。街上的老人们都说，这孩子没救了。

初始的生命，游丝般纤细而脆弱。刚刚出世的我脆弱且糟糕，犹如哲人庄子所言，方生方死，生死相连。我一生下来就面临着死亡的威胁。

培根在《论死亡》一文中说，人类畏惧死亡，就犹如儿童畏惧黑暗。我当时还没感受到光明，也无所谓黑暗，谈不上对黑暗的畏惧，更无法意识到自己正面临着死亡的威胁，就像当时没有意识到自己的存在一样。

父母也不抱希望了，只能忧虑并无奈地日夜守护在我的身边。然而，奇迹发生了。到了第七天上午，我的高烧竟一下子退去了，没有任何治疗，没有任何迹象。而高烧过后，我很快恢复了健康，这个幼小的生命身上似乎什么都没发生。

后来，母亲每每提到我出生后的那段往事，总是说，奇怪了，真不知道怎么会一下子就好了。

生命就是这么神奇，但又并不奇怪。上帝创造了每一个生命，又在保护着每一个生命。

我所说的上帝，并不是宗教意义上的上帝，而是冥冥之中的一股无形的力量。它来自人的身躯之外，蕴含在人的身躯之内，主宰着人的生命和命运。这种力量，有些已被人们所认识，还有许多东西并没有为人类所认识、所掌握，存在着种种不确定因素，有内在的，也有外部的。所以，才有奇迹的发生。生命的奥秘就在这里。

我的生命初始，就是一束微弱的生命之焰，竟是那么微小，那么脆弱，那么弱不禁风。

微弱的生命之焰，在地球上的每种生物的体内都在顽强燃烧着，形成一条坚固的生物链，在每一个生命个体间建立联系，更使其与诞生、培育的自然法则相连接。而且，每个生命个体从诞生的那刻起，就具有了自身的力量。尽管很微弱，却很顽强，甚至创造出生命的种种奇迹。

寄蜉蝣于天地，渺沧海之一粟。这个地球上的所有生命体，几乎都是从幼小、微弱开始的。歌德说，大自然把人们困在黑暗之中，迫使人们永远向往光明。同样，大自然让生命体的起始如此弱小，也正是为了迫使其日后能够顽强地生长。

事实上，大自然中所有弱小的生命体，都蕴藏着巨大的生长力量和发展潜力，正如有人赞美的那样——

> 一枝从污泥里长出的夏荷，竟开出雪一样洁白纯净的花儿；
>
> 一条芝麻大小的蚁蚕，竟能在数月之后吐出3000米的长丝；
>
> 一粒细细黑黑的萤火虫，竟能在茫茫黑夜里发出星星般闪亮的光；
>
> 一株幼苗破土而出，竟能长成枝繁叶茂的参天大树；
>
> 一只毫不起眼的鸟儿，竟能在枝头唱出远胜小提琴的夜曲；
>
> 一条柔软无骨的蚯蚓，竟能在坚实的土地里如鱼在海中似的自由遨游。

我再加上一句：

一束微弱的生命之焰，竟能迎来人生的燎原之火！

人生起跑线

很长时间以来，人们总是煞有介事地说：别让孩子输在起跑线上！那么，起跑线在哪里？起跑线是否真的决定着人生的输赢？无疑，人生是一个过程，是一次旅程。既然这样，人生就必定有起点，有起跑线。问题在于起跑线设在哪里？

人出生以后首先进入婴儿期，一般是指从出生到3岁以前的一个阶段。在这个阶段，婴儿生长发育特别迅速，是人一生中生长发育最旺盛的阶段。从吃奶过渡到断奶，学会了人类独特的饮食方式；从躺卧状态、不能自由行动发展到能够随意运用自己的双手去接触、摆弄物体和两腿站立，并学习独立行走；从完全不懂语言、不会说话过渡到能运用语言进行最简单的交际交流，等等，标志着婴儿从一个自然的、生物的个体向社会实体迈出第一步。

但这并不是人生的起跑线。毕竟婴儿期还处在完全被动的无意识状态。只有到了幼儿期，才可以说是进入了人生的起跑线。

为什么这样说呢？

一般将3—6岁定为幼儿期。这一时期，小儿的生长速度减缓，而智能发育加速，活动范围增大，接触事物增多，语言、记忆及思维想象力增强，对外界环境产生极大兴趣和好奇心。这时正是智力开发的最佳期，实施教育的关键期。

意大利教育家蒙台梭利认为，教育使人成为人，而幼儿教育是关键的第一步。她曾在罗马贫民区建立“儿童之家”，招收3—6岁的幼儿。她运用自己独创的方法进行教育，结果出现惊人的效果。那些普通的、贫寒的幼儿，几年后心智发生了巨大的转变，被培养成为一个个聪明自信、有教养的、生机勃勃的少年英才。蒙台梭利的实验在世界范围内引起了一场幼儿教育的革命，人们也由此开始重视幼儿教育，把人生的启蒙教育提前到幼儿阶段。

我们这代人，尤其是出生在农村的人，是没有上过幼儿园的，到了7岁上小学的时候才开始接受真正系统的启蒙教育。现在无论是在城市还是在农村，幼儿园已经普及，这样，我国的启蒙教育也就自然提前到了幼儿阶段。幼儿教育是影响幼儿身体成长和认知、情感、性格等方面发展的有目的的活动，其主要任务就是使幼儿身心获得正常发展。为此，必须针对幼儿的特点实施正确的教育。

幼儿教育的内容与方法很多，但我认为，幼儿教育不是急于给幼儿灌输多少知识，而是要给他们以快乐，让他们多做游戏。这是我通过观察外孙女得出的结论。她在幼儿期时特别爱玩，特别喜欢做游戏。只要陪她做游戏，她就特别高兴，反之就不开心。有一次，她看到我在写东西，就对我说：“爷爷，你老是在写啊写的，有什么意思呢？陪我玩游戏吧，这多开心啊！”这是她的原话，我听了只好放下手中的笔来陪她玩。她玩的那些游戏，还真蛮有意思的，也有知识性。这给我补了幼儿教育这一课。

高尔基说过，游戏是儿童认识世界的途径。柏拉图则说，初期教育应是一种娱乐，这样才更容易发现一个人天生的爱好。英国教育家斯宾塞也说，孩子在快乐的时候，他学习任何东西都比较容易。这些话讲得都非常有道理，而且已被实践证明是非常正确的。

然而，我国在幼儿教育方面不同程度地存在一些问题。两年前，有一位叫西洛特的德国人，在苏州一所私立幼儿园当外教，后来却离职了。他说，他在中国看到4岁的孩子背拼音，5岁的孩子做加减法，甚至要读书背诗，这对只有几岁的幼儿来说简直就是天书。在这里，死记硬背成为幼儿教育的重要方法，管教和高压成为重要手段。而在德国，8岁的孩子只会栽花、除草什么的，简简单单地拆卸玩具，根本不知道1+1=2。他认为，中国一些地方的幼儿教育实质是对孩子的一种摧残。西洛特的这番言语，当时刷爆了中国的互联网，现在还不时有人在朋友圈发关于他的帖子。

也许他说得有点过头，但这种情况确实是存在的。为什么会这样呢？这里面有多种原因，其中一个原因是开头提到的，人们总把"别让自己的孩子输在起跑线上"当作至理名言，并努力践行之。

客观地说，人生是有起跑线的，这个起跑线随着时代的发展提前到了幼儿阶段，而且，幼儿阶段的启蒙教育愈益显得重要。记得有记者问当年的诺贝尔物理学奖得主卡皮察："您在哪所大学、哪个实验室里学到了您认为是最主要的东西？"出人意料的是，卡皮察回答道："是在幼儿园。"他还如数家珍地说到在幼儿园里如何玩，如何做游戏，如何与小伙伴分享东西，如何摔倒了爬起来，等等。

可见，幼儿园对于幼儿的启蒙教育是何等的重要。正因为重要，如今择校从幼儿园就开始了。印度有部电影《起跑线》，说的是印度一年一度的幼儿园招生，1400多所幼儿园中排名前五的名园名额相当紧俏。服装店老板拉吉和妻子米塔坚持不能让孩子输在起跑线上，于是，夫妻俩试图跻身上流社会，试图托关系走后门，试图获得神明保佑，甚至不惜铤而走险使用非常手段，想尽办法追逐高耸的入学门槛。

我国的父母们又何尝不是这样呢？甚至有过之而无不及。其目的如出一辙，就是不能让孩子输在人生的起跑线上。其实，这是一个误区。幼儿的启蒙教育无疑是十分重要的，的确可以看作人生的起跑线。然而，起跑线并不能决定人一生的命运。

人生不是一场百米比赛，而是一场马拉松长跑。人生的输赢总是在终点，而不是在起点。千万不要以为起跑线能决定人一生的输赢，更不要觉得输了起跑线就输了一生。我们要重视幼儿的启蒙教育，但这只是教育的开始。我们要重视人生的起跑线，但以后的路更长、更远。

起跑线，只是人生之路的开始，还要一步一个脚印地走下去。

童年的困苦与欢乐

我们这代人，几乎人人都记得小时候唱的一首歌——

月亮在白莲花般的云朵里穿行，
晚风吹来一阵阵快乐的歌声。
我们坐在高高的谷堆旁边，
听妈妈讲那过去的事情……

这美丽悠扬的旋律，至今还能吟唱，并常常打开我对童年的记忆之窗。童年，人的一生中最美好的时光。每个人的脑海里总有一个挥之不去的童年，并留有很多深刻的记忆，

尽管我的童年并不是那么美好。

我出生的那一年，也就是1957年，马寅初在《人民日报》上发表了著名的《新人口论》。后来，他的人口理论非但没有得到重视，反而受到了批判。“批了一个人，错生几亿人。”我就是错生人群中的一个。

我是错生，又生不逢时。我的家乡在江南，是历史上闻名的鱼米之乡和天下粮仓。可就在我出生的那一年开始，因自然灾害等原因，我国进入了三年困难时期。那时严重缺粮，许多人因长期饥饿，得了浮肿病，陆续死去。我家因父亲是居民户口，当时还有少量的粮食配给，所以要比“纯农户”略为好些，但也好不到哪里去，家里常常有了上顿没下顿，先是“瓜菜代”，后来只能“糠草代”。

“妈，炒一点糠吃吃吧，糠又不算口粮。”小小的我实在饿得受不了，就常常这样向母亲哀求着。稻糠不算口粮，但也十分紧缺。母亲看着几个孩子饿得实在可怜，只好带着我们出去挖些可食用的野草，回家洗净后，做菜饭或菜粥给我们吃，这样至少可以让我们填些肚子。

我对3岁左右的事，几乎没有任何记忆了，唯有对这饥饿还留有深刻印象。

现在回过头来想想，这也未必完全是件坏事。常言道：难得少年穷。小孩需要穷过，才知道饥饿的滋味，才会有自觉觅食的欲望和本领，才会养成积极进取的习惯。乔布斯有句名言："Stay hungry，Stay foolish."意思是人应该经常保持在一种饥饿的状态。他是指思想上、精神上的，但肉体上也是这样。饥饿使人上进。我身上的一点上进心，是否与幼年时期经过的贫穷和饥饿有关呢？我想是有的。

我的童年是困苦的，但苦中有乐。我童年的欢乐来源于大自然的怀抱。田野里、河塘旁、大树下、草地上，是我童年的乐园；花草树木、鸟虫猫狗是我童年的朋友。我无忧无虑、自由自在地生活在原生态的世界里，尽情享受着大自然为我提供的充沛阳光、清新空气，同时也在不知不觉中获取了许许多多书本上没有的知识。

童年的欢乐还更多地来自那些童年的游戏。跳白果、滚铁环、打李逵、弹皮弓、掷铜板、放风筝、翻纸角、斗蟋蟀、捉迷藏……一天到晚、一年到头，玩不完，玩不够。这些儿时的游戏，虽然比不上现在孩子们玩的电子玩具、电脑游戏，没有那么神奇和刺激，但都是我们自己动手、自己发明、自己制造的，既奇妙，又激烈，有些还有点惊险。这给我们贫寒的童年涂上了斑斓的色彩，带来了无穷的乐趣。

在我的印象中，夏天是一年之中最快乐的时候。天越热，玩的东西越多，玩的时间越长。玩得最多的是粘知了、捉蜻蜓。我们预先准备一根长长的细竹竿，在顶端弯一个圆形的铁丝框，用线绑牢，再到屋檐下去寻蜘蛛网，用以蒙满铁丝框。待到中午最热的时候，便可粘住栖息在树上高歌的知了，有时一个中午能粘十几只知了。到了下午三四点钟，又去粘停歇在篱笆上的蜻蜓。有的蜻蜓特别大，全身五颜六色，还发着荧光，煞是好看。捉到这样的蜻蜓，我们就会在它的尾巴上拴一根线，然后拉住线的另一端，跟着蜻蜓边飞边跑。到了傍晚时分，则是钓鱼的最佳时候。渔竿、渔钩都是我们自己做的，土法上马，但很管用，往往一个傍晚能钓几十条小鱼。

要好的小伙伴之间经常互通有无，相互帮助。除了玩的东西，我们还时常把家里吃的东西偷出来一起分享。儿时的朋友都非常单纯和真挚。当然也会为了点小事争吵与打架，但很快就过去了，又聚在一起玩得不亦乐乎。

我的宜兴老乡——著名画家吴冠中先生在他的回忆录里曾这样写道：

> 我们都是赤脚伙伴，流鼻涕的多，长疥疮的也不少，我们玩得很欢、很亲密，常说悄悄话，至今忘不了他们的音容笑貌，他们永远跳跃在我对故乡和童年的怀念中。

我们的童年就是这样，生活是困苦的，而精神是愉悦的，身心是放飞的。

时间如白驹过隙，岁月如泉水飞流。我们的童年早已过去，但在我的记忆里，童年是一生中最美妙、最有趣的时光。每个人一生都会遭遇许多人和事，有些像是飞鸟掠过，渐去渐远；有些像天边的浮云，时隐时现，慢慢散去。唯有童年的一切，犹如夏日的小河永远流淌在心头，又如冬天那金黄色的树叶永远飞舞在眼前。

“童年呵！是梦中的真，是真中的梦，是回忆时含泪的微笑。”冰心的这首小诗，是对珍贵童年的最好诠释。童年并不遥远。

每每看到现在那些可爱的孩子，我都会联想起我们的童年。比起我们这一代，现在孩子们的物质条件真是太好了，简直就是生活在蜜罐之中。

这既是好事也是坏事。有些父母对自己的孩子太过娇生惯养，吃的、穿的、用的都要选最好的、最高档的，甚至餐具、衣服都要单独清洗与消毒，名曰科学抚养。

我常常想，有这个必要吗？我更担忧的是，现在的孩子非但没有一点饥饿感，反而往往营养过剩，吃不得半点苦，成了温室里的花朵。在城市是这样，有些农村也是这样，孩子们很少有接触大自然的机会，而所谓的高科技电子产品和新型玩具包围着孩子的日常生活。除了玩电子游戏，少有小朋友之间自己做的游戏。要么被关在家里，要么被送去上各种培训班，孩子们过早地接受书本知识教育，因此失去了许多童真、童趣。

“自然缺失”“童年缺失”已经成为常态。这实际剥夺了孩子们一生中最美妙、最有趣的时光。我真怀疑，“自然缺失”的教育能算得上真正的教育吗？失去童真童趣还算得上幸福的童年吗？

童年生活的贫困并不可怕，可怕的是扼杀孩子爱玩的天性。孩子的天性是大自然赋予的，大自然又能唤醒孩子的天性。在大自然里，孩子不需要大人教他如何去玩，他自然而然知道怎么去玩。对于孩子，玩就是学习，玩就是快乐，玩就是对未知世界的好奇与探求。如果孩子的童年没有自由自在的欢声笑语，没有在大自然里狂奔嬉闹，就失去了天性，失去了快乐，也失去了最好的学习课堂。

童年是人一生的原动力。一位心理学家曾对2776名青少年进行了长期的观察研究，发现他们当中那些小时候在大自然里无忧无虑游玩、充满快乐的人，长大以后幸福感更高，出现心理问题的概率竟少了60%，他们的观察力、想象力和创造力更强，更懂得热爱自然、热爱事业、热爱生活。

童年，不可逆转，需要珍视与呵护，更需要捍卫！把童年的乐趣还给孩子们吧，让他们尽情享受人生最初的美好，为他们丰盈的生命奠基。

习惯造就第二天性

我最留恋的是我的童年。童年的困苦与欢乐让我终生难忘。当然，童年良好的教育也使我终身受益。

说到童年的教育，人们自然会想到孟母三迁的故事。孟子是我国古代著名思想家。他小的时候非常调皮，他的母亲为了让他得到良好的教育，花了好多的心血。孟子家住在墓地的旁边，孟子就学着大人跪拜、哭号的样子，玩起了办理丧事的游戏。孟母看到了，觉得这样不行，就把家迁到了集市边上。到了这里，孟子又学起了商人做生意的样子，一会儿鞠躬欢迎客人，一会儿又招待来客，弄得像真的一样。孟母看在眼里，很不是滋味，又只好搬家。这次孟母搬到了学校的附近，孟子开始变得守秩序、有礼貌，还喜欢上了读书。孟母这才找到了儿子应该住的地方。

这个故事广为流传，影响至今。但很多家长没有弄懂这个故事的真正含义，甚至作为替孩子择校的理由。如今，择校热持续升温，弄得名校边上的房价飙升，出现天价，有的房子每平方米竟达10万元以上，甚至更高。许多父母负担不起，苦不堪言。殊不知，孟母三迁这个故事的要旨，并不是主张择校，而是在于强调家庭教育的重要性，强调培养孩子良好习惯的重要性。

在我看来，学校教育固然重要，但家庭环境、家庭教育对于儿童来说更为要紧。俄罗斯历史上最伟大的作曲家柴可夫斯基，1840年出生在乌拉尔的伏特金斯克城。父亲是一个冶金矿厂的总督察，他非常鼓励孩子学习音乐。母亲特别爱好音乐，很会唱歌，也会弹琴。因此，他们家庭充满了学习音乐的良好氛围。母亲引导柴可夫斯基养成倾听和欣赏音乐的良好习惯，让他逐渐爱上了钢琴，小小年纪就自觉地学习弹钢琴，母亲则认真地倾听和鼓励孩子的演奏，使柴可夫斯基自幼便显示出非凡的音乐才能，长大后成为一代音乐大师。可见，良好的家庭氛围和家庭教育，对于孩子养成好的习惯和健康成长起着很重要的作用。

我出生在农村的贫困家庭。虽然家庭贫困，我却同样接受了良好的家庭教育。这种教育，不是学音乐、学美术，不是上幼儿园、进兴趣班，那时农村根本没有这些条件。父母也没有教我什么知识、什么特长，他们既没有时间，也没有这种能力，然而，他们用他们的行动无形中影响着我、教育着我，使我从小受到熏陶，养成了许多好的习惯。

我家是半农户，父亲在供销社工作，母亲是农民。家里有近一亩的自留地，母亲除了参加集体劳动，还承担起自留地里的全部农活。锄地、担粪、挑稻等重活，本该都是由男人来做的，却全都落到了母亲的身上。农闲季节，母亲又在家里搞起了副业。我们那里靠近滆湖，也称西太湖，每年生产队都会给每户分些芦苇。母亲忙里偷闲，带着全家人搓草绳，织芦帘。那时我还小，就开始学搓草绳，每天还有定额的任务。稍大一点后，便学着织芦帘，身高够不着，就站在小木凳上。儿时不懂事，母亲为了教我搓草绳、织芦帘，不知费了多少口舌，比自己动手要费劲得多，她这样做，实际上是在教我从小养成勤劳的习惯。

父亲原来是宜兴城里人，日本鬼子进城后逃难到了乡下，从小成了孤儿，过惯了苦日子。结婚后，家里收入少、孩子多、负担重，父亲处处精打细算，省吃俭用，一分钱掰开两半用，从来不肯有一丁点儿的浪费，用微薄的收入维持着全家的生活。看着父母的艰难，让我从小懂得了甘苦和节俭。

父亲特别爱清洁，每天把家里打扫得干干净净。在他的影响下，农村出身的母亲也比较注意家庭卫生，她虽然很忙，但洗菜、洗碗、洗衣，从不马虎，把我们几个孩子料理得整整齐齐、清清爽爽。我也自觉地扫地、擦桌子，习惯于整洁干净的环境。

我家虽穷，但父母都有善良之心，尤其是母亲，总是想方设法帮助有困难的邻里乡亲。我记得有一年冬季，队里一位孤寡老人住的茅草棚被大雪压垮了，母亲就把这位老人接到家里来住，春节也是在我家过的，还嘱咐我们尊重和照顾好老人。

诸如勤劳、节约、爱洁、助人等好习惯够我一生受用。我切身感受到，习惯比知识重要。而如今，父母之于孩子，不太注重培养好的行为习惯，相反在不知不觉中让孩子形成了许多不良习惯。由于对孩子的溺爱，过分满足孩子的物质需要，吃最好的，穿最好的，想要什么就给什么；不让小孩参加适当的劳动与锻炼，娇生惯养，吃不了半点苦；加之有些父母不太注意自己的行为举止，比如说粗话脏话，整天玩手机电脑等，都给孩子造成了不良影响。现在的小孩，普遍存在懒惰、浪费、自私、任性等不良习惯，实在令人担忧。

习惯造就第二天性。它是一种非常顽强和巨大的力量，它能影响甚至主宰人的一生。因此，应该通过教育和各种方法，从小培养良好的习惯。俗话说，习惯成自然。良好的习惯一旦养成以后，便用不着借助记忆，容易自然而然地发生作用，演变成自己的行为方式和自觉行动。

我外孙女还小的时候，我们全家就比较重视培养她的好习惯。每天准时起床，绝不允许睡懒觉；从她会走路开始，无论天热天冷，每天带着出去走路，上午和下午各两个小时左右，风雨无阻；在外见到老人，都要叫爷爷奶奶，并主动上前握握手；穿的衣服基本上是大家庭里其他孩子的旧衣服，上商场不许闹着买东西；上幼儿园的路途虽远，但都是步行而去，从不用车子接送；现在我们正在培养她自己阅读的习惯和自我服务的习惯。我们这样做的目的，就是要让外孙女从小养成良好的习惯，从而健康快乐地成长。

童年时期是人生的起始阶段，同时也是各种行为习惯形成的关键期。我国著名教育家叶圣陶认为，教育就是培养习惯。有人认为，不是性格决定命运，而是习惯决定命运。这是不无道理的。从某种意义上说，培养孩子良好的习惯比什么都重要。因此，父母应该重视孩子良好习惯的培养与熏陶，包括生活习惯、阅读习惯、待人习惯等。孩子养成了好的习惯，一生受益。正如美国心理学家威廉·詹姆斯所言：

> 播下一个行动，收获一种习惯；
> 播下一种习惯，收获一种性格；
> 播下一种性格，收获一种命运。

写这一章时，正是早晨5点。我属鸡，闻鸡起舞。我从小就有早起的习惯，几十年如一日。这一习惯让我得益匪浅。我的写作，很多就是在早晨进行的。

从小看看，到老一半

奥斯卡·王尔德说，最初是我们造成习惯，后来是习惯造就我们。那么，习惯是怎么造成的呢？

中国有这样一句古语：三岁看大，七岁看老。小时候，我父亲经常对我们说，从小看看，到老一半。两个说法，一个意思，都是说，一个人小时候的性格习惯，在很大程度上决定了他一生的走向与命运。

据英国《每日邮报》报道，爱丁堡大学的研究人员发现，孩子7岁时的习惯尤其是阅读习惯会影响他们今后是否获得事业上的成功。研究者选取了17000人为对象，进行了长达50多年的跟踪调查。结果发现，如果孩子在7岁左右时有良好的行为习惯和阅读习惯，那么，他们在成年后拥有较好工作、较高收入、较好住房的可能性会明显增加。即使将家庭环境、教育方式等因素考虑进来，这样的关联依然存在。这证明了“三岁看大，七岁看老”的可信性。

我记得，小时候父母对我们兄弟姐妹的管教很严。严到什么程度？说来你也许不会相信，但我确实是领教过的：摔破一只碗，革掉一顿饭；在外做坏事，回家打屁股；晚上迟回家，不许进家门；成绩不优秀，面墙思过之。总之，父亲对我们的管束真是够严够狠的，这在方圆十里是出了名的。当时，我们很是委屈，甚至有些怨恨，但长大以后，我们非但没有记恨父亲，反而更觉父亲的良苦用心。没有父亲的严格教育，就没有我们良好的成长。

俗话说，棍棒底下出孝子。这是有一定道理的。宠是害，严是爱。树靠修枝成材，人靠严教成才。尤其是在一个人还没有真正懂事的时候，严加管教是必要的、有利的，肯定是利大于弊。当然，时代不同了，对孩子的教育不一定像我父辈那样采取棍棒式教育，但严格教育还是非常必要的。

而现在，家长对孩子的教育，普遍失之过宽，甚至溺爱与放纵，把孩子个个宠得像小皇帝似的。一家人都围着孩子转，不是大人说了算，而是小孩说了算，孩子要怎么样就怎么样。这样培养出来的孩子，养成了许多不良习惯，其结果是相当可怕的。复旦大学钱文忠教授坦言，我不相信教育是快乐的，请别再以爱的名义对孩子让步。千万别以为孩子还小就放纵自流，更不能用错了教育的方法。从科学的观点来讲，“三岁看大，七岁看老”的古训是很有道理的，它揭示了孩子心理和生理发展的一般规律，父母应该根据其规律对孩子实施正确引导与严格管教。

没有规矩，不成方圆。没有严管，不成习惯。从科学的角度看也是这样。管理学上有一条铁律，强迫成习惯，习惯成自然。其实，这并不玄奥，生物学中的条件反射也是这样形成的。

耶稣有句格言：把孩子交给我，只要七年，我就能还给你一个男人。从7岁的孩子便不难看穿他的一辈子，看到他一生的成就和命运。可见，三岁看大，七岁看老，并非耸人听闻。孩提阶段是人生的起始。这棵幼苗培育得如何，直接关系到今后能否成为参天大树。

英国有一部家喻户晓的纪录片《人生七年》，从英国不同阶层中挑选14个7岁的孩子，他们中有的是伦敦贵族家庭的孩子，有的是普遍工人家庭的孩子，有的来自农村，有的生活在福利院……纪录片展现他们当下的生活状态和行为习惯，他们也在镜头前谈论梦想和雄心壮志，以及对未来的展望与忧虑。然后，每隔七年，又重新采访他们，展示他们这七年走过的成长过程和生活道路。由此得出的结论是，家庭出身并不是最重要的，重要的是人的习惯。

这部片子是1964年开始拍摄的。那年，我也是7岁，我虽然不可能成为《人生七年》里的人物，但我人生初始的七年，开启和影响着我的一生。

有些路只能自己一个人走

我看过日本的一个视频短片《上学第一天》，曾一度在网上疯传，被称为日本催泪广告短片。这个短片的画面的确很感人、很唯美，解说词也很温馨动人，这里不妨抄录下来：

> 小女孩第一天上学，会希望妈妈跟着一起。暖心的妈妈总是带着微笑，鼓励你长大，路上小心。只是分开一下下，就会很寂寞，眼泪马上会冒出来。紧握着我的手的你，今天要你自己放开我的手，妈妈知道你其实很坚强。妈妈很高兴你长大了，好开心又好寂寞，也会祈求着你能够幸福。可是，今天，妈妈却觉得有一点寂寞，去吧，孩子。小小的肩膀肩负着希望，无论何时都相信着未来。我会看着你努力的身影，在你的背后一直保护守候着你。去吧，孩子，有些路，只能自己一个人走，爸爸妈妈不能永远陪着你，这就是成长。

这个短视频让我们感受到孩子上学第一天母亲的复杂心情，同时也感受到上学在人生中是多么重要的一步，留下了多么深刻的印记。我小时候，农村是没有幼儿园的，到7周岁的时候直接上小学。

小时候的事情大都模糊了，唯有小学第一天的情形还是那么清晰。

那是初秋的清晨，母亲与往常一样起得很早，忙着做早饭。我醒了，一骨碌爬起来，穿上衣裤，就去拿挂在床头的小书包。这是母亲用一块藏青粗布缝制的。见状，母亲说，上学还早呢，先吃早饭吧。吃早饭时，我的两只眼睛一直盯着新书包，怕它跑掉似的。吃完早饭，我就背上书包，急着要走。母亲问要不要送我去学校，我说不要，自己会去。母亲笑道，你第一天上学，妈妈还是送你去吧。接着，母亲帮我把书包斜搭在肩上，拉着我的手出了家门。

走到街东头的那座小石桥时，几个小伙伴已经在等我了。他们都没有大人来送，书包也都是旧的，我顿觉神气了许多。母亲温和地说，你们以后每天就在这里集中了一起走。小桥离小学很近，但小时候就觉得有点远了。路上要经过水塘、水田和水沟，母亲一边走一边嘱咐我们，要走在路的中间，千万不要在水塘边玩，也不要跳着过水沟。那天我们都比平时老实多了，听着母亲的话默默地点头。此时的水稻长得还不够高，微风吹过，犹如一层层绿浪翻过。在绿浪的尽头，就是我要去上的学校——油麻墩小学。我们在母亲的护送下到了学校。说是学校，其实就是两排平房，中间是一块平地和几棵小树。母亲没进校门，目送我们进了教室。

坐在粉刷一新的教室里，我是既新奇又胆怯。铃声响过，老师进来了。一看是赵老师，我顿时放松下来，因为赵老师就住南新街上，我从小就认识这位和蔼可亲的阿姨。赵老师微笑着对我们说，小朋友们，从今天开始，你们就是油麻墩小学的一年级学生了，我是你们的班主任赵老师。接着，赵老师给我们每个学生发了新书和写字本，然后说，今天我们的第一课，就是让我们一起来认识我们的学校、教室、同学和书本。就这样，赵老师娓娓道来，给我们上了上学第一天的第一课。

这便是我人生中的第一课，也是我接受基础教育的开始。现在我们讲的基础教育，包括了幼儿教育、小学教育和中学教育。那时农村没有幼儿教育，所以我的基础教育是从小学开始的。在我看来，真正的基础教育还是从小学开始。我们那个时候的基础教育比较重视德、智、体全面发展，除文化课外，还有写字课、唱歌课、劳动课、体育课，还有许多课外活动。虽然教育条件不能与现在相比，但回过头来看，是比较符合基础教育的规律与要求的。

九层之台，起于累土。基础教育尤其是小学教育是儿童接受学校教育的开端。这个阶段，实现着对于人生具有重要意义的教育转化：一是由任意的、自然的游戏活动向有目的、有计划的正规学习转化；二是由个体的、松散的群体活动向有组织、紧密型的集体活动转化；三是由口头语言为主向书面语言为主的转化。这些转化，一方面使儿童突破时空的局限，拓宽了学习与认知的范围，一方面让儿童在身心上从不成熟逐步走向成熟。

因此，这一时期的教育，在人的一生发展中起到重要的基础教育作用。小学的基础打得如何，会影响到孩子以后的学习与成长，甚至会影响到他们的一生。小平同志就曾指出，小学一年级的娃娃，经过十几年的学校教育，将成为开创21世纪大业的生力军。所以，教育要从娃娃抓起。

每年9月，新学期开学时，都会有许多孩子跨进小学的门槛，开始他们的“上学第一天，人生第一课”。许多家长也将护送或目送自己的孩子独自走上人生最为重要的学习之路。

这是动人的一幕。这是重要的一步。

播下自信与自尊的种子

古人说，十岁不愁。南宋辛弃疾词云，少年不知愁滋味。人在少年的时候，对世界充满好奇与向往，总是天真烂漫、自由自在、无忧无虑地过日子。其实，这只是说了少年的一个方面。

在我的记忆里，自从上小学开始，就有了精神压力，开始尝到了愁的滋味。儿童有多种气质类型，其中有谨小慎微型的。我当属这个类型。而且，随着渐渐长大直到懂事之后，我的胆子还是很小，甚至有点天生的自卑，总担心比别的同学差，特别怕老师在课堂上向我提问。

记得有一次，赵老师上算术课，问哪个同学能从1数到10，只有几个同学举手，我也怯怯地举手了，但举得很低，心里像揣着一只小兔子怦怦直跳，感到特别紧张。而赵老师偏偏点了我的名，让我站起来回答。胆怯的我却一下子愣住了，过了好一会儿，才吞吞吐吐地念出很低的声音来："1、2、3、4、5、6、7、8"。我再也说不下去了，此时全班同学一阵哄笑，我的脸涨得通红，很是羞愧。赵老师却走到我的身边，让我坐下，并亲切地对大家说："我们这堂课就教大家从1数到8。刚才，剑华同学已经会数了，他得了一个100分，我们给他鼓鼓掌！"掌声中，我一下子放松并高兴起来。

这是我得到的第一个100分，对我是多么重要的鼓励啊！

假如那天赵老师给我打个低分，假如赵老师当着全班同学的面批评我，又假如赵老师听任同学们取笑我，这无疑会在我幼小的心灵里投下阴影，加重自卑心理。而赵老师给了我满分，不，给了我自信。

我国实验胚胎学的主要创始人、著名科学家童第周说过："有一件事，我一想起来就高兴。我在上学时第一次取得100分。那件事使我知道自己并不比别人笨。别人能办到的事，我经过努力也能办到。世界上没有天才，天才是劳动换来的。"

我深有同感。我庆幸我一上小学就碰到了赵老师，她给了我第一个100分，给了我自信。正是自信心的建立，使我学习的自觉性、主动性大大提高，学习成绩越来越好。从小学开始，我就一直当班长，为自己的不断成长打下了良好的基础。

教育的魅力就在于此，老师的一个小小举动，就可以产生如此美丽的结果。

如果说赵老师给了我童年的自信，那么母亲则给了我少年的自尊。有件事我至今记忆犹新：

那是我上小学的第一个暑假，一个极其糟糕的炎热的夏季傍晚，我坐在街上那座石桥的桥堍上，看着比我大几岁的一群男孩在河里玩水。突然，一个叫德鹏的男孩猛地拍打着河水溅在我的身上，把我的衣服弄得全部湿透了，在场的人都大笑起来。接着，又不知谁喊了一声，把他拉下水！我一下子被吓蒙了。我从来没有下过水，不会游泳。我又气又急，浑身哆嗦，不知所措，吓得泪水在眼里打转。就在这时，我身后传来母亲愤怒的声音：谁在欺负人？河里和岸上的笑声戛然而止，每一双眼睛都注视着我的母亲，谁也不敢作声。我霍然回过身去，紧紧抱住母亲的双腿，"哇"的一声大哭起来。

母亲并没有同情和安慰我，而是狠狠地把我推开说，有什么好哭的！她边吼边俯下身来，三下两下把我湿透的衣服扒个精光。"去，下水去！"母亲一把拉住我向河边走去。此时，这帮男孩才反应过来，一个个偷偷溜开了。母亲让我

趴在河边的石板上，教我游泳，并对我说："不要害怕，越是害怕别人就越要欺负你。人家会的事情，你都要学会。害怕是没有出息的。人要有本事、要强，这样什么也不会害怕。"

一连几天，母亲都陪着我到河里学游泳。就在那年，我学会了游泳，也孕育了我的自尊——尽管我当时并不懂什么叫自尊。从此，自尊心伴随着我的人生，成为我性格中的重要部分。

中国首位诺贝尔文学奖获得者莫言，当年在诺贝尔文学奖的领奖台上，对着全世界说，影响他一生的是他的母亲。他说，母亲教会了我——

什么是大爱和亲情，

什么是宽容和理解，

什么是怜悯和同情，
什么是诚实和耻辱，
什么是坚强和不屈，
什么是人生和处世，
什么是学习和生活，
什么是梦想和志远。

同样，影响我一生的也是母亲。尽管我的母亲不识字，但她教会了我两个字：自尊。

俄国的屠格涅夫有句格言：自尊心，这是我可以用来推动地球的阿基米德杠杆。他还说过，自尊自爱，作为一种力求完美的动力，却是一切伟大事业的渊源，没有自尊的人是渺小的。我随着年龄的增长，愈发认识到自尊的必要与重要。它是一个人通往成功的不可或缺的重要条件。

我要感谢我童年时期的两位老师——我的母亲和一年级班主任赵老师，她们在我接受基础教育的阶段，教给我书本和书本以外的许多知识，更重要的是给了我自信与自尊，这让我终生受用。

什么是好的教育？显然不单单是教给孩子书本的知识，而应教导他们能够自己去认识世界和适应世界，在孩子幼小的心灵里播下自信与自尊的种子，进而逐步形成自己的性格，让孩子成为一个完整的人，帮助他们做最好的自己。

懂得甘苦

“再穷不能穷教育，再苦不能苦孩子。”这句话从二十世纪七八十年代至今，在我国一直非常热门，几成共识。从国家层面来讲，从重视教育的角度来讲，这话没错。但具体到家庭，具体到孩子身上，这后半句话，即“再苦不能苦孩子”，就要打个问号了。

讲到童年的生活，我们自然会想起苏联著名作家马克西姆·高尔基以自身经历为原型创作的长篇自传体小说三部曲中的第一部《童年》。该作讲述了阿廖沙（高尔基乳名）苦难的童年生活——

阿廖沙3岁时，失去了父亲，母亲把他寄养在外祖父家。外祖父年轻时是一个纤夫，后来开染坊，成了殷实的小业主。阿廖沙到来时，外祖父家业开始衰落。一天，他受表哥怂恿，又出于好奇，把一块白桌布投进染缸里染成了蓝色，结果被外祖父打得失去了知觉，并害了一场大病。他的母亲由于不堪忍受这种生活，便丢下阿廖沙离家出走。

后来，外祖父迁居到卡那特街。母亲在一天早晨突然回来了，并开始教阿廖沙认字读书，但生活的折磨使她渐渐地变得漫不经心，经常发脾气，愁眉不展。后来母亲再婚，但婚后生活并不幸福，还经常挨丈夫殴打辱骂。贫困和疾病吞蚀着她的美丽，使她心境越来越坏，对阿廖沙表现出冷酷与不公。阿廖沙已经懂事，但对周围的一切都失去了兴趣，竭力避开大人，加之与后父不合，阿廖沙又只得回到外祖父家中。

这时，外祖父家业已全面破产，他们的生活非常困苦。为了糊口，阿廖沙不得不在放学后同邻居的孩子们合伙捡破烂，这招致学校的责难。阿廖沙以优异成绩读完了三年级，就永远地离开了学校课堂。这时候母亲去世，阿廖沙埋葬了母亲以后，便独自到社会上谋生去了。那年，他才10岁。

都是10岁，我父亲小时候的遭遇与高尔基的童年是何等的相似！虽然在不同的国度、不同的时代，但经历同样的困苦：

1925年，父亲出生在宜兴城里。父亲降生人世，着实不是时候。那是一个兵荒马乱的年代，内忧外患，中国正濒临灾难的深渊。父亲原先家境殷实，曾祖父在市中心开了一个门面不小的布店。日本侵略中国后，宜兴城被日本鬼子占领，他们烧杀抢掠、无恶不作。父亲家里的布店也被烧了，祖父参加了国民党情报组织外出从事地下活动。无奈之下，父亲跟着曾祖父逃离宜兴城，到处避难，最后流落到离南新街一里多远的六房村，靠熟人的帮助借了一间小破屋住了下来。一老一小东挪西借，苦度光阴。

不久，祖父在外地被日本人杀害，父亲随曾祖父到处寻找祖父的下落，最后连尸体也没见到。回到家里，曾祖父贫病交加，几天后不治身亡。那年，父亲也才10岁。举目无亲的他，在乡亲们的帮助下埋葬了曾祖父的尸体，开始孤苦伶仃的生活。村上人实在可怜他，就凑出了一些钱，买了十几样颜色的丝线和一只竹篮，让父亲到南新街的集市上去卖丝线。

从此，年幼的父亲便开始提篮小卖，自谋生路。风里来雨里去，父亲早出晚归，整日叫卖，居然靠一只丝线篮子支撑起了自己贫寒的生活。苦难并没有完全扼杀一位少年的求知欲望和生活乐趣，父亲挤出时间跟着村里的私塾先生读了三年书，还爱上了看戏。那时，农村经常有草台班唱戏，父亲往往在晚上赶好几里路去邻近的村庄看戏。

有一次，父亲看完戏回到家里，不幸的事情发生了，维系他全部生活来源的丝线篮子被人偷走了。父亲惊呆了，整整哭了一夜。叫天天不应，叫地地不灵。一个10岁刚出头的孩子，在走投无路的情况下，第二天天没亮，就步行几十里路去找一个远房亲戚，没想到的是，这位亲戚已卧床不起，奄奄一息。奔波了一天，身无一分钱，没吃一口饭，父亲深夜才回到家，绝望地瘫倒在地上，不禁痛哭起来。凄惨的哭声惊动了村上的人，他们纷纷来到父亲破旧的小屋，当他们得知事情的原委后，无不同情。一位头发花白的老太太拉起父亲的手安慰道，儿啊，没事的，大家再给你凑点钱，再买只丝线篮吧。父亲扑通一声跪倒在地，不管大家怎么劝说也不肯站起来。在场的人都被眼前惨厉的景况撕碎了心，为这个可怜而懂事的小孩抹着眼泪。

从此以后，父亲再也不敢出门看戏了，白天提着丝线篮子上街叫卖，晚上守着丝线篮子在家睡觉。一只小小的丝线篮与父亲相依为命，伴随着他度过了苦难的童年。真是穷人的孩子早当家，父亲慢慢长大，靠着这只丝线篮，省吃俭用，后来居然在南新街上租了房子，开了一个卖丝线的小店，生意越来越好。再后来，父亲结了婚，养儿育女，成家立业。

父亲儿时的故事是母亲讲给我听的。与父亲的童年相比，我的童年要好得多了，起码社会是稳定的，家庭是和睦的。但从物质条件来说，当时还是非常困苦的。我出生在国家三年困难时期，后来虽有好转，但家庭经济条件没有得到明显改善，粮油和生活基本用品一直十分紧缺，经常吃不饱肚子，穿的都是旧衣服，补了又补，记得穿过一件新衣服，还是用存放化肥的袋子染上蓝色做成的。平时放学回家，都要到野外割青草，一直割到天黑才能回家，用以喂猪或喂兔子。有时还要到自留地里帮着干些农活，翻地或割稻子之类。那时，也不知道什么是苦，什么是累，就懂得要为父母分担家庭的重担。

我从来没有因为童年的困苦而感叹命运的不公，反而觉得小时候吃点苦、受点穷能够磨炼人的意志，对人的一生是有益处的。苦，让人懂得甘甜；穷，使人珍惜幸福。苦与穷还能激励一个人的上进心，努力改变自己的命运。高尔基之所以能够成为著名的文学家，写出伟大的作品，与他童年的苦难经历不无关系。我的父亲虽然没有什么成就，但他一生艰苦劳作、克勤克俭，支撑起一个大家庭，养育了五个子女，个个成家立业，小有成就。就我个人的体会来说，自己几十年刻苦学习、勤奋工作、笔耕不辍，这种吃苦耐劳的习惯也是在童年养成的。

艰难困苦，玉汝于成。这是人生的规律和生活的真谛，可以作为每一个人的座右铭。但现在很难做到这一条，尤其是对孩子更难做到。再穷不能穷孩子，再苦不能苦孩子，几乎成了中国家长的共识。富裕家庭不用说了，即便是并不富裕的家庭，也把大部分的钱都花在小孩身上，想方设法给孩子提供最好的物质条件，尽力满足孩子的要求甚至是不合理的要求，出现了“穷家庭富二代”“低收入高消费”的奇怪现象。

正是许多家庭过于溺爱孩子，对孩子百依百顺，过度保护，结果出现了《中国“小皇帝”》里所描述的：孩子在夏令营时住在学校里，父亲半夜爬到床底下守着，怕孩子掉下床来。我不知道这是不是真实的故事，如果是，那简直是笑话。可悲的是，这样的笑话在现实生活中比比皆是。现在的儿童教育，尤其是独生子女教育已成为一个普遍的社会问题。如今的孩子都是泡在甜水里长大的，他们不懂得苦，吃不了苦，经不得半点风雨，受不了任何挫折，完全成了温室里的花朵，实在令人担忧。

我这样说，并不是不让现在的孩子过上优渥的生活，更不是要他们回到我们童年的苦难之中去，而是说，我们绝不能过分溺爱孩子，不能在物质上过分满足孩子的要求，而是要对孩子适度进行困难教育、逆境教育、挫折教育，有时要让孩子吃点苦——读书的苦、批评的苦、分离的苦、失败的苦、生活的苦，使孩子逐步养成对困难的承受能力和对艰苦环境的适应能力，从小培养孩子不怕吃苦、不畏困难的意志与毅力。

这方面，日本家庭比较注重，他们普遍让孩子从小吃苦：

每到冬天，他们就让孩子赤身裸体地在风雪中摸爬滚打。天寒地冻，北风怒吼，不少小孩嘴唇冻得发紫，浑身发抖，父母们则站在一旁置之不理。

日本城市里的家长会把自己的孩子送到偏远的山区、村寨，接受艰苦生活的训练，培养孩子吃苦耐劳的精神和坚韧不拔的毅力。

在日本，经常可以看到，一些孩子在没有成人带领的情况下，面对艰苦的自然环境，安营扎寨，寻觅野果，捡拾柴草，寻找水源，克服重重困难，磨炼野外生存能力和自救能力。

日本的这些做法对孩子的成长起到了很好的效果。我们不得不承认，他们的经济条件和生活条件优于我国，但他们的孩子比中国的孩子懂甘苦、会吃苦，生存的能力和奋斗的精神也强。

这难道不值得我们深思吗？

这难道不值得我们效法吗？

太阳升起来了！崭新崭新的，鲜红鲜红的。它不耀眼，看得一清二楚，看得心花怒放。它就是少年，多么漂亮，多么帅气！

第02章 少年时光

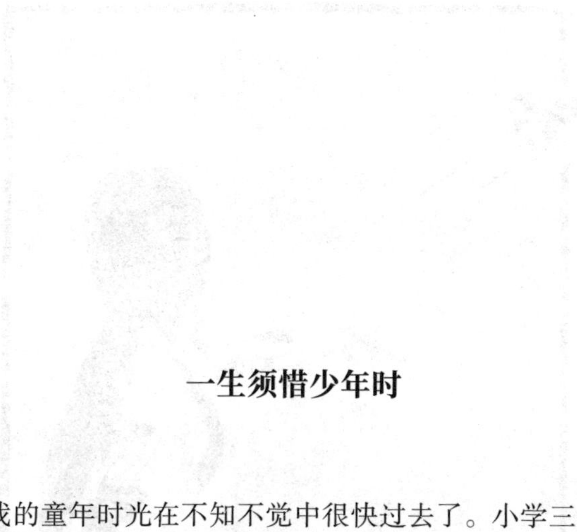

一生须惜少年时

我的童年时光在不知不觉中很快过去了。小学三年级的时候，我参加了中国少年先锋队，这意味着我从儿童成长为少年。

少年一般指10到16周岁，介于童年与青年之间的年纪。有时往儿童靠，称之为少年儿童；有时往青年靠，称之为青少年。所以，它是一个过渡阶段。这一阶段在人的一生中尤为重要与关键。有一句大家耳熟能详的警句：少壮不努力，老大徒伤悲。王国维亦诗云：一生须惜少年时，那能白首下书帷。这都是说少年时期的状况决定着以后的人生，直至到老。

为什么这样说呢？因为少年期是从童年期向青年期发展的过渡时期，是儿童心理发展的一个重要转变期，也是一个人的个性形成进而进入文明化、成为社会个体的关键期。可以说，少年是“不是大人的大人”了。这一时期的主要特征是，半幼稚和半成熟、独立性与依赖性、冲动性与自觉性等集于一身，是个典型的“矛盾体”。

少年时期的心理发展轨迹总是相近的——自我意识开始觉醒。不同时代的少年有着不同的环境与经历，所以也会有不同的生活体验、心理轨迹和行为方式。

我少年时代看过一部至今印象深刻的电影《小兵张嘎》。少年张嘎处在战争年代，他非常机灵，也非常爱玩和调皮。影片中有这样一个镜头：他爬到屋顶上，把地主家的烟囱用稻草塞堵住了，弄得地主家里全是倒灌的黑烟，呛得厉害。后来，他目睹奶奶掩护八路军逃跑时被日寇杀害，便只身来到县城找到游击队排长罗金宝，要为奶奶报仇，但遇见罗排长后，却把他误当汉奸，闹了笑话。误解消除后，张嘎想成为一名小八路，并一心想有把枪。在一次战斗中，他竟收缴到一把真枪，将枪藏到了树上的鸟窝里，又闹笑话。枪被没收后，张嘎没有气馁，又约小伙伴到县城，正遇到鬼子龟田，一番智斗后，鬼子乖乖地跟着张嘎进入了八路军设下的地雷阵和伏击圈，而小张嘎与小伙伴机智逃脱。

看了这部电影，小兵张嘎成了我少年时期心目中的英雄。到了20世纪70年代，又有一部少年电影《闪闪的红星》在全国热映，故事发生在土地革命时期。少年潘冬子挑柴经过大土豪胡汉三家门口，被胡汉三拦下吊打拷问父亲潘行义的下落。这时潘行义带领红军战士打进了村子，救下了潘冬子。父亲随部队转移前，给潘冬子讲革命道理，并送给他一颗闪闪的红星。红军走后，胡汉三回来了。为了掩护乡亲们撤退，潘冬子的母亲壮烈牺牲。潘冬子在母亲牺牲后变得更加坚强，在闪闪的红星照耀下，他积极参加对敌斗争，把情报送给游击队，并满怀仇恨地砍死胡汉三，有力地配合了游击队的行动，迎来了战斗的胜利，终于与父亲团聚，加入红军的行列。

这两部电影中的少年形象虽属虚构，有点夸张，但那个时代的少年的确成熟早、懂事多、有主见。我们这一代，虽然生在新社会、长在红旗下，但少年时却遇上了“文化大革命”。由于年龄尚小，我还不懂“文化大革命”是怎么回事，懵懵懂懂地加入了红小兵组织，还当了学校红小兵团团长。那时的红小兵没有资格参加造反和串联，但也看到了社会上的一些批斗会，还在校内写大字报，批斗自己的老师。少年时期的这段特殊经历，在我们这代人的一生中留下了阴影，无形中在脑子里注入了许多极“左”的因子，对人生观、世界观的形成产生了一定负面影响。

当然，河有两岸，币有两面。那个时代也还有许多积极的东西影响着我们。上初中后，学校经常组织学生开展学工学农学军活动。有一年，我们到宜兴轴承厂学工，我被安排在车床车间，跟着一位姓周的师傅学习开车床。开始几天，我帮着擦擦车床，搬搬毛坯，后来周师傅手把手地教我开车床、车零件。一天下午，周师傅到厂部开会，嘱咐我把堆积在地上的零件毛坯整理一下。我很快整理完毕，手里痒痒的，就自作主张开动车床，车起零件来。开始颇为顺利，当车到第五个时，我把零件毛坯固定在车床的主轴上，不小心把戴在手上的布手套一角也卡了进去，而我全然不知，当我按动开关，车床转动后巨大的旋力把手套绞了进去，幸亏我用力一拉，撕破了手套，手才没有被绞进去，避免了一次严重事故。当时，我吓得脸色煞白，不知所措。周师傅正好赶到，帮我关掉机床，并对在场的其他人说，是他的责任，没有向我交代清楚。事后，周师傅严厉地批评了我，并讲了许多技术知识和安全知识，使我学到了许多东西，并亲身感受到工人师傅的认真严谨、高度负责。

那年冬天，学校又组织我们到驻扎在滆湖农场的“炮九师”进行军训。我们吃住在军营，由一位解放军排长带着我们进行各种严格训练，完全是军事化的管理。一天深夜，突然军号响起，我们从睡梦中惊醒。排长通知我们说，发现敌情，立即集合。我们在半梦半醒之中，真的以为有敌情，紧张得不得了，慌乱中七手八脚地收拾好行李，赶到操场排好队。排长高声道：“我们必须立即撤离这里，赶到目的地，现在出发！”深夜的湖区，伸手不见五指，大家一脚高一脚低地摸黑快步行走在圩埂上，屏住呼吸，不敢发出一点声响。大约行走了三个小时，天色渐亮，周围的景色隐约可见。一位同学高声嚷道：“这里不是我们的营地吗？”这时，排长指示队伍停止行进，告诉我们今天进行的是急行军训练。我们才如梦初醒，原来是沿着圩埂绕了一个大圈，又回来了。此时，天空突然下起瓢泼大雨，同学们拔腿跑向营房，排长见之一声令下：“全部归队！”我们只好回头站到队伍中，只见解放军排长在大雨中纹丝不动地挺立着，一尊雕塑一般。这一无声的行动，让我们深切感受到人民军队铁一般的纪律，受到深刻教育。

有一次学农活动，我与几个同学组成一个小组，被安排到南新大队灯头生产队的集体养猪场参加劳动。这个养猪场很小，仅十几头猪，饲养员梅大爷是个劳动积极分子，每天起早贪黑地干活，十分勤劳，把队里的猪养得又肥又大。我们跟着他劳动了三个星期，亲眼看到他的许多感人事迹。回到学校后，老师要我们每人写一篇学农见闻。我便以梅大爷的事迹为素材，写了一篇题为《贫下中农放心的饲养员》的作文。凑巧的是，县广播站的一位记者到我校采访，在老师的办公桌上看到了我的这篇作文，便带了回去。一天早晨，我还睡在床上，无意中听到广播里在播我的这篇作文，简直不敢相信自己的耳朵。到了学校，老师和同学都在议论，并来向我祝贺。在当时，一个农村中学学生写的作文能在县广播站播出，是一件很了不起的事。正是这个意外的收获，激发了我少年时的写作热情，并引导我从此走上了漫长的写作之路。

少年时光的这些经历，让我开始接触社会，对当时被称为“工农兵”的老百姓有了一定的认识，在劳动中逐步形成了一定的价值观和认知能力，并开始思考自己要做怎样的人，以后从事什么样的职业。尽管这些想法还很朦胧，还都藏在心里，但为我以后的成长奠定了基础，对自己的一生都有着很大的影响。

回忆自己的少年时光，看看现在的少年，真是感慨万千。他们生长在多好的时代啊！他们的少年时光是多么幸福与美好啊！如今的少年，个个玉树临风，人人龙章凤姿，他们既聪明伶俐，又好学上进，不愧为新时代崭新又充满希望的一代。

一百多年前，梁启超满怀激情写下了《少年中国说》，对少年中国和中国少年寄托热切的期望。这里的少年是泛指，既指少年也指中国，既指少年也指青年。现在读来还是荡气回肠、振聋发聩，对今日之少年仍有极大的启示和激励作用。原文是文言文，这里不妨用译文重温之：

今天的责任，不在别人身上，全在我们少年身上。少年聪明我们国家就聪明，少年富有我们国家就富有，少年强大我们国家就强大，少年独立我们国家就独立，少年自由我们国家就自由，少年进步我们国家就进步，少年胜过欧洲我们国家就胜过欧洲，少年称雄于世界我们国家就称雄于世界。

红日刚刚升起，道路充满霞光；黄河从地下奔流而出，汹涌澎湃浩浩荡荡；潜龙从深渊中腾跃而起，它的鳞爪舞动飞扬；小老虎在山谷吼叫，所有的野兽害怕惊慌；雄鹰隼鸟振翅欲飞，风和尘土高卷飞扬；奇花刚刚开始孕起蓓蕾，灿烂明丽茂盛茁壮；干将剑新磨，闪射出光芒。头顶着苍天，脚踏着大地。从纵的时间看有悠久的历史，从横的空间看有辽阔的疆域。前途像海一般宽广，未来的日子无限远长。美丽啊我的少年中国，将与天地共存不老！雄壮啊我的中国少年，将与祖国万寿无疆！

一百多年过去了，一代又一代，少年复少年。《少年中国说》又有新说——

少年强，则中国强！

少年强，则一生强！

从小埋下传统文化的种子

《三字经》的第一句说：“人之初，性本善。”而我认为，更重要的是接下来的几句：“性相近，习相远。苟不教，性乃迁。教之道，贵以专。”人的本性、本质在人刚生下来的时候，都是比较相近的，而人的习性、习气、习惯相差就远了。这与教育有极大的关系。如果不加以教育，人的性格与习惯就会发生变化和偏差。所以，必须及早对人进行正确的引导和良好的教育。

教育好，善性就能保持与弘扬，反之则会失之于善，向恶转化；教育好，恶性就能得到扼制或被抛弃，反之恶性就会滋长与膨胀。因此，人之善恶，不是基因决定，也不是性格决定，而是教育决定。我斗胆说一句：教育改变命运，教育决定人生。

冯友兰先生指出，凡是善的、有价值的东西都是人努力的产物。价值来自文化，文化是人创造的，又反过来影响人、教育人，正所谓文以化人。人之初一般是指从出生到少年的人生阶段，这个阶段接受多少文化教育、接受什么样的文化教育，将直接影响人的一生。

我的家乡宜兴有一个流传至今的“周处除三害”故事：

古时宜兴称义兴。义兴有一个名叫周处的人，年少时凶暴强悍，任性使气，横行乡里，被乡亲们称作一大祸害，用现在的话来说就是问题少年。当时义兴河中有条蛟龙，山上有只白额虎，一起侵犯百姓，义兴人便把周处、蛟龙、猛虎称为三害，而三害之中周处最为厉害。有人劝说周处去杀死猛虎和蛟龙。

周处答应了，先到山中杀死了老虎，后又下河斩杀蛟龙，与蛟龙一起沉浮了几十里远。经过三天三夜，当地百姓都认为周处与蛟龙都死了，便互相庆祝。而周处最终杀死了蛟龙上了岸，听说了乡里人以为自己已死而庆贺的事，才知道大家实际上也把他当作祸害。

于是，周处到吴郡去找大文人陆机和陆云。当时陆机不在，只见到了陆云，他就把全部情况告诉了陆云，并说自己想要改正错误，提高修养，但又担心为时已晚，难以造就。陆云却教育他说，古人贵朝闻夕死，何况你还年少，前途尚有希望，只要立志，不愁没有好名声。周处听后深受教育，从此认真读书，改过自新，最终成为一名忠臣名将，为国战死疆场。

周处之所以能够改过自新，分明是受到乡里人对他的刺激，而更主要是受到了陆云循循善诱的开导与教育。可见，正确的引导和良好的教育对于一个初出茅庐的无知少年是何等的重要！

我在上小学的头几年，应该说是接受了良好的文化教育，但从五年级开始，遇上了“文化大革命”。一时间，读书无用论甚嚣尘上，我们的学习开始被打乱，文化课逐渐减少，取而代之的是政治课和各种活动。在那个以阶级斗争为纲的年代，小学生也成为阶级斗争的工具。那时，我们正是十几岁的少年，不仅文化学习受到严重影响，而且从小就接受了斗争哲学的熏陶，在人生的起步阶段受到了极为不良的影响。“文化大革命”不仅是对文化的大破坏，也是对青少年的大误导。

就这样，我度过了小学阶段，未经考试就进入了南新中学。那时，正值林彪叛逃事件发生后不久，全国上下掀起了“批林批孔”运动。为了配合批林批孔，给我们发了许多学习资料，其中有林彪反党集团的罪证，也有儒家法家代表人物的言论，以及各类批判文章，如《孔丘其人》《柳下跖痛骂孔老二》《评吕氏春秋》等。

不批不知道，一批才知道。知道了什么呢？知道了孔子、孟子、老子，知道了商鞅变法、韩非变法，知道了《论语》《三字经》《女儿经》……这些都是我们原本一无所知、闻所未闻的呀！我偷偷地、如饥似渴地读着这些“资料”。在课堂上，老师还给我们讲孔老二克己复礼的故事、商鞅变法的故事，给我们讲析《三字经》和《女儿经》的内容。老师讲得头头是道，我们听得津津有味，无意中竟让我们从小接触到了许多传统文化的经典，给我们补上了中华传统文化的一课。

这真是不幸中之万幸。“文化大革命”耽误了我们的学业，但庆幸的是，我们偶尔接触到了一点中华传统文化的东西，而且受益不浅。我至今能够背诵《三字经》里的一段话：

> 养不教，父子过。教不严，师之惰。
> 子不学，非所宜。幼不学，老何为。
> 玉不琢，不成器。人不学，不知义。
> 为人子，方少时。亲师友，习礼仪。
> ……

还有一件事也是值得庆幸的。小时候家里没有多少书籍，但有一次我竟从旧柜子里翻到了一本书，书名到现在还记得，叫《越王勾践复国记》，由文言文译成的白话文。这是我少年时代看到的第一本课外书。我如获至宝，如饥似渴地读了起来，后来不知反反复复读了多少遍。我就是从这本书中知道了吴国的由来、吴越之战、卧薪尝胆等知识，打下了一点吴文化的底子。

中华传统文化在我年少的心灵里埋下了优良的种子。如果说，在我以后的人生道路上一直对中华传统文化情有独钟，并努力践行之，这与我少年时期这段特殊的教育经历不无关系。这真是歪打正着，坏事变好事。

由此我想到，少年时期学习愿望强烈，记忆力也强，学到的东西易于消化吸收，甚至可以伴随一生。如果在少年时期接受一些传统文化的教育，对于将来加深培养对传统文化的认知和喜爱，继承与弘扬传统文化精神，知礼向善，诚信敬业，养成正确的人生观和价值观，定会产生特别好的效果。

青春期：人生中重要而特殊的阶段

我曾在网上看过一部名为《少年时代》的美国电影。这是一部纪实影片，从少年梅森6岁时开始拍摄，利用每一个暑假进行阶段性的记录和演绎，用了整整12年的时间，描述了这个男孩从儿童到青少年的成长历程。在此期间，梅森从一个胖乎乎的可爱男孩，成长为一个满面沧桑的文艺青年。

影片中，导演似乎根本没有受时间的影响，小梅森的成长完全是线性的、自然的，无论是从小和姐姐的斗争，还是和亲生父亲以及继父的抗争；无论是第一次与朋友喝啤酒吹牛皮，还是第一次与一个女孩的亲密独处；无论是刻意的叛逆，还是努力地学习技术，一个不断成长中的青少年形象立体式地呈现在观众面前。

看了影片里的那些故事和生动真实的细节，我仿佛回到了自己的青少年时代。

刚上初中，我还不满14周岁，班主任就让我加入了中国共产主义青年团，也就是说，我提前入了团，这就意味着我提前成为青年。其实，这个年龄，虽不再是少年，但还算不上青年，准确地说是青少年时期，亦可称青春期。

青春期，一般从十三四岁到十八九岁，是人生的一个特殊时期。为什么这样说呢？因为它是一个过渡期、转换期，就是从少年儿童向成人角色的过渡和转换。

青少年时期的一个最大特点是成长。这种成长主要体现在生理和心理上向成熟发展的经历和过程。

从生理上来讲，主要有三个特征：一是身高体貌的显著变化，二是第二特征的出现，三是大脑神经系统的日趋完善。这些变化是全面的，而且几乎都达到了它们发展的最高水平——由量的积累向质的转变。

从心理上来讲，青少年是心理的断乳期，意味着告别少儿时代的认知方式和生活方式，从心理上重建人生，实现自我更新，摆脱过去与外界的联系方式，缔造新的生活世界。哈佛大学教授埃里克森认为，青少年时期心理的典型表现是“自我同一性危机”，新的自我虽然觉醒，但尚未完全形成，个体处于对旧自我的厌恶和寻求新自我的焦虑之中，于是表现为个体的逆反心理和对抗性行为的崛起。

随着生理和心理的不断成熟，青少年与社会文化和环境密切互动，接受来自社会的期望和影响，并学习掌握社会知识、行为规范、社会技能、社会态度等，养成参与社会生活所必需的品质，从而加速了自己的社会化过程，最终实现由自然人向社会人的转变。

自古英雄出少年。古今中外，青少年时期立志成才的例子比比皆是。

古希腊德摩斯梯尼，青少年时常常口吃，登台演讲时发音不准，吐词含混不清，于是每天面对大海朗读，无论春夏秋冬、烈日寒风，坚持不辍，终成全希腊最负盛名的演说家。

中国古代的屈原，青少年时不顾长辈的反对，躲到山洞里整整三年，熟读《诗经》，终成伟大诗人。

鲁迅先生的青少年时代，在江南水师学堂读书，第一学期成绩优异，学校奖给他一枚金质奖章。他立即拿到南京鼓楼街头卖掉，然后买了几本书，又买了一串红辣椒，每当晚上夜读时，寒冷难耐，他便摘下一个辣椒，放在嘴里嚼着，辣得额头冒汗，以此驱寒苦读，终为一代文学大师。

青少年时代的毛泽东更是胸怀大志，有诗为证。他把日本明治维新时期著名武将西乡隆盛的一首诗改了两个字，留给父亲：孩儿立志出乡关，学不成名誓不还。埋骨何须桑梓地，人生无处不青山。

……

我本平凡，不能与那些名人伟人相比，那个时候的我还谈不上什么理想与志向，但身体长得的确很快，不知不觉身高到了1.70米左右，这在农村的同龄人中算是比较高的了。我对自己生理上、心理上的变化有所觉察，尤其是脸上冒出了青春痘，害怕被人看到，就用手去挤，被母亲看到后总是加以制止，并告诉我，长痘没关系的，说明你长大了。有一次，母亲杀了一只小公鸡，蒸了给我一个人吃。要知道，那时候一家人吃一只鸡也是极其难得的事。这一特殊的待遇让我受宠若惊，百思不得其解。而且，从那时开始，父母对我的态度也有改变，不让我干过重的活，留出更多的时间给我自主读书学习，做些自己喜欢做的事。

青少年时期的我，对读书有天生的兴趣爱好，而那个时代实在无书可读。家里唯一的一本书是《越王勾践复国记》，不知看了多少遍。后来，我从学校的图书室里先后读到几本文学作品，至今印象深刻的是三本：《青春之歌》《钢铁是怎样炼成的》《艳阳天》。这三本书不仅对我在写作上、文学上的影响极大，更重要的是对我的世界观、人生观的初步形成，起到了极其大的作用。尤其是保尔·柯察金的形象和事迹，在我心里打下了深深的烙印，他勇敢、坚强，充满自信，拥有顽强的毅力，在任何情况下不被困难所压倒。他的品质和精神教育与激励了我。我把他的一段话抄了下来，作为自己的座右铭，反复地默念着：

> 人最宝贵的是生命。生命对于每个人只有一次。人的一生应当这样度过，当回首往事的时候，他不会因虚度年华而悔恨，也不会因碌碌无为而羞愧。这样，在临死的时候，他就能够说，我的整个生命和全部精力，都献给了世界上最壮丽的事业……

青春，是人生中梦幻般的季节。那时我梦想着未来的一切，而所有的梦想都有着一个共同主题——将来做什么样的工作、做什么样的人。这些梦想总是那么多变而朦胧，而正是这些青春梦想，开启了我真正的人生之路，她蕴含着早春的蓬勃，点燃着盛夏的炽热，孕育着金秋的硕果，拥抱着严冬的朝阳。

青春如歌，它能谱写出人生华彩的乐章。让我们踏着音乐的节拍、带着人生的梦想迈入青春的门槛吧！

跨越人生的第一个门槛

进入青春期，也就开启了真正的人生之路。人生之路漫长，且一路上横着一道道的坎。这坎，也可说是一个个门槛。我所经历的第一个人生门槛是什么呢？

上初中照例要有升学考试的，但“文革”中升学考试被取消，我也就未经考试直接上了初中。初中期间，学工学农学军占据了大量的学习时间，虽然也有一些收获，但耽误了学业，基本上没有学到多少课本知识。时间到了1971年，“九一三事件”发生了，林彪乘飞机出逃摔死在蒙古温都尔汗。此后，国内形势悄悄发生着变化，社会上开始抓革命促生产，学校也逐步恢复了较为正常的教育秩序，我们终于又坐到教室听老师讲课了。

就在我们即将初中毕业的时候，学校突然接到县教育局的通知，这届初中毕业生必须通过考试升入高中，而且一律按成绩、按比例择优录取。这是非常大的一个变化，因为许多年来，小学升初中、初中升高中都是无须考试直接升学的。

听到这一消息，已经懂事的我，且喜且忧，喜的是可以好好读书了，忧的是考试能否顺利过关。尽管我从小学到初中的成绩在班上一直名列前茅，但毕竟从未参加过正式的严格的升学考试，而且是全公社范围内的统一考试。这次考试关系到我能否顺利升入高中，继续自己的学业。说实话，那时我对学习的目的还是模糊不清的，就是一心想继续上学读书，所以，我暗自下定决心：一定要考上！

这段时间，学校停止了学工学农学军活动，转入正常的教学状态。老师们非常认真地上课，加快了教学的进度，并组织了较为系统的复习。我也投入到紧张的学习之中，每天晚上自觉地复习迎考，往往到深夜才休息。

转眼间，到了考试的时候。那天，天空刮起了大风，下起了大雨，增添了紧张的气氛。更让我们紧张的是，这次考试一改过去的方法，考试卷由上面统一出题、统一印制，密封送达，当场拆开。我们都不在原来的教室参加考试，而是重新安排教室，每人一张桌子，对号入座，只许带笔和橡皮，其他东西都要统一存放。考试前明确纪律，要求规定时间内独立完成，作弊取消考试和升学资格。这些在现在看来是极其普通的规定，但在当时，我们是从来没有遇到过的，因而感到特别紧张。

铃声响起，教室里鸦雀无声。刚拿到卷子时，我心里突突直跳，眼前一黑，试题也看不清楚。过了很长一会儿，才渐渐平静下来。好在我平时学习认真，这次复习也较充分，因而考试的试题对我来说不是太难，我很快就做完交卷了。

考试结束后，同学们聚在一起叽叽喳喳地议论开了。听许多同学说，考试时吓得发抖，有疑问也不敢问监考老师，甚至连橡皮掉在地上也不敢去捡。隔壁教室的一个女生，拿到试卷就哭了起来，到收卷时她一道题目也没做。这个女生平时的学习成绩并不差，可能是没有经历过这种考试的场面，给吓坏了吧。

我总算考得不错，政治、语文、数学都在90分以上，以优异成绩升入了高中。我的许多初中同学在这次考试中落榜了，从此失去了继续上学的机会。

在以后的岁月里，我经历了无数次考试，但这次考试令我终生难忘。这毕竟是我人生中经历的真正意义上的第一次考试——我跨过了人生的第一个门槛。

对于人生，有各种说法。有的说，人生是一场修行；有的说，人生是一场旅行；也有的说，人生是一场梦。而我说，人生是一场考试。考试有广义与狭义之分。我讲的是狭义上的考试，特指初考、中考、高考等升学考试。

升学考试，既是一座桥，也是一道坎；既是一次机会，也是一个门槛。跨过一个门槛，就有一道新的风景、一个新的希望。

最大的运气是遇上最好的老师

任正非曾说过，最大的运气，不是得了大奖，不是捡到了钱。最大的运气是你碰到一个人，能提高你的思维，把你提升到一个更高的平台。

这样的人可能是你的亲朋好友，也可能是同学同事和领导。但我觉得，最大的运气是遇上一位好老师，尤其是青少年时代的老师。

我庆幸自己在特殊的年代通过公平而严格的考试顺利升入高中。更值得庆幸的是，我在高中阶段也遇上了很好的老师。

人在成长过程中，离不开老师的教导。韩愈《师说》曰，古之学者必有师。师者，所以传道受业解惑也。人非生而知之者，孰能无惑？惑而不从师，其为惑也，终不解矣。教师是人类社会最古老的职业之一，也是最为崇高的职业。在社会发展中，教师担负着传承和传播人类知识的重任。在教学过程中，教师起着主导作用，是学生身心发展的教育者，也是学生智力的开发者和个性的塑造者。故而，人们尊称教师为人类灵魂的工程师，也形象地将老师比喻为辛勤的园丁。

在中国，老师的师祖，或者说最早最好的老师，首推孔子。孔子有三个“72”，他活了72岁，他一生之中游说了72个执政者，最重要的一个“72”，是他有3000弟子，其中有72个著名的弟子。这72个著名弟子，或当大官成就大事业，或做学问写出大文章。

孔子之所以能教出那么多好学生，是因为他的教育理念、教育方法好。他主张有教无类，人人都可接受教育。他因材施教，善于观察学生的个性差异，了解学生各自的兴趣爱好，为每个学生都制定了一套适合自己的教育方法。他学而不厌，诲人不倦，十分注意运用启发诱导的方法，“学而不思则罔，思而不学则殆”，注意培养学生的思维能力和自学习惯，调动学生学习的兴趣和主动性。他身体力行，言行一致，知行统一，为后世树立了学习的榜样，不愧为万世师表。

历史上不乏有伟大而著名的老师，给当时的人们以及后来的我们以丰富的知识、无穷的智慧和生命的启迪。在我们的身边，总有那些无私奉献、可敬可爱的老师。许多人包括名人，在回顾自己的成长历程，谈到所取得的事业成就的时候，总会无限深情地回忆起自己青少年时代的老师。

著名作家魏巍写过一篇散文《我的老师》，以少年的眼光和心理，记叙了他小学时候温柔和蔼的蔡老师，抒发了自己对蔡老师的爱戴之情。在写这篇散文时，魏巍已经和蔡老师分别二十多年了，但是，蔡老师温柔美丽的形象、崇高的师德、渊博的知识、高超的教学艺术和那颗慈母般的心灵，无时无刻不在撞击着他的心，他无时无刻不在思念着自己的老师。他说，少年时代的蔡老师和其他老师，成为他永远珍藏在记忆中的珍宝。

在我的记忆里，同样珍藏着这样的珍宝。从小学到高中的十年，教过我的每一位老师都给我留下了深刻的印象。除了小学一年级教过我的赵老师，之后裴顺娣老师就一直是我小学时的班主任。有一次，裴老师上语文课，一个调皮的同学竟把一只乌龟偷偷地带到课堂，悄悄地放到课桌下，前面座位上的女生无意中发现地上趴着的乌龟，吓得尖叫起来，课堂里一片混乱。裴老师气得脸色发白，大声命令那个同学把乌龟捡起来丢到外面的池塘里去。可那个同学根本不听，裴老师抓住他的手臂往外拉，不料被他一甩，裴老师一个踉跄摔倒在地上，我与其他几位同学赶紧围过去拉裴老师。“你们都坐回去！”裴老师大声吼着，爬起来尽全身力气拉住那个同学。看到一向温和的老师真的发怒了，那个同学被镇住了，只得乖乖地把乌龟捡起来，跟着裴老师走出了教室。课堂里顿时静了下来，谁也不敢作声。从此以后，班上那些调皮捣蛋的同学对裴老师有些惧怕了，课堂纪律有所好转，学习效果明显提高。我较好的语文基础就是在裴老师的课上打下的。

我上高中时，学校陆续来了一批新老师，都是从城市学校下放下来的，有的还是宜兴县中的骨干教师，教学水平特别高，讲起课来既生动活泼，又通俗易懂，我们特别爱听他们上课。当时新来的英语老师许奋华，给我们上第一堂课时，开场白就讲了一个笑话：一次在一辆公共汽车上，一个女青年正捧着一本厚厚的英语书在翻阅，这时一个戴着眼镜的知识分子模样的人挤上车，一不小心把这个女青年手上的英语书碰掉在地上。那人一看她学英语的，便很礼貌地说了一句："Sorry，Sorry！"女青年一听，非常生气，心想，你碰掉了我的书，还说我"骚来骚得来"，便大声骂道："你是流氓！"弄得这个戴眼镜的人很是狼狈。这则笑话引起哄堂大笑，许老师以此讲了学习英语的重要性和怎样学好英语。农村孩子本来都不太喜欢英语，但许老师的英语课却磁铁般地吸引住了我们，大家的学习兴趣被激发出来，就连我这个语言能力特别差的人，英语成绩也不差。

这些老师，十分注意培养学生的品德修养和工作能力。我的高中数学老师徐华君，不仅数学教得好，还是一位出色的班主任。他把班上的许多工作交给我这个班长来组织实施，并在背地里指导我、支持我，使我得到很大的锻炼，组织能力和管理能力有了提高，在同学中树立了一定的威信。渐渐地，我滋生了骄傲自满情绪，自作主张安排了一些课外活动，引起一些同学的不满。徐老师知道后批评了我，我却不服，竟一气之下写了辞职信交给徐老师，不当这个班长了。几天后，徐老师找我谈心，只字没提我辞职的事，而是严肃批评了我工作中的不足和骄傲情绪，讲了许多做人做事的道理，指导我今后应当如何更好地开展工作。一番话让我认识到了自己的不足，我讷讷地说："徐老师，我错了。"徐老师因势利导说："这点错没关系，不过，以后不管做什么事，有多大成绩，都要谦虚谨慎，不能骄傲自满。因为一骄傲，就会固执起来，一骄傲，就会拒绝别人的忠告和帮助。要记住，自满、自高、自大，是人生的三大暗礁。”徐老师的话，句句说到我的心坎上，仿佛一场春雨洒落在一块久旱的田地里，很快渗透了下去。我默默地点头，羞愧中暗下决心，要永远记住这次教训。

在我生命的历程中，岁月积淀了许多宝贵的东西，它不是珍贵的财物，而是一桩桩铭记心中的事和一个个难以忘怀的人，而青少年时代的老师是我最难忘、最敬爱的人。他们不仅是教给我知识的老师，更是我的人生导师。每每想起他们，我的心中都会充满无限的感恩之情，如同对我父母的感恩之情一样。我曾写过一首《感恩》的歌词，歌词是我从心底里发出来的——

时光如水流逝，
许多不再记忆。
唯有母亲的那件花衣，
温暖至今，温暖至今，
至今温暖在我心里。

岁月如梭飞驰，
一切不再清晰。
唯有老师的那些话语，
铭记至今，铭记至今，
至今铭记在我心里。
母亲是我一生的老师，
老师是我再生的母亲。
泪花里，饱含着我的感恩之情，
歌声里，跳跃着我的感恩之心。

太阳升高了，高悬在晴空万里的东方。它光芒四射，把自己的光与热慷慨地投向大地。这是早晨八九点钟的太阳。这是一首青春之歌！

第03章 青春之歌

18岁时，母亲对我说……

人的一生中，可以划出若干条分界线，而最重要的一条，无疑是18岁。

在人的各个年龄段中，没有哪个年龄比18岁更具有标志性和重要性，而且，具有法定性。

18岁，身体基本上发育到位，人体的一切机能开始走向成熟，对事物、对问题也具备了独立的思考、辨别、判断能力，所以，世界上许多国家都把18岁确定为成人标准。

我国也是。我国法律规定，18周岁以上的公民是成年人，具有完全民事行为能力，可以独立进行民事活动，是完全民事行为能力人。同时规定，年满18周岁的公民，都有选举权和被选举权。这是法律意义上的成人。

成人的意义在于独立：独立学习，尤其是学习社会知识；独立思考，思考人生，思考问题；独立辨别，分清是非，懂得约束；独立承担，敢于为自己、为家庭、为社会承担一定的责任；独立行动，将自己的计划与理想付诸行动，并一步一步地走下去；独立生活，不再过多地依赖父母，具有自我服务的良好习惯和基本能力。

据说，在许多西方国家，子女满18岁以后，家长对他们的学业、就业、住房、恋爱、结婚、生育等就基本不再过问与干涉，而是让他们很快成长成熟起来，尽早独立生活，承担起应尽的各种责任。

1975年，我18岁那年高中毕业。拿到毕业证书，与几个要好的同学一起跨出校门，那一刻，我们似乎感觉到了什么，本来嬉戏打闹、有说有笑的我们，变得沉默寡言，各自怀着复杂的心情慢慢地走在回家的路上……

回到家里，我把高中毕业证书交给母亲，既有点得意也有点失落。并不识字的母亲仔细看了看证书说："这东西要好好保管，可能以后会有用。但不管有用没有用，从今往后你就得好好劳动了，得靠自己努力了，我们已经帮不了你的大忙了。"母亲讲得很平和，我却掂出了分量，对我触动很大，也就在此时此刻，我一下子感到自己真正长大了，意识到了自己肩上的担子，知道自己要靠劳动去生活了。当时我没有说什么，也说不出什么，我只是默默在想，以后的路该怎么走？

每个人都有自己的18岁。马克思18岁进入柏林大学，着力历史和哲学的研究；列宁18岁时参加了俄国一个秘密的马克思主义小组，开始革命活动；牛顿18岁进入剑桥大学，当工读生；爱迪生18岁时是一名报务员，发明了自动发送电讯的方法；诺贝尔18岁时投身科学研究领域，埋头搞气量设计；海涅18岁时开始诗歌创作，后来成为德国伟大的诗人；

比尔·盖茨18岁时读了《大众电子学》杂志上关于计算机的文章，立志创立自己的事业；我国的华罗庚18岁当学徒，开始勤奋学习，之后不久发表数学论文；18岁时的金庸，那时还叫查良镛，他突发奇想，与同学一起编了本《给投考初中者》，获得出版发行。

伟人名人的18岁如此辉煌，而大多数人的18岁要困难得多、平淡得多。这是一种常态。无论什么国度、什么时代，也无论什么人，都要从此开始新的旅程，去憧憬与开拓未来的人生。

有一首新诗写得好：

当这一天悄然而至，我们是否陌生地不知所措，还是因为期待而怦然心喜？久违的梦变成现实，我们的心阵阵激荡，我们的头渐渐高昂。

18年的路程，留下多少蹒跚的足迹。18年的成长，融入父母老师无私的哺育。当青春的旋律翩翩响起，我们的心中涌动着多少难言的感激。当青春的旗帜冉冉升起，我们的肩头担负起祖国神圣的希冀。

18岁，张开你的双臂，担负起更实更重的人生责任；18岁，挺起你的胸膛，怀抱更广博的精彩；18岁，昂起你的头，去迎接生命的风风雨雨；18岁，迈开你的脚，去攀登成功的步步阶梯。

太阳每天都是新的，一切都在不断成长。18岁，让我们用青春的名义宣誓，为了昨天的纯真，为了今天的责任，为了明天的理想，我们成长，我们上路，我们将托起明天的太阳！

这首诗的题目是《18岁的畅想曲》，我引用时略有删节。我不知道这首诗是谁的，也不知写于何时，但我可以肯定地说，这不是我们这代人写的，但居然也能表达我们这代人当时的心境和畅想。

我正是怀着这样的抱负和理想，走进了我的18岁，开始踏上成人之路。

劳动砥砺了我的意志

劳动是一种伟大的力量。是劳动，改变了贫穷落后的面貌；是劳动，在平地上耸起万丈高楼；是劳动，“神舟”上九天揽月，“神龙”下五洋捉鳖；是劳动，把一张张蓝图变成现实的模样；是劳动，让偌大的地球变成了一个小小的村庄；是劳动，把种种不可能变成可能……

的确，劳动是圣洁神奇的，劳动是伟大美丽的。但毋庸讳言，劳动也是艰苦的。对此，我深有体会。

小时候，我看到父母起早贪黑地辛勤劳动；长大后，我目睹农民长年在地里艰难劳作。再后来，我高中毕业回乡参加农业劳动。

我的家乡在宜兴农村，地处滆湖之滨。所在的生产队，仅几十户人家，一百多人口，一百多亩土地。别看这一百多亩地不大，却很有点来头——这里流传着一个苏东坡买田的故事。

大约九百多年前，苏东坡年老时，应朋友之邀来到宜兴。初次来此，就被这里的山水风光和人文环境吸引住了，便决定以后在宜兴养老。于是，他筹集款项，先在丁蜀镇买了块山地，后又在滆湖边上买了一百多亩的水稻田，并写下了“买田阳羡吾将老，从初只为溪山好”的诗句。一天，苏东坡与朋友在田头转悠，很是满意与开心。忽然间，听到不远处有老妪的哭声，苏东坡便上前询问何故，老妪哭诉说，她儿子不孝，赌博输了钱，用祖上的房屋和田地抵债，她如今生活没了着落。苏东坡急问是哪块田地，老妪告之，苏东坡方知就是自己买的那块地，便安慰老妪说，这田地是我买的，我可以还给你，也不用你退钱了。

这个故事中的一百多亩水稻田，经考证，竟然就是我们生产队的农田。

我就是在这么一块文化底蕴深厚的土地上开始了劳动锻炼，接受贫下中农的再教育。我虽然出生在农村，但从没干过农活，起初只能先干些垩猪灰、拍绿草、晒稻子之类的简单农活。

我是一个很要强的人，干了不久就主动向队长要求，与壮劳力一起参加挑粪、担秧、锄地、开沟等重农活。队里的农田很分散，挑着上百斤的担子要走近三里的路，越挑越重，每一步都很艰难。我累得大汗淋漓，喘不过气来，肩压肿了，腰闪痛了，而我咬紧牙关，紧紧跟上劳动的队伍。锄地、开沟等农活更累人，手上磨出了一个又一个血疱，我一声不吭，忍痛坚持下去。几个月下来，我的肩上、手上都磨出了老茧，基本能对付各种重活了。

有这样一首打油诗："手把青秧插野田，面朝黄土背朝天。两膀弯弯泥里拖，退步原来是向前。"这是讲的插秧。插秧不仅又苦又累，而且很讲技巧。我虚心向插秧能手请教，并反复练习，很快学会了，而且插得又快又直。社员们看我劳动积极、肯吃苦，也都乐于教我帮我。不到一年的时间，我就学会了扶犁、撒种、插秧、罱河泥等技术活，还能独自摇着五吨大的水泥农船，成了一名合格的农村劳动力。到第二年，我就挣得390多个劳动工分，在全队壮劳力中名列前茅。不久，我就当了生产队副队长兼会计。

现在回过头来看，农村的劳动经历使我终生受益。正如有人对特殊年代知识青年的劳动生涯所作的评价那样——

> 我们从城市到农村，从学生到农民，是人生道路上一大转折，经历了一场极为艰难的劳动磨炼。正是在这种艰苦磨炼的过程中，我们才逐步地对中国的国情有了比较接近实际的认知，对农民有了更为真切的了解，由此产生了强烈的变革农村的愿望和责任感，全心全意地投入到改变农村贫困面貌的艰苦斗争中去。也正是由于经历了比较长期的艰苦磨炼，我们才真正懂得珍惜国家和个人今天来之不易的发展和变化。在知青群体中，有笔最为宝贵的财富，就是爱国热情、奉献精神和坚韧不拔、吃苦耐劳的品质。

此言极是。我感同身受！

美德在劳动中产生。正是在农村的这段劳动经历，我增进了与农民的感情，耳濡目染了他们的勤劳、朴实和善良，也了解了他们的困难和痛苦。我非常感激他们对我的照顾，十分同情他们的艰难处境，更钦佩他们身上的美德。这种感情一直影响和伴随着我。

知识在劳动中获得。劳动是唯一导向知识的道路。劳动实践使我学到了许多书本上学不到的知识，也让我懂得了许多生活中的道理。小时候，不知读过多少遍“锄禾日当午，汗滴禾下土。谁知盘中餐，粒粒皆辛苦”，而只有在劳动中才能更深刻地理解它的含义，才能真正懂得粮食来之不易，必须好好地去珍惜它。

意志在劳动中锤炼。劳动能唤起人的创造力，更能锻炼人的意志。没有什么能比艰苦的劳动更能磨炼一个人的意志了。劳动使我成熟起来，使我不怕困难，使我意志坚强。如果说，我身上还保留着刻苦耐劳的精神和坚韧不拔的意志，那正是在农村劳动的大熔炉里锤炼而成。

常言道，劳动是个宝，人生不可少。土地在劳动中变绿，男儿在劳动中成长。时至今日，无论劳动的对象和劳动的形式怎么变化，但劳动始终是人生的铁律，是一切财富、一切欢乐和一切完美事情的源泉。

然而，现在人们不太重视培养孩子的劳动习惯，许多青少年缺乏艰苦劳动的锻炼，养尊处优，惰性严重，受不了累吃不了苦，甚至贪图安逸，坐享其成，这对个人生活和社会发展有百害而无一利。因此，我们有必要在全社会弘扬劳动精神、劳模精神和工匠精神，倡导劳动光荣的社会风尚，使得人人热爱劳动，个个勤奋劳动，在持续的劳动中创造完美人生！

提前踏上社会

就在我刚到农村劳动的那一年，有一部电影《春苗》在全国热映。故事就发生在我们江南水乡，主人公是江南某大队回乡知青田春苗，在农村艰苦的劳动和工作中茁壮成长，成为一名优秀的农村赤脚医生。

显然，这部电影在“文革”中拍摄，带有浓厚的极“左”色彩。但在当时，我被全社会的政治氛围裹挟着，不禁为春苗的事迹所感动、所激励，并以她为榜样，努力向她学习。我的奋斗足迹里也不可避免地带有那个特殊时代的痕迹。

那时，我劳动非常积极，第一年挣的工分就与队里青壮劳力的工分不相上下。工分虽多，年终结算获得的全年收入却仅有50多元，勉强换回自己的口粮。但我全然不顾经济收入的多少，全身心地投入集体劳动中。

也许因为我是高中生，也许因为我劳动积极、做事认真，回乡劳动不久，全队社员就推选我担任生产队会计。队会计不脱产，有工分补贴。我在劳动之余记账算账，队里几乎没有现金，全靠贷款购些农药、化肥什么的。尽管账目很少，钱也不多，但我把每一笔都记得清清楚楚，而且定期公布账目，还常常与农户对账，社员们对我的工作非常放心，十分满意。不久，生产队队长又推荐我兼任副队长，社员们一致赞同。

本应接受贫下中农再教育，而当了副队长后就得管事、管别人。记得有一次，一位姓蒋的社员，插秧没有达到规定的密度，我发现后，就把她插的秧全部拔掉，还罚了她一天的工分。现在回过头来看，这一举动似乎太过分了，但在当时情况下不得不这样做，因为插秧密度不够会严重影响粮食产量。

我的表现得到了全队社员的肯定与好评，也很快引起了大队干部的注意。一天下午，我正与青年社员在地里开沟，有人通知我立即到大队部去。到那里后，大队书记刘长根与我谈话，决定由我担任大队治保主任，过两天就到县城参加全县治保工作会议。我很是意外，因为治保主任就是大队里的半脱产干部了，而且以前一般都由转业军人或年长有威望的人来担任，那时我才19岁，到农村劳动还不满一年的时间。

从县里开会回来，我就走马上任了，生产队里的职务也没有脱，继续兼任。大队治保主任的工作主要是抓社会治安，同时管教所谓的“五类分子”，即“地、富、反、坏、右”。那时被列入“五类分子”的人都属专政对象，管得很严，动辄批斗和劳动改造，每周都要把他们集中一次，让他们交代情况并接受训话。在我以前，几任治保主任对他们都很凶，破口大骂是家常便饭，甚至大打出手。而我在这些五六十岁的“五类分子”面前是晚辈，母亲曾暗暗嘱咐我，对他们不要太凶，把规定和要求交代清楚就可以了。所以，我对这些“五类分子”从来没有破口大骂过，更没有对他们动过手，相反还曾为他们争取免交义务工的款项，减轻了他们的经济负担。

治保主任同时也是调解主任，一岗双职。当时农村里的矛盾特别多，打架三六九，吵架天天有。我们生产队有位妇女，人称“老虎婆”，不是与丈夫闹、公婆闹，就是与邻居闹，一天不闹太阳就不会落山。她还有一个怪招，理亏了，吃亏了，便会口吐白沫假死过去，弄得谁也拿她没有办法。仅为她，我就出面调解过不下几十次，并帮她解决一些生活困难，有时还要送她到医院看病。这样慢慢地感化了她。她常常对人说，章主任年纪轻，但说话在理，我服他。所以，只要她一闹，大家就只好找我过去。我去了，她还真就收敛许多，比较服我的劝说与调解。

服归服，闹归闹。有一次，她又与丈夫大闹，还乱砸东西，有人跑来把我叫了过去，我一看，恼火了，大声斥责道：“你老是这样瞎闹，我真的生气了，从今往后，你的事我再也不会管了。”她听我这么一说，立即从地上爬了起来，向我认错，并表示以后一定不再瞎闹。从此，她真的像变了一个人似的，很少大吵大闹，还逢人夸我是个好干部。

干部，也许是中国特有的一个称谓，是指担任一定领导工作或管理工作的人员。虽然我当过班干部、队干部，但真正算个干部，还是从当大队治保主任开始的，因为从那时起真正开始做社会工作和群众工作了。

工作与劳动几乎可以画等号，但还是有区别的。劳动是人维持自我生存和自我发展的一种手段，而工作是社会分工中每个人体现自我价值和社会价值的角色定位，也就是说，一个人的工作是他在社会中所扮演的角色。一个人可以从小参加劳动，但不可能从小就参加工作。工作既要具有一定的能力与水平，又要服从一定的社会纪律与分工。所以，工作对于人的要求更高、更多，反过来说，工作对于人的锻炼更强、更全面，给予人的机会也更多。因此，一个人及早参加工作，对于自己的成长与发展是有好处的。

对此，我深有体会。如果说，农村劳动锻炼了我的意志，那么，农村工作则提高了我的能力。毛泽东有句名言，实践出真知。又说，你要知道梨子的滋味，就要亲口尝一下。是的，工作实践让我知道了许多，学会了许多，提高了许多。在农村基层，天天接触到各种各样的人与事，解决各种各样的问题，处理各种各样的矛盾，这让我对农村、农业与农民有了深刻的认识，也积累了许多实际工作的方法和经验。这些无疑为我以后的成长与发展打下了坚实的基础。

我很庆幸自己在很年轻的时候就能参加社会工作，得到多方面的锻炼机会。在最基层、最实际的岗位上工作，最能锻炼与提高人的能力和水平。这里面的许多学问，是没有人能教你的，也是从书本上学不来的。

我由衷地感到：艰苦的基层工作，是一种不可或缺的人生历练，是锻炼人、提高人的最好平台，也是人生观、世界观不断完善的最佳路径。

我还深深地认识到：早踏上社会，早成熟；早参加工作，早得益。

而现在有些人，读完高中读大学，读完本科读硕士，读完硕士读博士，这样，踏上社会的时间是不是晚了些？参加工作的时间是不是迟了些？还有，现在的孩子成熟晚、懂事迟，是不是与踏上社会和参加工作的时间太晚有关？

挫折：成长过程中的必需品

我刚踏上社会时，虽然生活很困难，劳动也艰苦，但从没遇到过很不如意的事，也没经过什么挫折，所以，当时思想上很单纯，一心从事农业劳动与农村工作。但就在回乡劳动的第二年初春，一个突如其来的消息搅乱了我的心绪。

一天下午，我正在地头干活，队长在老远的地方向我喊话，叫我立刻去趟公社，有人找我。我放下手中的活，三步并作两步走，一口气跑到公社值班室。杨秘书热情地告诉我，是区委宣传委员老许的长途电话，并很快就把电话接通了。许委员在电话里询问了我的一些基本情况，特别详细地了解我近期向县广播站投了几篇稿，录用了哪几篇。我一一作了回答。最后许委员明确告诉我，县广播站有意调我去那里工作，区里正在研究之中，让我有个准备。

我真无法形容当时的心情。做梦也没想到的事情，现在却不期而遇。自从我在初中时的第一篇稿子被县广播站录用起，我就没有停止过给县广播站投稿。回乡劳动之后，可以写的内容更多，自然投稿也更勤，我把农村里的好人好事、基层工作、所见所闻写成消息和通讯，有时则写成短文，三天两头给县广播站寄去，被录用的稿子也越来越多，得到了干部、群众的啧啧称赞，我为此倍感自豪，写作的热情日益高涨，再苦再累也要利用业余时间写稿。我当时的想法就是争取成为县广播站的特约通讯员。而现在竟要直接调去工作，当记者，我简直不敢相信。我按捺不住内心的激动，回家向父母报告了这一消息。我从来没有看到父母如此高兴，尤其是父亲，一向紧锁的眉头竟舒展开来，露出了少有的微笑。

我一如既往地参加劳动和工作，除了家人，没有向任何人透露半点风声，暗暗地做着有关准备工作：每天收听县广播站的节目，并把栏目、时段、内容、特色作了详细的记录；我借了一些关于新闻写作的书，研究消息、通讯和评论的基本写作方法；我还把报纸上一些好的稿件剪下来，分门别类地贴在本子上……

然而，几周过去了，没有动静。几个月过去了，杳无音信。我焦急地等待着，热切地盼望着。父母也不安起来，几次催促我去打听一下，而性格内向的我实在不想也不敢去问，也不知道去问谁，就这样一拖再拖，心里却翻江倒海一般，我是多么渴望早日到县广播站去工作啊！

时间一天天地过去，我实在无法克制自己的强烈愿望，硬着头皮去找公社的杨秘书。他正忙着，我站在办公室的外面怯生生地等着。看他忙完了，我走进去结结巴巴地问他县广播站要调我去工作的事，他似乎还记得这事，淡淡地说了一句，可能让其他人去了吧。

我顿时呆住了，居然一句话也说不出来。少顷，我才慢慢地回过神来，便失望地退出了公社办公室。回到家里，我偷偷地躲进了自己的房间，不敢向父母说出此事，我实在不想父母为我伤心。

初临挫折的我，毫无思想准备，真不知如何去面对。父母很快看出了我的心思与委屈。一天晚饭后，父亲对我说，人总有撞墙的时候，撞痛不要紧，不要被撞死就好。母亲则在一旁说，倒霉的事总会有的，但你要扛得住，扛得住就能过得去。

父母没什么文化，讲不出什么“挫折”之类的词语来，但他们说的“撞墙的时候”和“倒霉的事”就是指的“挫折”。父母的一番话让我经住了初临挫折的考验。之后，我又经历了类似多次的挫折，逐步对挫折有了切身的感受与认识：

挫折，是阻碍人们达到目的的障碍，是人生道路上必经的一座山，一道坎，一片荆棘地。无论是谁，都会遇上各种挫折，关键是如何去面对。正如但丁所言，不管别人说成长路上有多少挫折，你都要勇敢地走下去，只有挫折会让你成长。试图不经受任何挫折而成长起来，那绝对是个神话。挫折是成长过程中的必需品，是你成大事之前必须做的筹备工作。人生的路，总是磕磕碰碰，坎坎坷坷，不会一帆风顺，更不会事事如意。一个人，如果要有所成就，就必须有百折不饶的意志和坚定奋斗的精神。古往今来，多少人正是在挫折中成长起来，坚强起来，进而取得非凡的成就。文王拘而演《周易》；仲尼厄而作《春秋》；屈原放逐，乃赋《离骚》；左丘失明，厥有《国语》；孙子膑脚，《兵法》修列……可见，挫折是对人的一种考验，甚至是锻炼意志、增强能力的好机会。遇到挫折时，要像大树一样，被砍了，还能再长；也要像杂草一样，虽让人践踏，但还能勇敢地活下去。

对于命运：接受、同行、改变

人在年少的时候，在顺风顺水的时候，往往感觉不到“命运”的存在，只有当你遇上严重的挫折与困境时，才会知道命运的厉害，相信人生是由命运左右和决定着的。

我在踏上社会之初还不懂命运，甚至完全没有觉察到它的存在，而在之后的一系列挫折中，才开始意识到命运对我的重要影响。

那段时期，失去到县广播站工作的机会，一度让我颇为失望与迷茫，但我没有过于消沉，还是继续积极地劳动和努力地工作。不久，又一个消息在我的周围传开了，我的母校南新中学拟让我回校当语文代课老师。

又是一个对我极具诱惑力的消息。我从小崇拜老师，也想当一名老师，但总觉得这个理想太过遥远，所以想也没敢想过。当听到这个传闻，我不敢贸然相信，直到有一天，在路上碰到我原来的班主任老师，才证实学校方面确实有这个动议，并已正式向大队领导提出来了。

父母知道后说，这回不能像上次那样坐等了，应该想想办法做做工作。父亲万事不肯求人，金口难开，只好由母亲出面了。但当时的农村，大队书记官不大架子不小，普通社员对他很是敬畏，母亲也是，不敢去找他当面说，只好等待机会。

一天下午，大队刘书记正好在我家附近转田头，母亲见了赶紧回家，用鸡蛋炒了一碗米饭，等刘书记转到我家门口时，便热情地邀他到我家歇歇脚。刘书记倒没推辞，也没怎么客气就把炒饭吃了。母亲趁刘书记高兴，试探道："刘书记，听说学校想让剑华去代课，还请你高抬贵手，给个机会。"令母亲没有想到的是，刘书记一口回绝："哦，此事大队已经研究了，剑华现在去不了。"母亲正要说些什么，刘书记站了起来，用缓和的口气说："剑华表现不错，大队要用他呢。"听书记这么说，母亲也就不好往下说了，只得顺着话意谢了书记。

有了上一回的挫折，这次我倒没有特别的沮丧，更何况刘书记还表扬了我，并表示要用我。至于怎么个用法，谁也不知道。不管怎样，书记的话还是鼓舞了我，我更加积极劳动、踏实工作。

时间很快到了1976年冬季，一年一度的征兵工作开始了。这再一次点燃了我的激情与理想之火。征兵通告贴出的第一天，我就兴冲冲地跑到大队部去报名，但负责征兵工作的大队副书记给我当头泼了一盆冷水，毫无余地地对我说，你就别报了吧，你两个哥哥都已当兵了，就把机会让给别人吧。

天哪！我作为一名法定的适龄青年，难道连当兵报效祖国的义务也无权履行吗？我简直无话可说，也不敢说。那个年代，大队领导的话是不能违抗的，也是违抗不了的，我只能再一次服从命运的安排。

欢送新兵入伍的那一天，公社的广场上鞭炮声声，锣鼓阵阵。被批准入伍的新兵，穿着崭新的军装，胸前佩戴大红花，神采奕奕，容光焕发。他们个个带着兴奋的心情和激动的泪花与亲友道别。

在这支新兵队伍中，我的一个同班同学——也是我最要好的朋友也在其中。此时，我站在他的身旁，默默无语，我替他高兴，也为自己暗暗伤悲。朋友显然理解我的心情，一语不发，他知道此时的安慰只会触动我的痛处，加重我的失落与难过。

新兵队伍就要启程了，我紧紧地握着朋友的手，随着欢送的队伍向车站走去。朋友要上车时，我迅即从口袋里摸出一支黑色的英雄牌钢笔，塞到他的手中。朋友默默无语地看着我，不禁潸然泪下。

不能掉泪！我再一次提醒自己，并努力打起精神，强作笑颜，向朋友挥手告别。

回到家里，我关上房门，独自坐在床边，一股从未有过的孤寂感，潮涨般地漫过我的胸口。最好的朋友远走高飞了，而一次又一次的机会与我擦肩而过。我感到一片茫然。

这时，父母来到了我的房间，也只有父母知道我的心事。父亲欲言又止，还是母亲平静地对我说："剑华，我们没什么关系和背景，说不上什么话，命中注定怎么样就怎么样，只好听天由命，但老天爷是不会欺负你的，只要努力，命也是会变的。"

母亲讲的命，实际上指的是命运。母亲不识字，她讲不出"命运"这个词。

这是一个多么复杂的词汇啊！它包含了极其丰富的内容。不同时代、不同国度、不同的人对命运有着不同的认知。早在我国春秋战国时代，人们对于命运就有不同的看法。儒家的观点是，现实生活中无论生死、贫富、祸福、是非皆非人力所能及，都是受之于命运，而人的命运是由天来主宰的。《论语》有云：生死有命，富贵在天。

而墨家对命运的看法与儒家相反，针对现实状况提出了"非命"的观点。墨子说，王公大人能强力从事，则刑政必治；农夫妇人能强力从事，则人人必得温饱。贫富、饥饱、冷暖都决定于人们努力的成果，人是命运的主宰。

母亲说的命，既有儒家思想的成分，又似乎与墨家观点很接近。看来，不识字的母亲还是一位朴素的思想家呢，她对命运的看法更周全、更深刻。母亲的话点拨了我，加上一次又一次的挫折，使我逐渐清醒地认识命运，并形成了自己对于命运的态度：

我可以听天由命，坦然接受命运的安排，不与命运作对，但我不能卑怯，不能放弃努力。

我不低估命运的力量，也不高估命运的价值，我可以照看命运，甚至可以与命运结伴同行，做命运的朋友。

我暂且不能改变命运，但我可以改变自己的态度。命运可以决定我，我也可以决定命运。我相信，天生我材必有用。

贝多芬有一句豪迈的名言：扼住命运的咽喉。我没有这样的气魄与能力，我对于命运的态度是：接受、同行、改变。

这正是我开启人生的三把钥匙。

青春恰时来

在央视元宵晚会上，曾有一首原创歌曲引起了广泛共鸣。歌词是这样的：

> 把明天的蓝图下载/时代扬起年轻的风采/又一个百年梦想/在心中激情澎湃/催征的号角响起来/迎接富民强国的接力赛/我们站在最前排/新时代画卷已展开/青春恰时来/我与我的国同在/筑梦路上不言败/未来有我更精彩/青春恰时来……这个时代节奏快/5G量子和AI/全面小康和贫穷说拜拜/发展速度让世界刮目看/共建共治共享/感恩憧憬新时代/获得感幸福感安全感/愿每个人都能被温柔以待……

这首歌以青春的旋律，唱出了青春的豪迈，也揭示了人生的一条规律：青春恰时来。

对于每个人来说，青春总是如期而至。当然，不同的时代、不同的人生，有着不同的青春。当代著名诗人汪国真写过这样一首诗：

曾经有过那么多惆怅，想起往事令人断肠。

我不知道，我的追求在何方？道路在何方？

问风问雨问大地，却没有一点回响。

岁月无声地流淌，可是谁甘心总是这样惆怅，可是谁愿意总是这样迷惘。

我要飞翔，哪怕没有坚硬的翅膀。

我要歌唱，哪怕没有人为我鼓掌。

我用生命和热血铺路，没有一个季节，能把青春阻挡！

我不知道汪国真的这首诗写于何时何地为谁而写，但细细读来，倒是确切地表达了当年青春之际我的处境与心境。虽然处在农村艰苦的岁月里，虽然遇上了种种委屈和挫折，但青春同样恰时而来，我从惆怅和迷惘中走出，谱写着自己的青春之歌。

我们这代人，受文学作品的影响很深，而文学作品中，对于我影响较深的除了《钢铁是怎样炼成的》，就是《青春之歌》。这部小说写了一个青年知识分子林道静如何走上革命道路，并成为革命战士的曲折过程。主人公的苦闷、彷徨、挫折、坚强，深深地打动和影响了我。当然，我们这代人的青春有我们这代人的特征与烙印。如果要我写一篇《致青春》或《青春之歌》，我会这样写——

绿色，是我们的青春底色。不知怎的，我总把自己在农村的经历当作自己真正的青春时光。这并不是因为那时的我正是十八九岁，而是因为我下意识地感到，青春只有在大自然中才能显现它的底色。这个底色就是绿色。在农村，青青的草、清清的水、绿色的田野、碧波荡漾的湖面，生机盎然，充满活力，在这样的环境中、这样的氛围里，接地气、得灵气，浑身上下透出青春的气息。

劳动，是我们的青春价值。我们很早就参加农业劳动。虽然在农村的生活是十分艰苦的，但青春只有在艰苦的劳动中才能显现出它的价值，同时也从中获得乐趣与幸福。因为劳动，我每天要起得很早很早，见到喷薄而出的朝阳；因为劳动，我每天与一群青年人朝夕相处，畅想着共同的理想；因为劳动，我充满了力量，浑身有使不完的劲；因为劳动，我练就了坚硬的肌肉，有了更强壮的体魄；因为劳动，我们用自己的汗水，浇灌着禾苗，换来农业的收获，改变着农村的面貌。

奋斗，是我们的青春本质。尽管我的青春有过迷惘、苦涩甚至痛苦，但我一直在艰苦的生活中努力地奋斗着，奋斗是我青春的主旋律。我为此而自傲。人的一生只有一次青春，相对于时间，青春只是一次短暂的旅行。相对于人生，青春是一笔宝贵的财富。人的一生能走多远，能取得多大的成就，与青年时代的奋斗是分不开的。无青春，不奋斗；无奋斗，不青春。奋斗是实现青春意义的最好方式与途径。总之，青春是一首奋斗之歌。只有用汗水来抒写，用辛勤来谱曲，才能在人生的春天里奏响动人美好的乐章。

我为我逝去的青春而感怀，而自豪，而念念不忘！

东方卫视和浙江卫视播出的电视连续剧《正青春》，写的是当代青年的奋斗与追求，也写了他们的迷茫、曲折与爱情。这个电视剧还是比较正能量的，但以前的有些青春电影，如《青春派》《致我们终将逝去的青春》《同桌的你》《谁的青春不迷茫》《栀子花开》等，几乎都是清一色的校园爱情片，虽然也有真实的一面和励志的成分，但总体上看，谈情说爱多，刻苦努力少；享受生活多，吃苦耐劳少；疯狂游玩多，艰苦奋斗少。在我看来，这些电影和电视剧对青年人的正确引导、积极鼓励不够，相反存在一定的负面作用。当然，这是我个人的看法，也许由于角度问题而不够全面。

再看看现实生活中，许多青年人都在积极上进，努力奋斗，可谓后浪推前浪，成为社会发展进步的中坚力量。但也不乏这样的一些年轻人，他们不求上进，贪图享乐，白白浪费宝贵的青春时光。是的，不同时代有不同时代的青春，不同的青春期有不同的价值观，我们不能要求现在的年轻人与我们有着同样的青春体验与认识，但我着实对现在有些年轻人浪费青春的行为颇为失望，尤其不同意一些电影、电视剧里的所谓“青春对白”，什么“青春是用来疯狂的”，“青春是用来回忆的”，“青春是用来享受的”，“青春是用来谈情说爱的”，等等。

我始终认为，青春可以用来疯狂、用来回忆、用来享受，但更应用来奋斗。歌德说过，要成就大事业就要趁着青春年华。郭沫若则这样说，人世间，再也没有比青春更可贵的东西，然而青春也最容易消逝。最可贵的东西却不为人们所爱惜，最易消逝的东西却在促使它消逝。谁能保持永远的青春，便是伟大的人。

青春恰时来。如今的青年人遇上了好时代，恰逢其时，尤当珍惜。年轻只能一时，青春不会重来。当你真正懂得这个道理的时候，也许青春已经过去，懊悔也来不及了。因此，年轻人一定要珍惜美好的青春时光，用艰苦的劳动和不懈的奋斗，谱写好自己优美响亮的青春之歌。

人是一根思想的苇草

人与动物的区别，人与人的区别，就在于思维方式与思维能力。

人类的思维能力和思维方式，经过成千上万年的努力而日趋成熟。这种思维能力和思维方式又通过基因遗传移植在每个个体的人身上。当然，每个人固有的思维能力和思维方式随着年龄的增长而被开发出来和成熟起来。这种“被开发”“被成熟”的动因在于遇到问题和发现问题。而遇到问题和发现问题后势必要解决问题，这就需要思维。思维的结果产生了想法和思想，即找到解决问题的方法，进而采取行动。

小时候，人的思维总是简单的、幼稚的，只有踏上社会之后，遇上各种各样的问题，思维才活跃与成熟起来。从某种程度上说，人的思维活动也是被逼出来的。就我自己来说，我的思维逐渐成熟进而形成自己的想法和思想，是在20岁左右的时候。那时，我们的国家发生了震天动地的大事件。

1976年3月8日下午，在东北吉林降落了一次世界历史上罕见的陨石雨。民间有一种说法，这是天人感应，天摇地动，天上掉下大石头，就要死人呢。不知这个传说是真是假。

果不其然，那年1月与7月，全国人民敬爱的周恩来总理和朱德委员长相继与世长辞。巨星陨落，全国悲恸。

祸不单行，7月28日，距北京不远的唐山市发生了里氏7.8级的大地震，一座工业城市顷刻间夷为一片废墟，死亡24万多人，重伤16万多人。这是三百年来，京津唐地区发生的最大的一次破坏性地震，也是世界地震史上所罕见的。

不久，一个更加令人震惊的消息传来，9月9日，伟大领袖毛主席在京逝世。这一突如其来的消息像迅雷经天、巨浪排空，使全国人民陷入巨大的悲痛和极大的震惊之中。

就在中央电台播送《告全国人民书》的那天，我正走在从大队部回家的路上，听到这个消息一下子惊呆了，不禁停下脚步，久久地站在那里不动……

我们这代人生长在新中国，从小受到一系列的教育与感染，对毛主席无比敬仰与崇拜，怀有非常深厚的感情。那些天，我都沉浸在悲痛之中。几天后，大队组织悼念活动，各生产队派代表参加，共有近200人。大队部前的场地上挤满了人。大队书记安排我发言。我从毛主席的生平讲到毛主席的一家，从毛主席对党和国家的伟大贡献讲到他个人的文才武略，讲得有血有肉、生动形象。讲到动情处，我不禁掉下眼泪，会场上的人深受感动，也都泪流满面……

近20岁的我，踏上社会两年，已经对人生和社会有所思考与领悟，对当时的国家大事和国家形势也很关注。在毛主席去世后，我暗暗地为处在风雨飘摇中的国家而忧虑，也为农村的落后和农民的困苦而困惑，更对自己的前途深感迷茫与彷徨。

1976年10月6日，中央政治局根据党和人民的意志，采取断然措施，一举粉碎“四人帮”，挽救了党，挽救了中国社会主义事业，推动党和国家事业翻开了新的一页。

对于粉碎“四人帮”之后的情景，我还记忆犹新。那时突然有一天，中央公布了粉碎王、张、江、姚反党集团的消息。消息传开，全国震惊，普天同庆。人们欢欣鼓舞、奔走相告。时值金秋时节，菊黄蟹肥，煮螃蟹三公一母，持蟹饮酒，风行一时。“大快人心事，揪出四人帮”，诗人郭沫若这时用如此平实的诗句，最直白地表达了人们此时此刻的兴奋之情。人民究竟是人民，虽然常被愚弄与压制，尽管他们远离权力中心，也许他们不懂那些高深莫测的政治，但是，他们心中都有一杆秤，辨得清黑与白、是与非、好与坏。

我所处的农村，当时十分偏僻闭塞，而农民对粉碎“四人帮”极其拥护与兴奋，有一位老实巴交的农民当着许多人的面，一本正经地说，我早就看出那几个人不是好东西，个个一副狐狸相。这话引得大伙一阵大笑。在我的印象中，农民笑得那么开心、那么开怀，说话那么大胆、那么放肆，还是第一次看到。这就是人民的本能！这就是人民的伟大！

我也与那些农民一样，不太懂得什么政治，但强烈感觉到了国家形势的大变化，渴望着这种变化能够改变祖国的命运、人民的命运和自己的命运。现在回过头来看，我的思维正是从那时渐趋成熟，开始有了自己的思想——对国家政治产生极大兴趣并有了自己的看法，对发生在社会的种种情况有了一定的主见，同时，对自己的人生价值与目标进行着深刻的思考，初步形成了自己的人生观和价值观。

对于一个人的成长来说，比起身体的发育和成熟，思维的成熟、思想的形成更为重要。法国哲学家帕斯卡尔说，思想成全人的伟大。我能想象一个人没有手、没有脚、没有头，然而，我不能想象人没有思想：那就成了一块顽石或者一头畜生了。他还说，人只不过是一根苇草，是自然界最脆弱的东西；但他是一根能思想的苇草。由于思想，我囊括了宇宙。

人的全部尊严就在于思想。人的成长、成熟的主要标志也在于思想。

把个人命运的宝押在国家命运上

电视连续剧《妈妈在等你》令我印象深刻，其中第13集说的是我国恢复高考的事。下放在知青点劳动的二儿子晓岸听到恢复高考的消息，激动地跑到树林子里放声大哭了一场，后回到家中，与妈妈说要去参加高考，妈妈因家中困难而不同意，儿子对妈妈说，这是千载难逢的好机会，终于有机会改变自己的命运了。妈妈说，你的人生大事你就赌一把？晓岸说，我不认命，我要把命运抓在自己手里，我要赌一把，赌我们的国家可以越来越好，国家的命运好起来，我的命运也会好起来，一切都可以迎刃而解。

听了这段对话，我不禁潸然泪下。我们这代人最大的幸运是国家恢复高考，是高考改变了我们的命运。

那段历史，那段经历，历历在目，我永远不会忘怀！

粉碎“四人帮”不久，邓小平复出，给处在经济崩溃边缘和思想混乱中的中国带来了一线希望，人们期待着、盼望着。果然，好消息来啦！中央决定恢复高考，大学实行自愿报名、统一考试、择优录取的做法，停止招收工农兵大学生。这对于广大知识青年来说无疑是一个极大的喜讯。对我个人来说，更是喜出望外，意义非同小可。这是因为，假如还像以前那样由地方组织推荐保送大学的话，别人也许有份，而与我绝对无缘。当兵、代课都轮不到，还能让我上大学吗？我想也不敢想。

现在好了，我想上大学！我父母非但不反对，而且鼓励我参加高考。我想，谁也不可能像当兵、代课那样剥夺我的权利和机会了，机会均等，凭成绩说话，靠实力竞争。

这年高考是真正的海选，竞争相当激烈：从六六届高中毕业到七七届，十多届的高中生汇聚在一起，全国有570万符合规定的考生，这在当时简直就是一个天文数字，而录取的人数不到30万。其比例之小、难度之大可想而知。而当时既没有考试范围，也没有辅导材料，老师也不知道从何下手指导，我们的复习成了瞎子摸象、大海捞针。

我白天照常参加队里劳动和大队工作，晚上进行复习。由于复习的内容多而杂，加之时间一长对许多课本知识已经生疏，复习起来相当吃力，每天复习到很晚才会休息，有时通宵达旦。我的高中班主任徐华君老师专门为我“开小灶”复习数学，几次下来效果特别好。但究竟复习得如何，心里一点数也没有。

很快到了填报志愿的时候。那年是先填志愿后考试。志愿怎么填呢？老师们都希望我填报好些的大学，认为我原来的学习成绩一直很好，考试应该是有把握的。但父母坚持让我报考中专，稳扎稳打，只要考取，能转成居民户口，不管什么学校都行。我那时自信心不够足，加上对复习和考试心中没底，觉得父母的话有道理，便从了父母的意见，报考了中专。

也许是报考的人实在太多，那年高考分初考与统考进行。初考以公社为单位，考点就设在我的母校——南新中学，监考老师也都是教过我的初高中老师，所以心里并不是太紧张。数学有点难，语文对于我来说显得较为容易些。作文题目是《记一件有意义的事》，我不假思索就想到恢复高考是一件特别有意义的事。对，就写这事！我立即下笔写道：

“今年的冬天特别寒冷，又特别温暖。在这个寒冷而温暖的冬天里，我们的祖国发生了一件对于我们每个知识青年特别具有意义的事，那就是恢复高考。现在，我正置身其中……”这个开头，完全是我内心的感受。接着，我从粉碎“四人帮”写到恢复高考，从我到农村劳动写到坐回教室，一口气写了近千字，最后我写道：“考试就要结束了，我的心情难以用文字来表达。我们把个人的命运押宝押在国家的命运上。这次高考是一个转折，是一种希望，它将改变一代又一代青年人的命运！”

初考结束后，大家聚在一起议论，我把我写的作文内容说了出来，有人认为我这样写可能跑题了，因为高考是一件正在进行中的事，意义还没有显现出来。这把我说得心里一阵紧张，赶紧跑去问语文老师。老师说，这样写非但没有错，而且很好。果真，初考成绩出来后，我获高分，顺利进入全国统考。

从初考到统考，只有一个星期的间隔，时间十分紧迫。我夜以继日，埋头复习，迎接统考。统考是省里统一出卷，考场集中在宜兴县城。考试那天，场面可谓奇观，不仅人多，而且有师生同考、父子同考、夫妻同考，还有兄弟姐妹齐上阵的。由于有了初考的经历，统考时我并不那么紧张。

语文考试时，我竟碰到了一件巧事。有一道大题目是古文翻译，其文是："周处年少时，凶强侠气，为乡里所患。又义兴水中有蛟，山中有白额虎，并皆暴犯百姓。义兴人谓为三横，而处尤剧……"我一看这段古文，心中窃喜，这不是我小时候常听的周处除三害的故事吗？我毫不费劲地把这段古文翻译出来，留出了更多时间写作文。

我的运气多好啊！不仅遇上了国家恢复高考，居然还碰上了自己熟悉的考题。

个人与国家是命运共同体。如果把国家比作大树，那么个人就是一片树叶，枝繁才能叶茂；如果把国家比作大海，那么个人就是大海里的一滴水，只有大海汹涌澎湃，水滴才会永不干涸。个人的命运永远与国家的命运息息相关。

我庆幸自己遇上了好运。当然，也许我高兴得太早了，究竟能不能最终考取，还是一个未知数。不管了，我就把个人命运的宝押在国家的命运上了。

等待，人生之路上的驿站

在人生之路上，总会一次又一次遇上主动或被动的等待，甚至可以说，人总是处在等待之中，等待日出日落，等待四季更替，等待花蕾绽放，等待柳暗花明，等待春华秋实；同时也等待长大，等待上学，等待就业，等待爱情，等待提拔，等待加薪，等待搬迁新居……

有人说，等待是一个人和时间的恋爱，等待是等不来也心甘情愿的姿态，等待是将瞬间告别换为漫长的释怀，等待是让洁净青春抖落光阴的尘埃……

而我说，等待是人生之路上的驿站。

我印象最深的一次等待，莫过于参加高考后等待录取通知书。

当时，高考一结束我顿觉一阵轻松。但很快压力又来了。考生在一起互对答案，我不是这里错了就是那里错了，总之错的不少。更让我不安的是，我的一个同班同学，以前在校时成绩很是一般，但他考完以后显得很是得意，逢人便说这次考试很容易，尤其是数学试题几乎都做出来了。听他这么一说，我就更紧张了，因为我觉得这次数学试题很难，有许多题目我还没有做出来。

开头几天，只要一出门，碰到的人第一句话总是问我考得怎么样，我说不怎么样，他们都不相信，以为我在瞒着他们，或以为我过于谦虚。实际上我是真的觉得自己考得不好，有无颜见江东父老之感。后来，我就干脆躲在家里，免得人家问得我心烦。我的心事，母亲看在眼里急在心里。有一天母亲说要到学校去找老师问问情况，我劝她不要去，因为老师也不知道情况，但母亲执意要去。看着母亲的背影，我心里有说不出的滋味。天黑了，一串熟悉的脚步声从屋外传来，我急忙打开房门，只见母亲显得格外高兴和轻松，未等我开口，母亲便说，徐老师说了，考试题不可能全都答对，能做出一半以上就不错了，凭你的基础是不会有什么问题的。听母亲这么说，我多少踏实了一些，但心里清楚，现在谁也弄不明白，只能等待结果了。

等待是每个人经常遇到的一种状态。等待的结果，要么是美丽的，要么是沮丧的。无论哪种结果，等待必然是痛苦的。而这种痛苦是必须的，也是值得的，因为痛苦中蕴含着希望。有希望在，就要等待。

终于等到发榜的时候了。说是发榜，既不是张榜公布，也不是在媒体上刊登，而是由每个学校直接向考生发录取通知书。但那时不像现在可以到有关机构或网上查阅分数和录取情况，一切都蒙在鼓里，只能眼睁睁地等待着。我与千千万万的考生一样，急得像热锅上的蚂蚁，整天坐立不安。这段时间，我大哥正好从部队回家探亲，每天一大早就到公社的邮局去等邮差，但一次又一次失望而归。听说别人一个个接到了录取通知书，我不淡定了，心里像是挂了十五只吊桶——七上八下，吃不下饭，睡不好觉，人也一天天消瘦下去。

一家人都为我着急。大哥三番五次地安慰我，并上午下午各去一趟邮局，生怕遗漏与耽搁。二十多天过去了，大哥眼看假期就要结束了，心情显得有些沉重，话也少了。这时我倒真想反过来安慰他几句，但终于没有说出口来。归队那天，大哥一早起来默默地收拾行李。早饭后，又急急忙忙跑到邮局去。他明明知道每天邮差上午10点钟左右才能到，而他9点钟就得去车站乘车，但还是去跑了一趟。快到9点钟了，家里人都在等他回来送他去车站，但左等右等不见他回来，我急忙跑出去，走到拐弯处，只见大哥在围墙角落里擦眼泪，见到我便难过地说："剑华，我来不及等了，也许通知书还在路上呢，你再等等吧。"听到这话，我再也掩饰不住自己的心情，眼泪扑簌簌地掉下来……

在人的一生中，有些东西比金银重要得多，比如亲情。亲情不仅是血缘关系的维系，更是彼此的关爱与温暖。没有亲情的温暖，在茫茫人海中，人会冷得瑟瑟发抖。有了亲情的陪伴，人生之路可以从容地走过。

"你再等等吧。"大哥的话给我希望，我不再那么焦急，继续耐心地等待着。可是，生产队里的社员们却有点急不可耐了。他们看到有人陆续接到了录取通知书，而且不断传出录取工作即将结束的风声，很为我担心。在大家眼里，我一向是一名优秀学生，即使失手，成绩也不会太差。这是怎么回事呢？这些朴实而善良的农民，实在想不出什么办法来帮助和安慰我。几位妇女一合计，偷偷地跑去请瞎子为我算命。

离我家不远处有个自然村，村里有个瞎子会帮人算命，据说算得很准，方圆十几里的人常常请他算命。但那时瞎子算命就是搞封建迷信，如被发现，公社和大队都会严肃查处，所以，请瞎子算命只能偷偷摸摸地搞地下活动。几位妇女去为我算命后，起初不敢来告诉我，因为我是大队干部，是不能也不会相信的。有位姓蒋的妇女实在忍不住了，见身边无人，便神秘兮兮地把我拉到一旁，轻轻地对我说，你放心好了，我们为你算了命，你一定会被录取的。

算命？我一时发蒙，既没有问她什么，也没批评她。回到家里，母亲悄悄地告诉我，有人请瞎子帮我算了命，说你以后要在外面吃饭的。

这就是瞎子算命的技巧和高明之处。“以后”是什么时候？他没讲明；“在外面吃饭”是什么意思？可以有多种理解。而这几位妇女和我母亲一致认定我会被录取，以后要到外地去工作。我嘴上说不要相信瞎子胡说八道，而心里多少有点安慰，并暗自希望瞎子说的是准的、真的。

人就是这样，在遇到挫折、困境的时候，在感到迷茫、无助的时候，往往会变得宿命起来，甚至陷入迷信。这也许是人类精神活动的一种自然反应吧。

当然，我没有因此而相信迷信，但这段时间着实让我尝到了等待的滋味。这滋味，一言以蔽之——甜酸苦辣咸，五味杂陈。

等待是一种状态、一种心境。学会等待，是对自己意志与力量的检验，是对自己耐心与执着的锻造。等待会让我们更加成熟，更趋理智，更善思考，更懂选择，更能把握自己的命运。等待会让我们片刻停留，稍许休息，准备新的开始，迎接新的一程。

我耐心地等待着，等待着……

人生轨迹因机缘而改变

爱因斯坦曾这样解释相对论中的时间：当你站在火炉前的时候，你会觉得很热，而且到了一定程度，你就会感觉时间过得相当慢，恨不得马上离开。但是，当你站在一个喜爱的美女面前的时候，你也可能会觉得发热，但是到一定时间后，你会觉得时间过得很快，舍不得离开。

在等待录取通知书的那段时间里，我深切地感受和理解了时间相对论，觉得时间突然变得好慢，真是度日如年！

直至高考录取工作接近尾声，我也没有等到好消息。

我怀着失落的心情迎来了新的一年。元旦刚过，大队组织民工到滆湖围湖造田。那天一早，我赶到大队部领取我的具体任务，母亲则把我的衣服和被子包扎好，连同劳动工具送到了队里去滆湖工地的水泥船上。

也就是在那一天，我的录取通知书竟寄到了南新中学。我的高中班主任徐华君老师拿到我的通知书，二话没说，转身就跑向我家报喜。学校离我家有两里多路，徐老师一路上逢人便说："章剑华录取了！章剑华录取了！"

跑到我家时，徐老师已是汗流满面。母亲接过通知书，竟一句感激的话也讲不出来，甚至忘记给气喘吁吁的徐老师倒杯茶。母亲的第一反应就是立即把这一喜讯告诉我。母亲跑到隔壁的供销社，请人拨通了大队部的电话。

当我从电话里得知录取的消息时，不知为什么，我既没有高兴得跳起来，更没有像范进中举那样失常失态，反而显得颇为冷静。也许是这份迟到的入学通知书，让我心里冷得一下子热不起来了吧。我把消息告诉在场的大队书记，没等书记说些什么，便转身往家里跑。

家里挤满了整整一屋子的人。左邻右舍的许多人都过来了。父母笑逐颜开，满屋欢声笑语。见到我回来，大家都向我祝贺。那位蒋姓妇女高声地说道："剑华，怎么样，瞎子没有瞎说吧？"引得大家哄堂大笑。此时此景，我心头一热，全身的血液如翻江倒海一般。这激动，与其说是因为见到了朝思暮想的入学通知书，还不如说是被眼前热情的场景和真挚的情谊所感染。

等大家走后，我详细地看了入学通知书，才知道自己录取的学校是镇江第二师范学校。我顿觉纳闷：我在志愿书上没有填写这所学校啊。我的第一志愿分明填写的是"江苏省外贸学校"，后面还有"江苏省物资学校""江苏省商业学校"等。

那么，怎么会被二师录取的呢？后来得知，那时"文革"刚结束，学校教师奇缺，国家为了把教育搞上去，决定先从培养师资抓起，便同意师范院校在高考成绩较好的学生中优先录取。我的数学成绩不算太高，但语文考了87分，属于高分，因而被镇江二师的中文专业录取了。

现在学校录取必须严格尊重考生本人志愿，而在当时无须征求本人意见，考生也不会提出任何异议，只要能录取就谢天谢地了。

一个偶然的机缘，甚至是一件微不足道的小事，或许就会改变一个人的人生轨迹。这样的情况曾发生在许多人身上。大名鼎鼎的大画家齐白石原是一个小木匠，一次在雇主家见到了一本《芥子园画谱》，便借了回来，每天晚上收工回家后，就着松油柴火，一幅一幅地临摹，不久他画的画就在方圆百里小有名气，并传到了乡绅胡沁园的耳朵里。这位乡绅无心功名，醉心书画，且特别爱才，一次他听说齐白石在他家附近的赖家做活，竟亲自赶了过去，劝齐白石一面读书学画，一面卖画养家。齐白石听了胡沁园的劝说，扔下了木匠活计，专攻丹青，日后终成享誉国内外画坛的名家大师。试想，如果没有那次与胡沁园相见的机缘，没有他的点拨，齐白石的人生轨迹也许就不会改变，恐怕一生就是个木匠，不可能成为丹青巨擘。

我当然不能与齐白石相提并论，但人生轨迹的改变有相同之处。不过，齐白石是因人劝说而变，我是因国家需要而变。现在回过头来看，当时由什么学校录取，也就决定了一个人的人生轨迹。如果我被省外贸学校或其他什么学校录取，那我走的路会是大相径庭。但是，无论是当时还是现在，我都没有埋怨和后悔。而且，我非常感激并感到自豪的是，国家为我定下了人生的志愿，国家改变了我的人生轨迹。

在当时，无论是考上大学还是被中专录取，似乎没有多大的区别，都被视为“鲤鱼跳龙门”。

那段时间，人们都把羡慕和赞许的眼光投向我们这些被录取的学生，其光荣程度绝不亚于参军入伍。虽然没有胸戴大红花，颁发光荣榜，但全身上下都罩上了美丽灿烂的光环。大队和生产队为我召开了欢送会，送了钢笔、笔记本等学习用品。队里的社员们还凑钱帮我买了一些日常用品。尤其让我感动的是，那个经常吵架的妇女，用了几天的时间，日夜赶做了一双布鞋，送给我带到学校里穿。乡亲们的那份真诚，那份情谊，使我终生难忘。

那些日子，父母更是忙碌而快乐着。母亲整天喜上眉梢，为我准备着上学所需的各种物品。父亲的脸上露出了少有的微笑，办手续、迁户口，都由他一手操办，其劲头、其情绪，就像是自己中了状元。

更让我没有想到的是，父亲用他仅有的积蓄，花30元钱为我买了一块钟山牌手表，这在当时是奢侈品了。对于一向节俭吝啬的父亲来说，是破天荒的大方了。我喜出望外，受宠若惊。

转眼间，到了开学的时候了。临行前，我挨家挨户去道别。大家既从心底里为我高兴，又依依不舍。一些老年人拉着我的手有说不完的话，说得最多的一句话是："剑华啊，你有出息了，可不能忘记我们呐！"我连连点头，一再表示不会忘记大家。我是这么说的，心里也是这么想的。

在回乡劳动的两年时间里，我与队里的社员们朝夕相处、同甘共苦，产生了深厚的感情。是他们手把手地教会我农活，是他们推举我当上了队干部，更是他们勤劳朴实的性格和吃苦耐劳的精神教育鼓励了我。我深深地感激他们，永远不会忘记他们。

最后，我去向队里的孤寡老人吴细狗道别，他是我最放心不下的。过去我母亲一直照顾着他，我当队干部后，对他也是特别照顾，尽可能多分些粮食给他，逢年过节还送上几斤肉和几元钱。我找到他时，他正在场地上晒太阳。见着我便扭过头去擦眼泪，我不知说些什么是好。别看他无依无靠，但人穷志不穷，饿死也不求人，从不掉泪。今天他却抹着眼泪说："剑华，你要上学去了，今后谁也不会把我放在心上了。"我一边安慰他，一边从口袋里摸出几元钱给他，可他死活不肯收，推了又推，我只好把钱硬塞到他的口袋里，跑着离开了。

付出真心，收获真情。离开家乡的那天上午，几乎全队的人都来送我。人群中，吴细狗老人站在远处，没有上来与我道别，也没有向我招手，只是默默地看着我。此时无声胜有声，我知道他的心事，领会他的心意。

我带着家人和乡亲们的关爱与嘱托，带着对他们的感激和思念，离开了生我养我的家乡，踏上了求学之路。

二十不悔，青春无悔

离开家乡、踏上求学之路那年，我20岁。

这是人生中的一个具有标志性的年龄。中国有“二十弱冠”的传统礼仪，即在男子20岁的时候，给他戴上表示已经成人的帽子，又因其身体犹未壮，还比较年少，故称弱冠。

孔子说，二十不悔。现在更多的说法是，青春无悔。

无论是“不悔”，还是“无悔”，都有一个“悔”字。这就是说，20岁左右的青春年华，是人的一生中最美好、最宝贵的时光，也是最容易被耽误、遭挫折、生后悔的阶段。正如颜真卿《劝学》诗所云：“三更灯火五更鸡，正是男儿读书时。黑发不知勤学早，白首方悔读书迟。”因此，青春时光，最要防止、最要避免的就是一个“悔”字。

而要避免这个“悔”字，做到不悔与无悔，最为重要的是珍惜美好的青春时光，切不可浪费了它、辜负了它。而恰恰是，青春时光最容易在风的指缝间无意滑过，在水的流动中无声逝去。而且，青春若去，驷马难追，永不复返。世上没有人能赎回青春。青春须早为，岂能长少年。青春需要我们去珍惜，去把握，去运用。劝君莫惜金缕衣，劝君惜取少年时。只有惜取光阴，才能不悔；只有不断奋斗，才能无悔。

20岁的我，虽为“弱冠”，但经过两年的农村劳动锻炼，在体格上、思想上都已趋成熟，并不太弱了。我懂得了学习机会的来之不易，懂得了如何珍惜宝贵的青春年华。

我录取的学校坐落在武进县南夏墅。原以为学校肯定是在城市里，但南夏墅不是市，而是农村的一个小镇。这让我有点失望，也觉得没有面子，所以每次写信回家，在信封的落款上总是将“南夏墅”有意写成“南夏市”。可见我当时的虚荣心有多重。

在农村的唯一好处是远离城市的喧嚣，可以静心读书。当然这是外因，内因是我们这些经过多年磨炼和严格考试的学生，深知机遇的难得和学习的重要。记得我在开学后的第一篇作文中写道：

> 开学那天，我坐在来校的长途汽车上，望着窗外往后闪过的一片麦田和一排排树木，心潮起伏，激动无比。车经过一个站口时，一位老农民挑着一担稻谷上了汽车。当他把扁担靠放在我的座位旁时，我不禁心头一震，多么熟悉的扁担啊！它伴随我走过了两年的农村生活，它又使我想起母亲叮咛的一番话：我从小没读过书，扁担长的“一”字也不识，吃苦就吃在没有文化上。你现在有书念，一定要珍惜读书的时光。
>
> 是啊，我现在虽然放下了扁担，但我肩上的担子更重了。
>
> 如今，我已来到了崭新而美丽的校园。每当我站在或走过学校高大的教学大楼，就会由衷赞叹那一块块整齐而坚实的红砖，是它们垒起了这座高楼大厦。红砖极其普通，它不过是用泥土和煤渣做成，但经过烈火的锻

炼，变成了块块红彤彤、响当当、硬邦邦的砖头。

我们每一个学生不正是应当成为一块块红砖吗？我一定要珍惜宝贵的学习时间，在学校这座知识的熔炉里锻造自己，真正成为一块“又红又专”的红砖，为祖国现代化大厦添砖加瓦。

这篇题为《扁担与红砖》的作文，老师给了高分，并刊登在校报上。虽然这篇作文明显带着稚嫩的学生腔，但真实地流露了我当时的想法，表达了我的理想。正是在理想的驱动下，我投入了紧张的学习生活。中师学校原本是培养小学教师的，但我们这届明确培养中学教师，按大专开设课程。我被分到中文专业。学习的内容比较深，要求比较高，好在老师的水平也高，教得也认真。相对来说，我们虽然是千挑万选出来的，但基础还是薄弱。我克服学习上的种种困难，拼命地补上原有的不足，像海绵吸水般地吸收新的知识。白天全神贯注听课，晚上则天天泡在学校的图书馆里，阅读各种书籍，许多文学名著就是在这里第一次读到的。

读书学习这件事，一旦投入进去，成为一种自觉的行为甚至习惯，就全然不觉半点枯燥与辛苦，相反有许多乐趣与快感。我如饥似渴，心无旁骛，完全沉浸在学习的快乐之中。星期天也全都用在学习上，总觉得时间不够用，不肯浪费一点。

唯有的一次，宿舍里一位常州城里的同学，得知我从未到过城市、见过火车，便在星期天硬拉着我去了趟常州，平生第一次见到了城市的模样，见到了飞驰而过的列车，使我大开眼界。

我从小学到高中，一直是班长，非常热心于班级工作，而在师范这两年，我虽为班上的团支部书记，但我一反常态，对班级工作毫无兴趣，基本不闻不问，一门心思认真学习，正所谓：两耳不闻窗外事，一心只读圣贤书。

入学不久，我在学校图书馆里读到了刊登在《人民文学》1978年第一期上徐迟的报告文学《哥德巴赫猜想》，一下子把我吸引住了——

陈景润是位数学家，生于1933年，当他降生到这个现实人间时，他的家庭和社会生活并没有对他呈现出玫瑰花朵一般的艳丽色彩，他甚至没有享受过多少童年的快乐。但他从小就特别喜欢数学。上初高中后，他更爱上数学，枯燥无味的代数方程式成为他唯一的乐趣。只要沉浸在代数、几何的解题过程中，他就能忘却所有的事情。一个初春的中午，最后一节课的下课铃响了，学生们拥挤地走出教室，回家吃饭。陈景润不紧不慢，走在最后。他从书包里拿出一本刚从老师那里借来的数学书，边走边看。他只顾专心致志地看书，脚慢慢地偏离了方向，他不知不觉朝着路边的小树走去。只听哎哟一声，陈景润撞到了一棵树。他看都没看对方是谁，便连声说对不起、对不起。可是他再仔细一看，原来是棵树。然后，他又捧着书向前走去。有一次，老师在讲课中讲到了数论中一道著名的难题：德国数学家哥德巴赫发现，每一个大偶数都可以写成两个素数的和。但无法加以证明，只能称之为猜想。两百多年来，多少数学家企图给这个猜想作出证明，都没有成功。陈景润记住了这道数学难题，从此，他以惊人的毅力艰难地跋涉在数学之路上，废寝忘食，昼夜不舍，潜心思考，探测精蕴，进行了大量的运算，向着哥德巴赫猜想挺进。经过多年的艰苦努力，陈景润终于破解了世界著名数学难题——哥特巴赫猜想，创立了“陈氏定理”，轰动了国际数学界。

感人的故事、优美的文字深深地打动了我。我暗下决心，要以陈景润为榜样，珍惜宝贵的青春年华与读书时光，专心致志地学习，力争学有所成，报效祖国与人民。于是，我把自己的全部时间与精力用到艰苦的学习之中。

一分耕耘一分收获。在两年的师范学习中，我的中文基础知识得到强化，尤其是语法、逻辑、文言文、写作等知识水平和应用能力大大提高，这为我以后的工作与写作打下了坚实的基础。这两年，是我最刻苦、最充实、最快乐的两年。如果说青春无悔，那么师范这两年是我真正的无悔年华。即使光阴逝去，历经岁月沧桑，那个被时间裹挟的短暂而有意义的日日夜夜，永远停留在了我的记忆深处。

有多少首青春无悔的歌曲与诗歌，我独爱这一首：

> 青春是一首浪漫的诗，青春是一幅壮美的画。青春少年朝气蓬勃，青春岁月激情澎湃。青春是人生的黄金时代，青春是人生的花季年华。青春在学习工作中闪光，青春在奋斗创造中升华。奥斯特洛夫斯基把青春写成一部《钢铁是怎样炼成的》；雷锋用青春铸成一颗永不生锈的螺丝钉。每个人都拥有青春时光，每个人都经历青春年华。让岁月成为人生阶梯，让时间成为知识密码；给青春留下时代烙印，使青春有光荣事迹证明。青春短暂而宝贵，珍惜青春好年华；蹉跎岁月会一事无成，虚度光阴将悔恨终身。迈开青春的脚步，伴随青春的旋律，奔向美好未来，让青春无悔！

尽管我不知道这首诗是谁写的，也不知写于何时，但在我看来，它是我们这一代对青春的真实记录和最好表达。

由“躺平”想起“勤+缘”

网络上有过一段热议，至今仍时时被人提起，即年轻人中出现了一种“躺平”现象，指瘫倒在地上，不再励志，不再沸腾，不再渴求成功。对于这种现象，许多有识之士，包括董明珠、俞敏洪等出来劝诫年轻人，不要“躺平”，要努力奋斗，争取成功。

这不禁使我想起自己年轻时敬佩的一个董明珠式的人物梁凤仪，以及她的成功方程式。

也许现在很少有人知道香港财经作家梁凤仪了，而我年轻时读过她的系列财经小说和其他很多书，她所信奉的成功方程式是“勤+缘”。她说：“成功的秘诀是勤奋与机缘各占一半。我自己从小到大，都是将勤补拙的人，我很愿意不断地努力去做一切我能应付得来的事情。”她还注册成立了“勤+缘媒体服务公司”，自任CEO，投笔从商，勤奋工作，开启传奇人生，取得巨大成功。

我当时受梁凤仪书籍和她的人生观影响很大，把“勤+缘”这个成功方程式作为自己的座右铭，并落实到自己的行动之中。

在师范期间，我全身心投入学习之中，把“文革”中耽误的学习时间补了回来，打下了较为坚实的知识基础。不知不觉中，两年的学习时间一眨眼就过去了，我是多么想再多读几年书啊！

很快就到了毕业分配的时候。那时的毕业分配完全是由组织决定。学校对我们说，分配将根据择优安排的原则进行。我们到县教育局接受分配时，却是城里人就安排在城里，乡下人就安排在乡下。虽然我实习的县重点学校丁蜀中学有意要我，但还是被分配到家乡的南新中学。这是属于条件较差的农村中学。当时我心里颇为矛盾，既有些不平，觉得并没有实行择优分配，又有些高兴，毕竟回到了自己的母校。

回到母校任教，我原来的老师成了同事，他们对我特别关心与信任，并寄予厚望，一上来就让我担任初三班的语文老师，还兼高一班的班主任。当时我才二十出头，好在自己在学生时代一直是班干部，尤其是在师范学习的两年，掌握了许多教学所需的专业知识与专业技能，所以无论是上课还是当班主任，还算老练，加上我十分认真，一个学期下来，我带的那个班级，学生成绩好于其他班级，受到学校表扬。

我在学校工作不到一年，公社需要配一名业余教育专职干部，便看中了我，很快我就破格成了一名“公社干部”。在公社里，我主要做业余教育的有关工作，同时也与其他公社干部一样到大队、生产队蹲点，还要承担公社里的文字工作。除此之外，我常常利用晚上的时间写新闻稿，向宜兴广播站和宜兴报社投稿。

《宜兴报》是全国最早创办的县级报纸，20世纪60年代困难时期停办，粉碎“四人帮”之后又复刊了。此时的报社人手不足，尤缺记者。总编许周溥看了我每次投去的稿子，觉得不错，留下印象，便提出把我调宜兴报社工作。报社里的一位编辑把这个消息告诉了我，我喜出望外，但又心生疑虑。想当年，宜兴广播站要调我，终成泡影，如今，宜兴报社又来调我，能梦想成真吗？

这次不是公社拦我了，而是县教育局不同意，因为当时有规定，师范毕业生不许调出教育战线。

马克思曾经说过这样一段话："伟大的东西是光辉的，光辉则引起虚荣心，而虚荣心容易给人以鼓舞或者是一种我们觉得鼓舞的东西。"我是一个虚荣心极强的人。我被报社记者这样的崇高职业所吸引、所鼓舞。

我再也不能坐以待毙了！

于是，我主动出击，壮着胆子来到县教育局，找到调配科的马科长，请求调动。马科长一口回绝。第二天我又去，马科长干脆不予理睬，把我晾在那里近三个小时。第三天我再去，马科长恼火了："报社从来没有说要调你，你回去吧！"我先是一愣，很快就反应过来，软里带硬地恳求道："马科长，如果报社没有说要调我，我怎能自说自话来找你呢？我喜欢写新闻稿，报社知道我的特长。再说，我调到报社去，以后也可多写写教育方面的报道。"我这么一说，马科长朝我看了一眼，态度立马有所改变，温和地说："你先回去吧！"

后来我才知道，在我自己找教育局的时候，报社许周溥总编亲自找到县委书记，让书记发话，以特例把我"挖"到了报社。

我梦寐以求的事情终于实现了！一条全新的道路在我面前展现开来。

宜兴报社坐落在宜城镇解放路，是建成不久的一幢两层楼房，在当时算是很不错的办公楼。在人们的心目中，报社就是县里重要的机关单位。踏进报社大门，自豪感油然而生，同时又忐忑不安。我被分配到教科文组工作，既当编辑，又当记者。虽然有一定的写作基础，但作为报社专业的编辑记者，我的能力还是非常欠缺的，采写的稿子和编辑的版面，到值班总编那里总有不小的改动。这让我心里十分紧张，也促使我加倍努力地工作。

就在我埋头工作的时候，又一个重要机遇落到了我的头上。

复旦大学新闻系主任王中先生根据“文革”后各省级新闻单位骨干力量缺失的状况，提议面向全国新闻单位招收“新闻干部专修班”。名额非常有限，县级报社照例是没份的，但由于宜兴报社总编许周溥先生是“文革”前的复旦大学新闻系毕业生，他的许多同学留校当教师，有的当上了系领导，就凭这层关系，破例给宜兴报社一个名额。报社领导讨论决定，让我去复旦大学学习进修。

如果说，调到宜兴报社是我梦寐以求的事，那么，到复旦大学新闻系学习深造，简直就是“白日做梦”。

我自己惊讶，别人更惊讶。你是不是有什么背景？还是会搞关系？坦白说，我没有任何背景，父母的情况已经介绍过了，亲戚之中，连个“国家干部”身份的人也没有。至于说搞关系，我天生不会，这点是继承了父亲的基因，万事不求人。

那么，究竟是什么原因使我时来运转？又是何种力量让我好运连连？

自从跨出校门，一直一帆风顺、一路顺风。特别是师范毕业后的几年里，“打一枪换一个地方”，简直顺利到不能再顺利，运气好到不能再好。然而，我又不承认全靠运气。说实话，我的体力与智力都只能算作一般，但在学校读书和农村劳动期间，学分和工分都是名列前茅，这里面似乎与运气关系不大，而是在于肯用功、多吃苦。

朝霞总是属于最先走向黎明的人们，机遇永远垂青有准备的头脑。机遇往往迎面而来，又擦肩而过，当你回头寻找机会的时候，它却不会再回过头来向你点头微笑了。这些道理，早就有人讲过，大家也都承认，但恕我直言，现在许多人并不真正理解，更不愿化作自己的行动。他们绝非运气不好，而是不肯吃苦。

我至今还是信奉梁凤仪“成功 = 勤 + 缘”这个方程式，而且认为，关键在于勤。至于有些肯吃苦，而且真的吃了苦的人，他们苦于运气不佳，至今事业无成，我深表同情，但现在还拿不出什么办法为他们指点迷津，只能引用英国作家狄更斯的一句话来与之共勉：

> 某种可喜的才能，某种幸运的机会，可以形成某一些人上升的梯子的两侧，但是那梯子的横级必然是用经得住摩擦和牵扯的东西做的。没有东西可以代替彻底的、热情的、诚恳的真功夫。

美妙的春光属于谁?

20世纪80年代，我国改革开放全面展开，960万平方公里的土地上，发生着一个春天的故事。各条战线生机勃勃，全国人民兴高采烈，尤其是年轻人焕发出青春活力。当时有这样一首歌曲非常流行：

> 年轻的朋友们，今天来相会，荡起小船儿，暖风轻轻吹。花儿香鸟儿鸣，春光惹人醉，欢歌笑语绕着彩云飞。亲爱的朋友们，美妙的春光属于谁？属于我属于你，属于我们八十年代的新一辈……

我有幸成为八十年代新一辈中的一员。唱着这首热情欢快的歌曲，我于1982年9月，来到了大上海，跨进了复旦大学的校门。

我出生在农村，从未出过远门、见过世面。突然置身于世界级的大城市，我既有“刘姥姥初进大观园”的胆怯和惊奇，又有“外面的世界真精彩”的感受与赞叹。而更让我兴奋与沉醉的还是大学。这是我的渴望、我的梦。当我跨进复旦大学的校门，一种从未有过的自豪感和幸福感油然而生。

这是一所历史悠久、享誉海内外的名牌大学。复旦大学创建于1905年，原名复旦公学。“复旦”二字由创始人、中国近代知名教育家马相伯先生选定，选自《尚书大传·虞夏传》中“日月光华，旦复旦兮”的名句，意在自强不息，寄托当时中国知识分子自主办学、教育强国的希望。

复旦大学拥有一大批学术大师和著名学者，在国内外享有盛誉。周谷城、陈望道、苏步青、朱东润、谢希德等著名学者长期在校执教。复旦大学共培养了数十万名各类毕业生，涌现出包括于右任、邵力子、陈寅恪、竺可桢等校友在内的众多杰出人才。我到复旦上学那年，苏步青校长刚刚退居二线，著名女物理学家谢希德接任校长。我们这个班还是谢校长亲自批准开办的呢。

当时，我唯一的想法，就是要珍惜机会、珍惜时间，在知识的殿堂里实现思想、精神、才智的升华！

我们这个班，是从全国各级媒体单位选拔出来的，有些人已有长期的新闻实践经验，还有的获得过“范长江奖”“邹韬奋奖”等全国新闻大奖。我与他们相比，年龄上是小弟弟，工作上是小学生，所以，我暗下决心，利用这么好的条件，向老师学习、向同学学习。

大学里并不是整天有课，我却把时间排得一点隙缝也没有，全身心地投入到学习中去。一天晚上，我独自在教室里自习，直到很晚才回宿舍。到了宿舍，见大家惊魂未定，一问吓我一跳：就在半小时前，上海地区发生了一次有明显震感的地震。同学们与我开玩笑说："你太专心了，假如发生大地震，你就没命了。"

我如饥似渴地学习，从课堂和书本中吸收知识的营养，以此充实和提高自己。我深深地认识到，只有自觉地、专心地、认真地学习，才能学到真正有用的东西。"书山有路勤为径，学海无涯苦作舟。"学习是没有捷径可走的，最有效的方法就是专心和勤奋。

在复旦期间，我还把学习与写作结合起来，几乎一天写一篇稿子。每天下午，一般没有什么课，我就躲到图书馆，翻资料，想题目，打草稿，晚上到教室里去修改和抄写。翌日一早，我从学校跑到江湾五角场，一来把稿子投进信箱，二来阅览一下邮局门口的报刊窗，了解新闻，从中得到点写作的题材与灵感。

开头几个月，投出去的稿子没有一篇被录用，我心灰意懒，写作动力已是微乎其微。有一次，学校组织我们到上海第一监狱去参观。一位女监狱长向我们介绍了监狱改造罪犯的做法和犯人改过自新的情况，感人至深。回来后，我写了一篇题为《假如他遇到了朱伯儒》的短文，寄给了监狱里由犯人办的《劳动报》。不料，没过几天，文章在该报登了出来，编辑还给我写了一封感谢信，并寄给我一幅由犯人画的绢画，画面是几棵竹子，很是雅致。这幅画，我至今保存着。

这次意外的收获，又激起我写作的热情和勇气。我继续每天写一篇稿子，投向各种报刊，每当写完一稿，心里总是一阵轻松。但把稿子投进信箱以后，心情又沉重起来：是“死”是“活”，前途未卜。不管心情如何沉重，总有一线希望存在，于是日复一日地等待着。等待的结果，喜讯极少，绝大多数石沉大海，杳无音讯。

我最怕的是一封一封退稿信。退稿，就是对稿子判“死刑”，意味着自己的劳动成了无效劳动。其实，我怕退稿，原因并非仅仅于此。有段时间，退稿信不断，甚至一天要收到几封。一次回宿舍，看到几个同学拿着我的几封退稿信在议论些什么，我的脸“唰”地红到脖子，简直无地自容。后来，我想出了一个办法，即在稿件的后面，注上一句话：“如不采用，请勿退稿。”这一招果真见效，之后就再也收不到令人生厌的退稿信了。

收不到退稿信，不仅不用担心别人的议论了，而且还可以使自己常常保留着一份希望：这篇稿件也许能被采用吧？

有希望在，就有写作的信心和勇气。我继续坚持每天一篇的写作，直到毕业。我大略统计了一下，在复旦学习期间，我共写了各类文章近500篇，被中央和全国各级各类报刊采用的大约30多篇，如《谈谈“对牛弹琴”》《焦裕禄“送才”却“留才”》《“天知、地知”正解》《天若有口天亦“推”》《为“包”先生鸣不平》《人才流动与“闸”》《“狼来了”新释》等。

我之所以要把写作的数量和录用的篇目列出来，就是为了说明做任何事情，不仅要勤奋，还要坚持。在困难中坚持，在曲折中坚持，在失败时坚持，当然，在成功时也要坚持。“坚持数年，必有好处”，这是毛主席说的，也是我的切身体会。只有刻苦学习、勤奋工作，只有坚持不懈、持之以恒，才能不断取得成绩、成就与成功。

我在复旦大学期间的持续写作，虽然绝大多数文章没有被刊用，成了废纸，但废纸不废，既不是“收益努力比的下降”，更不是“努力的通货膨胀”，它为我以后的写作打下了坚实的基础，更重要的是，养成了我的良好写作习惯。这种习惯始终伴随着我，一直到现在。

苦涩的“小插曲”

在人生之路上走着，可以领略到曼妙的风景，也会冷不防遇到一些煞风景的人与事。总有一些人让你觉得不可理喻，总有一些事让你觉得非常无语。这世界就是这样，只要有人的地方，就会有烦人的事情，就难免遇上苦涩的“小插曲”。

所以生命啊，它璀璨如歌。这句话出自哥伦比亚作家马尔克斯的《我拿什么留住你》。其意思是，生命既享受着生活中的精彩，心中充满快乐，沐浴在温馨的爱河，生命璀璨如歌；同时，人生又在忍受生活中的腐烂，经受痛苦的折磨，所以生命又蕴含苦涩如歌。

在复旦大学学习期间，我就遇到过一件“苦涩如歌”之事。

那时，我一边学习一边写作。写作虽然辛苦，但也有乐趣。当一篇稿子被报刊录用，其开心的程度简直无法用语言来形容，如果一定要形容的话，那就是“心里比吃了蜜还要甜”。经过较长一段时间的写作实践，我的写作水平明显提高，尤其是文章的思想性明显增强。

有一天，我偶尔在《光明日报》上看到一则“全国杂文征文比赛”的启事。

也就是在这天，我在另一份报纸上看到一条小消息：导演赵焕章不愿当电影厂厂长。我有感而发，当即写了一篇《毛遂自“择”》的短文，以赵焕章不愿当“官”，决心自择电影艺术之路为由头生发开去，指出在人生的道路上，既要允许“毛遂自荐”，也要允许“毛遂自择”，主张知识分子应根据自己的专长去从事自己热爱的工作。

在当时，重用知识分子的呼声很高，许多地方一窝蜂地把一些有专长的知识分子抽去当“官”。我的这篇文章则反其道而论之，观点有独到之处。另外，写这篇文章时，我在语言上也下了点功夫，既简练平实又生动幽默，其中最为得意的一句是：假如赵焕章真的去当了电影厂厂长，恐怕电影《咱们的牛百岁》就不是咱们的了！

稿子投出去后，很快就被录用了。可惜的是，文章刊出时，我最得意的那句话被删掉了，为此我十分惋惜。但在当时，能被全国有名的大报刊登，已经心满意足，也就不去计较这点了。

在文章刊出后的几天时间里，我一直处在极度兴奋的状态中。班上的同学对我也刮目相看。就在我十分得意的时候，一天，我收到《光明日报》编辑部寄来的一封信，拆开一看，我怔住了，信中说：编辑部收到读者来信，检举你的文章抄袭了内蒙古某报上的一篇文章，请你作出解释。还将读者来信也附上了。

这简直是当头一棒，使我不知所措。我感到万分的委屈，更担心此事万一张扬出去，就是跳进黄河也洗不清了，我这个要面子的人怎么去见人呢？

我又气又急，却不敢对任何人讲。当天晚上，我偷偷地跑到教室，坐到一个角落里，给编辑部写回信。写之前，我又一遍仔细地阅读了那封读者来信，他说我抄袭的理由是两条：第一，我的文章中引用的清人顾嗣协的一首诗和俄国寓言作家克雷洛夫的一句话，同内蒙古某报上一篇文章引用的一模一样。第二，某报上的文章发表在先，我的文章发表在后。

这两条理由显然是站不住脚的。我在给编辑部的信中作了这样三点解释：一是我文中引用的内容，是从我几年前做的知识卡片上摘录下来的，出处是一本名人名言集。二是我的文章发表日期虽然比内蒙古某报那篇文章晚，但我写稿和寄出的时间远在那篇文章发表之前，这可以查邮戳。三是我在上海学习，从未看到过内蒙古的这张报纸。这三条解释完全可以否定抄袭之说，但我还是怕编辑部有疑虑，就在信中把我已发表过的主要作品目录以及我工作单位的电话号码告诉编辑部，申明愿意接受全面审查，直到弄清事实为止。

信寄出后，心里稍微轻松了一些，但之后很长一段时间没有收到编辑部的复信，于是我又忐忑不安起来，几分担忧、几分苦涩在心头，写稿的情绪一点也没有了。

出乎意料的事情发生了，《光明日报》公布的获奖名单上，居然出现了我的名字，而且还是全国杂文征文比赛的二等奖！我又回到了极度兴奋之中。

我感激《光明日报》的编辑和评委给我的那篇短文如此殊荣，更感激他们对作者高度负责的精神，还我清白，为我消除了冤枉气。我在感激的同时，对那个写检举信的读者先生很是恼火，便给他写了封信，信中是这么写的：

> 检举别人的问题，一定要以事实为依据，要有足够的把握，切不可凭推断凭似是而非的东西，否则就会有意无意地伤害一个无辜的人，甚至将人推入深渊，那

可是不轻的罪过啊！

但是，这封信最终没有寄出。我思来想去，原谅了写信人。因为一位哲人曾这样告诫过我们，天空收容每一片彩云，不论其美丑，故天空广阔无比；高山收容每一块岩石，不论其大小，故高山雄伟壮观；大海收容每一朵浪花，不论其清浊，故大海浩瀚无比。宽容是做人的一种风度和境界。我们不仅要学会做人的秘诀，更要懂得做人的道理。

所以在做人问题上，我们也要学会“毛遂自择”——选择宽容。

人生的拐点

所谓人生的拐点，就是人生之路上的转折点。智者道：人生不是赢在起点，也不是赢在终点，而是赢在拐点。此言极是。

有人说，人生有三大拐点。第一个拐点是升学，第二个拐点是就业，第三个拐点是结婚。我认为并非如此。在这三个拐点之外，还会有许多拐点。我就经历过无数次这样的拐点。

我的又一个人生拐点出现在复旦大学学习结束之后。

复旦大学的深造，是我学习生涯中的一个制高点，对我知识水平和思维能力的提升起到了至关重要的作用。在毕业前夕，班上制作了精美的毕业纪念册，上面写着我们的临别赠言：

我们相逢在复旦，已不是早春的年华。昨天的迷惘与今天的微笑，融合在我们这一代人的身上。我们知道，空谈蹉跎的岁月，只会加倍地失去。我们选择了渴求，选择了生命的升华与拼搏。当我们在学海上拍翅高飞，属于我们的，只有更加广阔的天地。

这一程程充满艰辛而欢乐的跋涉，终于凝固成一圈圈智慧的年轮。我们像茂龄的蚕，贪婪地咀嚼知识的嫩叶，也细细品味着，那生活叶片上阳光的温暖。

在一次次扬弃自我中，我们的知识得到了“加冕”，我们需要这顶桂冠，我们仍需不懈的奋击，不是为了炫耀，为了媲美，而是为了事业的延续与进拓。

带着执着的追求，我们走向希望的地平线。明天，我们用多彩的丝线，绣出社会的风貌、历史的画卷，也许，声噪报坛的“无冕之王”，就在我们中间。

怀揣着蓝色的毕业证书和真挚的临别赠言，我离开了复旦大学，回到原单位——宜兴报社。报社领导对我更为器重，我也信心满满，立志把新闻事业作为自己的终生追求，将在大学里学到的新闻知识和形成的新闻观念运用到新闻实践之中，努力当一名出色的新闻工作者，成为能文能武的“无冕之王”。

然而，人生的轨迹，是由无数个点一个接着一个连接起来的，串成一条曲折的线条。在这条曲线上，会有几个重要的节点，或是拐点，改变着你的人生方向，带来全新的人生际遇。

这种人生的拐点，往往由自己决定和掌握，正所谓：我的人生我做主。比如鲁迅，早年的他是学医的，之所以能成为文学家和思想家，是因为当他深知靠药物无法挽救更多麻木的中国人时，他毅然决定弃医从文，选择用文字激起中华民族的斗志，用文章来对抗敌人的攻击。鲁迅以其使命、理智与勇气，决定了自己的人生拐点，实现了自己的人生价值，也为中华民族作出了不朽的特殊贡献。

而我的人生拐点，不是由我自己做主的，是组织上为我决定的。我到报社上班没几天，县委组织部领导就找我谈话，决定调我到团县委担任副书记。

这又是一件我做梦也没有想到的事情！

我回到报社立即向许周溥社长汇报，他笑着对我说："剑华，这事我知道了。你还年轻，这样你会有更好的发展前途。"接着，他详细地告诉我事情的原委。

前面已经说过，我在复旦时几乎每天都要写一篇文章投给全国的报刊，其中有一篇叫《改革与出格》。那时正是改革开放初期，思想上还有很大的束缚，我便用了这样一个比喻：起初练字时是要写在格子里的，但写熟了、写久了，就不能老是按照格子来写，总是要出格的。由此生发开来，改革是可以也是需要"出格"的，否则就无法创新与突破。

我把写好的稿子寄给了《新华日报》。没想到大约半个月后，我这篇文章在《新华日报》头版"新华时评"栏目中以署名文章的形式全文刊出，还加了边框，十分醒目。时任宜兴县委宣传部部长的宗菊如在报纸上看到了这篇文章，便打电话询问许周溥："《新华日报》上那篇文章的作者章剑华，是不是就是你们报社的那个章剑华？"在得到肯定回答后，宗菊如便向县委作了推荐。

我从复旦一回来，县委组织部就来向许总编提出，调我到县委办公室当秘书。许总编没有同意，他说："县委缺秘书，报社缺记者。他刚从复旦大学新闻系学习回来，更适合当记者。"许社长说得在理，组织部不好硬调，但后来又想了个办法，把我提拔使用。这下，许社长不好再拦了，因为这关系到一个年轻人的发展前途。

世有伯乐，然后有千里马。人自身的努力固然十分重要，但真的需要伯乐相识、贵人相助。在我成长过程中，许总编就是我的伯乐、我的贵人。是他发现了我，把我从农村基层调到了宜兴报社工作；是他培养了我，把我送到复旦大学学习深造，并获得了新闻学专业毕业证书；是他重用了我，把我放在重要的编辑记者岗位上，使我有了发挥才能的机会与平台。尤为让我感动的是，当我遇到新的发展机会的时候，他为我的前途着想，忍痛割爱，非但没有为难我、阻拦我，反而鼓励我说："剑华，你去吧，去了就好好干，干出成绩和水平来，毕竟你是从报社走出去的。"这句极为朴实的话语，令我终生难忘，永远铭记在心，时刻激励着我。

就这样，我刚回报社工作不久，就被调到团县委工作，走上了领导岗位。这无疑成为我人生路上的一个重要拐点——初进官场。

人生的拐点，意味着人生新的选择，毫不夸张地说，其重要性关乎一个人的前途命运，关乎未来的成功与否和幸福指数。

这拐点，有时是自己的决定，有时是命运的安排，有时是组织的帮助，有时也会出于无奈；这拐点，会让人豁然开朗、精神焕发，也会使人不知所措，无所适从。但无论出于何种情况，都必须认真对待，充分认识它所带来的机遇与挑战，切实把握好人生的重要拐点，耐心地做好自己，积蓄足够的力量，进而在命运的转折来临之际，抓住转瞬即逝的机会，完成人生的一次华丽转身、一次破茧成蝶，使自己朝着积极而正确的人生轨迹不断前行。

年轻时，我们不懂爱情

村里有个姑娘叫小芳，
长得好看又善良，
一双美丽的大眼睛，辫子粗又长。
在回城之前的那个晚上，
你和我来到小河旁，
从没流过的泪水随着小河淌。
谢谢你给我的爱，
今生今世我不忘怀。
谢谢你给我的温柔，
伴我度过那个年代……

李春波《小芳》这首歌，曾经风靡一时，唱出了那个时代特殊的爱情故事，赢得了多少知识青年的深情回忆和无比感动。当时的知识青年，分下乡知识青年和回乡知识青年。下乡知识青年是从城市下放到农村劳动的，又称“插队青年”。回乡青年的家本来就在农村，是农村户口，初中或高中毕业回到村里劳动。显然，李春波歌里讲的故事是下乡知青的爱情故事。这个故事对于下乡知青来说是有代表性和普遍性的。

我是回乡青年，就没有这样的爱情体验。去年，我创作了一部音乐剧《茉莉之音》，讲述了发生在江南水乡的《茉莉花》这首歌的产生和发展，以及如何走向国际舞台的故事，其中写到了知青任飞与村里姑娘小芳之间的初恋。有人以为剧中的任飞就是写的我自己，其实不是。我高中毕业回乡劳动那时，年纪说大不大、说小不小，对男女之情还是懵懵懂懂的。

直到上了师范，心里自然有了爱情的萌动，甚至有了恋爱的念头。但当时学校有规定：不许抽烟，不许喝酒，不许谈恋爱。我是班上的团支部书记，当然要带头执行规定，也就没有谈恋爱，专心于学习。但到毕业时，班上的同学中居然有四五对公开了恋情。那时我才反应过来，却为时已晚矣。

师范毕业后，我回到家乡的农村中学当教师。当时是改革开放初期，农村还很落后，人们的思想观念非常保守，男女青年之间自由恋爱的不多，大多是经过人介绍的，认识之后才开始谈恋爱，那时爱很纯，很简单，谈恋爱时，只是相约走一段路，说一会儿话，连牵手都觉得羞涩。而且，男女青年尤其是女青年，只能谈一次恋爱，如果谈过几次恋爱，就像现在结过几次婚一样，会让人瞧不起，甚至被人在背后指指戳戳，再找人恋爱和结婚就难多了。

一眨眼，我已25岁，也到了该恋爱、结婚的时候了，从小青梅竹马的女孩中有对我产生爱意的，也有许多人为我做媒，但父母都不甚满意，不是她们人不好，而是她们都是农村户口，而父母觉得我已是居民户口、中学教师，一定要找一个是居民户口的、有正式工作的。而我周边是居民户口、有正式工作的姑娘少之又少，所以就很难找到合适的恋爱对象。

就在父母为此焦急时，南新中学的钱老师告诉我母亲，他一位高中同学的妹妹在邻近的镇上当小学教师，是居民户口。母亲一听，当即请求钱老师帮忙介绍。钱老师当天就打电话给他的同学，介绍了我的情况，那位同学听了我的情况，便一口答应下来，很快安排我与她妹妹见了面。

我们既不是自由恋爱，也不是父母之命、媒妁之言，算是有人牵线搭桥那一种。双方见面后都很满意。她叫王大庆，原以为是“工业学大庆”之大庆，问了才知道，她出生于1959年10月——正是新中国成立10周年，因国之大庆而得名。她父母亲都是教师，家庭条件比我家好，在当时她也算是下嫁了，但她父母爽快地答应了这门亲事，并对女儿说，看这个小伙子人不错，有才学，将来会有前途的。

她家就在邻近的高塍镇，相距不过十几里路，但那时农村交通很不方便，步行要一个多小时，所以不常见面，只能写信。写信是我们这代人恋爱最普遍也是最浪漫的方式了。

有这么一种说法：年轻时，我们不懂爱情。的确，爱情这东西，还真难说得清楚，最直接的爱情表白就是“我爱你”，但那时的青年男女连这样的表白也难以启齿，即使在信中也不会写得那么直接，更多的还是谈谈工作上的事，询问一下彼此的生活情况。

我们认识不到一年，双方父母就急着为我们张罗婚事。家乡办婚事，男方准备婚房，女方准备陪嫁，双方举办婚宴。我家有现成的婚房，就是缺家具。那时我家的经济条件有所改善，父亲慷慨地对我说，你工作后的工资都交给家里了，所以这次结婚给你50元，由你自己做主，该买些什么就买些什么。

这简直出乎我的意料，一向吝啬的父亲竟然如此大方，还放手让我自己来办。第二天，我就到了县城，买了一张书桌，是水曲柳做的，油漆得光光亮亮的，这在当时算是高档家具了。有一张像样的书桌，是我多年来的一个愿望，现在终于如愿以偿，我高兴极了！女方那边也在准备着嫁妆，她家有个舅舅在上海永久牌自行车厂当厂长，就开口请他帮忙买了一辆永久牌自行车作为陪嫁，这在当时是非常显赫了，不亚于现在的宝马、奔驰，更何况我当时特别喜欢骑自行车！

结婚后，我们还是各自在原来的乡镇工作，直到我到宜兴报社工作后，她也调到县城工作，正式组建了小家庭。

有人曾这样描述过我们这代人的家庭生活：那个年代，物质基础匮乏，一个小小的收音机，一辆高杠自行车，再加上一台缝纫机，便是富裕。过几年再买台黑白电视机，就是喜上添喜。黑白色的影像，长长的广告，一家人围坐着，吸引来街坊邻居，热热闹闹的，很是幸福。怀念那个年代，人们的思想很单纯。虽然不富裕，但是很幸福；日子虽然苦，但是感情深。

寥寥数语，生动形象地把我们当时的生活状态构画出来了。

如今，时代不同了，青年人的爱情、婚姻和家庭生活已经大相径庭。一代人有一代人的爱情和婚姻，一代人有一代人的生活方式。无论如何，幸福就好！

人生就是一部电视剧

有人说，人生就是一部电视连续剧。此话不假。每个人都在创作一部属于自己的连续剧。剧名是你的姓名，编剧、导演和主演都是你自己，剧情就是你经历的人与事，每一个镜头都是对你平日里的努力、尝试、曲折、喜悦、沮丧、成败等的记录。

我的“连续剧”，从26岁开始有了新的悬念。

县委任命我担任团县委副书记，实际上是一个过渡方案。果然在半年之后，县委就决定把我调到县委办公室当副主任。这在县里算是一个相当重要的职位，也就是“副局长”啦！

当时还没有实行干部年轻化，担任这样职位的基本上都是四五十岁的干部，而我只有20多岁。照例我是没有这个资格的，但因为当了团县委副书记，已经到了这个级别，也就只好平级安排了。

名曰副主任，实为文字秘书，主要是起草文件，为县委领导写讲话稿。我以前曾为大队书记、公社书记写过稿子，有一定的基础，加上同为办公室副主任的吴国成，他情况熟、文字强、人品好，对我有许多帮助，所以我上手很快。时任县委书记姜启才、副书记赵利双对我也十分器重，使我增强了做好工作的勇气与自信。

那时，社队企业遍地开花，经济建设如火如荼。记得有一次，我为姜书记起草在全县干部大会上的讲话稿，在结尾处写道，“宜兴宜兴，必将振兴！”得到了姜书记的赞赏，他在讲话时还特意加重语气，重复两遍强调这句话。

由于我有较高的文稿写作能力，很快胜任了县委办公室副主任的工作。1985年下半年，根据中央精神，全国各地开展农村整党工作。宜兴县委成立了整党办公室，又让我兼任整党办公室副主任。这也是县委对我的肯定与重用。我更加努力地工作，起草了许多整党方面的材料。因为宜兴属无锡市管辖，我们的整党材料要上报市里，因而我与无锡市委副秘书长、市整党办公室主任肖国兴有了较多的接触，我的工作态度和文字能力给他留下了较好的印象。市里需要的一些重要材料，他都会直接与我联系，让我来写。

殊不知，正是因为这一点，改写了我的“连续剧”剧本。

就在这期间，省委决定从全省各市选调一批秘书。省委办公厅秘书三处处长朱正伦到无锡市选拔考察。肖秘书长得知朱处长的来意后，脸露难色道：“我们这里本来就缺文字秘书，实在推荐不出合适的人选。”朱处长坚持市里必须推荐一个人选。肖秘书长无奈地说："市委办公室的确没有，宜兴县委办公室倒是有一个人选，你们可以过去考察一下。"朱处长勉强答应说："省里原定只在市里招，但这里实在没有人选的话，我们就先去宜兴看看，但最好还是在市里物色。"

有一天，我被通知到县委党校汇报整党工作。去了才知道，是省里来的朱处长找我单独谈话。他先问了一些整党方面的情况，接着让我提供几份我起草的整党材料，最后还问了我一些个人和家庭情况。我当时有些纳闷：怎么会问我这些情况呢？

几天后，吴国成主任悄悄告诉我，听说要选调你到省委办公厅工作。这时我才明白朱处长找我谈话的意图。我简直不敢相信这是真的。这样的调动，这样的机会，对于任何人来说，都是极其难得的，何况我毫无背景、毫无关系。这真是千载难逢啊！

可是，过了很长时间，再也没有人提起这事。我心里却总是惦记着，觉得这是一个难得的机会，不能轻易错过。于是，我给在南京解放军政治学院任教的大哥打了个电话，说了省里在各地选调秘书的事，并告诉他，我曾是候选人之一，但现在没了消息。

大哥对我的前途非常关心，第二天便步行到省委办公厅，找到朱处长询问情况。朱处长也曾当过兵，所以见到部队的同志特别热情，当他得知我大哥的来意后，便如实告知：从其他各市选调的秘书都已经到位了，唯独宜兴县委提出章剑华的工作目前没有人接手，走不开。

大哥立即把此情况电话告诉了我。我听到之后，心里很是失望和难过，但又不敢去向县领导提出要求，一是知道工作上确实走不开，二是觉得县领导如此关心和器重自己，应当知恩图报，不能让领导失望。

就这样，随着时间的推移，我也就把这事逐渐淡忘了，继续全身心地投入工作之中，并没有因为调动受阻而影响自己的工作积极性，更没有表露出不满和消极的情绪。领导也一如既往地使用我、器重我。

然而，几个月后，情况突然出现了转机。

原来，省委领导在听取办公厅工作汇报时，得知宜兴的一个秘书人选没有调成，便让省委办公厅立即向宜兴县委发个电传，直接通知我到省里工作。

宜兴县委接到省委办公厅的电传通知后，只得服从，马上找我谈话，让我移交手上的工作，抓紧到省里去报到。

这样，我的人生又一次发生了戏剧性的变化。

常言道，人生如戏。人生更是一部没有剧本的剧，或者说，是一部边写边演的人生戏剧。其剧情因诸多主客观因素而随时都在发生着变化。正因为如此，才悬念迭起，才令人期待，才精彩纷呈。

行走在艰难的上坡路上

有个成语叫“一步登天”，比喻一下子达到很高的平台或境界。用这个成语来形容我当时的状况并不为过。

28岁那年，也就是1986年，我从农村基层一步跨进了南京市北京西路70号——江苏省委的大门。

进入大门，是一条宽阔、笔直的上坡路。省委大楼就在山坡上。

虽然我踏上了这条人人羡慕的上坡路，但艰难与辛苦却在前面等待着我。

我到省委办公厅报到时，从全省各市调来的秘书早我三个多月就已经入职了。我不仅晚到，而且也是唯一从县委办公室调过来的。

我被分配到办公厅秘书三处。这是办公厅的第一大处，是专门为省委起草文件和为省委领导代拟讲话稿的。

从县级到省级，从小机关到大机关，我脑子里是空空的，心里是慌慌的，对省里的情况和领导的要求全然无底，不知从何入手，一种焦虑感油然而生。

好在朱正伦处长对我们这批新调来的秘书甚为体贴、尤为关心，他收集了许多文件材料让我们学习，给我们介绍全省的情况，并十分耐心地指导我们写稿子。我们写的每篇稿子，他都认真修改，有时把稿子改得面目全非，对此，我们难免有些紧张和过意不去。尤其是我，自尊心特别强，每次看到被大改过的稿子，就会感到压力山大、闷闷不乐。

朱处长看出了我们的心事，在一次会议上宽慰我们说："稿子是改出来的，你们不要怕自己写的稿子被改。我刚到办公厅时，写过一篇稿子，当时分管文字的副秘书长对我说，你写的稿子很好，我从你写的稿子里用了一句话。"朱处长的一番话把我们说得都笑了起来，心里也宽慰和放松了许多。

当然，我的焦虑感并未因此完全消除。正是这种焦虑感和危机感，促使我在工作上更是加倍努力，不敢有丝毫的懈怠。

那年下半年，为了给省里即将召开的农村工作会议做准备，也为了帮助我们新来的同志尽快熟悉情况，办公厅安排我们新来的秘书，分几个组到农村基层开展调查研究。我与陈刚等几个人作为一个调研组，到南京市所属的溧水县、高淳县进行调查。我们走访了两县的一些乡村，与农村基层干部进行了座谈，发现了一个普遍存在的问题：农村基层干部因工作难度和待遇等问题，工作积极性急剧下降，严重影响了农村工作的开展。

调研回来后，参加调研的人员一起梳理了情况，进行了讨论，并让我来起草调研报告。因为我曾在县里工作，对农村基层情况比较熟悉，加上这次调研比较充分，掌握了许多来自第一线的鲜活材料，所以写起来比较顺手，开了几个夜班，以《令人忧虑的抛物线——溧水、高淳农村基层干部积极性状况调查》为题，写了一篇五千多字的调研报告。经调研组集体讨论修改后，交给了朱处长。

朱处长略作修改，就把我起草的这篇调研报告与其他组的调研报告一起，上交到了办公厅领导那里。没过几天，时任省委副秘书长的顾愉在我的调研报告上批示："这是一篇多年来少见的调研报告。"

又过了一段时间，我起草的这篇调研报告被新华社《内参》全文刊登。那时的新华社《内参》非常重要，往往直接提供给中央领导参阅。后来听说，有中央领导在我的调研报告上作了批示，但批示的具体内容我一直没有看到。

就是这篇调研报告，让我在新调来的一批秘书中脱颖而出。

二十几岁，正是年轻人崭露头角的时候。鲁迅23岁写出了著名新篇《自题小像》，27岁发表论文《摩罗诗力说》；郭沫若29岁出版了中国新诗的奠基作《女神》；巴金27岁写成长篇小说《家》；曹禺24岁发表话剧《雷雨》，26岁又写出《日出》；老舍23岁发表短篇小说《小铃儿》，25岁时去英国伦敦大学担任东方和非洲研究院的讲师……

我当然不能与这些名家大师相比，但这篇调研报告确实起了很大作用，不仅领导和同事们向我投来赞许的目光，我也从中得到了鼓励和动力。威尔逊说过，“要有自信，然后全力以赴——假如具有这种观点，任何事情十有八九都能成功”。那时我自信倍增，更加努力地工作着。

1987年夏，我与几位秘书随省委书记韩培信到徐州调研。韩书记身材魁梧、神情庄重、不苟言笑，用现在的话来说，就是气场很强大。我们大家对韩书记肃然起敬，不敢有所接近。一天早晨，我吃过早饭上电梯，正好遇上韩书记等人也在电梯口，我便往后退，这时办公厅主任对我说：“来呀，一起上嘛。”我只好硬着头皮上了电梯。电梯门关上后，我好紧张啊，低头不语。这时，韩书记对我说：“你就是小章吧？”我颇感突然，脸涨得通红，很不自然地点点头。事后，我心里反复琢磨：韩培信书记怎么会认识我呢？

直到今天，我还不知道当时韩书记是怎么会认识我这个小秘书的。

那次调研回来，我出乎意料地被破格使用，提拔为秘书三处副处长。

为什么说是破格呢？因为我原为县委办公室副主任，是副科级干部，调省里后才调为正科级，还不到提拔任用的年限。后来才知道，当时办公厅干部青黄不接，急需充实年轻力量，经省委组织部同意，第一次在办公厅内部民主推荐干部。就在我随韩书记赴徐州调研期间，办公厅干部处组织了民主推荐，我得了高票。这样，我就被确定为副处长人选。

事后得知此事，我颇为感慨，尤为感激秘书三处的领导和同事，他们在我不在场的情况下都推荐我。这真是很不容易的，因为我们新来的一批秘书有10多个，都很年轻也很优秀，我们之间既是同事关系也是竞争关系。而那时，真的不存在所谓的“内卷”现象，社会风气是何等清正，同事关系是何等纯朴！

不满30岁的我，就当上了处级干部，行走在人生的上坡路上。

常言道，上山容易下山难。其实，上山也不容易。在上坡路上，总是要非常用劲、非常努力的，来不得半点懈怠，一松劲就上不去，甚至会往下滑坡。

我的进步与升迁，有多种因素，包括当时工作环境好，没有现在那些令人困扰的“内卷”现象，但更重要的一条，就是我在工作上肯下功夫，肯吃苦头，永不松劲，永不懈怠。

雪莱曾经说过：“如果你过分珍爱自己的羽毛，不使它受一点损伤，那么你将失去两只翅膀，永远不再会凌空飞翔。”同样，我们做任何事情都要勇于接受艰难的考验，甘于出力出汗、费力费劲，否则就不会成功。

在这个世界上，任何一条通往成功的路包括上坡路，都不会是一帆风顺的。只要向前走、向上走，总是辛苦的，总是有压力的，总是要努力的。艰苦与成功就像光与彩，永远如影随形、不可分离。世上没有轻轻松松的成功。人生没有白走的路，每一步都算数。

太阳继续上升着，发出耀眼的光芒；青年继续成长着，焕发出生命的光华。这时，是你最炽热、最耀眼的时光。

第04章 而立之年

“三十而立”立什么

担任副处长时，我正好30周岁。这个年龄，放在现在看还很年轻，但在当时看不算年轻了，已经是人到中年的前奏曲。而且，我是少年老成的那一种，年轻时长相特别看老，以至于还闹过这样一个笑话——

有一次，处里新来的一个秘书与几个人闲聊，无意中说到了我。他一本正经地说：“章剑华蛮显年轻的，50多岁了，看上去只有40多岁。”话音刚落，引得大家哄堂大笑。天哪，当时我才30岁啊！事后我问他，我真的那么看老吗？他尴尬地说，听说你当过县委办公室副主任，我估摸着应该有50多岁了吧。他这么一说，多少对我是个安慰。

其实，年轻时看老并不可怕，甚至是件好事，可以给人以老成持重的感觉。而且经验表明，年轻时看小，年老时必定看老；年轻时看老，年老时必定看年轻。哈哈，我就是。好了，还是回过头来继续讲我30岁时的状况吧。

记得30岁那年，秘书三处党支部过组织生活，江苏省委原书记江渭清也来参加，那时他已是76岁高龄，但精神矍铄，十分健谈。他告诫我们说，你们在办公厅工作，在领导身边，一定要坚持原则，绝不能欺上瞒下讲假话，任何时候都要讲真话，都要实事求是。接着，他给我们讲了自己的一个故事——

我在20世纪60年代任江苏省委第一书记。一年秋天，毛主席乘火车前往杭州，把6个大区的书记及有关省委书记叫到专列上研究农村工作。我就是其中之一。毛主席问到“公共食堂”的问题，许多人认为办公共食堂有利于集体出工，可以节省粮食、节约柴草，总之好处很多。我则在一旁沉思着，一直没有说话。毛主席就点我的名问，渭清同志，他们都发表意见，唯独你不发表意见，是什么意思？我只好说，不少同志认为办公共食堂怎么好怎么好，而我了解到的情况却是怎么不好怎么不好。毛主席点燃一根烟说，那你就讲讲怎么不好嘛？我坦言道，公共食堂，放开肚皮吃饭，半年吃了一年粮，我们的国家吃不起啊！食堂里的碗天天破，筷子天天丢，还有路边的树木都砍得差不多了，都用来烧饭，毁了多少木材啊！毛主席听着，转过身来对周恩来说，总理，他说得有道理啊！又侧过身对我说，你江渭清说大食堂不好，不能办，那就马上解散吧……

听了这个故事，我对江老更加敬佩，同时也让我牢记住这样一句话：任何时候都要讲真话，都要实事求是！这对我的人格完善和思想成熟起了很大作用。

更幸运的是，我遇上了大时代、好时代。我到省委办公厅工作的头几年，正是我国改革开放和各项建设全面展开的时期。江苏作为改革开放的前沿和经济发达省份，坚持解放思想、实事求是，农村经济体制改革在巩固的基础上进一步深入，乡镇企业异军突起；改革的重点逐步转向城市，城市经济体制改革由试点发展到全面铺开；科教文卫体制改革有序推进，对外开放进一步扩大；在建设物质文明的同时，也在推动社会主义精神文明建设。

这一时期，改革和发展处在全面推进的关键阶段，经历了复杂的国内外形势的严峻考验。在国内，平息了一场政治风波，捍卫了中国特色社会主义；在国际上，经受住苏东剧变的冲击，并逐步打破西方制裁，站稳了脚跟。与此同时，我国在继续改革开放中完成了经济治理整顿的任务。

身处这一伟大的时代进程之中，我耳闻目睹了党中央和省委省政府的一系列重大决策，并常常到基层一线调查研究，亲身经历了江苏人民的艰辛探索和创新创造，使我受到极大鼓舞，也开阔了自己的视野，大大提高了宏观思维能力和思想认识水平。可以说，30岁的我，长相比实际年龄成熟，思想也比实际年龄成熟，已经形成了自己的思想观念，确立了正确的世界观、人生观、价值观，进入了“而立”的状态。这与我所处的时代背景、人际环境以及工作历练有相当大的关系。

相比于我们这代人，现在的有些年轻人由于种种主客观原因，在思想观念上的成熟期似乎推迟了。他们对时代、对社会、对生活缺乏深切的体验和深刻的认识，思维比较简单。他们所理解、所追求的“而立”，往往仅仅是成家立业，并以此为满足、以此为目的。这当然是无可厚非的，但这显然不是真正意义上的“而立”。

“三十而立”立什么？依我的理解和体验，“而立”并不是通过一个外在的社会坐标来衡量自己成功与否，而是由内在的心灵标准来衡定自己的生命价值，并且从容不迫地投身社会、投身事业，开始对自己所做的事情有着一种坚定的自信。只有思想之成熟、观念之正确、人格之完善、事业之成就，才能使一个人真正“而立”起来。因此，年轻人必须在成家立业的同时，努力提高自己的思维能力和思想认识水平，树立正确的世界观和人生观，形成高度的文化自觉，客观地观察社会，清醒地认识自我，进而不断完善自己的人格，淬炼自己的意志，开拓自己的事业，进而真正“而立”于世，做自己的梦，走自己的路，乘风破浪，向前奔跑。

人生的高光时刻

“高光时刻”是网络流行语，源于英文单词highlight，指一个人站在台上，人们不自觉地把目光投向他。在那一瞬间，旁边的人都成了他的背景板，而他成了整个舞台上的焦点——他的身上有光。

谁都渴望自己能够迎来人生的高光时刻。茨威格在《人类群星闪耀时》中写道：

> 有人想当科学家、企业家，
> 想成为身披星光、可以改变世界的那群人；
> 有人想做个普通人，偶尔仰望星空，
> 更多时候则是知足快乐地做好眼前事。

你的高光时刻不一定是立于台前，站在聚光灯下，

而是那些见证你努力向前的岁月……

是的，人生的高光时刻，不一定都像诺奖获得者那样光芒四射，不一定都像中国女排夺冠后立于领奖台前，不一定都像获得奥斯卡金像奖的电影明星走在红地毯上，也不一定都像国家功勋人物获表彰时站在聚光灯下。其实，再微小的光也都是光，再平凡的人也会有自己人生中的高光时刻。

我进入“而立之年”后不久——1989年底，省里召开第八次党代会。在此之前，省委办公厅就开始了文字材料的起草工作。我接受的任务是为即将当选的省委书记写讲话稿，相当于“就职演说”。我知道这是领导对我的信任，便立即全身心地投入写稿中去。

那时，我到省委办公厅工作已近三年，对文稿起草积累了一些经验，所以仅用了两天的时间就写好交了上去。毕竟是为新任省委书记写的稿子，办公厅领导特别重视，处长、主任、秘书长层层审稿，严格把关，居然很快通过了，压在我心里的一块大石头落地了。我带着十分轻松的心情，作为大会工作人员提前一天住进钟山宾馆，参与会务工作。

省党代会圆满召开。大会之后，立即召开了省委第一次全体会议，沈达人当选江苏省委书记。会上，沈书记发表了热情洋溢的讲话，委员们报以长时间热烈掌声。

因为沈书记的这个讲话稿是我起草的，所以我感到特别自豪。

会议结束后，我碰到韩培信书记的秘书邵军，他把我拉到一旁说：“剑华，你要接替我的工作了。”我一脸疑惑：“怎么？”邵军说：“严格地说，不是接替我，而是让你当沈达人书记的秘书。”

这一消息真的太突然了。我虽然到省委办公厅已经近三年了，但对于我这个出身草根、来自农村的人来说，还是战战兢兢、缺乏自信的，所以，我听到这个消息，既感到高兴又忐忑不安。

果然，两天后，办公厅领导找我谈话，正式通知我担任沈达人书记的秘书，并向我提了具体要求，交代了注意事项。接着就带我到沈达人书记那里报到。书记办公室在省委大楼二层的东头，面积并不大，室内也十分简陋：一张普通的办公桌放在中间，后面是一组书柜，右侧是一对沙发，仅此而已。

我还是第一次到书记办公室，颇为胆怯。我原以为沈书记要与我谈个话，提些要求，但是没有，只是交代我要起草一个在科技工作座谈会上的讲话稿，并扼要地说了要讲的主要内容。

我用一个白天加晚上的时间，就把讲话稿写好了。第二天一上班便急着把稿子交给了沈书记。沈书记看完稿子后，把我和邵军一起叫到办公室，说：“这个稿子不行，要重新改一下。”接着他讲了修改意见，并把改稿的任务直接交给了邵军。

这给我当头一棒，心里紧张极了，非常担心自己不能胜任这份工作。

连续几天，我“压力山大”，吃不下饭睡不着觉，反复琢磨沈书记对稿子的要求，还找来了沈书记以前的讲话稿仔细阅读，从中体会沈书记讲话的特点和风格。几天之后，沈书记又让我起草另一篇讲话稿。由于做了充分准备，这篇稿子写好后，沈书记基本满意。之后，沈书记就把许多讲话稿的起草任务直接交给我。

我很快适应了新的重要工作，沈书记信任我，办公厅领导和同事向我投来赞许的目光——我迎来了人生的高光时刻——我更加刻苦努力地工作着。

秘书有“小秘”与“大秘”之分。“小秘”一般只是帮助领导处理一些日常事务，而“大秘”的主要任务是为领导起草讲话稿。讲话稿怎么写，谁也说不清楚，有关秘书工作的书籍干脆就没有这一节，即使有，也没有说出个所以然来。说实话，水平最高、经验最丰富的秘书，也不敢说他写出的讲话稿能包领导满意。

但是，秘书时间做长了，稿子写多了，总也是有些门道可以摸索的。有的秘书曾把领导讲话稿归纳为“三段论”：学习文件，统一认识；突出重点，明确思路；加强领导，狠抓落实。虽然具体到每篇稿子不一定都是这样的标题、这样的顺序，但万变不离其宗，无非是在结构方式和表述内容上有所变化而已。

在我看来，这“三段论”有点道理，但绝对是很初级、很粗浅的。据我的经验，写好领导讲话稿，要经过长期的积累，尤其要注意吃透“三头”：

一是吃透“上头”，就是深刻领会党的路线、方针、政策和上级的指示精神，掌握一个时期党和国家的中心任务。如果秘书没有吃透“上头”，就不可能写出思想性、政策性、理论性较高的稿子来，甚至会“豁边”，犯政治性的错误。

二是吃透“下头”，就是要全面、准确地熟悉和把握基层的实际情况。秘书绝不能坐在办公室里拍脑袋、想当然，把感觉当现实，把感想当政策，而应当下功夫到基层调查研究，掌握大量实际情况，这样写出的稿子才会有针对性和指导性。

三是要吃透领导这一头，主要是了解领导最近一段时间考虑些什么问题，有哪些主要观点、看法和意见，同时还要熟悉领导的语言表达习惯、特点和风格。从我接触的领导看，有的喜欢洋洋洒洒，引经据典；有的喜欢干练精悍，点到为止；有的喜欢有板有眼、严谨准确。在写讲话稿时，要尽量照顾到领导的讲话特点与风格，让领导讲“自己”的话。

只有吃透“三头”，才有好的“笔头”。

我还有一条秘而不宣的重要经验，就是我写讲话稿时，在办公桌前一坐，把笔一拿，立即进入“我是书记”的状态。写领导讲话稿，不仅要知道写些什么内容，而且还有一个表述的方法和角度问题。什么身份讲什么话，县委书记就得有县委书记的口气，省委书记就得有省委书记的口气。秘书代拟的讲话稿，一定要同领导的身份相符，要有一定的高度和深度。所以，我在写稿时，总是首先进入书记的角色——我便是“书记”——用书记的口吻来写稿。

但是，当稿子写完，要赶紧拍拍自己，提醒一句：你不是“书记”啊！

这非常非常重要！高级领导同志的秘书，位置重要，有人戏称“二书记”，正所谓“一人之下，万人之上”，总处在令人瞩目的“高光时刻”。久而久之，很容易进入“角色”，造成错位，自觉或不自觉地滋生官气，摆起架子，说话办事也就牛气起来，狂妄自大、目中无人，忘记自己是谁了。

当然也有客观因素。有些人为了达到其个人目的，想方设法讨好秘书，给秘书各种好处甚至行贿，以此通过秘书拉近与领导的关系，或请秘书在领导面前为他美言几句。秘书如不设防，一不小心就会跌入陷阱而不能自拔，越陷越深，最终走上不归路。这样的教训实在是太多太多了。在全国，与我同时期担任省级领导秘书的，有的升任了省部级领导职务，还有的当了中将、上将，但也有被处分、被判刑，甚至被判死刑的。

我庆幸自己当时还算清醒：写稿时，我是“书记”；工作中，我是秘书，决不做所谓的“二书记”！

唐代杜荀鹤诗云：“泾溪石险人兢慎，终岁不闻倾覆人。却是平流无石处，时时闻说有沉沦。”这里面包含着深刻的人生哲理和精妙的生命启迪——人生得意当谨慎，高光时刻须低调。

人生的高光时刻是值得自豪的，也值得去尽情享受其带来的诗与远方。我们必须像对待自己的眼睛一样去爱护它、珍惜它，并以此为动力，继续奋力前行，去憧憬和创造人生的一个又一个高光时刻。

愿高光与我同在，也与你同行。

甘当“逆行者”

1991年，江苏发生了百年罕见的特大洪涝灾害——江南江北，一片泽国。

那年5月下旬，梅雨季节比常年提前一个月，降雨云带持续60多天徘徊在江淮上空，全省各地普降暴雨，太湖地区、沿江地区和里下河地区连降大暴雨、特大暴雨，总降水量达700—1300毫米，比常年同期降水量多3—4倍。连降暴雨，使全省江、河、湖、库水位猛涨，超过或接近历史最高水位。

面对特大的洪涝灾害，江苏大地上展开了一场空前激烈、震撼人心的抗洪救灾斗争。全省各级党委、政府紧急动员和部署，把抗洪救灾作为压倒一切的中心任务，全民发动，全力以赴。各级干部始终坚持在抗洪救灾的第一线，既当指挥员又当战斗员。广大共产党员带领人民群众临危不惧，冲锋陷阵，一直奋战在最前列。中国人民解放军驻江苏部队和武警部队、公安干警视灾情如命令，把灾区当家乡，哪里最艰苦、最危险，他们就战斗在哪里……

自然灾害，是目前人类还无法完全预见和驾驭的自然现象，不以人的意志为转移。然而，在不同的时代、不同的社会制度下，抗御自然灾害的能力是截然不同的。

自古以来，长江流域的灾害“几乎无岁无之”，人民屡遭涂炭。在江苏地方志上有这样的记载：“田尽淹，民庐多坏。舟行数百里，不循故道，一帆可达。民荐饥。自是年，及明年，旱、涝之后，疫疠大作。民间尽室闭门，相枕而死，村落为空。”新中国成立后，灾害频繁的江苏有了历史性的转变，虽然洪涝灾害还没有从根本上消除，但抗灾能力大大增强，受灾程度和人民疾苦大大减轻。

这次抗洪救灾斗争，先后持续近五个月。我始终跟随沈达人书记，来回于大江南北，奔波于城市乡村，行走在河边湖区，奋战在抗洪救灾的第一线。在此期间，无论是省委书记，还是普通群众，都是抗洪救灾大军中的一员。我有幸参与其中，得到了很大的锻炼，也深受教益。

我亲眼见到，沈达人书记等省领导在特大灾害面前作出正确决策。在作出重大决策前，沈达人书记都进行深入的调查研究，听取各方面的意见。在这些决策中，始终贯彻“人民的生命安全高于一切”的指导思想，沈书记反复讲：“这要保，那要保，保卫人民的生命最重要。”

我亲眼见到，干部群众在抗洪救灾中表现出来的伟大力量和崇高精神。面对猛兽般袭来的洪水，不分男女老幼，人人参战，个个争先，众志成城。一支支巡逻队、抢险队、突击队日夜奋战在江河湖堤上。在堤坝决口的千钧一发之际，许多干部群众奋不顾身地跃入水中，用自己的血肉之躯筑成一道道“人墙”。许多党员、干部和群众为了保护国家和人民的生命财产，不顾家里被淹、亲人垂危，几过家门而不入，有的甚至献出了自己的宝贵生命。解放军某部见习排长周丽平在抗洪第一线连续奋战了几天几夜，当他得知一条农船被洪水冲走，船上群众生命十分危险的消息后，便不顾一切地凫水前去营救。船上的群众得救了，周丽平却壮烈牺牲，年仅23岁。

我亲眼见到，危难之际体现出来的人间真情。江浦县一户人家，自己的房子并不大，却安置了三户非亲非故的灾民，还热情地为他们烧茶煮饭。为了帮助灾区恢复生产、重建家园，群众自愿开展了募捐活动，许多老同志毫不犹豫地捐出了自己一生的积蓄，有些青年把准备结婚用的钱寄往灾区，孩子们拿出节约下来的零花钱，残疾人坐着轮椅来到募捐点……我第一次亲历了如此严重的自然灾害，也第一次看到了人类面对洪涝灾害付出的无比艰辛和沉重代价，更领略了人民群众与天奋斗、与地奋斗的精神和伟力。

我亲眼见到，党和国家领导人顶烈日，涉深水，视察灾区，慰问灾民，并对江苏抗洪救灾作出重要指示。他们对灾情的焦虑之心，对灾民的关切之情，对抗灾的指挥若定，给我留下深刻而难忘的印象。

我虽然没有直接参与运土扛包、筑堤修坝，但我用自己的方式参与到抗洪救灾之中。整整五个多月，我跟随沈书记等领导，爬堤涉水，视察灾情；不分昼夜参加各种紧急会议，听取汇报；随时起草汇报、请示、讲话、慰问电等各类稿件，总共有几十篇之多。

9月下旬，抗洪救灾进入关键阶段。我又一次跟随沈达人书记等领导到镇江视察。站在齐腿深的水中，突然，我肚子疼痛起来，而且痛得非常厉害，浑身冷得发抖，但我竭力地克制着，没有对任何人讲。晚上回到镇江宾馆后，我先进了房间，此时肠胃绞痛得更加厉害，并呕吐不止，不一会儿便虚脱了过去……

工作人员来房间叫我吃晚饭时，发现了我的情况，便请来宾馆的值班医生给我医治，但医生一时查不出病情，不知所措。

沈书记得知后，立即让时任镇江市委副秘书长的蒋定之安排车辆，连夜急送我到省人民医院就诊。医生看了我的病情，诊断为急性胃肠炎，随即给我挂水、吃药，一个多小时后，疼痛才有所缓和。

这是我有生以来第一次住院、第一次挂水。两天后，病情有所好转，我实在待不住了，就要求出院，回到了工作岗位，跟随沈书记继续奋战在抗洪抢险第一线。

经过广大军民连续奋战，终于取得了这场抗洪救灾斗争的重大胜利。全省大江、大湖、大河的堤坝没有一处决堤，1078个水库安然无恙；被水围困的436万群众全部安全转移，除了为抢险而牺牲的同志外，全省没有淹死一个人、饿死一个人，也没有出现灾后疫病流行和大批人员外流。一位外国记者在采访江苏部分灾区后深有感触地说："中国政府在这么大的灾害面前，组织得如此有效，真是个很了不起的奇迹。"

抗洪救灾结束后，我写了一篇评论《人民群众真好！》，发表在《新华日报》头版；还根据沈达人书记的要求，为他起草了题为《沧海横流显伟力》的长篇文章，发表于当年10月出版的《求是》杂志上，记录与赞颂英雄的江苏人民战天斗地的伟力和勇于奋斗的精神。

严重的自然灾害给人类带来磨难，同时又促使人类更加自觉地去认识和把握自然规律，增强抵御自然灾害的能力，进而推动人类文明进步。正如恩格斯所说，没有哪一次巨大的历史灾难，不是以历史的进步为补偿的。

对于人类社会是这样，对于个人来说也是这样。这是我有生以来经历的最为严重的一次自然灾害，参与这次抗洪救灾斗争，成为其中的一名“逆行者”，也使我经受了一次最为艰险的考验，从中锤炼了我的精神与意志，积累了我生命中一笔宝贵的精神财富。

一直以来，我为自己也曾是一位“逆行者”而自豪。

任何时代，都难免灾难的发生。灾难是对社会、对人类、对生命最严峻的挑战与考验。每当灾难降临，总会有这样的一群人，背起行囊，挥手作别，奋不顾身，毅然决然地奔赴血与火的战场，战斗在最需要、最艰苦、最危险的地方，为守护人民生命财产安全无私奉献，甚至牺牲生命。

“逆行者”的行动是危险的，背影是美丽的，形象是崇高的，精神是伟大的！

在人生的道路上，在面临灾难的紧急关头，甘当一名勇敢的“逆行者”，何尝不是一种历练、一种财富、一种荣光呢？

与“大人物”零距离

人生在世，尤其应当克服自身的两大毛病：自卑与自负。自卑是一个人对自己的评价过低，自负是对自己的评价过高。两者看似是相反的两极，其实是相互联系、相互转化的，甚至有时会集于一身。无论是自卑还是自负，对自己的成长与进步、待人与处事，都是极为不利和有害的。

要克服这两种毛病，最有效的办法是多长见识，多见世面，进而增强自信。这是我的切身体会和经验之谈。

我出生在非常偏僻、闭塞的乡村。小时候没见过什么世面，见到滆湖，就以为是大海。听说滆湖那边叫西乡，就以为是地球的西方；见到公社书记，就以为是很大很大的大官。

直到上了复旦大学，才知道外面的世界真精彩！

到省里工作后，见的世面就大了。尤其是当了沈达人书记的秘书，天天与省委书记在一起，时间一长，习以为常，加之书记平易近人，也就不觉得他是什么大官了。

那时候，我还常有机会见到更大的大官——中央领导包括最高领导——人们心目中真正的大人物。

1991年7月9日，正是江苏洪涝灾害最为严重的时候，江泽民总书记来江苏视察灾情，在沈达人书记、陈焕友省长陪同下，先来到地处吴江县的太浦闸实地考察泄洪情况，后又来到苏州市区。他蹚着污浊的积水走进胥门变电站，了解供电情况，后又深一脚浅一脚地走进市冶金厂职工宿舍，亲切慰问受灾群众。每到一处，江总书记总是冒着大雨，自撑雨伞，在很深的水中行走，见到成群的抗洪抢险军民，都要拿起手提话筒，对着大家高声喊话，表达党中央、国务院对大家的慰问，并勉励大家克服困难，战胜灾害。

江泽民离开江苏不久，李鹏总理在考察了安徽灾情后，乘直升机赶赴遭受严重洪涝灾害的兴化市察看灾情。李鹏走下直升机，就驱车直奔灾情最重的孔戴乡。在灾民们临时居住的小船上，李鹏详细了解灾民们的生活情况。灾民们对总理说：“这么大的灾，如果没有党，不靠集体，我们早就没命了！”在水边的草棚里，李鹏和当地干部群众一块商谈怎样进一步做好救灾工作。

江泽民、李鹏视察江苏灾情期间，我一直跟随沈达人书记参与陪同，亲眼看着党和国家最高领导人顶风雨、涉深水，视察灾区，慰问灾民，并对江苏抗洪救灾作出重要指示。他们对灾情的焦虑之心，对灾民的关切之情，对抗灾的指挥若定，给我留下难忘而深刻的印象。

在此之前，乔石同志也曾到江苏调研。一天，我跟随沈达人书记提前赶到连云港神州宾馆迎候。按有关规定，从机场到宾馆的路上安排了警卫。这被乔石同志发现了，他一下车，便严肃地说，立即把警卫撤走，并明确要求，在接下来的考察调研中，不要在路上安排警卫。乔石同志给我的第一印象是很威严，要求十分严格。

但在接下来的几天考察调研中，乔石同志非常平实谦和，尤其是十分注意关心群众的切身利益和疾苦。他在涟水县黄庵村农民庄华家里访问时，向主人问道："你家今年卖的粮食都拿到钱了吗？有没有打白条子？"在连云港涤纶厂长丝三车间里，乔石亲切地握着女工王秀清的手关切地询问："女工是不是都上夜班？几点钟下班？安全不安全？"我还注意到一个细节：在厂区内、机器旁、乡间小道上，乔石总是主动向周围群众点头微笑、拱手致意。

大约相隔两年后，乔石同志又来过江苏，我也参与了接待工作。他给人的感觉总是那么持重、严谨和谦和。

令我尤为感怀的是，在文化厅工作期间，我与乔石的姐姐有过几次交往。有一次，她去看望在广州休养的乔石，无意中说到了我，乔石说，这个年轻秘书他有点印象，便托姐姐给我带了一本他的书法集。这是何等的珍贵啊！我一直把它珍藏着，同时也在心底里珍藏着对乔石同志的崇敬之情。

李瑞环同志也是在1991年来江苏考察工作的。沈达人书记和孙家正副书记陪同他访问了工厂、学校、农村和文化单位。考察期间，李瑞环主动提出要到华西村去看一看。那时正逢多雨天气，李瑞环冒雨来到华西村。吴仁宝站在村口迎候，见到刚下车子的李瑞环，便上前紧紧地握住李瑞环的手，就像老熟人一般，那种热乎、那种亲切，让我们在场的人很是惊讶与感动。吴仁宝带着李瑞环一行察看了村里的农田、车间和文化室，访问了住在别墅里的村民，最后来到村史馆参观。

一路上，吴仁宝边走边介绍，妙语连珠。他这样描绘华西村的面貌："远看是林园，近看像公园，细看是乐园。"他讲现在农民的生活是："吃粮不用挑，吃水不用吊，煮饭不用草，通信不用跑。"他这样概括农村现代化："亦城亦乡，不土不洋，亦工亦农，还要经商。"一串串顺口溜，把李瑞环说得频频点头，几次开怀大笑。

考察结束时，李瑞环展开双臂，热情地与吴仁宝久久地拥抱在一起：一位是正国级的中央领导，一位是农村最基层的党支部书记；一位早年当过木匠，一位是地道农民；一位是具有极强思辨才能的哲学家，一位是精明过人的农民思想家；一位曾经创造过城市建设的奇迹，一位谱写了农村发展的神话……

此时此刻，他俩的兴奋之情溢于言表。面对这一场景，在场的人甚是感动，都不约而同地、热烈地、长时间地鼓掌。

李瑞环上车之后，按捺不住激动的心情，反复地说："吴仁宝这老兄真能讲、真能干！"

现在回过头来看，与这些大人物零距离接触，真可谓长了见识、见了世面，的确能从他们身上学到许多可贵的东西，甚至从一些细节中体悟到他们的能力与水平、思想与品质。人生中，能与大人物接触，应该也算是一种重要的经历和难得的幸事。当然，并不是人人都有这样的机会，所以，我把我的经历与感受与大家分享：

大人物之所以成为大人物，总有他们的过人之处，总有他们特殊的作用与贡献，总有许多值得我们学习与效法的地方。

大人物也是人，与我们普通人并没有特别大的区别，他们的生活习惯、言行举止、思想情感，与常人相差无几。

大人物小人物都是人物。对于大人物，我们可以崇敬，但不能盲目崇拜，更不要迷信；对于我们自己，不必妄自菲薄，既不要自卑也不要自负，要始终保持自信。只要积极向上、不懈努力，我们同样能够实现自身价值，同样能为社会作出较大的贡献。

远望伟人的背影

我们都读过朱自清的散文《背影》。文中描述的父亲的背影，给我们留下极其深刻的印象。

还有一个背影，对于我来说，更加难以忘怀。

那是1992年。对于中国来说，这一年是充满机遇与挑战的一年。

国际形势风云变幻、扑朔迷离、矛盾叠加，令人眼花缭乱：海湾战争刚刚熄火，南斯拉夫内战又起；演变后的东欧动荡不断，剧变中的苏联迅即解体；美苏两极彻底终结，世界格局重新划分；南北差距继续扩大，许多国家陷入困境……

在我国，改革开放继续深入，深层次问题和矛盾进一步暴露；治理整顿刚刚结束，“八五计划”全面实施；距离21

世纪不足10年，第二步目标迫在眉睫；香港回归指日可待，沿海发展愈显重要；党的十四大将要召开，各行事业继往开来……

在此关键时刻，中国改革开放的总设计师邓小平，再次出征，开始到南方视察。

1月17日，农历腊月十三。一列火车从北京出发，向着南方奔驰而去。列车上，邓小平研判世界局势，思考中国未来，运筹大计方略。邓小平的这次到南方视察，历时一个多月，先后视察了广东、深圳、珠海、上海等地。开始虽然没有公开报道，但消息很快传开，引起全国各地的极大关注。

我记得，当时从外省传来一份邓小平南方谈话的记录稿，还是手抄的，我悄悄地仔细阅读，许多话至今难以忘怀。邓小平在视察途中说：

> "现在有一个问题，就是形式主义多。"
>
> "改革开放的胆子要大一些，敢于试验，不能像小脚女人一样。"
>
> "要害是姓资还是姓社的问题。"
>
> "不搞争论，是我的一个发明。"
>
> ……

读着邓小平的这些讲话，觉得非常过瘾，非常深刻，皆为"点穴"之言，我便私下摘录了其中的一些讲话内容，保存下来。

2月20日下午，沈达人书记突然让我陪他去南京火车站。以往，沈书记都会告诉我出去做什么，但这次什么也没说，我也不好多问。到了火车站，我才听警卫人员说，邓小平马上就到。这次接待工作特别严格，只有沈达人书记和陈焕友省长到站台等候，其他人员都不让进去，只能站在很远的地方。

下午3点整，专列缓缓驶入南京站，停靠站台。只见小平同志身着雪花呢大衣，脖子上系着咖啡色围巾，稳步走下车厢，与沈达人、陈焕友一一握手。简单寒暄之后，便在沈书记、陈省长的陪同下，一边沿月台散步，一边进行交谈……

我站在远处，听不到小平的声音，也看不清小平的面容，只能远远见他老人家的背影——宽宽的、厚厚的，就像一座耸立的山峰！

这是一个伟人的背影，也是一位父亲的背影！

我这个人特别崇敬伟人。伟人是我人生中的偶像。我像仰望高山一样仰望伟人。

这次有机会目睹小平的背影，是我有生以来最大的荣幸、最大的满足！

在站台上散步不到半个小时，小平同志就上车离开了南京。

沈书记在回来的路上，显得少有的高兴与激动，详细告诉我刚才接待小平同志的一些情况，并要求我整理出来——

小平同志下车后，沈书记请小平同志到休息室坐坐。小平同志说："不坐了，我们一边散步，一边交谈吧。"接着，小平同志听取了江苏国民经济发展情况的简要汇报。当沈书记、陈省长汇报到去年江苏国民生产总值增长6.3%时，小平同志说："不快嘛，江苏条件比较好，应该比全国平均速度快一点！如果江苏和发展比较好的地方不比全国平均数高一点，那全国和其他地方就更不行了。"说到这里，小平同志加重语气："现在就怕丧失时机，要抓住时机上，发展得快一些。"

小平同志的南方谈话和对江苏工作的指示，极大地鼓舞了江苏的干部群众。完全可以这样说，江苏在此之后的快速发展，与邓小平南方谈话有着直接的关系。

小平同志不愧为党和国家的卓越领导人、改革开放的总设计师，他对于中国革命和改革开放的功绩不可磨灭。是他，改变了中国，改变了中国人的命运。

我个人命运的改变，也与小平同志密切相关——得益于他倡导并开启的高考政策和改革开放。

人生中的有些经历，犹如泡影，稍纵即逝；而有些经历，永志不忘，影响一生。

小平同志的话语，一直铭记在我的心间；小平同志的背影，时常浮现在我的脑海里。

这里，顺便透露一件我从未对外讲过的一件奇事：1997年2月19日，邓小平同志与世长辞。消息传来，我陷入深深的悲痛之中。也就在那一天，我突然发现，家中阳台上盆栽的几年没有开花的山茶树，竟然开放了一朵硕大而洁白的花朵。

一朵，就一朵！

更为奇怪的是，邓小平追悼大会后，这朵白色的花朵很快就凋零了。不久，这棵山茶树也枯死了。

世界上存在一种“奇异现象”，可以理解为超越自然科学常规的现象，或者说是超越了当代自然科学知识的极限而被认为不可能产生或无法解释的现象，或指与科学和常识相互矛盾的现象。这种超常的“奇异现象”，无法用已存在的逻辑架构或普遍被接受的现实知识来解释。

我家这棵山茶树发生的现象，算不算“奇异现象”呢?

我不得而知。也许是一种“奇异现象”，或者就是纯属偶然。但不管怎样，我要感谢这棵通人性的山茶树，是它开出的那朵洁白的花朵，寄托了我对小平同志的无限哀思。

小平同志的背影和那朵洁白的山茶花，永远留在我的记忆里。

所谓“行万里路”

大家都熟知这一古训：读万卷书，行万里路。读书，只能获得理性知识，而跋山涉水，行万里路，到社会生活的海洋中领略浩瀚风烟，读无字之书，得到的是真情实感和实践知识，可以增长见识。知识与见识二者缺一不可，都是一个人成长、成才、成功的必要条件。

在增长见识方面，当高级领导的秘书有着得天独厚的有利条件，既可以接触到各方面的人包括大领导大人物，也可以“行万里路”——上京城下基层，走很多地方，包括出国访问。

20世纪90年代，出国是件很不容易的事，而我作为秘书跟随省领导出访了3个国家，都是亚洲国家。

1991年底，我们第一次访问了朝鲜，首站是江原道。江苏省与江原道在1984年结成了友好省道关系，双方领导人进行过多次互访。

访问江原道后，我们便到达朝鲜的首都平壤。出乎想象的是，平壤道路宽阔，建筑宏伟，绿树成荫，街道整洁。远看是一座现代化新城，而走近看，商店不多，行人稀少，许多高大建筑的大门紧闭，窗子都拉上了窗帘。

在平壤，我们参观了万景台金日成旧居、主体塔等革命纪念地。当天深夜，朝鲜外交部官员把我们召集起来，郑重地报告了一个消息：明天中午，金日成主席接见江苏代表团。

翌日上午，我们乘车近两个小时，到达金日成的住所。先让我们参观了陈列室，这里摆放着各国领导人赠送给金日成主席的国礼，简直可以说是一个万国博物馆。临近中午，金日成主席在会客厅接见了我们，他站在门前微笑着与我们一一握手，然后宴请我们。

那时金日成已80多岁了，行动不那么方便，但思维仍很清晰。他用中文询问我们在朝鲜看了哪些地方，生活是否习惯等，一点没有想象中的威严。他还向我们愉快地回忆起青年时代在长白山一带打游击战的情况。谈话中，金日成特意讲到，前不久他在江苏访问时，了解到中国农民养鹅养鸭，这为朝鲜解决人民的吃肉问题找到了一个好办法。

沈书记随即告诉金日成，这次与江原道签署了养鹅协议。金日成听后非常高兴。宴请结束后，金日成主席给我们每人赠送了朝鲜生产的青瓷花瓶，并与我们握手道别。

这次访问，让我感受到了真挚深厚的中朝友谊，也让我真切地看到了当时朝鲜的落后、封闭与贫困状况。至于政治上，各国有各国的情况，我们不去评论。访问中，我有一个深切的感受：无论什么国家、什么体制，不改革开放就难以发展，不发展经济总是没有出路的。

1992年，当东北季风吹拂湄南河的时候，我随江苏代表团到泰国访问。泰国地处中南半岛中部，一个被誉为“亚洲第五条小龙”的国家，正以其经济的高速发展为世界所瞩目。但说实话，我对泰国首都曼谷的印象不算好，甚至有些厌倦。曼谷，泰国人称“军贴”，意思是“天使之城”。照例应当美丽而宁静，但由于工商业的繁荣，使这个城市整天处于喧闹之中，人多，汽车多，摩托更多，尤其是那些同我国自行车一样多的摩托，在城里横冲直撞，影响交通不说，单是那“突突突”的马达声，就把人搅得心烦意乱，不得安宁。

在曼谷待了三天后，我们又访问了有“东方夏威夷”之称的海滨城市——芭提雅。这里原为一个小渔村，1961年，约一百名美军来此度假，之后声名鹊起，逐步发展成为一座美丽的海滨城市。这里四季鲜花似锦，椰影婆娑，给人的第一印象是整洁而宁静。

到芭提雅的第二天晚上，经外事部门的同意，主人带我们去欣赏这里一种独特的民族文化——闻名世界的人妖表演。这里的夜间，弥漫着浓重的、默默的、情色的薄霭。我们来到一座洁白、高大的建筑前，这里就是人妖表演的剧院。场内座无虚席。帷幕拉开，演出开始了。第一个节目是大合唱，演唱者都是清一色的、长得非常漂亮的女演员。“这就是人妖吗？”我轻轻地问旁边的人。得到肯定的回答后，我又瞪大眼睛看了看，实在看不出这些艳丽女子竟是男儿身。演出有独唱、独舞、群舞等，其中有一个节目叫“血染的风采”，演员用中文演唱，还有伴舞。作为中国人，看到这么一首严肃而深情的歌曲出自“人妖”之口，感觉非常别扭，心里不是个滋味。

1993年下半年，我们又访问了日本。那时日本经济发展正趋高位。我们看到了现代化的城市、现代化的商场、现代化的工厂、现代化的农场，一切发展得如此之快速、如此之先进，让我们大开眼界，也大为震动。相比之下，我国还处在改革开放的初期阶段，经济发展的差距还很大。所以，访问之中，我们除了惊奇，心情更有一份沉重，都在想：中国何时能赶超日本？

访问期间，也有一件事让我们感到欣慰与自豪。在异国他乡，我们有幸亲眼目睹了稀世国宝——蛇纽金印。据《后汉书》记载，公元57年，离我国大陆较近的福冈平野奴隶国，曾派遣使者赴中国东汉王朝，当时的汉光武帝刘秀以金印相赠，就是这枚蛇纽金印。它留存至今，已成为中日两国传统友好交流的历史见证，说明早在两千年前，中日友好往来就已经开始了，两国不仅互派使者访问，而且在各个领域进行广泛的交流。中国的植桑养蚕、水田耕作、佛教、织布机、医学、汉字等很早传入日本，并得到广泛应用。同时，中国也从日本引进了医学等方面的技术。

我们在福冈县博物馆参观时看到，这枚金印用一只十分精致的透明盒子装着，摆放在展厅的中央，看上去仍然不失两千年前的光彩，工艺精湛，闪闪发光。

在博物馆外的“金印公园”，我们还看到了雕刻在石碑上的郭沫若1955年访日时即兴写的一首诗：“怀旧幸坚交似石，逢人但见笑声窝。此来收获将何似，永不重操室内戈。”这首诗表达了中国人民的良好愿望，但日本当局是不是这样想、这样做的呢？

三年之中访问三个国家。三个国家，三个类型：一个封闭落后，一个正在崛起，一个先进发达。

亚洲之行，让我看到了外面的世界丰富多彩，更加深刻认识到我国实行改革开放的重要性和紧迫性，同时也增长了我在政治、经济、文化方面的见识。这种见识，是书本上学不到的，正所谓“百闻不如一见”。自己亲眼所见、亲身经历，不仅印象深刻，而且会促使你去对照、去感悟、去思考，从而获得更多的收获。所以，我们有机会的话，就要出去多走一走、看一看。外面的世界真精彩。这种精彩，对于我们创造精彩人生大有裨益、不可或缺。

如今，出国访问已经不是一件难事，行万里路也很方便。但是，如同“读万卷书”需要苦下功夫一样，“行万里路”并不是一件轻松愉快的事情。那种走马观花、浮光掠影的行走，那种“下车拍照、上车睡觉”的旅游，只是休闲游玩而已，未尝不可，但不会有很多的收获，称不上真正意义上的“行万里路”。

大凡有为之人，都应该走出去，进行实地考察，获得更多的真情实感和第一手材料。两千多年前的司马迁，深得“行万里路”的为学宗旨，身体力行，周游四方，走入社会，步往古圣哲遗迹，观其行事，问其长老，察其实例，故能写出中国历史上第一部纪传体通史《史记》。

在当代，我特别欣赏余秋雨先生，他从1991年开始，用旅行的方式，系统考察中国文化的重要遗址，并写下了他的巅峰之作《文化苦旅》。之后，他又曾历时4个多月，跨越4万多公里，走访10个国家，成就了世纪力作《千禧之旅》。

这才是真正意义上的“行万里路”——用双脚丈量远方，用双眼观察四方，用头脑思考世界……这是生命的行走、知识的积累、见识的增长、思想的历练、精神的遨游。

广见闻、多思维、勤实践

从小到大，写作是我最大的兴趣。不管多忙，我总是笔耕不辍。在担任沈达人书记的秘书期间，虽然担负大量的公文写作任务，但我还是抽出时间，结合当前形势和工作实际，撰写杂谈、评论、调研报告和研究文章，许多在中央和省级报刊刊登。日积月累，竟有近30万的文字量了。

于是，我就产生了结集出版的念头。但这简直就是一个奢望，因为当时出书之难难于上青天。难在什么地方呢？我把所有发表的作品收集起来准备出本书，就与几家出版社联系，还托人从中疏通，得到的回答却是：书可以出，但要包销五千本以上。

面对如此苛刻条件，我只好作罢。慢慢地，出书一事就被我放在一边。有一次，我与一位老同学聊天，七拉八扯又说到出书上，我说已经死了这条心。他却说："这怎么能行？十几年的心血不是白搭了吗？"我想想也是，便又重新酝酿出书的事。

我通过朋友找到南京大学出版社的社长。他看了书稿后，同意由他们来出版，并表示不需要我包销，且可由我自己进行编辑、设计等。这显然是对我的信任与尊重，但也意味着许多事情都要我自己来干。

我先要考虑一个好的书名。因为书中的内容都是针对当前形势与问题写的，所以我就取了个书名《热点思维》。这在当时还是有点新意的。书名定下后，我想请江苏省德高望重的学者型领导胡福明和匡亚明为这本书作序和题词。

胡福明曾是南京大学哲学系的教授。1978年5月11日，《光明日报》以特约评论员名义发表了他的题为《实践是检验真理的唯一标准》的文章，拉开了关于真理标准讨论的序幕，推动了我国的思想解放和改革开放，深刻地影响了现代中国的历史进程。此时，胡福明任省委常委、省委党校校长。因工作关系，我与他较为熟悉，便怀着试试看的心情登门拜访。记得他那天因病住在医院，我带着书稿前去。听完我的请求，他一口答应，还当面表扬了我的勤奋。我受宠若惊，得到极大鼓舞。没过几天，他就把序言写好后派人送给了我，其中写道："总的印象，文字还有些稚嫩，但内容丰富，切合实际，颇有生气，一口气把书稿看完，不觉吃力，也不厌烦。我看过许多年轻人写的稿子，像这样写得有血有肉、深入浅出的，说实话并不多。"

有胡福明作序，我就有底气请匡老题词了。他曾担任南京大学的校长，是我国著名的教育家和思想史专家，长期从事教育工作和中国传统文化的研究，建树卓著。那时他已88岁的高龄，正在主编《中国思想家评传》。我不认识匡老，也不敢去打扰他，便托他的秘书朱维宁请匡老题词。令我惊喜的是，不到三天，朱秘书就把匡老的题词转交于我：“广见闻，多思维，勤实践——题章剑华同志著《热点思维》”。我如获至宝，既激动又感激，不仅仅是因为得到了名家的题词，更因为题词的内容实在太好了！

对于书的设计，我一窍不通。我就趁到北京开会之机，约我的老乡、画家毛羽南见面，拜托他在北京请人设计，他一口答应。很快，封面就设计好了，我看了很满意，出版社也觉得不错。我便在南京找了一个小彩印厂印刷封面，但清样拿出来一看，大失所望，效果差极了。我只好赶紧与北京设计人员联系，约定拿到北京印刷。样稿出来后，一切满意，我当即拍板开机印刷。

当天晚上，我兴奋至极，夜不能寐，起床把封面样稿看了又看，瞧了又瞧，还找出一本大小相同的书，把封面套上去试着看。不试则已，一试却吓得我出了一身冷汗：封面样稿比书芯小了一厘米左右。这可不得了啦，如果按此尺寸开机印刷，所有封面都不能用，需要重印，这个经济损失对于我来说是绝对承担不起的啊！我一夜未眠，一大早即打电话与厂家联系，还好，昨日停电没有开机。真是有惊无险，我松了一口气。

终于，我的第一本书《热点思维》成功出版了。这次出书，提高了我在写作以外的办事能力，是一段难得而难忘的人生经历，也印证了匡老的教导——广见闻、多思维、勤实践。从那时起，我就把匡老的题词作为我人生的座右铭。这是因为：

广见闻——使人增长知识与阅历。

多思维——使人把知识与阅历转化为自己的东西。

勤实践——使人从实践中获得真知，并不断上升为经验乃至真理。

几十年下来，匡老的题词不仅一直是我的人生座右铭，而且已成为我人生中的良好习惯。我将继续践行匡老的谆谆教诲，永远做到“广见闻、多思维、勤实践”。

跟谁在一起真的很重要

在官场中，有的省部级领导严重违纪违法被查后，其部下中有人也紧跟着被查。此类事情，在全省乃至全国并不鲜见。

俗话说，近朱者赤，近墨者黑。网上有这样的说法：“和谁在一起，真的很重要。”甚至有人说：“你是谁并不重要，重要的是你跟谁在一起。你身边的人是什么样子，就注定你自己是什么样子了。”

这些话虽然有点太过绝对，但也有一定的道理。的确，和不同的人在一起，工作与生活的状态会完全不同。与智者同行，脚下就有力量；与高人为伍，前进就有方向；与差劲的人在一起，你就有可能变坏甚至失足。

我庆幸自己在年轻时遇上了好的领导——跟着沈书记当秘书。

现在很多人喜欢称自己的领导叫“老板”，我不喜欢，觉得这样的称呼既不尊重也不准确。无论人前人后，我都称沈达人为“沈书记”。

很多人以为沈书记是常州人，其实是苏州吴县角直人。他生于1928年8月8日，这是多好的日子啊！不光日子好，地方也好。角直是江南的一个古镇，小桥流水，吴侬软语，环境优美，人文荟萃，江南千年古刹保圣寺就坐落在这里，寺内的雕塑罗汉相传是唐代塑圣杨惠之的作品。现代著名文学家、教育家叶圣陶先生曾经在角直任教。沈书记也出身于书香门第，父亲沈定钧是当地一名教师，语文水平很高，旧体诗做得特别好。长兄沈圣时是当时有名的文学青年，常为上海《申报》的副刊“自由谈”撰稿，杂文《膝盖骨》的发表曾经轰动全国文坛，但不幸英年早逝，时年仅30岁。在这样的家庭背景影响下，沈书记从小受到良好的教育，读了不少书，但因家道中落，没有像长兄那样走上文学之路，而是被送到上海做学徒，后又辗转到常州的纺织厂工作，那时沈书记还不到20岁。

新中国成立后，公私合营，沈书记被安排到常州市地方国营新毅纺织厂工作，从技术员做起，靠着自己的踏实与勤奋，一步一个脚印，先后任计划科科员、副科长、车间副主任、生产办公室主任，1958年升任副厂长。在工厂工作10年之后，调到市纺工局工作，先后任科长、副局长、局长。改革开放后升任常州市委副书记、市长、市委书记。1983年任江苏省委副书记。

我调省委办公厅工作那年，也就是1986年，沈书记调任宁夏回族自治区党委书记。三年后又调回江苏任省委书记。从沈书记的经历中可以看出，他是从工人岗位上一步步走过来的，用通常的说法，是“平民书记”。所以，在他身上看不出有半点的“官气”，总是那么的平和、谦逊与低调，更难能可贵的是，他身居高位，但总是保持着“工人本色”，怀有“平民情怀”。

他到基层调研，去的最多的是工厂车间，对纺织车间和纺织工人更是怀有特殊的感情。对工人是这样，对农民也是这样。在1991年抗洪救灾中，沈书记一直奔波在第一线，每到一处，都要去慰问那些受灾的群众，帮他们解决生活中遇到的实际问题。抗洪救灾结束后，沈书记在接受国内外媒体采访时，讲得最多的一句话是：“人民群众真好！”这普通的一句话，既是他的切身感受，也寄托着他对人民群众的一片真情。

沈书记平和之中又不失担当。他任省委书记的那几年，正是改革的攻坚之年，有许多“硬骨头”要啃。记得当年徐州市的李仰珍书记在全市推行企业内部改革，实行“砸三铁”，遇到不少阻力与非议，沈书记亲自到徐州调研，明确支持徐州的改革，使徐州的改革得以顺利推进，率先取得改革成果和经验，在全国产生影响。

同一时期，张家港的秦振华也是颇有争议的人物，沈书记几次找他谈话，并实地了解情况，听取各方面的意见，最后力排众议，大胆起用了秦振华，并对他的工作与他倡导的“张家港精神”予以充分肯定。沈书记很少题词，但应秦振华之邀，破例用毛笔书写了“张家港精神”的全文：“团结拼搏，负重奋进，自加压力，敢于争先。”后来，张家港成为全国的先进典型，张家港精神至今值得赞颂与弘扬。

沈书记的原则性很强。他对于干事的干部总是大力支持，而对于那些不干实事、跑官要官的人决不重用。当时的盐城市市长，一心想当市委书记，经常跑省里请客送礼，还多次找沈书记汇报工作与思想，实际上是提个人的要求，对此，沈书记极为反感。有一次，这位市长又给我打电话，说要来见沈书记。我汇报后，沈书记颇为恼怒地回绝说：“不见！”尽管这个市长一直到处活动，但沈书记没有让他得逞。几年后，这个市长的腐败问题暴露，受到查处，最后锒铛入狱，被判重刑。

沈书记对人严格，对己更严。每次出差，都是轻车简从，不用警车带路，往往就是一辆小车，他与我们挤坐在一起。对于请客送礼，更是一律拒绝。跟随沈书记那么多年，我从未看到他参加公务以外的任何宴请。一年冬季，沈书记带着我们到某市调研，当地领导把几件羽绒服放到了小车的后备厢里。车子上路后，驾驶员才告知此事，沈书记立即要求停车，通知该市秘书长赶过来把羽绒服拿回去。沈书记的子女较多，大都留在常州工作，只有大儿子和小儿子来了南京。沈书记对子女要求特别严格，从不让他们搞特殊化，也从不为子女的事向有关方面打招呼。

古人云：“己欲立而立人，己欲达而达人。”沈书记做到了。在我的心目中，沈书记如同他的个子一样，并不那么高大，但确实是一位名副其实的可亲可敬的“达人”。

由于长期在沈书记身边工作，他的一言一行对我影响很大，我默默地学习他的思想方法、工作方法和工作作风，收获很大。之后，我走上了领导工作岗位，一直以沈书记为镜子和榜样，树正气、走正道，严格要求自己，勤勤恳恳努力，踏踏实实工作，靠自己的奋斗获得组织和社会的认可与好评。

沈书记虽然已经离开了我们，但他永远是我尊敬的领导，更是我学习的榜样。

不能不能，不能太能

我有一个观点：跟谁在一起，真的很重要。有人和我说，与谁在一起固然重要，但你是谁也很重要，关键还是要自身过硬，走好自己的路，做到“出淤泥而不染，濯清涟而不妖”。

当然，打铁还须自身硬嘛。

《克雷洛夫寓言》中有一个关于骑师与马的故事：骑师驯了一匹好马，他认为给这样的马加上缰绳是多余的。有一天，他骑马出去时，就把马的缰绳解除了。马在原野上飞快地奔跑，当它知道什么束缚也没有的时候，就越来越大胆了，它一路狂奔，把骑师摔下来。马继续往前直冲，毫无束缚，毫无顾忌，最后冲下深谷，粉身碎骨。

这个寓言告诉我们，人既要自信，又要自律。唯有这样的人，才能掌握工作中的分寸尺度，才能理清生活中的细枝末节，才能拥有心中的诗与远方。

对此，我早在担任领导秘书时就有所领悟。

在我担任沈达人秘书的第四个年头，中共中央下发通知，陈焕友担任江苏省委书记，沈达人不再担任江苏省委书记。对于这个消息，许多人觉得有点突然，因为还不到省委换届的时候，而我心里早就有数的。早在三个月前，沈书记在北京参加中央召开的一个会议后，到中组部去了一趟，我也跟去的。在回宁的火车上，沈书记与我同坐一个包厢，他告诉我说："我年龄差不多了，这次到中组部去，我已提出从书记位置上退下来。"我不解地问："不是要到换届的时候吗?"沈书记说："不一定，我想早一点退了。"我又问："那哪个来接呢？"沈书记说："这要中央来定，我是推荐焕友同志来接替。"

听沈书记这么说，我也不便再说什么，但从心里更加敬佩沈书记。我知道，沈书记与陈焕友省长在工作上是相互配合的，但书记与省长之间难免有点矛盾，在一些问题上会有不同的看法甚至分歧。我记得，在一次省委常委会讨论工作时，沈书记与陈省长的意见不统一，发生了争论。我们还是第一次见到沈书记和陈省长各自如此严肃地争论，在场的人也都震住了。

这次争论之后，据我观察，沈书记与陈省长之间的关系并没有因此发生大的变化，工作上还是一如既往地相互协调，紧密配合。中组部领导来江苏宣布决定时，充分肯定了沈书记的工作，还特别提到，沈达人同志主动提出从省委书记位置上退下来，并推荐陈焕友同志接任省委书记。可见，沈书记的心胸是多么的宽广，无论是对待组织还是对待他人都是极为坦荡的。

陈焕友同志接任书记之后，找我谈过一次话，讲到了他与沈书记的合作共事，讲到他们之间虽然有过争论但相互理解，还特别感激沈书记的信任与推荐。我听得出来，陈焕友书记讲的是心里话，是很真诚的。谈话中，陈书记还关切地询问我今后的工作去向，我说："还没有考虑，目前跟着沈书记去人大那边，继续为沈书记服务。"陈书记说："尊重你本人的意见。你先把沈书记服务好，如果沈书记在人大那边有秘书了，欢迎你回省委办公厅工作。你这几年表现很好，文字能力强，是会有发展前途的。"陈书记的一番话让我颇为感动，心里暖暖的。

我当时的想法，是跟着沈书记去人大，因为我知道沈书记需要我，我也愿意继续为他服务。也许有人觉得到人大不如在省委有前途，我却不这么想，我认为作为秘书应当为领导着想，而不能只是考虑自己的发展前途。

沈书记担任省人大常委会主任后，我就到省人大常委会办公厅继续担任他的秘书。与省委相比，省人大的工作性质和工作节奏大不一样。这对于一直处在高速运转中的我来说，感到很不适应。怎么办呢？我便利用余暇时间，梳理和总结自己从事秘书工作的经历和体会。

在农村时，我曾为生产队长、大队书记和公社书记写过发言稿，也算是当过农村"三级干部"的"秘书"。后来又当过县委书记、省委书记的秘书。我对秘书工作深有体会，有发言权，所以我想回过头来好好地总结一下。写点什么呢？我不想写成官样文章和教科书式的东西，而是结合秘书工作的实践，实话实说，讲点真话，对其他人尤其是从事秘书工作的同志有所借鉴和启示。

于是，我就动手写下了10万多文字，准备结集出版，名曰：《心田笔耕》。这次，我请了宜兴籍著名画家尹瘦石题写了书名，同时，我很想请沈书记为此书作序，但心里没有底，因为我写的内容都是我的体验、我的观点，并不那么"规范"与"正统"。这里不妨列举两例：

我在《维持工作关系》一文中写道："伴君如伴虎。"这个比喻把与上司相处说得十分危险。实际上，这是对封建时代而言的，"君要臣死，臣不得不死"，那当然是危险的。现在时代不同了，上级与下级之间，领导与被领导之间，在法律上、人格上是平等的，不过是分工不同罢了。但我并不否定，与自己领导相处要特别小心。怎样处理好与领导的关系？千万不要唯唯诺诺，奉承拍马，把与领导的关系庸俗化。最爱听好话的领导也不会喜欢身边的人整天吹捧他。我一向以为，秘书与领导的关系，应当始终维持工作关系，即认认真真、踏踏实实地工作，甚至拼命地工作，全身心地为领导服务，以此博得领导的好感与信任。

在《不能不能，不能太能》一文中，我这样说：总结我的秘书生涯，归纳出一条重要经验——不能不能，不能太能。先说不能不能。秘书作为领导的助手和参谋，必须有较高的思想政治水平和工作能力，应当精明、能干，最好有几分才气。如果没有一定的水平和能力，就当不了、当不好秘书，甚至会影响机关和领导同志的形象。但是，秘书也不能太能。确切地说，秘书不能过分地表现自己的才能，要有"甘当无名英雄"的精神，自觉维护领导的形象。假如处处想表现自己，就会有意无意地损害领导的威信，也不利于自己的成长。

这些内容，沈书记能赞同吗？但我还是硬着头皮向沈书记开口了，请他为我的新书作序。沈书记未置可否，说："我先看一下书稿吧。"我把书稿交给了沈书记，心里很是不安。没想到的是，第二天一上班，沈书记就把自己亲自写的序交给了我。而我没有道谢。我跟随沈书记那么多年，相互之间都未曾说过客套话，但内心的确很感激沈书记。

我急切地看他为我写的序，一行行熟悉的文字映入我的眼帘——

因工作关系，小章写的东西我看过不少，但都属公文一类。这本《心田笔耕》，与以前看过的完全不一样。从形式上讲，算是散文；从内容上看，都是自己的经历和感受。对于这本书的形式和内容，我先不作什么评论。而有一点应当肯定的是，小章作为一个年轻人，在工作之余，回过头来对自己走过的道路，作一番认真的回顾、思考和总结，是难能可贵的。据我所知，小章较长时间而且在不同层次上担任过秘书，对秘书的性质、任务、要求以及甘苦有切身的认识，对如何做好这项工作也积累了一些经验。因而他在书中谈到秘书工作，虽然不是系统、全面的论述，但这些零星的体会和心得，都是从实际工作中提炼出来的，颇为实在。我希望这本《心田笔耕》对于小章来说，既是以前工作的小结，又是今后前进的起点，继续刻苦学习、埋头工作、辛勤耕耘，为祖国的繁荣富强贡献出全部的青春。对其他年轻人的希望也是这样。

读着沈书记写的这段话，我颇感动。沈书记肯定了我的想法与做法，使我更加认识到在工作和生活中自信与自律的重要性。正如乔布斯所言："自由从何而来？从自信来，而自信则是从自律来，先学会克制自己，用严格的日程表控制生活，才能在这种自律中不断磨炼出自信来。"

自信与自律，是人生最珍贵的标配。

不能不能，不能太能，是我人生经历中的真实体验和重要经验。

人生岔道口

在到省人大常委会办公厅工作的日子里，我一如既往地勤勉工作，继续为沈达人书记做好服务。几个月后的一天，沈书记找我谈话说："你的工作关系还在省委办公厅，不能一直挂在那里，应当尽快确定你的工作岗位，你有什么考虑吗？"我感到有些突然，结结巴巴地回答说："我没考虑过，还是跟着您吧。"沈书记说："你能跟着我当然好，我这里也需要你，但我考虑再三，你年纪尚轻，也不能一直当秘书，还是到实际岗位上锻炼一下吧。"我一点思想准备也没有，沉默良久后诚恳道："我听您的安排。"沈书记说："那我先跟省委组织部商量一下吧。"

没过几天，省委常委、组织部部长许仲林把我叫到他的办公室，微笑着对我说："剑华，沈书记与我说了你调动工作的事，我想征求一下你的意见。"这时，我已经有了一定的思想准备，但还没有具体的考虑，再说这事也不是我自己能考虑的，便说："我自己没有什么想法，沈书记建议我到实际岗位锻炼一下。"许部长说："沈书记也与我说了这个意思，我们酝酿了一下，让你先到基层工作一段时间，初步考虑，推荐你到无锡市担任宣传部部长，但先不进市委常委班子。"

这很出乎我的意料，但内心是非常愿意的。虽然不进市委常委，但这个职位、这个地方对于我来说还是很有吸引力。我是宜兴人，从大的地域概念来说，也算是无锡人；担任市委宣传部部长，与我曾经的专业与经历都有一定的相关性。所以，我爽快地回答道："听组织安排。"

许部长与我谈话后，过了很长一段时间没有动静，我心里有些焦急，便向组织部的朋友打听情况，这位朋友安慰我说："出了点情况，正在协调，你别着急嘛。"我怎么能不急呢？在我的追问下，他只好道出实情：无锡市委常委、宣传部部长宗菊如，有一段时间身体不太好，便向组织上提出早一点从现岗位退下来。所以，省委组织部才想到让我去接替他。但这次正式找他征求意见时，他的身体已经恢复，表示能继续承担现任的工作。省委组织部正在做他的工作，让他转岗，以便腾出位置。

听到这个情况，我第一反应是：绝不能这样做！

我在前面的记述中已提到过宗菊如。他是我在宜兴工作时的老领导，正是他看到了我在《新华日报》发表的一篇评论文章后，才点名把我从宜兴报社调到团县委担任副书记，后又把我调到县委办公室当副主任，可以说，他是我的伯乐。我怎么能去抢占自己老领导的位置呢？古人云，滴水之恩，当涌泉相报。对于老领导的知遇之恩，我无以报答，现在却要去取代他，于情于理都不应该啊！于是，我立即去找许仲林部长，表示绝不能为了我而让宗部长提前退出领导岗位，无锡我是绝对不去了。

许仲林部长非常理解我的心情，同意再物色其他合适岗位。后来我又听说，南通市委宣传部部长即将到龄，省委组织部又考虑安排我到南通去，但南通方面反馈的意见是，市委已经有宣传部部长的人选了。就这样，我工作调动的事又一次搁浅了。

说实话，既然决定调动工作，我对新的工作岗位充满期待与向往，但迟迟定不下来，心里总有一种说不出的滋味。我反复地想，我到哪里去工作呢？

我的人生小船犹如漂泊在浩瀚无际的海面上，茫茫然没有了方向。我有些着急了。

别急！只管勤奋与善良，时间自有安排。

一天，我突然接到一个电话，那边传来亲切的声音："是章秘书吧？我是省广电厅的周顺生。"周厅长虽然与我同乡，但平时很少交往，工作上的联系也不多，我便礼貌地问道："周厅长，请问有事吗？"周厅长十分客气地说："剑华，有件事不知能不能说。"我随即说道："周厅长，您是老厅长，我们又是老乡，有事您尽管吩咐。"周厅长十分谦和地说："我想私下问你一下，听说你要调动工作，有这回事吗？"我如实相告："有这回事，可现在还没定下来。"周厅长连忙说："正是听说还没有定下来，我才给你这个电话，我们这里正缺人，我希望你到我们厅里来工作，不知你愿意否？"

在迷茫之际，有人给我抛出橄榄枝，真让我受宠若惊！我不假思索道："周厅长，谢谢您，我当然很愿意。"周厅长高兴地说："如果你真的愿意，我就到组织部要人啦！"少顷又说："不过，你再好好想一想，最好征求一下沈书记的意见，如果能确定的话，告诉我一声，我再去正式提出来。"我表示会尽快回复，并再次感谢了周厅长的关心。

当天，我就向沈书记作了汇报，并表达了我想去省广电厅工作的意愿，沈书记当即表示赞同，说："你是学新闻专业的，去广电也是合适的。我来与省委组织部商量一下。"

我立即把沈书记的意见反馈给了周厅长。没过几天，许仲林部长又亲自找我谈话。也许是他已经知道我知道此事，便直截了当地说："我们研究了一下，你去省广电厅任厅长助理、党组成员，到实际岗位锻炼锻炼，级别仍为正处级。如果你愿意的话，我们就可以发文了。"我虽然对工作去向已有思想准备，但对具体的职务安排心里没底，听到许部长对我做这样的安排，随即表示服从组织安排，并感谢组织上的关心。

我的工作变动之事，在历经周折之后，就这样定下来了。消息传出后，我的同事和朋友都说好，对我表示祝贺，但外界也有人不太理解，当面问我：“你是省委书记的秘书，照例调出去都要提拔使用的，而对你的安排是平调还是提拔呢？”

对于这样的问题，我没有更多的解释，也不好解释。的确，当过省委书记秘书的人，调动工作时一般都是提拔使用的，而我这次调动属于平级安排。但我知道，对我的安排也是恰当的。从年龄上来讲，我还年轻，才36岁，各方面的资历较浅；再说，沈书记对身边工作的人一贯十分严格，从不搞特殊化。对此，我是完全理解的。更何况，我虽然还是正处级，但作为党组成员，进入了厅级领导班子，也算是“提拔”使用了，体现了组织上对我的信任和关心。

我的工作调动颇费周折，但最终有了一个令我满意的结果。这也许是对我的勤奋与善意的一种回报吧。

我一直以为：人啊，还是要持之以恒地勤奋工作，并以平和与善良之心对待一切，切不可“待价而沽”，更不能向自己的领导和组织“要价”，提出不合理的要求，让其为难。我们应该始终相信：勤能改变命运，善可改变人生。

人生在世，有一日当有一日之勤，有一时当有一时之善。

直面人生的落差

落差，是在对比中形成的高低差距或差异。在自然界里，山的落差，铸就了千沟万壑、高山深谷，给人以“横看成岭侧成峰，远近高低各不同”的视觉震撼；水的落差，绘制了“飞流直下三千尺，疑是银河落九天”的壮观美景，成就了水力发电站，水花在落差里华丽转身，由势能变成动能、电能，释放出耀眼的光华。

自然界存在落差，人生也有落差。而人生的落差，往往会在人的心里荡起层层涟漪，甚至激起千层波浪，并不像自然界的落差那样美好。

我就经历过这样的人生落差。

去省广电厅上班的第一天，我骑着自行车，怀揣着留恋与向往，离开了工作近十年的省委大院，离开了熟悉的办公室。从省委大楼到北京西路，是一条很长的坡道，我骑着自行车，自上而下冲出省委大门，第一次感觉到落差如此之大。

到省广电厅报到后，我被安排与广电厅的秘书长坐在一起。本来办公室就不大，我进去坐，既影响了他人的办公条件，自己也很不适应，毕竟原来的办公室要大得多、好得多。我又一次感到了落差。

这倒并不算什么，无形的落差是人们的眼光。过去是省委书记的秘书，现在是厅长的助理，那是绝对不能同日而语的。助理是个很尴尬的角色，既不是领导，又不是一般干部，既无分工也无分管，说不上什么话，做不成什么事，正所谓：“助理，助理，无人搭理。”就连称呼也很微妙，叫你“章助理”吧，好像不尊重；叫你“章厅长”吧，又好像不够格，所以，很多人与我打招呼总是含糊其辞。

我并没有把这些落差真正放到心里去，让我难以适应的倒是工作上的落差。一直处在高速运转、高度紧张之中的我，一下子空闲下来，既感到前所未有的轻松，也觉得心里空荡荡的，很不踏实，闲得发慌。

面对这些落差，我先是努力调整自己的心态。物随心转，境由心造。我不气馁、不在意、不计较，以一个优雅的姿态，转过身来，坦然面对，低调务实，并充分利用较为宽松的时间，熟悉情况，认真学习，虚心请教，力所能及地做好工作。很快，我的表现得到了全厅上下的认可和好评。

在广电厅工作一段时间后，我回省委办公厅看望原来的同事们。那天，省委副书记孙家正正在办公室，他当时分管办公厅，也分管宣传文化系统，所以，我就到他那里汇报一下自己的情况。听了我的汇报，孙书记热情地说："好啊，你到广电工作合适，那边也正需要人。不过，你以后不一定一直待在厅机关，可以到省电视台任个实职，这样可以接触到更多的实际工作，既能发挥你的作用，也能得到更多的锻炼。"孙家正书记的这番话，令我非常感动，心里也踏实了许多。

事有凑巧。就在孙书记与我谈话后的没几天，周顺生厅长把我叫到他的办公室，在询问我近期工作情况后说："厅里要成立江苏有线电视台，已经筹备了一年多，原来是韩同文副厅长分管的，他比较忙，我想由你来筹建省有线台，你看怎么样？"我不假思索，脱口而出："好啊，听厅长安排！"我一口答应下来，这既是出于对周厅长的尊重，更是因为得到孙书记对我工作的指点。

就在周厅长交代过我的第二天，省有线台筹建办的陈周明同志就到我的办公室找我了。据他介绍，筹建工作已近一年，只因省政府的批文搞不下来，所以难以进展。听他那么一说，我豁然开朗，原来厅里有意利用我在省委机关工作的经历，疏通关系，攻下批文。

我立即行动起来，约见省政府分管副省长和副秘书长。毕竟是刚刚离开省委机关，领导们还真给我面子，很快同意听我的汇报。我立即着手了解相关情况和政策，做好了汇报的准备。

那天听汇报的是省政府副秘书长王湛和省政府宣教处李一宁处长。王湛秘书长没有让我按预先做好的材料汇报，而是开门见山地问："南京市已经建立了有线电视台，省里为什么还要建？如果省里也建，那么省、市有线台的关系如何处理？"

因为有所准备，我胸有成竹地做了回答。大体说明了这样几点：一是省有线台不与南京市台争建分配网，按照广电部"一城一网，一网多台"的要求来办，这样既可以避免重复建设，也可以避免省、市争抢网络地盘和收视费而造成的矛盾；二是省有线台实现全省联网，节目覆盖全省，比南京市有线台覆盖面广泛得多；三是省有线台开播后，可以增加四套有线电视节目，这样既可以加强新闻宣传，也可以丰富荧屏，还可以促进电视节目竞争。

王湛秘书长没有再问什么，汇报很快就结束了。后来听说，他曾在省辖市当过副市长，分管过广播电视，对有线电视颇为熟悉，深知里面的关键问题。看来，他对我的汇报还是较为满意的。不久，也就是1994年1月22日，省政府办公厅正式行文批准筹建江苏有线电视台。

江苏有线电视台的建设峰回路转。之后，我和筹建办的同志趁热打铁，马不停蹄地向广电部提交了申报材料。经过多方努力，1994年4月22日，我们终于拿到了广电部的正式批文。

省有线电视台的建设终于迈出了关键的第一步。我欣喜若狂，彻底摆脱了人生的落差。不光是摆脱了落差，而是迈出了我人生之路上极其重要的一步——到实践中去，做实际工作。

老舍说过："生活是种律动，须有光有影，有左有右，有晴有雨，滋味就含在这变而不猛的曲折里。"说得真好！我再补充一句："在生活的律动中，难免有高有低，难免有落差。"

面对人生的落差，沮丧、回避、躲闪、腾挪等都无济于事，不如直面落差，坦然应对。每一次落差的变动，都蕴藏着逆流而上的机遇，都可能是一次转机。只有主动出击，变被动为主动，才能重新扭转人生轨迹，由低谷迈上高坡，向更高更远处走去。

转折点就是新起点

一片树林里分出两条路——而我选择了人迹更少的一条走去，这一转折决定了我一生的道路。

这是20世纪最受欢迎的美国诗人罗伯特·弗罗斯特说的。我很喜欢他的这句话，因为我也曾有过这样的选择与转折。

像我这样在省委办公厅工作的人，又当过省委书记的秘书，一般都会选择从政之路，一级一级向上爬，先当小官后当大官。我的许多同事几乎都是选这条路走下去的，而我没有完全沿着这条路去走，也"选择了人迹更少的一条走去"——去创业，创办江苏有线电视台。这无疑是人生道路上的一个重要转折点。

转折点是指人生发展过程中改变原来方向的一个点，意味着要面临重要的抉择或者重大的考验。而转折点之后往往带来的是人生的低谷期或高峰期。古今中外，无数事实足以说明，成功人士之所以成功，都是在转折点面前作出了正确的选择，经受了严峻的考验。

转折点实际上就是新起点。站在新起点上，我将踏上一条全新而陌生的路。这条路，是我人生之路的延伸，也是我事业之路的开启。

在当时，有线电视刚刚兴起，而省有线电视台完全是在一张白纸上开始创办。毛泽东曾经豪迈地说，一张白纸，好写最新最美的文字，好画最新最美的画图。我们正是按照毛主席的这句话，开始了省有线电视台的创建工作。

有人曾经问我，省有线台的优势和劣势是什么？我认为，优势在于“一张白纸”，劣势也在于“一张白纸”，无资金、无人才、无经验，这是劣势；无负担、无包袱、无框框，这是优势。我们就是要使劣势变优，优势更优。而最关键的是要营造一个全新的工作机制，确定全新的工作思路。为此，我倾注了大量的心血，进行调查研究和深入思考。

省有线电视台创办之际，正是电视竞争最为激烈之时。要在激烈的竞争中脱颖而出是十分困难的。因为此时的省有线电视台“一无所有”，无论是设备还是人才，无论是经验还是实力，都无法同省电视台、南京电视台以及南京有线台相比，差距太大了。如果去竞争、去硬拼，只能是鸡蛋碰石头。但是，我在反复分析和思考后认识到，虽然我们白手起家，什么也没有，但有一样东西，人家也是没有的，那就是一个“新”字——省有线台是一个“新生儿”。而且，这个“新生儿”在全国算是“出生”较晚的。在它降临之时，大多数省份的省级有线台已经建立并正式开播，在省内，许多市县也已开办了有线台。

晚生有晚生的好处，可以后来居上；新生有新生的优势，可以茁壮成长。

于是，我与台里的同志反复研究探讨，为省有线电视台确定了“新台、新人、新设备、新节目、新机制”的“五新”发展目标与工作思路。我对大家说：“新是一种财富，一种优势，一种力量。靠它能抵得上千百万元，敌得过千军万马。看看历史，再看看周围发生的一切，哪一样旧事物不是败在新事物的脚下？哪一种新事物不是如春笋般破土而出？”

筹建之初，有线台没有一个人是从省电视台借过来或调过来的，包括我们几个参与筹建的人，也都没有搞过电视。当时我们决定全部用新人。所谓新人，就是大量起用年轻人，选调30岁左右的人进台工作，而且采用全新的用人机制。江苏有线电视台是经省编委正式批准建立的事业单位，有正式的编制。但是，我们没有用这些“国家干部”的编制，而是在全省事业单位中率先实行事业单位企业化管理，建立灵活的用工制度，台里进人主要通过公开招聘，被聘人员的人事档案一律存放在省人才交流中心，通过签订合同上岗工作。同时，破除分配上的平均主义，实施德、能、勤、绩综合考核。

当然，在“五新”中，重点是“新节目”。我们强烈地意识到，江苏有线台能否一炮打响，一举成功，关键在节目。为此，我们对江苏地区能够收看到的所有频道的节目，进行了仔细、系统的分析，发现了一个现象：各台各频道的节目在内容、形式和时段上大同小异，基本上是一个模式浇灌出来的，这样势必重复和“撞车”。我们决定采取在“夹缝中求生存，在特色上做文章”的策略，不再走综合频道的路子，而是向专业化频道靠拢，明确提出江苏有线台的节目必须体现“都市风格、现代气息、文体特色”，并努力按照这个指导思想确定栏目，组织节目，进行全新的包装和精心的编排。

新的思路铺就新的道路。就这样，我在经历人生的转折点后，踏上了一条崭新的人生之路和事业之路——尽管这是一条人迹更少、困难更多的路。我怀着梦想、充满希望，义无反顾地与刚刚成立的江苏有线电视台一起，从“零”开始，从“新”启航，向着理想的彼岸奔去。

创业，造就人才的最好平台

其实地上本没有路，走的人多了，也便成了路。

这是鲁迅在《故乡》中的一句原话。现在我们通常说，世上本无路，路是人走出来的。意思差不多。

我踏上创业之路——创办江苏有线电视台，这条新路并非自然形成，需要我与我的同事们去开辟，去脚踏实地走出来。

万事开头难。难就难在怎样迈出第一步，怎样开展具体的行动。

孙中山说：治国经邦，人才为急。筹建一个小小的省有线电视台，与治国经邦不能同日而语，但同样急需人才。电视的专业性、业务性很强，没有专门人才是不行的。所以，筹建工作的当务之急是招兵买马。

我问周顺生厅长要人，他很支持，想方设法为我物色电视方面的专业人才。但省电视台的人是不肯过来的，那边是大台、老台，他们看不上新办的省有线电视台，甚至怀疑省有线台能不能办起来。无奈，周厅长只能从省广播电台抽调了陈周明等四个骨干过来参与筹建，又在厅里的其他下属单位里物色合适人选。找来找去，终于找到了与电视有点搭边的三个人：一个是李乃光，北广电视专业毕业的研究生；一个是王强，当过电视编导，他俩都在厅里的《视听界》杂志当编辑；一个是在厅技术处工作的陆锋，他也是北广毕业的。有了他们的加盟，我们这个筹建小组也就比较健全了。

那时正值大学生毕业季，我和李乃光便赶到北京广播学院，准备招几个毕业生，但到了那边才知道，本届毕业生基本上已经落实去向了。后经李乃光同学帮忙，总算找到了一个尚未落实工作单位的毕业生，我们与他见面后，觉得这个小伙子很老实，且为摄像专业，就竭力向他介绍正在筹建的江苏有线台，动员他来江苏工作。他居然被我们说动了，表示愿意。我们怕他会有变化，便当即与他签订了工作合同，他便成为我们招收的第一位员工。回宁后，我们又到东南大学去招电视相关专业的毕业生，也去晚了，最后只招到无线电专业的一位女生，叫谭亮，虽然专业不是很对口，但成为我台最早的技术人员。

随着筹建工作的展开，省有线台招人的消息很快传开来了。于是，社会上要求进省有线台的人很多，大部分都是托人找关系，有人甚至找到我的老领导沈达人书记那里去了，而沈书记一口回绝说："这不行。小章在创业阶段，很困难，我要支持他，不能给他增添麻烦。"也有一些领导碍于情面，把一些根本没有电视专业的人介绍给我，这使我非常为难。我考虑再三，还是婉言拒绝了。这样做，我心里既内疚又忐忑，担心得罪了领导，好在这些领导大都表示理解，没有生我的气，更没有让我难堪。这让我心存感激。

我感到，把好进人关，既要堵后门又要开正门，让专业人才通过正常渠道能够进得来，为此，我提出实行新的用人制度，向社会公开招聘人才。我的想法，得到了厅党组的充分肯定和大力支持。在厅人事处的配合下，我们制定了有线台用工制度和招聘办法，迈出了用工制度改革的第一步。在向社会公开招聘过程中，我们坚持公开、公平、公正的原则，科学考试、严格把关。这在当时是开了先河的。

在公开招聘中，我们打破常规，在进行第一轮笔试之后，又增加了一个现场考试环节，把参考人员集中到夫子庙，进行自由采访，最后写出一篇新闻稿件，经专家打分后计入总分，确保录用人员既有一定的专业知识，又有较强的实战能力。

最终，我们在300多位应聘人员中选拔了18名同志，平均年龄25.5岁，都有大专以上学历，且有一定的广播电视专业知识和工作能力。他们进台后不久，我们还把他们分别送到中央台、上海台等进行实习培训，帮助他们提高实际工作能力。18个新人犹如18棵新苗，与刚刚起步的江苏有线电视台一同成长。

之后，我们又通过多种渠道，不拘一格选人才，从社会上选调一批有电视工作专业技能和经验的中青年骨干进入我台，确保专业的人做专业的事，以保证省有线电视台筹建工作高质量运转起来。

实事求是地说，筹建之初的江苏有线电视台，最不专业的人是我。我虽然是复旦新闻专业毕业的，但那时学的都是报纸方面的新闻专业知识，与电视专业一点也不搭界。所以，电视工作对于我来说，是一个完全陌生的领域。于是，我在学中干、干中学，边学边干，边干边学，努力使自己外行变内行，成为一名电视行业的专业人才。

人才，是指具有一定专业知识或专门技能，进行创造性劳动并对社会作出贡献的人，是人力资源中能力和素质较高的劳动者，而高级人才则是各行各业中的领军人物。人才是一切事业的第一资源。

人才难得，成就人才的机会和条件更难得。创业，无疑是成就事业、造就人才的最好平台与机遇。我很幸运，我具备了成为电视专业人才的最好条件，因为我不仅赶上了电视事业发展的“黄金时期”，而且直接参与和领导了省有线电视台创业的全过程。

创业的过程，是成就事业的过程，也是成就自己的过程。

冷遇，也是一种激励

江苏有线电视台跨出了艰难的第一步。万事俱备，只欠东风。东风是什么？钱！钱不是万能的，但没有钱是万万不能的。招聘工作结束后，人员基本上到位了，接下来最大的问题是资金。

当时，省广电厅不可能拿出大笔的资金来办有线台，但在其他方面给予了很大支持。在厅办公楼里挤出了半个楼面的8间办公室给省有线台，同时拨了30万元的开办经费，后来又垫付了购置解码器的100多万元。应当说，厅里已经尽了最大的可能予以支持，剩下的事情，尤其是钱的问题，只能靠我们自己想办法了。我们测算了一下，要满足省有线电视台开播的基本需要，购置节目和设备的基本费用至少800万元。

现在看来，800万元并不是一个大数字，而在当时，对于我们来说真是一个天文数字！

就在一筹莫展之际，有人向我建议，某市某企业集团实力强大，每年在中央电视台和江苏电视台投入巨额广告费，可以找他们谈谈合作，让他们以后也在省有线电视台投放些广告，并预付部分广告费，作为省有线台筹建之用。

这个建议让我眼前一亮，看到了一线希望。隐约之中，我似乎记得在担任沈达人书记的秘书期间，这个集团的老总曾通过我找过沈书记汇报工作，之后又与我有过多次接触，他对我很是客气。我这个人从不找关系，也不肯求人，但为了创业，也只好去求人了。转而又想，我与他毕竟没有什么交情，他能帮这个忙吗？后来，我打听到我省驻香港的钟山集团总经理李质民与该集团老总私交甚好，就立即打电话给李总，请他帮我向该集团老总打个招呼。李总一口答应，并很快联系上了，让我直接找集团老总面谈。听到这个消息，我喜不自胜，感激涕零，感到有了这层关系就有了很大把握。于是，我打电话给那个集团老总相约见面，他倒爽快，让我第二天就去面谈。

说来好笑，我在省委机关待了近十年，又长期担任省委书记的秘书，上自中央下至地方的大小官员也见了不少，可这次去见老总，心里却忐忑不安，反复思量着怎么去谈。从谈话的开场白，到双方合作的好处、形式、条件等，我反复斟酌，打好腹稿，弄得一夜失眠。

第二天一早，我与陈周明等人挤在一辆借来的桑塔纳轿车上，赶往200多公里外的集团总部。一路上，我们话语不多，心绪随着汽车的颠簸而起伏。大约上午10点钟我们到达了该集团，下车走进了接待室，里面有几个人在，我作了自我介绍，其中一位女同志说知道此事，但站也没站起来，也没有让我们坐下，我尴尬地递上名片，出乎意料的是，她看也没看，就把名片往桌子的角落上一放。我的心顿时往下一沉，有一种被人奚落的感觉，但还是强作笑脸请她向老总请示何时见面。她却说老总不在，我告诉她已与老总约好。她不吱声，继续看她的报纸。我站了一会儿，又去请她与老总联系一下，她很不耐烦地说："你别急嘛，我去看看老总在不在。"刚才还说老总不在，现在又说去看看老总在不在，实在让人难以理解。她很快就回来告诉我，到会客厅等着，副总马上来接见你们。至于老总在不在，她只字不提。

我们只好到会客厅坐下，不一会儿，副总来了，客套一番后，让人给我们各倒了一杯茶。我说明来意，他听后表示可以把这件事向老总汇报一下，其他就不说什么了。我们尴尬地坐在那里，没话找话聊了一会儿，快到午饭的时间了，我看副总一点也没有留我们吃个便饭的意思，只好知趣地起身告辞。副总说："我后面还有点事情，就不留你们了。"然后就把我们送出大门，握手道别，并说欢迎下次再来。

我永远不会再来了！

我尝到了冷遇的滋味，不，简直是上门讨饭的滋味！回宁路上，我们的心情都很郁闷，默默无语地看着窗外。外面秋风瑟瑟，天空一片阴暗。此时此刻，我想得很多，甚至想起了韩信胯下受辱的故事。我告诫自己，韩信面对奇耻大辱，尚能忍辱负重，成就大业，我难道受到点冷遇就灰心丧气、一蹶不振吗？不，不能！我暗自发誓：即使有天大的困难，也要把省有线台办起来、办成功！

但是，没有资金，决心再大也无济于事啊！

有心栽花花不开，无心插柳柳成荫。就在我束手无策的时候，省纺织工业厅厅长林庆生听说我筹办省有线台缺资金，便派人前来与我洽谈，借款100万元，等省有线台建成后用广告时间还本付息。这无异于雪中送炭，使我感激不已。

好事成双。时任南京交通银行副行长的弟弟章子华，听闻我在创业中遇到了困难，就主动提供帮助，按有关规定和手续给省有线台贷款300万元。至此，一半的资金已经有了着落。还缺的一半资金，我只好跑省政府了。分管财政金融的俞兴德副省长听了我的汇报，当即拍板：财政拨款150万元，无息贷款150万元。

就这样，筹建省有线电视台的资金基本解决了。我特别感谢俞兴德副省长、林庆生厅长，以及弟弟子华。如果没有他们在省有线台最困难的时候雪中送炭、全力相助，省有线台就很难筹建起来，我的创业之路就可能中断，更谈不上以后的发展了。至于给我冷遇的那个集团的人，我最终还是在心里体谅和原谅了他们，甚至还要感谢他们。这是因为，冷遇，既是一种考验，也是一种激励。

鲁迅先生说过："有谁从繁华走入困顿，便能体验到人生的真谛。"人处高位或顺境时，往往被那些漂亮的、表面的东西所包围，看不到真实的人情世故，而一旦处在低谷或困境中，难免遭到冷遇——听冷言冷语，坐冷板凳。这时，反而会让你沉静下来，获得一次审视社会的机会，得到平时不易得到的发现，使自己成熟起来，进而积蓄起自身内在的力量，忍辱负重，义无反顾地迈出创业艰难而坚实的步伐，往前走去！

人生何必几回醉

20世纪，科学技术突飞猛进。科技的发明和发现比过去两千年的总和还多，尤以微电子科技最为迅猛。计算机运算速度提高了3亿倍，集成电路集成度提高了7500倍。由此扩展成的信息技术引导着多个领域的高科技迅猛发展，深刻地影响着产业的更替和各项技术的进步，其中光纤技术尤为引人瞩目。

光纤技术就是用激光做载波，用透明石英玻璃纤维做传输路径的通信，它最突出的特点是传输信息容量大，理论上计算，一根光纤可以传输100亿路电话或1000万路电视。光纤技术给电视传输提供了无与伦比的技术通道，进而在广播电视领域得到迅速广泛的运用，于是，引起了电视业的一场革命性变化——真正意义上的有线电视出现了。

有人指出，如果说电灯线、电话线是改变我们生活的两根“魔线”，那么，有线电视赖以传播的光纤，便是“第三根魔线”了。也有人把“第三根魔线”称为“世纪魔线”。这根“世纪魔线”编织起来的有线电视网络，几乎覆盖了整个世界。江苏也不例外。在10万平方公里的大地上，一张由省至市、市至县、县至乡村的三级光缆干线网逐步建成，全省覆盖，总长度达8000多公里，联通了上千万有线电视用户。

在省有线台成立之前，我省各地的城市有线网就基本建成，那么，省有线台还要不要建设自己的城市有线网呢？这是一个极其敏感而复杂的问题。当时有些省会城市，省有线台与市有线台在同一城市各建各的网，为抢地盘和用户，省台与市台发生争执，甚至拿着棍棒打斗起来，造成严重事件和很坏影响，其主要原因在于“谁建网谁收费”的利益之争。为了避免这种情况在江苏出现，省有线电视台在筹建之初就明确提出了“以不建网换入网”的思路。这样既减少了建网资金投入，又缓解了与各市有线电视台争利的问题，得到了省里肯定和各方认可。

但是，要真正实行全省联网，让省有线台的节目进入各市有线网，阻力还是很大的。我们必须在省有线台开播之前把这个问题解决落实好，否则，省有线台开播后的节目入不了各市的有线网，那就成了“空中楼阁”，造成极大被动甚至彻底失败。为此，省广电厅专门召开会议并发文，要求各市做好省有线台的联网和入网工作。周顺生厅长、王蕴副厅长还亲自找各市广电局领导进行协调。我与陈周明、李乃光等则分头到各市洽谈，争取他们的支持，但出师不利，阻力重重。

有一天，我带队到某市有线电视台洽谈联网工作。整整谈了一个下午，但谈得很不顺利，他们明确表示，省有线电视台的节目不能进入市网，并摆出种种理由，拒绝在协议上签字。晚上，市有线电视台的一位台长宴请我们一行，他身材魁梧，性情豪爽，工作能力强、酒量大，人称“酒司令”。宴席开场，他举杯道：“联网归联网，喝酒归喝酒。”我不喜喝酒，加上情绪不好，便说：“今天不喝酒了。”这位台长不高兴了：“不喝酒，联网之事就更无法谈了。”无奈，我只好说：“那就喝一点吧。”台长问：“喝什么酒？”我有意摆谱道：“我只会喝白酒。”他又问：“你能喝多少？”我说：“我也不知道自己能喝多少，因为我以前从来没有喝醉过。”台长一听来劲了，夸我爽快，就与我喝了起来。

几个回合下来，我俩各喝了6小杯，我脸通红，显出醉意。这时，台长兴致高涨起来，便请我们同行的女同事小林一起喝酒。小林个子小，看上去很文弱，她再三说自己不会喝酒，但台长非要她喝不可。僵持片刻，小林霍地站起来说：“我喝可以，但有一个条件，喝了以后，你必须答应我们省有线台在你们这里入网。”酒桌上顿时活跃起来，台长朗声道：“没问题！但我也有一个条件，我们必须喝个满杯。”小林说：“不，我们连喝三杯！”在大家的喝彩声中，他们各自连喝了三杯。当台长喝完准备回到自己座位时，小林拉住他说：“来而不往非礼也，你请我喝三杯，我也要请你喝三杯。”台长一下子蒙住了，但不好拒绝，又是各自三杯，小林只是有点脸红而已，而台长已经招架不住了，大着舌头嘟嘟囔囔道：“酒桌上有三个不可忽视，说自己不会喝酒的人不可忽视，喝酒脸红的人不可忽视，女人不可忽视。”

而这位“酒司令”自己忽视了“三个不可忽视”，居然在酒桌上败下阵来。那次，我也喝多了，几天不舒服。好在这位台长后来真的兑现了承诺，让省有线电视台的节目在该市有线网入网落地了，对此我心存感激，同时我也心存芥蒂，怎么能用“醉酒换联网”呢？怎么能用喝酒来替代正常的工作呢？

有诗云：“人生难得几回醉，莫待醉后心已碎。”我反其义而用之：“人生何必几回醉，莫使醉后心破碎。”我们必须吸取“沉醉不知归路，误入藕花深处”的教训，少喝酒，少沉醉，时刻保持清醒的头脑和旺盛的精力，全身心地投入工作中，创造人生和事业的新境界。

人生能有几回搏

有诗道“人生能有几回醉”，又有云“人生能有几回搏”。一字之差，天壤之别。前者主张及时行乐、醉生梦死，后者主张只争朝夕、奋力拼搏。我当然赞同后者，并一直努力践行之。

1994年8月初，在省广电厅党组会议上，我汇报了省有线电视台的筹建进展情况。听完我的汇报，周顺生厅长问：“你们准备什么时候开播？”此时不搏，更待何时？我决定搏一搏，便毫不迟疑地回答道：“今年年底。”我夸下海口，当时在场的人都有些愕然，周厅长也没有想到我会做出这样肯定的回答，便以鼓励和留有余地的口吻说："争取吧。"

会后有人告诉我，省电视台台长苏子龙私下对人说："章剑华根本不懂电视是怎么回事，几个月怎能把一个电视台办起来呢？他知道开播意味着什么吗？一发不可收拾啊！"他担任台长多年，精通电视业务，讲的是实话，是善意的提醒。现在回过头来看，如果当时我懂电视那一套，知道如此复杂和艰难，还真不敢夸下如此海口，不敢贸然确定年底开播。

然而，不懂有不懂的好处。不知天高地厚，没有条条框框，横冲直撞，敢闯敢干，或许就会创造奇迹。美国CNN的创始人特德·特纳说过："我确定了CNN的开播日期，不管发生一切，都不会有任何改变。"我没有他那么大的抱负和气魄，但是，我们确定年底开播，也是义无反顾，不可改变的。我要做的事，就是别人以为我们做不成的事！

我一向认为，要成就一番事业，就必须解放思想，开拓思路，积极进取。如果墨守成规、按部就班，不敢越雷池一步，那将一事无成。干事业既要有气魄、决心，更要有积极的行动。一沓纲领不如一个行动。事情是干出来的，不是说出来的。条件是人创造出来的，不是天上掉下来的。只有充分发挥自己的主观能动作用，艰苦创业，埋头苦干，工作才会有成效，事业才会有进展。我是这样想的，也是这样做的。短短几个月的时间里，招聘人员、订购设备、建演播厅、安装调试等，各项工作全面展开，全力推进。

我是一个自我燃烧的人。那段时间，我率先示范，以身作则，拼命工作，每天工作时间在12个小时以上。我把我的能量传递给周围的人，用我的热情与干劲把大家卷了进来！

在我的带领下，全台所有员工都自觉加班加点，许多人吃住在办公室，通宵达旦地工作——他们的能量全部爆发出来啦！

眼看筹建工作进入了倒计时，迫在眉睫的主要任务是准备开播后的节目源。这也是最为关键的工作，但白手起家的省有线电视台，节目源等于零，自制节目能力弱，购买电视剧缺乏资金。那么，拿什么节目去开播呢？这时有人向我提供了一个信息：东南沿海某省的一个电视台，他们利用卫星天线收录外地电视台的综艺节目和电视剧，然后用很低很低的价格转卖给其他电视台。得到这个信息，我立即找台里节目部门的同志商量，大家认为，“偷书”不算偷，“偷录”也不算偷，更何况我们不是去“偷录”，而是购买别人录制好的节目，这应该不是什么特别违规的事。

人在走投无路的时候，难免会有一些冒险的举动。我顾不了那么多了，立即派出两位同志前去接洽，很快，以每分钟一元钱的价格，买回了一大批节目素材和三部电视连续剧。这是我台拥有的第一批节目源。由于当时相关政策不明确，管理上也不够严格，“打擦边球”的事司空见惯，所以购买“偷录节目源”一事，无人过问，并没有引来什么麻烦，不过这也算是一种“原罪”吧。之后，我又让李乃光等人到北京电视台和国际电视总公司，通过关系以每分钟10元的价格购买了一批节目源。那时录制节目的带子非常笨重，几十个小时的节目要有几十个节目带子。为了节约钱，他们不坐出租车，挤乘公共汽车和火车，扛着装有节目带的几个大袋子回到南京。

在此期间，正遇上国际电影节在上海举办，台里托人弄到了三张入场券，我与李乃光、梁放一同前往，进场时才知道，要着正装才能入场，而我们三人都是穿便装去的，只好放弃了。就在准备返程的一刹那，我突然觉得不能白跑一趟，空手而回，便对他们说："我们咬咬牙每人买套西装吧。"他们表示赞同，就立即到附近的商场，自掏腰包各自买了一套最便宜的西装，然后再赶往国际电影节的会场，在那里获得了许多节目信息，也订购了一批节目源。一个偶尔的机会，我们又从一个国际节目代理商那里，获得了ESPN体育节目在江苏的播出权，只带广告不要钱，这为省有线电视台提供了源源不断的体育节目。

开播的期限越来越近了。我在台里的一次会议上提议，把省有线电视台的开播日期定为12月28日，大家一致赞同。确定这个日子，我有自己的"小算盘"：这个日子正是我调到省广电厅一周年，我又特别喜欢"8"字，"8"与"发"谐音，是个吉利数字，预示着我们的事业兴旺发达。

十月怀胎，一朝分娩。开播这一天终于到了！1994年12月28日18时28分，周顺生厅长在江苏有线电视台播控室按下了开播键。刹那间，一个崭新的电视文体频道呱呱坠地了！

看着亮丽的画面，听着悠扬的歌声，省有线电视台的全体人员激动啊！兴奋啊！我更是心潮澎湃，思绪万千……人生能有几回搏？这一搏，开启了我人生中最值得骄傲的崭新事业。

散发出与众不同的人格魅力

你我一线牵，
你我一脉情。
心心相连，心心相印。
天天相见，夜夜梦萦。

……

随着省有线电视台的开始曲，人们惊奇地发现，这个刚刚开播的电视台给人以耳目一新的感觉：画面清晰，包装新颖，编排紧凑，尤其是一个个新栏目新鲜活脱，夺人眼球：《星网传播》《黄金专场》《运动奇观》《赛场世纪风》《今日风行》《超音速》《笑林一叶》《蝶友》《中国影视动态》，等等。

这些栏目，从名称到内容到形式，我们都是精心策划的。陈周明副台长是从省电台新闻部主任位置上调过来的，对新闻特别熟悉和重视，他提出，省有线电视台开播的第一个频道虽然是文体频道，但还是要有新闻栏目，这是一个台的旗帜和力量之所在。这个想法与我一拍即合。我俩共同策划了《星网传播》这个新闻栏目。与省电视台的新闻栏目不同，我们这个新闻栏目汇聚了国际、国内、省内的要闻，同时关注群众关心的焦点问题，反映新气象、新风尚、新动向和新热点，正所谓“大事不漏，小事也有，天上地下，一网打尽”。

为了体现省有线电视台的“文体特色、都市风格”，由李乃光、王强等牵头，重点策划和打造了近10个相关栏目。《黄金专场》是晚间黄金档的电视剧版块，每天播出3集电视连续剧，比其他台多播了1集，满足了追剧观众的胃口。《运动奇观》汇集了ESPN体育节目源中的体育比赛精彩镜头，很有冲击力。《周末拳坛》和《世界足球报道》则播出世界体育比赛的实况，尽显赛场雄风。而《今日风行》《超音速》《笑林一叶》《蝶友》是一组音乐类、综艺类的栏目，开办之初主要是节目素材重新编排包装，由主持人出场主持，富有新意。这些栏目新鲜活泼，给观众以耳目一新的感觉。

不久，省有线电视台又扔出了两个“重磅炸弹”：

一是直播欧洲足球冠军杯比赛。这是世界性的热门大赛，中国观众一度无缘看到现场直播。而我们取得了ESPN在江苏的播出权，正好那年ESPN买断了欧洲杯的直播权。于是，我们抓住机会、精心策划、广为宣传，连续一周播放预告片：“巨资买断，独家直播。江苏有线电视台实况转播欧洲足球冠军杯比赛，让江苏观众一饱眼福！”消息传出，人们将信将疑，奔走相告。许多人问我：“是真的吗？花了多少钱啊？”“你们台哪来那么多钱啊？”我笑道：“这是商业秘密。”其实，这是“不是秘密的秘密”——并没有“巨资买断”，只是虚张声势而已，我们花很少的钱就取得了转播权。结果，那次直播在江苏引起极大的轰动效应。

二是直播泰森拳击赛。这是泰森出狱后的第一场比赛，引起广泛关注。当时上海东方电视台买下了这场比赛的直播权，而江苏有线电视台与东方电视台有节目交换关系。我们在取得东方台同意后，就从该台接入了泰森拳击赛的直播信号，在比赛那天进行了同步直播，让江苏观众第一次在第一时间一饱眼福，许多人在观看时大呼：“太过瘾了！”

短短几个月，省有线电视台旗开得胜——节目精彩纷呈，举动连连不断，在广大观众中好评如潮、声名鹊起。

一鼓作气，再而衰，三而竭。省有线电视台一炮打响之后，我并没有被初战告捷冲昏头脑，而是反复在想：如何保持良好势头持续快速发展下去？我一方面继续边学边干、边干边学，同时一方面密切关注国内外电视发展的相关信息，阅读一些广播电视方面的专业书籍。有一次，我从南京大学新闻系孟建教授那里借到了《世界广播电视概览》一书，如饥似渴地阅读起来。读着读着，书中一个实例吸引了我：欧洲某国家法律上禁止做香烟广告，烟草商为了做宣传推广，与电视台一起策划，在播放的每集电视剧中加入一个非常有趣的小问题，由观众投稿回答，答对了可以抽奖。这一活动引起了观众的极大兴趣，参加者无数，电视台的收视率猛升，广告增加，而赞助这一活动的烟草商也名声大振，获得了双赢。

这一成功的案例让我灵机一动：何不按此思路也搞一个这样的活动呢？于是，我立即找节目部、广告部的同志一起商量。事有凑巧，当时我台正好购进了一部59集的香港电视连续剧《生命之旅》，由当红明星万梓良主演，故事围绕着两个在孤儿院度过童年的好友沈志豪和杜朗贤的人生展开，讲述他们如何由莫逆之交到反目成仇的经过。我当即决定，在这部电视剧播放时开展互动活动。经过讨论策划，很快拿出了一个“有奖收视”方案：根据《生命之旅》每集的剧情，出一个很简单的问题，比如：“在第一集中万梓良主演的沈志豪穿的是什么颜色的衣服？”又比如：“在第五集中杜朗贤的女朋友吃的什么水果？”观众在观看完每集电视剧后通过信件回答问题，节目部每天将答对题目的观众进行编号后抽奖，抽得大奖者可获价值万元的电视机一台，获得一、二、三等奖的观众分别给予不同等次的奖励。

这一活动引爆了观众的热情。每天参加“有奖收视”的答题信件如潮水般涌来，我台前面的小邮局每天收到信件上万封，要用三四个麻袋装好了送到有线台。据邮局的同志讲，邮局开办几十年了，从来没有出现过如此情况，现在他们要增加3个人来分递信件。我台节目部也请了10多位临时工作人员来拆封、对题和抽奖。

我台开创了全国“有奖收视”活动的先河，并取得了巨大成功：征答信40多万封，收视率一路飙升，广告商纷纷追加广告。这部剧的特约广告高达300万元，这对于我台来说是一笔巨额资金，一下子打了个翻身仗！从此，我台再也没有缺过钱！

这是我创业过程中的得意之作。由此我切身体会到：当一个人聚精会神、忘我工作的时候，无聊的、漫不经心的现象就会消失。只要自己喜欢上自己的工作，只要全身心地进入工作状态，那么，你的干劲就来了，灵感就来了，“智慧的宝库”也就打开了，创造力就上来了，就会寻思出全新的工作思路和有效的工作方法，你所从事的工作和事业就能旗开得胜、高歌猛进。而且，全身心地投入工作，不仅能使我们的事业获得成功，同时也可以完善我们的人格。

人格，是在一定社会历史条件下，通过社会实践活动形成和发展起来的。包括个人认知能力的特征、行为动机的特征、情绪反应的特征、人际关系协调的程度、态度和信仰的体系、道德价值的特征等。稻盛和夫曾说：“把工作干成事业，才能散发人格的魅力。”江苏有线电视台的建成，为我提供了“把工作干成事业”的良好平台。没有什么比事业上的成功更令人鼓舞。我信心倍增，更加全神贯注地投入工作之中，热情奉献于自己的职业，把各项工作做得更扎实、更完美，以非凡的业绩，实现自己的人生价值，散发出与众不同的人格魅力。

竞争，步步惊心

20世纪90年代，是信息化时代，也是知识经济时代，有线电视和互联网开始普及，并逐渐改变人们的生产生活方式。江苏省有线电视台作为这个时代的“新生儿”，应运而生，乘势而上，以其敢想、敢干、敢拼的精神和崭新的姿态步入视听界，以其新思路、新举措、新节目杀出一条生路，并迅速成长起来。

周恩来曾经说过：“任何新生事物在开始时都不过是一株幼苗，一切新生事物之可贵，就因为在这新生的幼苗中，有无限的活力在成长，成长为巨人，成长为力量。”江苏有线电视台就是这样的一株幼苗，虽然还没有成长为“巨人”，但充满着蓬勃的生机和成长的力量。

省有线电视台很快走过了三年路程。三年的时间不算太长，但是我们抓紧分分秒秒的时间，埋头苦干，日夜兼程，终于在有限的时间内，做了很多的事情，取得了三年三大步的佳绩：第一年，正式开播，一举实现百万大联网，广告创收1000万元，当年收回所有建台投资，初步进入良性循环；第二年，创收实现翻番，达到2000万元，在珠江路280号购置房产建成新台址，被省委宣传部正式确定为省级五大新闻媒体之一；第三年，再创佳绩，广告收入突破3000万元，开设了江苏有线电视台第二频道。

满园春色关不住，一枝红杏出墙来。在短短的三年内，省有线电视台在全国有线电视新闻评奖中，有三个项目获得了一等奖；在我省电视节目评奖中，我台的奖项与总分位列全省第二，与江苏电视台平分秋色。收视率更是一路飘红。据江苏城市调查队的收视率调查，我台收视率处在第一层次，平均为6.8%，最低5.6%。中央电视台采用法国收视率调查软件，在江苏的收视率调查中，江苏有线电视台的收视率为全省最高，黄金时间的收视率竟高达11%。

风乍起，吹皱一池春水。江苏有线电视台的迅速崛起，打破了原本的格局与平衡，搅动了一度沉寂的江苏视听界，使省会城市南京形成了电视业的“三足鼎立”局面——江苏电视台、南京电视台、江苏有线电视台。由此，一场激烈的电视竞争拉开了帷幕。

人类社会的发展离不开一个“争”字：战争、斗争、竞争。竞争是人类文明常见的一种“争”的形式，也是人类极为重要的发展机制之一。竞争是个体或群体间力图胜过或压倒对方的心理需要和对抗性行为。其积极作用是能使人振奋精神，奋发进取，促进社会进步和事业发展，提高劳动生产率。而其消极作用也极为明显，容易挫伤另一方的积极性，使有限的资源难以发挥最佳效益，造成个体间或群体间的不和谐、不团结，不利于良好人际关系的建立与发展。

我第一次置身于事业发展的竞争浪潮之中，并从中品尝到了它的酸甜苦辣。省有线电视台在成立和开播之初，它所面临的竞争并不明显，但随着我们一系列的创新举措和快速发展，势必形成对江苏电视台和南京电视台的挤压与挑战，也势必引起他们对我台的防范与应对。这种挤压与挑战、防范与应对，就是竞争。而这种竞争首先是从“电视剧大战”开始的，因为各电视台主要是通过播放电视剧而取得收视率和广告收入。

相信如今的许多观众还记得电视剧《还珠格格》。这是一部根据台湾著名作家琼瑶的同名小说改编的宫廷古装爱情喜剧，由孙树培导演，琼瑶亲自担任编剧。我台节目部主任李乃光最早得到这部电视剧的相关信息，请示我是否购买，说实话，当时我对这个电视剧的导演、编剧和明星不甚了了，所以拿不定主意，觉得价格较贵，且要搭售两部质量一般的电视剧，故而购买此剧有一定的风险。

节目部主任李乃光对电视剧的评判及购买极有眼光。为了说服我，他向我详细介绍了该剧的编剧、导演和演员阵容，还有声有色地讲了剧情："乾隆私生女紫薇到北京城与失散多年的父亲相认。在走投无路之际遇女飞贼小燕子，并结为姐妹。小燕子为她想办法混入宫中，但在阴差阳错中与紫薇互换了身份，成为清宫的还珠格格，并深受乾隆宠爱。"听了介绍，我觉得剧情有点意思，就咬咬牙同意购买此剧。没有想到的是，《还珠格格》在我台播出后，掀起收视狂潮，几乎家家户户、男女老少无不锁定江苏有线台收看，最高收视突破60%，创造中国电视剧有数据统计后的最高纪录。我台的影响力和美誉度再次飙升，广告收入又创新高。

等到第二部《还珠格格》出来后，省电视台才反应过来了，坚决要购买此剧，但我们想尽办法，联合山东、浙江、安徽等省级有线台，在北京有线台节目部主任王林的帮助下，打通了该剧制作方湖南有线电视台的关节，又一次购得《还珠格格》第二部，同样取得了惊人的播出效果。之后，《还珠格格》成为我台的"重头戏""压舱石"，每年暑假都拿出来播一次，每次的收视率都居高不下，长盛不衰，成为电视剧收视的奇迹。

《还珠格格》的播出引发了一轮又一轮的"电视剧大战"，各台争相购买好的电视剧。后来，为了规范电视剧购买与播出的秩序，广电部出台有关规定，由社管司统一分配电视剧购买指标，哪几部归省台，哪几部归市台，哪几部归有线台，哪几部归无线台，都作明确划分。有一次，广电部社管司又分了一批电视剧指标，其中有一部引进剧《香帅传奇》，开始是分给南京电视台的，而南京电视台节目部主动放弃了这部电视剧，选择了另一部引进剧。我台负责节目购买的李乃光觉得《香帅传奇》这部剧不错，当即决定购买该剧，并很快安排播出。

得此消息，南京电视台后悔了，提出要购回该剧，我们断然拒绝，并做了该电视剧的预告片在我台反复播放。南京电视台到厅里告状无果，就派人到广电部社管司反映情况，我也立即派李乃光赶去北京说明情况。但他到了北京后才知道，社管司领导到无锡出差了，李乃光就立即坐飞机赶到无锡。当晚，社管司领导出面协调，但两个台各不相让，无果而终。

南京电视台压力大啊！这也是可以理解的。但我们没有想到的是，不知是谁、不知通过什么关系，居然找到了南京市中级人民法院，让他们出面干涉。令人匪夷所思的是，南京法院竟以“资产保全”为由，派工作人员到我台强行把《香帅传奇》电视剧的播出带贴上了封条。但他们在贴封条时，不知何故将前十集的播出带漏封了。

真是天助我也！这样，我们就按预告的播出时间准时开播了此剧。播出的第二天，我台办公室的同志急匆匆地找到我，说有南京法院的两位法警到台里来找我。当时，我台的办公室和播控室就在省广电厅的办公大楼里，我灵机一动，立即让办公室的同志把在省广电厅门前值勤的武警请过来，站在我台播控室的门口。法警见到武警，也就没有贸然进来，但当即发出一张传票，要我到南京法院接受询问。我拿到传票一看，上面把被传唤人的名字“章剑华”写成了“章建华”。我毫不客气地在传票上写道：“查无此人，退回！”两位法警看到我的回复，只得悻悻然离开了。

法警虽然离开了，但我的心里还是惴惴不安，我不知道法院还会有些什么动作，担心把事情闹得太大，更怕有违法之处。思来想去，我只得打电话给省法院院长李佩佑，请求拜见。他一口答应第二天上午在他办公室见我。翌日一早，我怕李院长上班后有其他事情，就到他的家门口等候。他出门见到我，客气地与我打招呼："剑华，这么早就来啦？不是说到办公室找我的吗？"我说："有件急事要找你，怕你上班后事情太多。"李院长让我到他家里谈，我说不必了，就在这里简单汇报一下吧。李院长听完我的汇报，随即说道："他们乱搞什么呀！什么'资产保全'？他们根本不懂知识产权法。我马上给他们打电话，你就放心吧。"果真，南京市法院从此再也没有来找我们的麻烦，南京电视台也不再说什么了。就这样，《香帅传奇》得以顺利播出，为我台创下了又一个收视率高点。

电视竞争，步步惊心。而这种竞争，对江苏电视台、南京电视台和江苏有线电视台来说，都是好事。事业是在竞争中发展起来的，没有竞争就没有发展。发展不可能一帆风顺，坎坷、曲折、风波在所难免。只要我们勇敢地面对它，积极地化解它，就能化险为夷，化干戈为玉帛，就会开辟事业的新天地，步入人生的新境界。

人生加油站

如同高速公路上行驶的车子离不开加油站一样，在人生之路上离不开人生加油站。即使你的油箱里还有存油，即使你还在繁忙的工作中，也必须在人生的加油站停下来，加满油，然后继续你的行程。否则，一旦燃油耗尽，就会在中途抛锚，无法继续后面的行程。

幸运的是，我遇到了一个这样的加油站。1997年6月的一天，省委组织部领导告诉我，省委决定让我到中央党校进行为期一年的学习。显然，这是省委对我的关心，我为此感到非常高兴。说实话，从复旦大学毕业后，一直忙于工作，没有更多的时间用于学习充电，现在能脱产学习一年，又是到党内的最高学府，我当然要珍惜这次极其难得的学习机会。但是，我又放不下台里的工作。江苏有线电视台刚刚进入发展的快车道，而我也是铆足干劲准备大干一番，要我这时离开，这真是裁缝搬家——衣衣（依依）不舍。最后，我反复权衡轻重，还是学习要紧，于是便移交了工作，愉快地来到了中央党校。

中央党校是党中央培训全国高中级领导干部和优秀中青年干部的学校，也是党和国家哲学社会科学研究机构和中国特色新型高端智库。它坐落于北京西郊风景秀丽的颐和园北侧。登万寿山北望，可见建筑错落有致，清水绕园，亭台楼阁、楹联石刻布局其中，充满历史情怀与文化气息。7月的校园，秋风送爽，柳枝随风摇曳，小湖微波荡漾，犹如园林一般。

中央党校毕竟是政治学校。一进中央党校的大门，横卧着一块巨石，上面镌刻着毛泽东书写的“实事求是”四个红色大字。我们知道，书法一般是从右向左写，而现时人们的阅读习惯是从左到右，加之毛体是用繁体字写的，有人竟将“实事求是”读成“足球是宝”，一时成为私下的笑话。笑话笑话，一笑了之。但这种笑话也从一个侧面反映出当时某些方面的不良生态。这“实事求是”四个字是极其严肃的政治术语，体现了中央党校的办学宗旨，也是每个共产党员尤其是领导干部必须终生学习和践行的真理。

中央党校的中青年干部培训分为中青班和理宣班。中青班是中组部办的，重点培养省部级后备干部；理宣班是中宣部办的，主要培养宣传文化口子的骨干人才。两个班的学习时间和学习内容大致相同，党支部也编在一起。我上的是理宣班，同学来自全国新闻宣传系统，有中央新闻单位的，如新华社、人民日报、光明日报等，更多的是省级新闻单位和宣传部门的。班里高手云集、人才济济，却不知什么原因让我当班党支部书记。好在还有班长，日常的班务工作由班长负责。

相对于台里，在中央党校的时间要宽松多了。与外界想象的不一样，中央党校的学习内容并非都是政治方面的，还有历史、经济、哲学及专业方面的理论知识。在学习内容和条件上，中央党校更有三个方面的优势：一是图书馆里的许多藏书和资料在外面是不容易看到的；二是教师水平高，而且几乎每周有一次讲座，都是顶级专家和省部以上高级领导来讲，我们就有幸听了朱镕基总理的经济报告，他如数家珍的经济形势分析、深刻独到的政治见解、幽默风趣的语言艺术，使我深受教益与感染；三是班上的同学层次比较高，他们见多识广，有思想、有水平，认识他们，与他们成为同学、朋友，是一生中极其难得的。所以，我们都很珍惜这次难得的学习机会，如饥似渴地学习，并就一些问题进行深入探讨与交流。

不过，也不是所有的同学都专注于学习。在当时，不正之风开始抬头，中央党校也不例外，同学之中，利用上党校的机会跑领导、拉关系者有之，不好好读书、吃喝玩乐者有之。中青班上有一个人叫马向东，当时任沈阳市常务副市长，据同学们讲，这个人神通广大，活动能力特强，经常不来上课，食堂里更见不到他的人影。学习结束不久，他居然出事了。经过是这样的：1999年初，国家某部门在澳门执行任务时发现，在澳门多家豪华赌场频繁出现了三个身影，他们都是北方口音，衣冠楚楚，在赌桌上一掷千金，还曾登上有“海上拉斯维加斯”之称的“东方公主号”五星级豪华游轮，短短三天时间，他们就在“东方公主号”上输了上千万元却面不改色。有关部门反复查看行动人员拍回来的录像资料后，认出这三个人分别是当时的沈阳市常务副市长马向东、市财政局局长李经芳和建委主任宁先杰。根据马向东的日程安排，这段时间他应该在北京参加学习，还要在学习班讨论问题、参加考试、交课程作业，他哪来那么多时间，接连五次飞往澳门赌博？更让调查人员吃惊的是，就在这次学习中，马向东的哲学作业《巧妇能为无米之炊》获得了全班最高分，逻辑严密、明白晓畅，让老师颇为赞赏，直到几年后，马向东秘书王晓方才透露，当时，这些作业全都是他代笔的。2001年12月19日，马向东因贪污罪、受贿罪、挪用公款罪、巨额财产来源不明罪在南京被执行死刑。

这显然是个极端的例子。毋庸置疑，绝大多数同学是专心学习、遵章守纪的。我除了学习之外，还时刻关注着台里的工作。照理，此时台里的各项工作已经走上轨道，领导班子也已配齐，完全可以放心放手，可我这个人不够开明，对人不放心，对事不放手，对工作丢不开。到中央党校后，我在房间里安装了一台传真机，与台里保持密切联系，台里的重要事项和重要文稿都随时电传给我审定，还经常通过电话与副台长们进行沟通，讨论工作，决定有关事项。总之，我在这段时间做到了学习与工作两不误。

转眼间，一年的学习时间就快结束了。按照教育计划，每人要写一篇结业论文。同学们对此非常重视，我也是用足功夫，写了一篇5000多字的论文，题目是《从新闻的两难问题说开去》，分为四部分：“两难”问题何其多，生搬硬套辩证法没有意义，不断深化和拓宽思维方式，走出“两难”境地。论文从哲学的角度剖析新闻媒体碰到的难题，并提出解决办法。我的论文交上去后，得到老师好评，还推荐给其他同学参阅。一天，班上的张建星同学喜滋滋地来找我，他时任天津日报社副社长，写作能力强，尤其是新闻评论写得特棒，我内心非常佩服他。他对我说："你猜猜老师给我的论文批了什么等级？"我说优呗，他得意地说："你是优，我是优良。优良比优还要好哦。"我不服道："优是最好，优良次之，最多与优打个平手。"他不承认，我不示弱，两人争了半天，谁也说服不了谁。

不久，我俩的论文都被中央党校校刊刊出，后来又都上了《新华文摘》。这是我在中央党校学习的一大成果，至今引以为傲。结业典礼那天，时任中央政治局委员、中宣部部长丁关根邀请我们全班同学聚餐。所谓聚餐，也就是请我们吃面条。中央党校对此极为重视，并挑选班上几个人与丁部长同桌用餐，我有幸被选上。第一次与这么大的领导同桌用餐，心里还是挺紧张的，生怕他提出什么问题答不上来。还好，吃饭时丁部长很随和，他听说我是宜兴人，便高兴地说："我是无锡人，那我们也算是老乡。"由于有些拘束，觉得吃饭的时间特别长，其实前后只有半小时而已。

中央党校让我又一次尝到了学习的甜头。如果说恢复高考让我进入师范学习改变了我的命运，如果说后来到复旦大学新闻系学习让我在人生之路上跨出了一大步，那么，到中央党校学习是我人生中的又一个加油站，使我在知识上、眼界上、思想上迈上了一个新的台阶。由此我认识到，暂时的休顿、适时的加油，是能量的补充，是智慧的再生，是人生的不竭动力。正如有位名人所言："一个人，不一定终身受雇，但必须终身学习。"在人生之路上，只有不断学习、不断充电、不断加油，才能有充分的能量和动力去追求更高的人生目标，才能永不止步、永远前行。

人生因“非常”而精彩

这里要回过头来说一件事。在中央党校学习的一天，我接到李乃光的一个电话，他告诉我，听说湖南电视台前不久制作播出了一档综艺类节目，叫《快乐大本营》，相当火爆。我一听，敏锐意识到这一信息极为重要。为什么呢？因为我知道，江苏有线电视台在迅速崛起、快速发展几年后，遇到了一些瓶颈，比如：电视剧购买的难度和成本越来越大、各台节目同质化倾向加剧、收视率出现疲软、广告收入增长放缓，等等。面对新情况、新问题，我一直在寻找突破口，想方设法让省有线电视台再次发力，保持良好的发展势头和持续的竞争力。

那时正临“五一”，本来我是准备回南京的，接到李乃光的这个电话后，我当即决定要到湖南台学习考察，并让李乃光确定几位编导从南京去湖南，我则从北京直接前往。“五一”那天晚上，我们在湖南会合后，就直奔《快乐大本营》直播现场，硕大炫丽的演播大厅让我目瞪口呆、望尘莫及，演出的节目更是耳目一新、目不暇接：各路明星粉墨登场，综艺游戏轮番进行，演员观众互动不断，台上台下连成一片，灯光舞台美轮美奂，仿佛置身于欢乐的海洋之中。

将近三个小时的节目在不知不觉中很快结束了。我们回到宾馆已近晚上11点钟，我立即召集大家连夜讨论，畅谈观后感。李乃光、王强和其他几位编导都谈了，谈得很热烈、很兴奋，至第二天凌晨2点，大家还是意犹未尽。我说：“今天就谈到这里吧。光看他们一期节目，恐怕还是看了个热闹，这档节目为什么如此火爆，我们还不能完全把握住，能否明天向他们借调前几期的节目带，我们认真地看一下，然后再来讨论和分析。”大家都表示赞同，各自回房间休息去了。我却久久不能入睡。《快乐大本营》实在难以让我快乐起来，因为我看到了巨大的差距，感到了巨大的压力。江苏有线电视台乃至江苏全省各级电视台，与湖南电视台相比，明显落伍了，不仅在于节目的形式，更在于创新意识和创新能力。

第二天，湖南电视台魏文彬台长指示下属，无保留地向我们介绍栏目开办的经过和经验，并把以前录制的节目带借给了我们。我们在房间里整整看了一天，晚上继续讨论。大家从栏目中版块构成、舞美设计、内容创新等方面分别谈了自己的意见，认为这档节目在许多地方值得借鉴。我问：“借鉴什么？”大家又从节目内容、舞美、形式等方面说了一遍。

对于他们的意见，我并不是很满意，我说：“你们讲得都对，但没有讲到点子上、关键处。我认为，这档栏目，粗看还是一档综艺栏目，但细细看，细细分析，它已不是传统意义上的综艺栏目，而是一档娱乐性游艺栏目。综艺栏目往往是以歌舞为主，而游艺栏目是以游戏为主。游戏的好处是可以让演员、主持人与观众互动起来，增加了观众的参与感与兴奋度，所以场面才会如此热闹，电视机前的观众才会如此热情。”

我略加思考后继续分析说：“虽然每档节目都不一样，但基本的元素，也可以说规律性的东西是一样的、共同的，我可以把它概括成这样的公式：快乐大本营=游戏+明星+奖品。”

听我这么一说，大家认为把准了脉，点准了穴，表示回去后也这么去做。我说不行，借鉴不是照抄，我们应当在《快乐大本营》的基础上，进行改造与创新，使之本地化，做出一档别样的《快乐大本营》。最后，我布置道：“明天你们立即赶回去，组织策划，做好准备，争取在三个月之内做出一档全新的栏目。”大家欢呼起来，个个摩拳擦掌，准备大干一番。

那是一个非常之夜，我又失眠了，不是因为压力，而是过于兴奋，我预感到，我将带领全台员工开始新的探索、新的搏击！

鲁迅先生曾经批评道：“一下子就是一年，中国人做事，什么都慢，即使活到一百岁，也做不成多少事。”批评得对！而我不是鲁迅先生批评的那种人，我喜欢快马加鞭，不喜欢拖拖拉拉。雷厉风行、说干就干是我一贯的工作作风。我从中央党校学习回来的第一件事，就是筹办新的栏目。在湖南考察时，确定三个月后开办一个游艺类新栏目，那实在是一时冲动，如同当年确定有线电视台开播的日期一样，我并没有估计到它的难度。但是，既然定了，就要坚决实施。台里成立了栏目编导组，台内由我、李乃光、王强等为主，台外聘请了张毅然、张波、蔡向亮等编导加盟。接着，紧锣密鼓开始新栏目的策划。

虽然湖南卫视《快乐大本营》栏目给我们以很大启发，学到了不少东西，但我坚持认为不能照搬照抄，应根据江苏收视情况和观众喜好进行创造和创新。经过反复的策划与论证，初步确定了栏目的基本方案，定位为大型游艺类直播栏目，栏目的构成为“三大元素三个化”：明星、游戏、奖品；本土化、平民化、文化化。如果说，“三大元素”主要是从湖南电视台学习借鉴而来，那么，“三个化”则是着力于自己的创新创造。所谓“本土化”，就是栏目要有江苏的特色、江苏的味道，一看就是江苏做的节目；所谓“平民化”，就是不完全走明星路线，要让观众参与进来，与明星进行互动，把快乐带到寻常百姓家；所谓“文化化”，就是节目不是为游戏而游戏，为娱乐而娱乐，而是要有一定的文化含量和品位，寓教于乐，让观众在笑声中得到放松，受到教益。

栏目方案基本确定下来后，立即开始“硬件”的建设。在当时，江苏有线电视台无综艺演播厅、无电视转播车、无灯光音响设备。在“三无”情况下要办大型直播类文艺节目简直就是天方夜谭。但我提出，发扬创办时期的光荣传统，有条件要上，没有条件也要创造条件上！办法总比困难多。没有演播厅怎么办？租！没有转播车怎么办？借！没有灯光音响怎么办？购！全台上下全面发动，台内台外广泛合作，不到两个月的时间，开办新栏目的硬件就基本到位了：租借南京军区在南京市太平门农场巷的一个小剧场，改造成简易的演播厅；与南京市电视台签订了电视转播车租借合同，在这件事上，南京电视台是大度的、支持的，让我很是感激；用台里积累的资金购买了部分灯光音响设备，在当时是属于先进的。

硬件条件基本具备之后，就是开办栏目的人才问题了。凭台里现有的人才，要办每周一档的大型直播栏目是难以为继的。这时，新机制又开始发挥作用了，也是一个字：聘！除了已聘的编导外，我们又向台外聘请了兼职的舞美、灯光、音响等工作人员，并实行栏目制。

相对来说，工作人员容易找到，而物色一名合适的主持人就很难。李乃光推荐了陈怡。她进台不满一年，才20岁，是浙江传媒学院播音主持专业毕业的，来台后虽然还没有上过什么大节目，但她年轻靓丽、聪明好学，有专业、有天赋、有潜质，我便同意让她一试，果然表现不凡，得到大家的一致认可。男主持人同时在台里物色了几位，都是做新闻播音的，试了一下，不行，找不到感觉。有人又推荐了今波，他在台里主持体育节目，有激情、有活力，让他试了一下，比其他人合适许多，就决定让他上了。其实，陈怡和今波都没有主持大型节目的经历与经验，用他们是有极大风险的。但是，不拘一格用人才，是我工作中的重要理念和一贯做法。

在筹备新栏目的过程中，大家不约而同地想到要给新栏目定个名称。几位编导想了好多栏目名称供我选择，我都不甚满意，后来萧雁等几位年轻编导开玩笑说，就叫《非常周末》吧。我一听，中！新栏目在周末播出，而且这个栏目的开办非常不容易，再说，我们这个栏目就是要给观众带去非常的感受、非常的快乐。但有人提出，非常是副词，周末是名词，副词一般不能放在名词前面。我说，没关系，我们这个栏目要的就是"非常"——非常创意、非常策划、非常名称、非常效果、非常成功……

经过近三个月的准备工作，新栏目《非常周末》已经具备了开播的条件。我们决定在1998年8月8日晚上8点开播。确定这个日子、这个时段，并不完全是因为我喜欢逢8，而是考虑到那年8月8日正好是周末，晚上8点在中央台《新闻联播》和《焦点访谈》节目结束之后，正是收视的黄金时段。

为了预热与造势，我们举办了《非常周末》大型宣传系列活动，除了在各类媒体上进行专题宣传外，还在开播前一天策划了《非常周末》南京全城花车巡游活动。活动由张波等编导组织设计和实施，并向公安等部门提交申请获得批准。8月7日晚上8点钟，一辆改装后的大卡车，被装扮得五彩缤纷、流光溢彩，随着响亮而欢快的音乐声，从南京模范马路的公交总公司出发，途经中山北路、山西路、鼓楼广场、新街口、汉中门、南湖小区、中华门，最后回到太平门农场巷的演播厅。巡游中，南钢篮球宝贝在花车上载歌载舞，陈怡、今波两位主持人全新亮相，并在车上与沿途热情的群众不停地欢快互动。

华丽的彩车、欢快的音乐、火辣的舞蹈，加之主持人陈怡和今波的热情表现，吸引了大批市民，鼓掌声、欢呼声、喝彩声此起彼伏、高潮迭起。所到之处，迅速成了欢乐的海洋。有许多热心的观众从鼓楼广场一直追随花车至南湖小区，兴致极高，意犹未尽。这一声势浩大的花车巡游活动，轰动了全城，达到了未播先热的宣传效果。事后，南京市公安局的同志告诉我们，早知有这么多人，就不会同意你们搞花车巡游了。而我们却为这一成功之举大为庆幸和得意！

花车巡游结束后，我们就在刚刚改造好的演播厅里进行第一档节目的彩排。由于缺乏经验和必要的条件，排练现场十分混乱，差错百出，让我非常担心。最让我焦急的是，这档节目中设计的主要游戏环节“一日千里”，到彩排时道具还没有制作成功。这个游戏道具是一个硕大的铁框架，中间用铁条焊接成一条条“道路”，每个参加节目的明星用带有弱电的铁棒在“道路”中穿梭，如能沿着“道路”顺利通过到达顶端则获胜利，如无意中铁棒碰到“道路”边上的铁条就会发出火光，游戏便算失败。这个游戏很有创意，但道具制作难度很大，制作人员试制了多次都做不出来。我和制作道具的人说，你们连夜到附近找到焊接工，明天我过去一道想办法。第二天一早，我便跟着他们来到太平路边上的一家修理店，在那里整整待了大半天，与焊工师傅反复试验，采用焊接与铁丝缠绕结合的方法，终于将道具制作成功了！

我作为台长，面对挑战，反复试验，不断实践，一直战斗在第一线，策划、编导、撰稿、舞美等都参与其中，既给大家放了样子，也让自己在实践中得到了锻炼。我深有体会：梨甜不甜，要自己尝了才知道；路远不远，要自己走了才知道；东西好不好，要自己用了才知道；事情难不难，要自己实践才知道。能力是干出来的，水平是做出来的，事业因创新而出彩，人生因非常而精彩！

精彩的时刻就要到了！

8月8日晚上8点，大型直播栏目《非常周末》正式与观众见面了。说是大型栏目，实质是在一个十分狭小和简陋的演播厅举办的，但电视拍摄的好处是，通过灯光舞美的处理和拍摄角度的变化，可以让观众产生一定的错觉，感受到现场的绚丽多彩、美轮美奂。在热烈的音乐和舞蹈中，主持人陈怡和今波闪亮登台，一个青春靓丽，一个年轻帅气；一个亲和可爱，一个热力四射。他俩首次登台，便赢得阵阵热情的掌声。当晚，参加节目的嘉宾是蔡明、陈志朋、李琳和韩晓。他们分别表演了自己带来的小品、歌舞等拿手戏，并参与大型游戏比赛“一日千里”，他们饶有兴趣，比赛激烈，并与现场观众热情互动。他们精彩的表演和诙谐的语言，逗得现场的观众乐翻了天，笑声一阵又一阵，高潮一波又一波。最后，歌手韩晓演唱了《非常周末》的主题歌——

匆忙的你，匆忙的我，就让我们一同相遇在周末。

紧张的世界，飞驰的岁月，我们一同期待参与的快乐。

非常的周末，我们非常的度过，分分秒秒都有收获。

非常的周末，我们非常的选择，人人都非常的快乐……

经过我们的“非常举措”和“非常努力”，《非常周末》终于获得了“非常成功”，一个全新的娱乐类游艺栏目在江苏迅速火了起来。

“非常人”与“非常事”

非常者，非同寻常也。在《非常周末》栏目的开办过程中，我还真遇见过不少非同寻常的人与事，并用非同寻常的办法来应对之。

有一次，李乃光给我拿来一封观众来信，我一看，全是批评《非常周末》的。说是批评，实际上是痛骂，把《非常周末》骂得狗血淋头、体无完肤。我非常生气，但过后一想，骂得还有些道理，而且这封来信的文字水平也不错。于是，我就让李乃光找到了这位写信人，并请他到台里来，我与他面谈了一次。谈话中，我知道了他的真实姓名叫房澄，徐州人，还发现他很有想法和水平，我当即决定聘请他到台里来工作，专门为《非常周末》撰稿。他愉快地接受了我的邀请，辞去了原来的工作，从徐州调到南京，一直担任《非常周末》的撰稿工作。

《非常周末》栏目有许多元素、许多环节，但总体上走的也是明星路线，每期要请4至6位影视歌舞明星加盟，以拉升人气、吸引观众。毫不夸张地说，当时国内包括港台当红的明星，几乎都上过《非常周末》。1999年2月，电视连续剧《还珠格格》正在我台热播，我们趁热打铁，邀请了该剧主要演员林心如、张铁林、周杰参与第29期《非常周末》，创下了42.76%的收视神话，堪称“史无前例、后无来者”。两个月后，我们邀请著名导演张艺谋来宁宣传他的新片《一个都不能少》。起初他不想在综艺栏目中出场，后来听说《非常周末》的收视率非常高，就带着主演魏敏芝等到现场参与，我们为他设置了“一个都不能少”的创意环节，现场宣传效果非常好。

当然，也有一些明星在配合上会出现一些状况。有一次我们邀请多名著名歌唱家参加《非常周末》，其中有个节目是明星同唱《五十六个民族五十六朵花》，关牧村、朱明瑛、张连文、王洁实、谢莉斯几位都同意了，唯有董文华不同意。排练时，李乃光副台长请她参加合唱，她却强调合同里只有她的一首独唱，李乃光反复说明这是编导组新的策划，其他歌手也都同意了，但她毫不松口，明确表示没有商量余地，这下惹怒了李乃光，便毫不客气道："这个合唱，你应该上，否则媒体把此事披露出去对你很不利。"董文华一听便来火了："你这个副台长，居然如此对我说话，我找你们台长谈！"李乃光不甘示弱，高声道："那你去找好了！"董文华从未受过这种气，一时语塞，脸涨得通红，便打电话给她老公，嚷嚷道："你们怎么搞的？赶快过来，我不想参加了！"说着转身离开了演播厅。

没过多久，董文华的老公找到李乃光，说你们不应该这么安排，更不应该以这样的态度对待她，然后又缓和说："什么事情都可以商量嘛。"这时李乃光的气也消了，平和地说："我刚才对董老师的态度是急了些，但请你理解我们的节目安排，还是做做董老师的工作，请她配合一下。"这时，我正好走过来，李乃光向我介绍了董文华的老公，我客气地与他握手致谢，并说："董文华老师的歌唱得好，我特别喜欢。这次我们在节目上临时有些调整，请她支持我们一下好吗？"董文华老公客气道："既然台长发话了，我们一定配合好。"就这样，双方的矛盾与不快立刻化解了。

第二天栏目直播，董文华既演唱了原先准备好的独唱，还参加了《五十六个民族五十六朵花》的合唱。虽然前面发生了一点不愉快，但她上场后的状态一点没受影响，演唱声情并茂，极富感染力，场面十分热烈。

明星，既是非常人，也是普通人。他们有他们的个性和脾气，有他们的常态和非常态，我们应当对他们像对普通人一样予以更多的包容。他们的演唱、他们的艺术，给人们送来了欢乐，带来了享受，值得社会的尊敬。当然，作为明星，也有一个自我完善、自我约束的问题。明星失去了民心，也就不成其为明星了。

在《非常周末》的舞台上，还发生过一次“非常事件”。那是2001年4月29日，《非常周末》走出演播厅，在南京五台山体育馆承接了一场特别节目，即与中央人民广播电台合作，举办“中国流行歌曲榜”颁奖典礼。这次颁奖典礼是直接由中央人民广播电台下属的一个单位操办，只是借用了《非常周末》栏目这个当时十分火爆的播出平台。

没有想到的是，在节目进行到近一半时，田震上场，竟当场拒绝领奖，并掏出一张事先准备好的小纸条摊在桌上，对着话筒气呼呼地说道：“谢谢歌迷与媒体对我长期以来的关爱与支持，谢谢你们了！但是，今天我在这里要向大家揭露一个事实真相。”她这么一说，现场观众先是一震，很快便议论纷纷。

主办方猝不及防，颁奖者不知所措，主持人陈怡和今波也一时无法应对。现场导演立即用对讲机让音响师把田震的手持话筒关掉。当田震继续讲话时，发现话筒被关掉，顿时火冒三丈，高声地命令道：“你们给我把话筒打开！”现场一片呼喊声，音响师一看不妙，只得把话筒打开。田震继续说道：“昨天组委会曾通知我，经过歌迷投票并经公证处公证，内地最受欢迎的女歌手得奖人是我，可就在刚刚，我被告知这个奖项颁发给了歌迷投票排在第二位的歌手。”场内顿时一片哗然。田震又欲说下去，话筒再次被关闭。这次她没有发怒，而是拿着话筒，任凭观众的呼喊声此起彼伏，没有离开的意思。

我实在坐不住了，迅即离开座位走到后台，要求现场导演立即通知音响师把话筒打开，让田震把话说完，免得现场进一步混乱。话筒重新开启后，田震提高嗓音道："我对于中国流行歌曲榜主办方这种极不严肃的做法极度痛恨，如果使我对这个奖产生了极大怀疑的话，这个奖不领也罢！"话毕，田震将话筒重重地摔在桌上，愤愤不平地转身离去。

面对现场观众的呼叫声，时年23岁的主持人陈怡诚恳地说："各位观众，刚才发生了一些我们不知原委且不愿意看到的'深度技术'问题，但无论如何，我们还是很感谢田震姐姐来参加今天的活动……"一阵鼓掌声后，现场局面很快地被控制住了，节目继续进行。轮到那英上台领奖了。我的心一下子提到了嗓子口，因为她上台领的那个奖就是田震说的最佳女歌手奖。我担心那英有可能拒领这个奖，或者上台讲话时会反驳田震。好在这种情形没有出现，那英自然大方地走上台来，首先说了一些感谢的话，可没说上几句，就一时语塞，台下便有人开始起哄，她斟酌了一会儿说："也许我是最幸运的，但我不是最好的。"此话一出，全场很快安静了下来。

那英便开始演唱，但此时又有少数人在叫喊田震的名字。那英唱着唱着突然哭了起来。这一哭，让现场观众的心软下来了，便静下来听那英的演唱。唱完，大家报以热烈的掌声，那英的情绪开始恢复正常。接着，主持人让那英留步，给她颁发最佳女歌手的奖。那英接过奖杯，带着复杂的心情说："我觉得歌手只要好好唱歌，其他不要想得太多。"这意味深长的话语再一次获得了观众的掌声。

这场《非常周末》的特别节目就这样"非常特别"地结束了。事后，许多媒体连篇累牍地报道此事，大肆炒作"田震摔话筒事件”。对于田震的做法，我们只能表示遗憾。说实话，我当时对主办方也有些看法，他们在评奖和颁奖等环节上存有漏洞，不能都怪田震。田震是一位非常优秀的歌手，不仅唱得好，而且与我台的前两次合作也很好。这次所谓的“田震摔话筒事件”，不仅留下了遗憾，也留下了教训，文艺界评奖乱象亟待改变。

这里，还要讲一件至今令我后怕的“非常”之事。在《非常周末》开办两周年的时候，我们搞了一个特别策划：与《非常周末》同月同日出生的小孩，其父母可以凭孩子的出生证明，在8月28日上午到省有线电视台演播大厅门前广场领取一张当日晚上《非常周末》直播现场的入场券，带孩子参加节目。消息一出，很快传播开来。到了领券这天，有一位徐州观众早晨5点就到演播厅等待，还有从邻近省份赶来的，到上午10点多钟，前来领券的人竟有近千人，挤满了广场。而当晚演播厅最多只能容纳上百人，我台负责发券的工作人员看到这一情况，只得决定临时取消发放。对于这一决定，在场的人极为不满，群情激愤，有人大吵大闹，有的人则因气温太高和过度拥挤而虚脱过去，现场一片混乱，情况十分危急。

得知这一情况，我迅速赶到演播厅研究应对办法，立即派人到现场说明情况，请大家谅解。无果，我只得决定亲自出面向大家解释，而台里工作人员认为这样很危险，劝我不要直接出面。这时，外面的人越聚越多，越闹越凶，我担心酿成群体事件，就毫不犹豫地来到广场上，与现场群众直接对话。不料，许多人把我团团围住，有责问的，有推搡的，不一会儿把我逼到了广场的围墙边。这是一堵高高的危墙，如果遭到挤压，就有倒塌的危险，造成人员伤亡的严重后果。

在此危急关头，我不得不振臂一呼：“我是台长，我向你们表个态！”听说我是台长，几个人立即站到我的身旁，主动保护着我，并把人群与我隔开，其中一个人高声说道：“大家不许拥挤。台长为我们做了好节目，还出于好心给我们参加现场的机会，我们不能为难他，我们听他的！”顿时，现场安静下来，我对大家说：“对不起大家了，我们没有估计到会来这么多人，是我们工作上的失误，我向大家道歉！不过，我在这里表个态，今天到场的人，我们都会一一登记下来，并发一张盖有省有线台公章的纸条，以后分期分批通知你们前来《非常周末》现场观看节目。”我话音未落，现场一片掌声。就这样，一场“非常事件”圆满解决了。

我之所以把发生在“非常舞台”上的“非常”人与事非常详细地记述下来，是为了让大家更多地了解到《非常周末》背后的“非常故事”和“非常人生”，尤其是那些鲜为人知的“非常明星非常态”。同样，在人生的舞台上，人人都是演员，又都是看客，都有七情六欲、喜怒哀乐。说到底，“非常之人”也都是“平常之人”，“平常之人”也可成为“非常之人”。

常言道：“读万卷书不如行万里路。”后面应该还有一句：“行万里路不如阅人无数。”在《非常周末》的舞台上，我看到了同事和明星们的各种表演，有欢乐的、精彩的，也有苦涩的、遗憾的。看似平常，实则非常；看似非常，实则平常。非常与平常组成了真实的人生、真实的世界。这给了我一个特别的阅历和额外的收获，见到各种各样的人，跟各色人等打交道，因而丰富了我的社会经验，也提高了我对人对事的认识能力和处理矛盾的能力。

太阳在慢慢移动，移动得如此之慢，你似乎感觉不到它的移动，但当你无意间抬头一望：啊！太阳已经在头顶上了！人也是这样，总有一天让你蓦然一惊——已经中年了。

第05章 人到中年

四十而不惑吗？

孔子说“四十而不惑”。我理解，这个惑，就是说一个人到了四十岁的时候，经历了许多，既能不被表象所迷惑，也能不为一些事情所疑惑、所困惑。

真的“四十不惑”了吗？圣者先贤尚且可以，而现实中的我们，恐怕难以做到。1997年，我进入“不惑之年”，本该对人生少有顾虑与疑惑了，但恰恰相反，此时的我遇上了很大的困惑。

我全身心地扑在工作上，专注于有线电视台的事业发展，对自己在职务上的调整及仕途上的发展考虑甚少。省广电厅厅长周顺生对我很关心，曾几次向省委宣传部和省委组织部提出我的提拔任用问题，但总是石沉大海，没有回音。

照例，担任厅长助理，少则半年，多则一两年，就能升任副厅长，而我任厅长助理三年多还没有一点动静。周厅长觉得这样拖下去对工作不利，对我也很不公平，无论是任职年限还是工作业绩，都应当提拔使用了。于是，就以省广电厅党组的名义，正式打了报告，建议组织部门把我列为副厅长人选进行考察。与前几次一样，报告上去后杳无音讯。周厅长坐不住了，就亲自跑到省委组织部询问，而组织部说要由省委宣传部提出意见后才能考虑。周厅长又去找了有关部门领导，竟得到了这样的回复："暂时不能考虑提拔使用，因为他还在处分期内。"周厅长很诧异，便追问是什么处分。部领导回应说，省有线电视台有过违反宣传纪律方面的处分。

周厅长回厅后立即找我，向我了解有关处分的情况。处分？我开始都没有记起有什么处分，想了许久才想起，大约一年前，有关部门曾给过省有线电视台一个通报批评，是关于邓斌案件报道方面的。我便向周厅长作了详细汇报——

省有线电视台开设的是综艺频道和影视频道，以文体为特色，但我认为，一个电视台要在业界和社会上有影响、有地位，不能放弃新闻报道。因而在省有线台开播之初，我们就开办了《星网传播》新闻栏目。我是学新闻专业的，对新闻尤为重视，在抓综艺栏目的同时，一直没有放松新闻报道工作。但应当承认，我们在新闻业务和新闻队伍方面，与省电视台相比，要差一大截。怎样才能在激烈的新闻竞争中占有一席之地呢？我一直在寻找着新闻栏目的突破口。

机会终于来了！1995年下半年，江苏侦破和查处了一件震惊全国的非法集资案：无锡市新兴公司总经理邓斌，在1989年8月至1994年7月担任总经理助理等职务期间，为牟取非法利益，用企业名义，借合作经营"一次性注射器"和"医用乳胶手套"之名，以高利息为诱饵，在无锡等地大肆进行非法集资活动，集资总额高达人民币32亿元，涉及12个省、市的368个出资单位和31名个人，造成经济损失12亿元。

此案暴露后，引起中央关注，中央领导同志先后作出重要批示和指示，要求彻查此案。江苏省委成立了专案组，由时任省纪委书记曹克明负责，亲自坐镇指挥。虽然有关部门全力查处，追讨回部分资金，仍造成1.8亿余元的经济损失。在查处此案过程中，还牵出了北京市委陈希同、王宝森等人的违纪违法事实。江苏省无锡市中级人民法院作出一审判决：邓斌犯受贿、贪污、投机倒把等罪，决定执行死刑立即执行，剥夺政治权利终身。其他同案6人也分别判处死刑、无期徒刑及有期徒刑。

我敏锐地感到邓斌案的报道必将引起全社会的高度关注。我在台里作了部署，要求在这个案件的报道中做出特色，并组织骨干记者，兵分几路进行采访。我台又从省纪委获得了一些办案的图像资料，经省纪委副书记黄树贤审核同意，由我台在新闻报道中使用。

是年11月29日上午，江苏省无锡市中级人民法院在当地执行了对邓斌的死刑。按有关新闻宣传的要求，当晚广播电视媒体可以报道，报刊在第二天发新闻。由于我台事前做了大量采访和准备工作，加之占有独家图像资料，所以当晚的报道，不仅比省电视台早，而且有独家的画面，也更有深度，获得观众的广泛好评和赞赏，由此大大提高了我台的新闻影响力。

但是，几天后，我接到有关部门的电话，要我去汇报邓斌案报道情况，并带上相关文字稿和播出带。我预感苗头不对，便匆匆赶去有关部门。办公室一位姓陈的主任接待了我，他说领导开会去了，让他代为了解一些情况。接着他告诉我，有人反映省有线电视台在邓斌案的报道上违规了。我立即把我台在这次报道中的做法作了详细汇报，并把新闻稿和播出带交他审阅。陈主任听完汇报后并没有表态，只是说向领导汇报后再说。

很长时间并无动静，我以为此事就这么过去了。没有想到的是，在我台开播三周年之际，突然收到一份传真：《关于对省有线电视台违反宣传纪律的通报批评》。这份传真一下子给台庆的欢乐气氛泼了一盆冷水。我看着这份传真，心里很不是滋味，颇有些不服，但还是在上面作了这样的批示："在我台台庆之日，收到这份传真，既是坏事，也是好事。我们不妨把它当作一份贺礼，以此看到成绩，发现不足，总结经验，吸取教训，举一反三，扬长补短，把我台工作做得更好更实更有成效。"

当初，我以为这只是一般的通报批评，谈不上什么处分，也就没有太在意，之后也从来没有人提起过此事。真没料到这个通报批评竟成为提拔我的障碍。周厅长听完我的汇报，认为这似乎不应该成为不提拔我的理由，建议我自己找找有关领导汇报一下，作个说明。我心里有气，很不情愿地说："我不去找，恐怕里面有其他原因，随他们去吧！"

说是这么说，我心里却怅然若失，倍感困惑与委屈。组织上不提拔我完全可以，但有人利用通报批评的理由阻碍对我的任用，我就不得不加以澄清了，这不光涉及我个人的升迁，也关系到新闻报道的是非问题。我决定找省领导反映情况。找谁呢？我反复思忖，觉得直接找曹克明书记为宜，因为邓斌案件的查处和相关工作都是由他一手负责的。我便打电话给曹克明书记的秘书张亚青，请他向曹书记报告一下，我要面见并汇报工作。张亚青是我在省委办公厅工作时的同事，他一口答应立即向曹书记报告。当天下午，张亚青就回电说，曹书记约你星期天上午到省纪委找他。

星期天一早，我就来到省纪委，曹书记已经在办公室等我了。他一见到我，便热情地让我坐下，边倒水边对我说："剑华，听亚青说你要找我，我想你肯定有什么事吧？"

我坐下接过茶杯说："谢谢曹书记，您这么忙还很快安排时间接待我。我也没有什么重要的事，主要来向您汇报汇报工作。"

曹书记亲切地说："你工作很不错嘛，省有线电视台办得有声有色的。"

"谢谢曹书记鼓励！"我觉得不应绕圈子了，就开门见山地说，"我到省广电厅三年了，工作上一直很努力，厅领导对我很器重，也很关心，几次提出提拔使用我，但到了省里就没有下文了。"

"哦，那是什么原因呢？"曹书记问。

我说："以前我也不太知道，但这次听说，因为省有线电视台在邓斌案件的报道上受到过通报批评，对我的提拔有影响。"

曹书记追问道："什么通报批评？"我便一五一十地汇报了有线台在邓斌案件报道中的做法和当时有关部门对有线台通报批评的情况。

曹书记听后说："我省在邓斌案件的报道上没有任何问题嘛，中央也是充分肯定的，怎么会有通报批评的呢？"

我说："有关部门确实给我台下发了一个通报批评。当时我觉得这也没什么，吸取一下教训就是了，没想到对我有这么大的影响。"

曹书记不解道："我从来没听说过这件事，照例这样的通报也应抄报省委办公厅的，可我没有看到呀。"接着又说："这样吧，你回去把这份通报文件找出来，复印一份送给亚青。你思想上不要有什么负担，我可以负责任地说，关于邓斌案件的新闻报道，我省各新闻媒体做得是好的，也包括你们省有线电视台。”

从曹书记办公室出来，我就直奔台里，在办公室里找出了那份通报批评，并立即复印后派人送给了张亚青。几天后，我突然接到省委办公厅的电话，说陈焕友书记找我，让我立即过去。陈书记见到我便说：“克明同志把你反映的情况与我说了，我们都认为你们在邓斌案件的新闻报道上没有什么问题，至于通报批评的事，你们正确对待就是了，对你个人的任用应该不是问题。”

听陈书记这么说，我心里舒坦多了，感激地说：“真不好意思，这点小事还惊动到您，谢谢陈书记的关心。”

陈书记关切地说：“我们应当关心你的，以前你当达人同志秘书，为人正派，工作刻苦，文字水平也不错。到了省广电厅后，创办省有线电视台，办得有声有色、红红火火。希望你继续好好工作，至于你个人职务上的事，组织上会根据工作需要和你的表现来考虑的。”

我当即表示一定按照陈书记要求，继续努力工作。

陈焕友书记找我谈话不久，省委组织部和宣传部就到广电厅来对我进行了考察，很快任命我为省广播电视厅副厅长。我随即打电话给张亚青，想拜见一下曹书记，表达我的谢意。张亚青请示后告诉我，曹书记说不要来见了，希望你不要辜负组织的期望，把工作做得更好。

这就是曹克明书记！他早年在南京三〇七厂工作，从车间计划员一步步成长为厂主要领导。1984年航天部授予其劳动模范称号，1986年全国总工会授予其“五一”劳动奖章和全国优秀经营管理者称号，江苏省委作出决定，号召全省各级领导干部、全体共产党员向曹克明同志学习。后来，他担任江苏省委副书记兼纪委书记。其间，按照中央和省委要求，认真抓好党风廉政建设和反腐败斗争，积极推进党员领导干部廉洁自律工作，集中力量查处大案要案，先后组织查处了一批有影响的大案要案，为全省乃至全国反腐败斗争深入开展作出了突出贡献，1996年被中纪委记一等功。

对于曹克明书记，我一直想当面表达我对他的感激和崇敬之情。这不仅因为他为我说了公道话，亲自关心我的工作，解开了我思想上、工作上的困惑，更因为他是一位忠于职守、铁骨铮铮、剑胆琴心的高级领导干部和反腐英雄！

遗憾的是，直到他逝世，我终究没有机会向他当面表达我的谢意与敬意。

叫成功永远在

柳暗花明又一村。职务上的提拔，组织上的认可，消除了我的困惑，增添了我的工作热情。热情是一种积极向上的状态，是成功和成就的重要源泉。如果拥有热情，就会才思敏捷，力量倍增。热情引领着我一步一步迈向新的成功。

担任省广电厅副厅长后，我继续兼任省有线电视台台长。那时，《非常周末》大获成功，红遍全省，每到周末，几乎每家每户都把电视机调到江苏有线电视台综艺频道，全家人聚在一起看《非常周末》，绝不亚于现在看央视春晚的热情。面对这种状况，我并没有因此而陶醉，反而有一种隐隐的危机感。我想，如果一个台、一个频道仅仅靠一个栏目，那是有极大风险的，而应当乘势而上，制作更多更好的栏目。于是，我在全台发动，组织创意策划，很快拿出了好几个栏目方案，主要有《勇者胜》《财富有情》《情感之旅》等。

我最看中的是《情感之旅》栏目方案。因为我觉得综艺栏目不能只是满足观众“快乐”的需要，还要满足人们情感上的需求，而当时情感类综艺栏目极少，亟待弥补这类节目的空白。我立即组织召开《情感之旅》栏目方案的研讨论证会。通过讨论，大家达成一致共识：台里既要有一档让人“笑”的栏目，也要有一档让人“哭”的栏目。所谓让人“哭”，就是要反映人们的亲情、爱情、友情，用真实情感打动人、感染人。

栏目方案确定下来后，便开始了紧锣密鼓的筹备工作。我的工作特点就是一个“快”字，说干就干，速战速决。不到两个星期的时间，各项准备工作就到位了。唯独栏目的主题歌没有确定下来。先后请了几个人写歌词，我不甚满意。不是他们写得不好，而是与栏目的定位不够贴切。我就自己动手来写。这是我第一次写歌词，没什么顾忌和框框，跟着感觉走，很快就把歌词写了出来，并让台里学过作曲的许健作曲。他说他从来没有给人作过曲，不太敢。我说，我也从来没有写过歌词，我们一起试一试嘛。他只好硬着头皮为我的歌词谱了曲。曲子出来后，我和编导们一听，嗨！还真有感觉，就这么定了，立即进棚录制。

从策划到开播，仅一个月左右的时间，《情感之旅》栏目就与观众见面了。这是我台真正的原创栏目，在全国并不多见。由于台里的主持人少，就让《非常周末》的主持人陈怡和张涛来兼任。我们用多种方式、多种渠道搜集故事线索，在此基础上进行筛选，然后派出记者到当地寻访。栏目开播后，每周一档，每档节目都是由当事人到节目现场讲述自己真实的情感故事：

一位中年男子，要寻找15年前的救命恩人，在节目组的帮助下，终于在栏目现场与恩人相见，他俩相拥而泣，泣不成声。

一位父亲为死去的儿子来到节目现场，感谢20多位同学十几年轮流看望照顾他的儿子。这位善良的父亲含着热泪对这些大学生说："我本来只有一个儿子，现在却有了20多个儿子。"

一个患小脑髓细胞瘤的小孩，一心要亲眼看看陈怡姐姐和张涛哥哥。这天，她在医生的陪护下来到现场，陈怡、张涛专门为她还原《非常周末》的游戏，并当场给她捐款。

一位继父为病危的继子捐肾，继子在栏目现场向继父真情告白："爸爸，我亲爱的爸爸，如果还有来世，我一定要做你的亲儿子。"接着双膝重重地跪下。

一个个感人至深的真实故事，通过当事人和主持人的现场讲述，深深地吸引了观众。每当节目进入故事高潮、感情深处，由我作词、苏云演唱的栏目主题歌就会响起——

所有都会改变，
只有真情永远。
或许注定，或许偶尔，
曾经道别，曾经再见。
你我永追逐，
如日月，共万年……

此时，场上场下，鸦雀无声。动人的故事、感人的歌曲打动了在场的和电视机前的每一位观众，震撼和洗涤着人们的心灵。虽然《情感之旅》的收视率没有《非常周末》那么高，但它的口碑极好，美誉度很高。我的歌词处女作《真情永远》也广受观众好评和喜爱，一时间在社会上广为传唱，进入了流行歌曲的行列。

《非常周末》和《情感之旅》双蒂并举，花开富贵，使江苏有线电视台的事业跨上了新的台阶。

一个目标达到之后，马不停蹄，脚不歇泥，尽快定下另一个目标，这是成功的事业模式。我又在寻找下一个目标。就在这时，又一个发展机会不期而至。一天，新任省委宣传部部长王湛找到我，说有件事要请我帮个忙。我连忙说："部长有什么事尽管吩咐，谈不上帮忙，要说帮忙，您对有线台帮的忙最大，是在您的关心下，省有线电视台才拿到了省里的批文，否则也就没有这个台。"

王部长告诉我："省委宣传部下属单位主办的《东方文化周刊》杂志，办了许多年，但这两年经营上出了点问题。"接着王部长征询道："你看，能否将这个杂志划转给省有线电视台来主办？"

我不假思索，一口答应下来。王部长接着说："你不要答应得那么快，现在杂志社有500多万元的负债，你们能帮着消化一部分吗？"

我立即说："没问题，这500多万元的负债全部由我们台背下来。"

王部长没想到我如此爽快，高兴地说："谢谢啦，这个包袱就交给你们了。"

我说："这不是包袱，也许是你给我们的一个大礼包呢！"这绝不是为了讨好领导，而是我由衷的想法。要知道，当时批一个期刊的刊号并不是那么容易的，我求之不得。

《东方文化周刊》划归江苏有线电视台后，我兼任社长、总编辑，立即着手招兵买马，公开招聘了一批采编人员，并经曹剑副台长推荐，聘请当时已颇有成就的文学评论家王干先生当执行主编。

我对办好《东方文化周刊》信心满满，并口出豪言：“我们的目标是，把《东方文化周刊》办成江苏一流刊物、全国知名刊物。”为此，我提出对原来的《东方文化周刊》进行全面改造、彻底改版，主要是抓好“两定两面”，即定位、定价、封面、版面。具体地说，新《东方文化周刊》定位为大众文化、新闻资讯、家庭手册、畅销杂志；采取低定价的策略，迅速打开市场；以新面孔与读者见面，封面做到大气、洋气，力求时尚，争取青年读者；版面要策划，内容要创新，打造名牌栏目、拳头产品，以形式取悦，以内容取胜。

根据这个思路，《东方文化周刊》确定为大开本，每期封面用明星大照片，与《非常周末》栏目每期邀请的明星基本同步。每期策划一个文化性、新闻性的话题，如“走遍天下，过年回家”“南京十大文化符号”“捍卫春节”“直面生存”“明星值不值钱”“玩就玩够”等，进行广泛深入采访，作全方位的深度报道。

新版《东方文化周刊》一经投放市场，迅速引起社会反响和读者追捧：封面设计吸引读者，新颖时尚，尤其是明星照片夺人眼球；内容新鲜独特，贴近生活，特别是每期的新闻话题引起读者共鸣；还有就是物美价廉，每期刊物的成本在5元左右，而销售价每本2元。2元？有人问，这不是亏本买卖吗？不是的，我们可以用广告费来补贴印刷成本。

就这样，新《东方文化周刊》的发行量直线上升：5万、8万、10万、15万、20万，最后冲破30万，成为当时江苏名副其实的“第一刊”，在南京街头巷尾的报摊上以及各大超市都能买到，甚至出现了排队买《东方文化周刊》的奇观，其影响力与当时发行量极高的《现代快报》《扬子晚报》旗鼓相当，一时成为南京的一大文化景观。

我们又一次成功了！我在《东方文化周刊》卷首语上这样写道：中国语言丰富，祝福的话语绝对不止千言万语，但在我看来，表达得最到位、最真挚的，莫过于通俗歌曲《祈祷》的歌词——

让我们敲希望的钟啊，
多少祈祷在心中。
让大家看不到失败，
叫成功永远在……

几乎找不出比这歌词更发自内心、更令人心动的祝福语了。然而，矜功不立，虚愿不至。良好的愿望，美妙的祝福，既不是成功的根，也不是成功的果。成功贵在持久的热情和坚定的行动。

人生漫漫，唯有相继行动；征途漫漫，唯有持续奋斗！

把险棋走成好棋

随着人类社会生产力的发展，物质生活水平的整体提高，社会生存的竞争也越来越激烈。要想在竞争激烈的社会上站稳脚跟，要想在事业上有所建树，没有志向和志气是肯定不行的。所以，我们有必要培养自己的雄心壮志，直到渗入潜意识为止。

老实说，我在事业上是有志向的，尤其在步入中年以后，更是“志存高远”“雄心勃勃”。这种志向、这种雄心，就是我心中强烈而切实的愿望，就是我内心描绘的新的蓝图。它如同一颗活力迸发的种子，在我人生的庭院里扎根、长茎、开花、结果。

省有线电视台开播五年左右，便进入了黄金发展期。虽然比其他省份办得晚，但它后来居上，有人说江苏有线电视台是“全国有线第一台”，我不敢这么说，只能说是五年跨了五大步，走在了全国有线电视台的前列，跻身省级大台之列。但这仅仅是我的“小目标”而已。那时，我踌躇满志，立志要当新媒体时代的弄潮儿、领头羊。

我心目中的媒体英雄是默多克，他是拥有报刊、无线电视、卫星电视和有线电视的世界级传媒大亨。虽然我不一定能做到他那么大、那么成功，但我有志于在省有线电视台的基础上，构建一个省级“媒体帝国”，在江苏乃至全国有线电视界独占鳌头，引领风骚。在大量调查研究和广泛论证的基础上，我为江苏有线电视台制定了“五个一”的发展蓝图：

一台：江苏有线电视台。

一刊：《东方文化周刊》。

一站：江苏东方网站。

一报：在适当的时候收购一家报纸。

一公司：组建江苏新媒体发展股份公司。

在制定发展蓝图的同时，我撰写了专著《新媒体时代的探索》，从理论和实践的结合上阐述了媒体发展方向和路径，提出领先实现媒体现代化、产业化、集团化，以新兴媒体姿态跨入新世纪。我在该书的自序中写道——

到1999年12月28日，江苏有线电视台开播五周年了。她，起程于世纪之末，创业于新媒体时代，活跃于市场经济的潮头，终于以其新形象、新机制、新理念、新格局、新产品，在改变了这个世界模样的电视王国里创下了引人瞩目的佳绩。然而，刚刚开始，却已过去。过去不代表现在，现在不代表未来。未来未知。正因为未知，才诱人，才美好，才追求。过去我们做的一切，现在我们正在做的事情，都是在为未来做准备。为江苏有线电视台的未来，为我们大家所钟爱的这个社会的未来，也为我们每个人的未来去开拓、去尽力吧！

江苏有线电视台的迅速崛起，在江苏、在南京，不仅形成了电视“三足鼎立”的局面，并由此引起的电视竞争日趋白热化。电视竞争，表面上是节目之争，背地里是广告之争。节目的好坏决定广告的多少，广告的多少决定创收的高低，创收的高低决定实力的大小。因而电视的竞争是全方位的，而广告之争最为激烈，刀刀见血剑剑穿心。本来十分弱小的江苏有线电视台在全省广告份额中占的比例极小，但随着节目收视率和美誉度的节节攀升，广告量很快提升，创收不断增加，已经对江苏电视台和南京电视台造成严重威胁。

我是有志者，更是竞争主义者。我认为，人类社会的发展史就是一部“争”的历史。从战争到斗争，从斗争到竞争，一直离不开一个“争”字，但“争”的形态在发生着变化，从血腥到残酷再到文明。竞争是人类文明发展的重要手段和突出表现。竞争促进发展，竞争带来效率。

当然，竞争分为良性竞争和恶性竞争。当时江苏包括南京地区的电视竞争总体上是良性的。江苏有线电视台这匹黑马杀出来后，与江苏电视台和南京电视台形成了新的竞争，给了他们巨大的压力，促使他们把节目办得更好，以争取更多的广告经营收入。

这本来是件好事。但由于他们当时认识上的局限性，认为省有线电视台的广告经营对他们造成了冲击，形成了恶性循环。因此，江苏电视台向省广电厅提出，省级电视台的广告经营应当统一管理，也就是说，省有线电视台的广告经营应归口划到江苏电视台去。省广电厅领导觉得这个提议有一定的道理，表示同意和支持。我当然是不同意的，但省广电厅领导表态了，我也只得保留意见。不过我提出，统一经营管理可以，但具体业务的开展还是要放在我们台里，这样便于操作和运营。然而，江苏电视台坚持要把省有线电视台的广告部撤掉，由他们统一经营和管理。我咬定管理权与经营权必须分开，管理归江苏电视台，经营还是留在省有线电视台。最后经省广电厅主要领导协调，双方达成妥协，各让一步：省有线电视台的广告部和业务人员保留，属江苏电视台统一管理，由他们派一名同志来省有线电视台兼任广告部主任。

就这样，省电视台派广告部副主任李文明到我台任广告部主任，坐镇我台进行管理和经营。由于我的坚持，省有线电视台的广告经营权没有丢失，但这仍然是一着险棋，弄不好省有线电视台的广告经营就会出现严重滑坡。如何把险棋下成好棋呢？我在等待时机。

李文明是一位出色的广告经营管理人才，有思路、有办法，但在省电视台任广告部副主任时，由于大台体制老化、机制不活，他无法发挥其才能。到省有线电视台后，这里节目收视率高，用人机制灵活，他如鱼得水，很快把广告部的工作搞得热火朝天，广告经营成绩斐然，得到了我的高度赞赏，台里其他领导也大力支持他的工作。不久，李文明真心喜欢上了这里的工作环境，为了便于开展工作，他主动提出离开江苏电视台，把工作关系转到省有线电视台来。

此举正中下怀！我当然竭力支持他的选择与决定，并给他以更大的工作自主权。这样，我把险棋走活了，而江苏电视台的如意算盘自然就泡汤了——他们提出的省级电视广告统一经营管理的设想名存实亡，真可谓“赔了夫人又折兵”，不仅损失一名得力的干将，而且流失了一批广告客户。

省有线电视台因祸得福，赢得快速发展的极好机遇，广告经营额从第一年的近千万，到第二年的两千万，到第三年的六千万，到第四年的一个亿，再到第五年的两个亿，神速般地增长，神话般地发展。

现在回过头来看，这阶段的广告经营之争带有一定的戏剧性，但也有一定的必然性。江苏电视台的失策，表面上来看，他们派李文明到省有线电视台来接手广告经营是高明之策，而实质上是他们缺乏远大的志向与长远的规划，缺乏强烈的竞争意识，没有在做好节目、搞活机制上下更大功夫，错过了发展机遇和动力，进而出现了广告经营上的被动局面，造成了经济效益上的严重“滑坡”。恕我直言：这是深刻的教训，也是宝贵的经验。

我一向认为，竞争是人类进步的阶梯，立志是勇于竞争的动力。一个人要想成就一番事业，首先必须有竞争的意识和成就大事的雄心壮志。否则有再多的才华，也只能成为一个庸庸碌碌的人。现在很多人崇尚“知足常乐”，固然，知足常乐可以作为一种生活态度，可以让人过得更轻松，但是绝对不可以当作人生信条，更不能以“内卷”的理由来让自己彻底“躺平”。我们生活在这个世界上，就必须志存高远，勇于竞争，善于竞争，不断奋斗，努力向一个又一个目标前进。

竞争鼓舞了我的斗志，成功助长了我的“野心”。我决心不断前行，朝着更加远大目标，带着我的团队大干一场，开启新媒体时代的新征程。

反省是一面镜子

就在我雄心勃勃带领省有线电视台继续披荆斩棘奋力开拓前行之际，1998年11月21日，中共中央印发《关于在县级以上党政领导干部班子、领导干部中深入开展以“讲学习、讲政治、讲正气”为主要内容的党性党风教育的意见》。

按照中央要求和省委部署，省广电厅列入省里第一批“三讲”活动的部门。这项活动分四个阶段，即四个重点环节：学习教育，梳理问题，开展批评与自我批评，进行整改。在第三环节，要求每个领导干部撰写自我剖析材料，也就是进行自我反省，查找自己存在的问题及其根源。这是我参加工作和入党以来第一次参加党内系统的、严肃的党风党性教育。开始时，我并没有非常重视，但随着学习教育的深入，尤其是通过查找与疏理问题，我逐步认识到“三讲”教育的重要性，也认识到自我反省的必要性。

成就事业，造就人生，既需要热情与志向，也需要冷静与反省。反省，就是回想自己的思想行为，检查其中的错误。曾子曰：“吾日三省吾身。”历史上，有许多善于反省自己的例子。孔子的学生曾子每天进行自我反省，反省自己为他人做事是不是尽心竭力，与朋友交往是不是诚实守信。对自己的不断反省，使他的修养不断提高，终成一代圣贤，成为后人楷模。齐国的贤臣邹忌善于反思，在众人的一片赞扬声中清醒地认识到自己不如徐公美，从而领悟出不同人的不同用心，由己推之，认识到齐国政治的弊端，及时奏请齐王采取措施，最终使齐国“战胜于朝廷”。唐太宗李世民以魏徵为镜，反思自己对百姓是否尽心尽力，对国家是不是无私奉献，对官员是不是以身作则。他的这种反思精神使他扬利除弊，亲贤远小，终为一代名君，开创了贞观盛世。

当然，“三讲”中自我反省的内容、形式、目的与古人完全不一样，而要从党性党风的高度，正确反省自己，认真查找问题，深刻剖析根源。说实话，以往我的反省意识是不强的，不用说“吾日三省吾身”了，就是阶段性的反省也少之又少，而“三讲”促使我在热情高涨、雄心勃勃之时，静下心来进行自我反省，认真严肃地撰写自我剖析材料。经过同志们的批评与帮助，以及自己的深刻反省，我内心震动很大，认识到了自己的许多问题与种种不足，这是以前从未看到和意识到的。于是，我就认真地撰写自我剖析材料。当时的自我剖析材料是有具体的格式要求的，但我没有完全按照这个格式来写，而是这样写道——

这次“三讲”教育活动对我教育很大、触动很深，特别是通过学习教育与查找问题，使我第一次全面而深刻地认识到了自己的缺点、错误和种种不足之处，主要表现在：

政治学习浅尝辄止。我从事的广播电视事业是一项政治性很强的工作，必须具备很高的思想政治觉悟和政治理论水平，而我对政治学习的兴趣不浓，自觉性不高，往往满足于自己是恢复高考后的第一届学生，有较好的文化知识基础，后又到复旦大学、中央党校学习深造，有一定的业务和理论功底，因而放松了自己的学习，以看新闻、读报纸、阅文件代替学习，而没有自觉地、系统地进行政治理论的学习，对邓小平建设有中国特色社会主义理论的科学体系和精神实质学得不够、悟得不深，甚至对党的一系列方针政策学习不及时，理解不精准，掌握不全面，影响了自己思想政治水平的提高，更严重影响了在实际工作中政治方向、政治原则的有效把握。这是极其危险的。

理想信念先天不足。我生在新社会，长在红旗下，但青少年时期正值“文革”，强调所谓的革命性和斗争性，提倡所谓的共产主义理想，实际上受到了许多极“左”东西的影响，并没有真正确立起远大的理想信念，也没有形成完整的、正确的世界观和人生观，表面上追求理想、积极上进，骨子里有着极强的虚荣心，出发点还是为了个人奋斗、出人头地，宗旨意识淡漠，理想信念缺失，对自己的名利地位看得很重，常常计较个人得失，甚至争名夺利，注重自己的眼前利益和小团体利益。

党性修养锤炼不够。虽然自己入党时间较长，但是一直没有得到严格的党性锻炼，甚至很少听党课，也很少以一个普通党员的身份参加组织生活会和民主生活会，即使参加，也是形式主义走过场，有时用“表扬与自我表扬”代替“批评与自我批评”，有时以领导身份对其他党员提要求、做指示，既严重缺乏自我批评、自我改造的精神，又不能自觉地同错误思想和行为作斗争。平时也没有切实履行党员义务，党费也不能主动及时交纳。

组织观念日益淡薄。我作为厅党组成员、副厅长和有线电视台台长，没有正确处理好个人与组织、下级与上级的关系，过分重于台里的工作和利益，重大决策和重大事项，比如新台址的确定、卫星转播车的购买、广告经营方案等，都没有及时向厅党组请示汇报，对厅党组的要求贯彻执行不力，甚至出现了有利的就办，不利的就不办或拖着不办，造成了不良的影响。

工作作风简单粗暴。省有线电视台没有建立健全民主决策机制，个人说了算的情况较为突出；对班子成员不够尊重，不能充分听取他们的意见；对台里员工要求过严，动辄批评和处分，而对他们思想上、生活上关心不够，使他们对我产生了距离感、惧怕感，不敢反映真实情况，不敢提出自己的想法与意见，甚至见到我上电梯也悄悄地躲开，严重影响了员工创造力的发挥，也在一定程度上挫伤了他们的工作积极性。

自我意识明显膨胀。由于省有线台取得了较大成绩，滋长了我的骄娇二气，把集体取得的成绩记在个人的功劳簿上，自觉或不自觉地抬高自己、打压别人；架子越来越大，把权力当权威，把权威当威信，高高在上，甚至狂妄自大，唯我独尊，听不得不同意见和批评意见；对人马列主义，对己自由主义，看不到自己存在的缺点与错误，放松对自己的严格要求，导致某些决策的失误和工作的差错，影响了事业的发展。

以上问题的存在，有我性格上的因素，但主要原因是政治学习不够，政治意识不强，政治素养不高，说到底是自己的灵魂深处没有打牢理想信念的根基，没有真正确立起为人民服务的宗旨。我将继续查找问题，深挖根源，虚心接受组织和同事的批评，边查边改：一是讲学习，要在掌握邓小平建设有中国特色社会主义理论的科学体系和精神实质上，在运用理论解决实际问题上下功夫；二是讲政治，要在全面、正确、积极地贯彻执行党的基本路线和各项方针政策，切实提高工作质量和效果上下功夫；三是讲正气，要在讲党性、讲原则，公正无私，刚直不阿，言行一致，扶正祛邪方面下功夫。总之，要在接下来的整改阶段，拿出具体的整改措施和积极行动，克服缺点，纠正错误，增强党性，端正党风，在今后的工作中不断完善自己、提高自己，努力创造工作业绩，争当一名合格的、优秀的共产党员和领导干部，为党和人民的事业多作贡献。

在这份自我剖析材料中，我不遮不掩，抓住了自己的要害问题。写完材料后，我有点担心，要不要把自己说得那么重呢？上交材料时，我有些犹豫，这会不会造成组织和同事对我的不好印象与评价呢？但权衡再三，还是把材料交了上去。上交以后，我的这份自我剖析材料与其他党组成员的材料一起，上报省“三讲办”，获得好评，还作为“样本”提供给其他一些领导干部参阅。后来印发给广电厅机关干部，也得到高度认可，都说：“章剑华的自画像画得很像，开门见山，实实在在，没有遮遮掩掩。”在群众评议和测评打分中，我获得了高分，顺利“过关”。

这次“三讲”活动，为我创造了一次自我反省的机会，从中得到了极大的震动，为我敲响了人生路上的一次警钟。海涅说：“反省是一面镜子，它能将我们的错误清清楚楚地照出来，使我们有改正的机会。”是的，从那以后，我的自我反省意识大大增强，在取得成绩时，在遇到曲折时，在出现问题时，总会自觉地反省自己，多从自己身上查问题、找原因，从而及时修正自己，使自己少犯错误，少走歪路，始终行走在正确的人生道路上。

国外有句名言：反躬自省是通向美德和上帝的途径。我同样认为，自我反省是通向成功和真理的有效途径。没有反省过的生活，只会始终在原地踏步。人贵自知，而后自省，然后自律，终而更新。一个懂得反省的人，就拥有了自我更新的能力。让我们都能在反省中清醒、反省中修正、反省中提升、反省中前进吧！

平台很重要

曾经流行过这么一句话：泥泞路上的奔驰，永远跑不过高速公路上的夏利。这说明平台很重要。

平台，一般是指供人们施展才能的舞台。作为一个人，生存于这个社会，想在社会上生活下去，必然地要寻找一个好的工作平台。社会有着纷繁多样性，那么隶属于社会的各个工作平台也就有了纷繁多样性。社会架构的层次性，造就了平台的层次性。这些平台在某种形态上维持着社会的运转，而每一个人作为单一的个体，无论是保障自己的生存和发展，还是施展个人才能和抱负——干一番事业，都必须有一定的平台，而且，平台越高越大，越利于自己的发展和事业的成功。毋庸讳言，如果没有省有线电视台这个平台，我就不可能上演事业上精彩的一幕。平台造就了我。更幸运的是，还有更高更大的平台在等待着我。

就在我雄心勃勃准备带领省有线电视台大干一番、再展宏图之际，省里按照中央关于文化体制改革的要求，计划将省电视台、省电台和省有线电视台合并，成立省广电集团。

这一突如其来的改革举措，在“省三台”引起强烈震动。而这种震动在三台的反应是不一样的：省电视台欢呼雀跃。按常理，大鱼吃小鱼，无论从行政级别、综合实力，还是在省里的重要性来讲，省电台和省有线电视台将毫无悬念地划到省电视台去，以省电视台为主体来筹建省广电集团。

省广播电台喜忧参半。论历史，论资历，省电台最长最老，广电事业是从广播开始的，但随着电视的雄起，广播电台风光不再，呈衰落趋势。在这样的形势下，假如广电合并，背靠大树，广播电台的日子也许可以得到改善。

省有线电视台则忧心忡忡。经过艰苦创业，正进入黄金发展期，如果合并，省有线电视台将从此消失，多年努力付诸东流，令大家更为担心的是，省有线台实行的是“新台新人新机制”，台里所有员工空着事业单位的编制没用，一律实行聘用制，一旦合并，他们的身份能否确认，是否会被辞退？

各台有各台的情况，各人有各人的想法，而“三台员工”一个共同的忧虑是，广电合并后成立集团，意味着转企改制，事业单位的身份没有了，这样，广电的社会地位和公信力会不会因此下降？干部职工的身份会不会改变？因此，无论哪个台，都对改革抱观望态度。尤其是省有线台有一种无可奈何花落去的感觉，疑虑重重，人心浮动，普遍存在着一定的消极和抵触情绪。

从我内心来讲，眼看自己一手创办起来的省有线电视台要被撤掉，也是很不情愿的，但中央有精神，省里有部署，大势所趋。我几次在台里召开会议，做全台员工的思想工作，要求大家服从大局，顺应改革潮流，以积极的姿态拥护改革、参与改革，为改革作好思想准备。虽然大家的情绪有所缓解，但心里还是忐忑不安，只好顺其自然，等待着省里具体的改革方案。

省里的文化体制改革方案是由省委宣传部负责起草，

省委省政府研究决定。实际工作由时任省委常委、宣传部部长任彦申直接负责。他是北京大学原党委书记，政策水平和思维层次高，领导能力和创新意识强，是我十分钦佩且仰望的领导人。在他的主持下，江苏在全国率先拿出了文化体制改革方案，同时组建省级四大文化集团，即新华报业集团、省广电集团、省出版集团和省演艺集团。我省的这个改革方案，既符合中央精神，又符合江苏实际；既体现改革创新，又体现实事求是。尤其是方案明确各台的干部职工原有的身份、岗位、待遇不变，逐步搞活用人机制和分配机制，稳定队伍，调动改革主动性和工作积极性。这一改革方案出台后，给大家吃了一颗定心丸，得到了省三台干部职工的高度认可和支持，从而确保了广电改革的加快推进。

省广电改革方案确定下来后，紧接着就要组建总台领导班子，这里关键问题在于由谁来当省广电总台的台长？坦白地讲，当时我是很想当的，不仅能从副厅提为正厅，同时也是为了实现自己的事业理想。我到广电工作已八个年头，省有线电视台正处于黄金发展时期，自己也正年轻，精力旺盛，雄心勃勃，有志于在广电战线大干一番。

干事要有干事的平台。我十分明白，只有在省广电总台台长的位置上，才能获得比省有线电视台更大的事业平台，进而充分发挥自己的作用。然而，按常规和惯例，省电视台是龙头老大，三台合并后自然会由省电视台台长来当总台台长，再说，时任省电视台台长的许洪祥，曾任省委宣传部副部长，担任副厅的时间比我长，年龄也比我大，而且富有工作经验，办事积极稳妥，为人正派谦和。我与许洪祥相比，综合条件明显不如他，但我也有我的优势，在广电部门工作时间长，而且一直战斗在广电事业第一线，善于创业创新，有突出的工作业绩。因而，我试图在总台台长这一职位上争一争。所谓争一争，绝不是去跑官要官，而是在组织上征求意见时，我不主动让位，明确表达自己的愿望。

省广电总台台长一职，是省委来定的，但一般要由省广电厅提出一个初步的意见。当时的省广电厅厅长周世康，是从新华日报社出来的，当过省委副秘书长和省委宣传部常务副部长，是位学者型领导，理论水平和工作水平都很高，也非常厚道温和。他与我的大哥同龄，他们有许多相像的地方，在我心目中，他既是班长也是大哥。他曾找我谈话，谈到广电总台的班子问题，我坦率地谈了我的想法。这让他有些犯难，他觉得我与许洪祥都够条件当总台台长，但只能是两选一，总得有一个人让个步。

有一次，省广电厅领导班子开会，会后周厅长让大家留下来吃晚饭。他说，广电改革后，厅台就要分开了，我们在一起聚一聚。我猜想，他是想用这种方式调节一下气氛，并希望我在这种和谐氛围中主动提出让步。这是猜想，也许周厅长并无此意，是我以小人之心度君子之腹。那时，吃饭总是要喝酒的。我的酒量在班子成员中是最小的，也就是说，我最有可能被灌醉，也最有可能醉后说出让步之类的话来。喝酒前，我就暗暗告诫自己不能喝醉。

酒过三巡，大家都有些醉意，进入了“胡言乱语”状态。这时，他们几位轮番劝我再喝，但我时刻保持着警觉，想尽一切办法推辞，环顾左右而言他，竭力回避广电改革的话题，坚持守口如瓶——决不讲出“就让老许当总台台长吧”这句话来。许洪祥喝得不多，比我清醒，对三台合并之事也只字不提。套用酒桌上的话来说，这次聚会，“意在杯中，情在酒中，尽在不言中”。

在此期间，省里一直在酝酿物色总台台长人选。根据各方面的意见，目标也集中在我与许洪祥两人身上。由于我们两人各有优长，难分伯仲，最后省委组织部决定采取在全厅处级以上干部中民主推荐的办法来确定。对此，我颇为紧张，因为省有线电视台的处级干部比省电视台少得多，我明显处在不利地位。然而，民主推荐的结果，出乎我的意料，我的得票最高。

事后得知，我这次之所以得票多，主要是厅机关和厅老干部投我的票多，因为我在厅里工作时间长，加之省有线电视台设在厅里，与厅靠得近、联系多，大家对我有更多的了解。还有一个重要原因，当时我省省级广电的发展，总体上不够理想，在全国的位次有后移的趋势，大家迫切希望改变和扭转这种状况。大家觉得我年轻，想干事，有闯劲，寄希望我来改变现状，故而选择了我。

民主推荐后不久，省委组织部、宣传部对我和许洪祥同志进行了考察。之后，省委研究决定，我任省广电总台台长，许洪祥另有任用。我知道，任命我为省广电总台台长，并不是我比许洪祥同志强，而是人心思变、人心思进的缘故。在这次“台长之争”中，我是幸运的。上级组织充分发扬民主，听取各方面的意见，反复权衡，反复比选；周世康厅长一碗水端平，不偏不倚，公道正派；我与许洪祥都保持理性，不做小动作，听从组织的选拔和安排，尤其是许洪祥同志非常厚道、非常大度。后来，他被任命为新华日报社社长，一直与我保持着良好的关系，我们在工作上也有许多合作。

一个新的更高更大的平台展现在我面前，我将登上这个更为广阔的人生舞台，放开拳脚，大干一番，再创佳绩。为此，我兴奋着，憧憬着！

风雨过后见彩虹

我兴奋得太早了！事情的发展并不是那么一帆风顺。

省委决定我担任省广电总台台长后，时任省委常委、宣传部部长任彦申找我进行了任职谈话，告诉我过几天便到台里去正式宣布。那时，提拔任用领导干部也是要经过许多环节：从推荐到考察，从考察到决定，从决定到谈话，从谈话到发文，从发文到宣布。只有正式宣布了，才算真正任职，才能履行职责。

这段时间，我任省总台台长的消息在台内外都传开了，许多人还来祝贺我。然而，找我谈话后，省委组织部门迟迟没有到台里来正式宣布。起初，我没有在意，以为是领导忙，安排不过来，或者是要与几个新成立的集团同时宣布。近一个星期过去了，一直没有动静，而其他文化集团的领导班子陆续宣布到位了。我预感到情况不妙，心里像是十五只水桶打水——七上八下的，难以平静，但又不便去询问，只能焦急地等待着，平生第一次尝到了度日如年的滋味。周围人的态度也在微妙变化——有的有意回避，有的欲言又止……从中我闻到了一种奇怪的味道，这更增添了我的担忧。

一天中午，李乃光副台长来到我的办公室，轻轻地告诉我："听说有人写你的举报信了。"我一下子明白了迟迟不宣布任命的原因。李乃光关切地问我："要不要打听一下情况？"我摇摇头说："不要了。"嘴上这么说，心里却很想知道写信人是谁，信里写了些什么，但理智告诉我不能这样做。

俗话说，不做亏心事，不怕鬼敲门。然而，遇到这种事，落在自己身上，即使自知没有什么问题，但心里还是忐忑不安，而且随着一天天过去，这种不安与日俱增。

就在这时，我突然接到沈达人书记的电话。此时沈书记已退出领导岗位多年，对省里的干部任用等问题从不过问。对于我，他总是关心着我的工作和进步，经常嘱咐我不要随波逐流，更不要去跑官争位，踏踏实实把自己的本职工作做好，听从组织的安排。我也是按照沈书记的要求去做的。

沈书记在电话里保持着一贯平和的语气问道："剑华，最近是不是很忙啊？"一听到沈书记的声音，几天来被压抑的情绪顿时喷涌而出，我哽咽着说不出话来。

少顷，沈书记又问："是不是碰到什么问题了？"我竭力调整着自己的情绪，如实相告："有人写我的举报信了。"

"哦，举报信？"沈书记顿了顿说，"这也是正常的事，可你觉得自己有什么问题吗？"

我立即肯定地答道："我绝对没有什么问题的！"

"那就不要急嘛。"沈书记接着又安慰道，"相信组织上会把情况弄清楚的。"听了沈书记的话，我得到了些许宽慰，心里也平静了许多。

几天后，我接到通知，让我下午一上班去省委组织部。下午两点，我准时来到省委组织部，机关干部处的一名干部把我带到李小敏副部长的办公室。部长起身与我握手并让我坐下，在座的还有组织部机关干部处处长和省委宣传部干部处处长。

李部长直截了当地说："今天请你来主要是核实一些情况。最近我们收到了一封来信，反映了你的一些情况。这些问题主要是工作上的问题，以后再与你沟通，但有一个问题要请你说清楚。"说着便从抽屉里拿出一本书问道："这是你出的书吧？"

我一看到是绿色的封面，便知是《新媒体时代的探索》这本书，就作了肯定的回答。

李部长问："这本书是你自己出的还是台里出的？"

我回答："是我自己出的。"

李部长说："信里说你是用公款为自己出书，台里花了几万元。"

我说："书是由省人民出版社出的，我找了吴源社长，他们没有收我的书号费，只算了出书的成本费。"没等李部长再问，我就作了详细的解释："我这本书主要是回顾总结省有线电视台走过的五年之路，并据此对新媒体的发展进行探讨。出书前，台长办公会讨论建台五周年台庆活动，提出要出一本反映我台五周年成绩的资料和图片汇编，但时间有点紧，有人便建议把我即将出版的这本新书作为替代，购买一部分用于台庆活动的纪念品加以发放。"

李部长追问我："是台长办公会上确定的吗？"

我说："是的，我们召开的台长办公会议都有纪要，可以查到的。"

李部长问："最后台里订了多少本？"

"三百本。"我补充说，"台里一共出六千多元，其余的费用都是我自己出的。"

与我谈话结束后，李部长他们立即找了我台和出版社有关人员谈话，进行调查核实。最后的结论是，举报信反映的问题，不足以影响对我的提拔任用。谈话后的第三天，召开了省广电总台处级以上干部大会，省委组织部领导宣读了省委对我的任命决定。我做了表态性发言。省委常委、宣传部部长任彦申作了重要讲话。

后来我才知道，任彦申部长在收到组织部门转来的关于举报我的信后，立即批示："请省委组织部尽快查明情况，实事求是，不扩大不缩小，对干部负责，对组织负责。"我非常感激任彦申部长，他既有很高的领导水平，又善于选人用人，还十分爱才惜才。是他力荐了我，保护了我，在以后的工作中也一直热情地指导着我，严格地要求着我。

我在这里还要说一下，对于这封举报信，我开始很委屈、很恼火，但后来我也有反省，认识到这封信也不是完全捏造和诬陷，我有我的问题。由于当时省有线电视台取得了引人注目的成绩，滋长了我的骄傲自满情绪，居功自傲，不尊重他人，工作中往往个人说了算，听不得不同意见，伤害了有些同事的感情。而台里用公款购书一事，虽然是会上讨论的，但自己作为台长，这种做法也是欠妥的，不应该的。我还认识到，有人举报你、盯着你，也许并非坏事，这样可以时时提醒你、监督你、帮助你，以防你走弯路、犯大错。所以，我从来没有去查问写信人是谁，更没有打击报复的念头，而是暗暗地调整自己的状态，改进工作作风和工作方法，进一步严格要求自己。

令我没有想到的是，居然在多年之后，写信人主动告诉我，当时那封举报信是他写的，并向我表示歉意。我却真诚地感谢了他，承认我当时有许多不足，有些做法也确实欠妥。我们握手言和，坦然处之。直至现在，我们还有密切的交往，还是很好的朋友。

风雨过后见彩虹——不仅见到了转机，而且见到了真情。

走马上任“三斧子”

新世纪——21世纪从哪一年开始？当时有两种说法，有的说是2000年，有的说是2001年。后来，中国2000年委员会正式宣布：2000年为20世纪的最后一年，新世纪将从2001年开始。这样，2001年成为新世纪的第一年。

有一首歌词是这样写的：千年等一回，等一回啊，千年等一回，我无悔啊……

岂止是无悔啊，而是多么的幸运啊！我们这代人是幸运的，成为跨世纪的一代。在迈向21世纪的征途上，我国实现了社会主义现代化建设“三步走”战略的第一步、第二步目标。到2000年底，初步建立起社会主义市场经济体制，人民生活总体上达到小康水平。

站在新世纪的门槛上，我激动着、展望着、行动着。我在《东方文化周刊》的卷首语上写道：“让我们举起灵捷的双手，抬起坚实的腿脚，去告别，去迎接，去跨越一个超值、超级的时间单位。做好我们应该做好的事情，就是对过去一个世纪最庄严的告别，对新世纪最隆重的迎接。”

新世纪头一年的6月，也就是在中国共产党成立80周年前夕，我走马上任，正式担任新成立的江苏省广播电视总台台长。

上任的第一天，我没有去办公室，而是赶到五台山体育场，那里正在进行由省广电总台承办的庆祝建党80周年万人演唱会的排练。我看了彩排，听了汇报，就演唱会的主题、结构、形式、气氛以及安全等提出了具体要求。6月30日晚，《颂歌献给党》万人演唱大会隆重献演，取得圆满成功。这是省广电总台的“开门红”。

省广电总台成立后，省电台和省有线电视台原址不动，还是相对独立地开展工作，只是从体制上说是合并为省广电总台了。原来的省电视台挂上了“江苏省广播电视总台（集团）”的牌子。我离开省有线电视台，到省广电总台——实际上就是原来的省电视台这边来上班了。

那时的省电视台，用一句话来形容非常贴切：瘦死的骆驼比马大。论块头，比省广播电台、省有线电视台要大得多——设备多，人员多，自制节目量大，经济总量大。但由于创收和管理上存在的问题，利润下滑，财务吃紧。让人不敢相信的是，省电视台的财务部居然揭不开锅，每周只能开门一次，许多发票压在部门和员工手里难以报销。

相反，小小的省有线电视台利润颇丰，资金充足，没有一分贷款，账面上还留有几个亿的存款。省广电总台成立之初，各台的财务账目并没有立即合并，我只好先从省有线电视台抽调一亿元资金带到省电视台，作为“见面礼”，以备正常运转之用。

听说台里有钱了，大家便拿着一沓沓发票到财务部去报销，但都吃了闭门羹，被告知所有发票必须由章台长签批后才能报销。大家先是不信，后是不屑，议论纷纷道：

“这怎么可能呢，那么多发票，台长哪有时间来审批呢？”

“即使送去给台长审批，也不可能一张一张过目吧。”

“这样报销起来太不方便了。”

“这做法恐怕难以坚持下去。”

“这明显是不相信别人嘛。”

……

这些议论传到了我的耳朵里，但我只当没有听见，坚持要由我来直接审批发票。大家没有办法，只好硬着头皮拿着发票到我这里来签批。有些栏目组拿来的发票，少则几十张，多则几百张，不知是为了方便我的审批，还是为了蒙混过关，他们把所有发票装订在一起，做了个“封面”，上面写了报销的总额，让我在“封面”上总批一下。而我不吃这一套，不图这个方便，一张张地看，一个个地问，答不出所以然、讲不清正常用途的，一律不予报销，弄得报销的人很是尴尬，有的人竟紧张得冒汗。

消息很快传开了。许多要来签批发票的人，只得事先把发票认真地自我清理一遍，把不该报销的发票自动剔除掉，有些发票干脆不拿出来报销了。就这样，到我这里来签批的发票越来越少，不仅为台里节约了许多钱，而且也大大减少了我的审批工作量。

紧接着，总台的一项项财务制度相继出台，省电视台的管理漏洞和乱象得到有效遏制。原来，在省电视台周边办了许多小饭店，光顾的几乎都是省电视台的人，一度生意兴隆、十分火爆。自从总台成立后，报销乱象被卡住了，吃喝风随之大大收敛，一些小饭店的生意明显受到影响，只得关门歇业。

我从审批发票着手，整治台风，狠抓管理，立竿见影，为省广电总台的发展开了好头。之后，我又采取了两条措施——

先是打卡。长期以来，省电视台的纪律比较松散，特别是上班迟到、下班早退、无故缺勤的现象相当严重。这看似小事，实则是个大问题，不仅直接影响工作，而且养成懒散作风。以前虽有考勤制度，但都成了聋子的耳朵——摆设，落不到实处。我就把省有线台的打卡制度搬到了省电视台，很简单，就是在台的门厅里设一个打卡机，每个员工上下班都要打卡，并每周统计公布上墙。这一简单办法施行起来却不简单，许多人竭力反对，理由是电视台工作性质特殊，出差多、加班多，无法天天正常上下班打卡。

我坚决不答应，我说出差、加班都有记录，无碍打卡，但我也退了一步：在打卡的同时，台里给每个打卡上班的人免费提供一杯热牛奶，既作“奖励”，又为来不及吃早饭的人充个饥。这小小的一杯牛奶，居然起到了神奇的效果，非但再也没人抵制打卡了，而且还赞扬台里有人情味，有人还写了一首打油诗："牛奶加打卡，上班跑得快。既冷又热乎，工作干得欢。"

其实，我的管理方法从来就是"严"字当头，"情"字跟上，宽严有度，在严格管理的同时，给员工以关心，体现人情味。不久，我又抓台里食堂的改造与改善，并带头与员工坐在一起用餐，不进小包间，得到大家一致好评。

再是打分，也就是记工分。过去电视台"大锅饭"的现象长期存在，机关与一线岗位一个样，干多干少、干好干坏一个样，严重影响了员工的积极性。我把省有线电视台记工分的办法引进过来，就是工作业绩实行量化，做多少节目记多少分，完成多少任务记多少分，除了基本工资，每月按工分拿钱，年终以工分发奖金。

这种多劳多得、干好多得的分配办法，一下子调动了大家的积极性，尤其是在一线的编辑记者收入大大增加，不仅比以前拿得多，而且比机关人员甚至比台领导拿得多。我当时的收入，就没有一线骨干记者编辑拿得多。

三把火未烧，三斧子先下。别看审签发票、打卡、记工分都是些日常小事，但这"三斧子"下去，顿时见效，全台风气明显好转，工作效率大大提高，经济效益也得到改善。但我深知，光靠这几下子是远远不够的，这么大的台、这么大的摊子，还是要在管理体制和机制上进行改革，实行科学管理、长效管理。

管理既是一门学问，更是一种经验。我担任省有线台台长多年，从创办到发展，对电视台的运转情况已经相当熟悉，积累了一定的管理经验。但省广电总台与省有线电视台不同，摊子大、人员多、设备多，尤其是机构多、层次多，造成了管理上的复杂性甚至混乱性。我在调查研究的基础上，经过领导班子反复研究论证，决定对电视台的机构进行大刀阔斧的改革。其具体做法是：撤并机构，裁减冗员，减少层次，全台成立五大中心：新闻中心、节目中心、经营中心、管理中心和服务中心，台领导班子与五大中心实行面对面的管理与领导。这样，台里的有关精神和各项决策可以迅速传导到一线，减少扯皮，提高执行力。

同时，所有中层干部和骨干人员，都到一线去，既当指挥员，又当战斗员，与普通编辑记者一道，同样干实事，同等记工分。如此一来，大大加强了一线的工作力量，使全台员工的积极性大大提高。

有人总结我的管理方式是："牛奶加打卡，领导当员工。"

总结得太明白而精准了！是的，这就是我的管理模式。前者是人性化管理法，即在整个管理过程中充分注意人性的要素，充分开掘人的潜能，给人以压力与动力，提供各种成长与发展机会；后者则是管理学中的扁平化管理模式，即摒弃传统的金字塔状管理模式的诸多难以解决的问题与矛盾，通过减少管理层次、压缩职能部门和机构、裁减人员，使单位决策层和操作层之间的中间管理层级尽可能减少，以便各项决策和管理措施迅速到达最基层、最前线，从而大大提高工作效率和经济效益。

我没有学过管理学理论，但在实践中积累了丰富而实用的管理经验。这种经验在我的领导生涯中一直发挥着十分有效的作用。

点燃事业上的"三把火"

俗话说，新官上任三把火，而我不落俗套，上来就砍下了管理上的“三斧子”。这“三斧子”下去，立即使省广电总台在短短的几个月内扭转了不良风气，出现了良好的开局。但是，管理不是目的，管理的目的是要让刚刚组建的省广电总台健康而快速发展。所以，我在砍下“三斧子”的同时，一直在酝酿和寻机点燃事业上的“三把火”。

就在这时，省广播电台的领导向我汇报，经过长期筹备并经上级有关部门批准，省广播电台将开设一个新的广播频率——江苏交广网，建议由新成立的省广电总台与省交通厅、省公安厅联合打造。听了汇报，我敏锐地感到，这是省广播电台给省广电总台的见面礼，也是省广电总台给全省观众听众的见面礼。更重要的是，这是省广播电台也是省广电总台发展的一个亮点与增长点。

长期以来，由于电视的崛起，广播电台一直处于低谷状态，但广播人一直在努力拼搏着，寻求发展的突破口。随着社会的发展，单位车辆和家庭汽车迅速增长，人们以车代步，在车上的人数和时间越来越多，发展交通广播，既可以满足人们在车上收听广播节目的需要，又可以夺回广播听众，这为复兴广播事业提供了极好机遇。机不可失、时不再来。我当机立断，提出以最快的速度开播江苏交广网，并要求用全新的思路、全新的机制办好交广网，以全新的节目、全新的声音、全新的服务与听众见面。

2001年7月21日，盛夏暑期。江苏交通广播网在南京国际展览中心举行隆重的开播仪式。宽阔明亮的展览中心大厅里，回响起旋律激昂的调频FM101.1江苏交广网台标音乐，现场的人们用热情的掌声和欢呼声祝贺一个富有时代气息的新频率的诞生。由40辆别克轿车组成的巡游展示车队，从展览中心出发，分8路奔向苏南苏北城乡，向全省人民展示省交广网的全新风采。

从此，FM101.1这个生机勃勃的广播频率，精彩启航，尽显强势。90%以上私家车、出租车、公务车自发锁定；公交车、长途车、火车、轮船、加油站的人们倾情收听；商场、超市不约而同作为转播首选。只要进入江苏交通广播网的覆盖区内，FM101.1无处不在。

一个“永不消逝的电波”覆盖江苏大地。

广电启航，广播先行。省交广网的应运而生，给刚刚成立的省广电总台有了一个意外的收获与成果，也为省级广电事业的整体发展赢得了先机与良好开局。这就是江苏广电总台成立后点燃的“第一把火”，而且烧得很旺、很久，延续至今。

省交广网的开播与成功，“这只是万里长征走完了第一步”。我知道，省级广电事业的发展，难点与重头在于电视。一方面，当时的电视是主流媒体之主力，风景这边独好，具有天然的竞争优势。另一方面，江苏电视事业的发展，正处在“瓶颈”状态，尤其是江苏卫视在激烈的竞争中处于被动位置，压力山大，与江苏在全国的地位不相适应。如何迅速改变这种状况？这是摆在我面前的当务之急和首要问题。

有位哲人说过，凡欲成就大事业者，必须进入两种状态——一是激动起来，二是沉静下去。我把这“一动一静”落实到行动之中：先是“走出去”，组织总台中层以上干部赴无锡、上海考察取经，虚心学习他们先进的节目制作和经营管理经验，正所谓“他山之石，可以攻玉”；接着“坐下来”，在台内召开看片会。如果说考察参观是常规的老办法，那么看片会则是开风气之先。

2001年7月11日，我凌晨5点起床，赶到台里还不到6点，而总台领导班子成员、相关中层干部和栏目制片人也都到了。在总台小演播厅里，一并排开七台电视机，大家集中收看央视一套和北京、上海、浙江、山东、湖南、凤凰六个卫视台的全天节目，边看边与江苏卫视的节目相对照。从清晨6点一刻开始，大家全神贯注地观看着不同的频道，时而记录，时而议论，完全沉浸在节目之中，吃饭也是在演播厅。

到深夜11点多，看片会整整持续了16个小时，但大家毫无倦意。许多人感慨地说，搞了那么多年的电视，还是第一次坐下来看那么长时间、那么多频道的节目。我们受到了启发、觅得了良方。我最后对大家说：“知己知彼，百战不殆。前几天我们走出去，今天我们坐下来，听了人家的经验介绍，看了人家的频道节目，我们不只是要看到人家的长处、自己的差距，更要与强者为伍，与一流比肩，拿出我们的新思路、新方案、新栏目，迎头赶上，更上层楼，开创江苏省级广电事业新局面。”

我的讲话赢得了大家的热烈掌声。从大家的掌声中，我听到了期待与信任，看到了目标与希望，得到了鼓励与力量。同时，我也十分冷静，我在努力思考省总台的发展方向和发展目标，寻找总台工作的着力点和突破口。

经过一段时间的调查研究和深入思考，我对省级广电事业的发展目标与工作思路有了一个基本的框架。经过总台领导班子反复研究，并在全台广泛征求意见，我在省属四大文化集团成立大会上正式提出了省广电总台的发展目标：在3—5年内，把江苏省级广电事业做大、做强、做优。

所谓做大，就是要实现传播手段的扩张，实行跨地区、跨行业、跨媒体的联合，打造江苏“媒体航母”，驶向全国，乃至进入国际信息大循环。

所谓做强，就是要实现广电资源的裂变，把频道、频率和网络等优质资产与先进的资本市场相结合，变单一的广告经营为多元的产业经营，提高创收能力和综合实力。省级广电的经营创收每年以20%的速度递增，五年内实现年创收8亿—10亿元，进入全国省级广电行业的“第一梯队”。

所谓做优，就是要实现节目品质的优化，多产精品力作，涌现一批各具特色、在省内外观众中有影响的名牌栏目，其收视收听率和覆盖率明显提高，影视获奖作品在全国同行中名列前茅。

目标是在黑暗中远征的灯塔。提出目标是领导者最主要的责任，但绝不是全部的责任。我把目标提出来了，但我的责任并没有就此完成，更大的责任在于推进目标的实现。借用一个成功人士的话来说：每一个目标，我都要它停留在我的眼前，从第一线曙光初现开始，一直保留，慢慢展开，直到整个大地一片光明。

目标确定了，接下来的将是行动——大刀阔斧的行动！

决策力与行动力

省广电总台的目标确定以后，应当怎么去干、怎样行动呢？

从那次16小时的看片会上，我们发现了江苏卫视存在的主要问题是没有特色与强项，却与其他卫视进行着同时段、同类型的节目竞争，即在央视新闻联播后的黄金时段，以电视剧对电视剧，综艺栏目对综艺栏目。这种针尖对麦芒的做法，明显缺乏优势。

这使我想起了田忌赛马的故事——

齐国的大将田忌常同齐威王进行跑马比赛。由于齐威王每个等级的马都比田忌强，故而每次比赛，田忌总是输给齐威王。为此，田忌十分郁闷，他把赛马失败的事告诉了好友孙膑。孙膑对田忌说：“下次赛马时，您照我说的办法派出马匹，一定会取胜的。”赛马这一天到了。第一局田忌派出了自己的下等马，对阵齐威王的上等马。结果可想而知，田忌输掉了第一局。齐威王十分得意。第二局，田忌派出了自己的上等马对阵齐威王的中等马。结果，田忌赢了第二局。第三局，田忌派出自己的中等马对阵齐威王的下等马，田忌又赢了第三局。三局两胜，田忌第一次在赛马比赛中战胜了齐威王。

这个故事告诉我们，竞赛、竞争不能硬拼，而要有策略，要会巧妙地排兵布阵，采取差异化竞争的方法。我受田忌赛马的启发，经过反复思考，提出了“避其锋芒，出奇制胜”的竞争策略，即在卫视黄金时段不播电视剧，而是每天自办一档大型栏目，栏目播出之后再接着播两集电视剧。

于是，我召集专题研讨会。会上，大家发表自己的看法，大致赞同我的想法。那好，说干就干。我随即组织栏目策划，集中多方意见，最终确定，每晚黄金时段在江苏卫视播出一档大型益智类系列节目，时长90分钟，总栏目名称就叫《天天90分》，实行统一定位、统一包装、统一长度、统一播出时段、统一宣传推广、统一考核标准。在“六个统一”的前提下，每天的分栏目可采用不同内容、不同形式、不同主持人，以彰显各自的个性与特色。

这是史无前例的超大型栏目群，要真正实施起来，成本高，难度大，风险也大。许多人担心，凭省广电总台现有的人力、物力和财力，能否撑得起这档高成本、高风险的栏目？但是，我看准的事情，困难再大、风险再大，也非干不可！我坚定地说，难度就是高度。有高度才能独领风骚，才能占据竞争优势，才能打开新局面。

虽然决心已定，但如何实施、如何推进，确实是摆在我面前的一道难题。难题不是拦路虎，办法总比困难多。我又一次想到省有线台依靠新机制实行突破、走向成功的经验，对！把新栏目放到新机制中去，用新机制催生新栏目。这个机制就是竞争机制，就是面向全国公开招标、公开竞标。

招标方案既出，反响强烈，投标踊跃。一个月之内，共收到31个组的42份标书和栏目方案。台里成立了评审小组，我任组长，成员由台内外资深编导和专家组成。经初评有12个竞标方案入围。紧接着，在电视台小演播厅进行面试答辩，让竞标者从幕后走到了台前，也让主创人员有了更多展示自我、阐述创意的机会。答辩分主创人员介绍、文案台本的阐述、领导专家提问三个环节。12支队伍经过抽签轮番上阵，评审组以无记名投票方式，最终6支队伍胜出。

主持人的挑选也采取了公开招聘的办法，摒弃以前论资排辈的做法。总台决定，《天天90分》每档节目必须有一个本台主持人，一个面向社会招聘的主持人，既要有名主持人也要有新面孔。最终，经过层层选拔，各栏目的主持人人选确定下来了。他们中既有红极全国的名嘴主持，也有活跃在江苏荧屏的当红主持，如外请的窦文涛、戴军、李静、胡可、黄安、毛威、安虎，以及本台的张践、陈怡、周舟、王霞、庞晔等。

经过较长时间的精心策划和充分准备，从2001年9月9日开始，省广电总台在江苏卫视频道晚间黄金时间推出的《天天90分》栏目，与全国观众见面了。这是国内首家"航母级"益智类综艺栏目，每天一档，时长一个半小时，贯穿全年，每年总时长将达到500多个小时。我们举全台之力，借三地两岸资深电视人之长，电视精英团队全力出击，一线当红明星、主持人云集的豪华阵容，为观众带来了全新的、超大型栏目群：周一《女人百分百》，周二《今天大不同》，周三《老少一点通》，周四《青春大碰撞》，周五《欢乐伊甸园》，周六《夺标800》。

《天天90分》一燃即旺，一炮打响，迅即在业内外、省内外引起强烈反响，形成舆论热点和收视热点。有专家用四个字来评价这个栏目群：

"先"——开全国电视界之先河，最早在晚间黄金档用自制栏目替代电视连续剧，进行有差别的电视竞争；

"新"——以创新取胜，抢先推出益智类综艺栏目，而且在栏目定位、栏目内容、栏目形式以及栏目机制上，进行全方位创新；

"大"——栏目规模大，堪称电视栏目的"巨无霸"和"联合舰队"，是江苏电视台历史上规模最大、时长最长的自制栏目；

"好"——这档栏目收视率、美誉度好于同时段，好于电视剧，而且稳步持续攀升，取得了良好的社会效益和经济效益。

《天天90分》既是天天"90分"的长度，更是天天"90分"的好评。这个栏目群，彻底改变了江苏卫视的形象和被动局面，在众多卫视中脱颖而出，占据优势，大大提高了江苏卫视的影响力和竞争力。

《天天90分》的成功，使我进一步认识到决策力与行动力对于实现目标的重要性。博恩·崔西是美国首屈一指的个人成长学权威人士，在成功学、潜能开发、销售策略及个人实力发挥等各方面拥有独树一帜的心得，他曾说："要达成伟大的成就，最重要的秘诀在于确定你的目标，然后开始干，采取行动，朝着目标前进。"

这实际上讲的是决策力和行动力。要成就一项事业，既要有高超的决策力，又要有强大的行动力。决策力就是作出决定或选择的能力，是通过分析、比较，在若干种选择的方案中选定最优方案的过程。从发展事业的角度来说，决策就是管理，管理就是决策。决策力是领导者维持事业发展必须具备的素质与能力。但是仅仅具有决策力还是不够的，必须通过有力的举措推进决策的执行，即行动力。只有强有力的行动，才能使正确的决策真正落地，收到成效，取得成功。

我不太赞成将行动力说成是执行力。因为一讲到执行力，就以为决策是领导者、管理者的事，决策的执行则是下属和员工的事。依我的经验，决策力与行动力是紧密相连的，是相辅相成的。一个优秀的领导者、管理者，必须同时具备决策力与行动力，也就是说，当你作出正确的决策之后，必须强有力地推进决策的执行，即带着大家去采取行动，带头动手去干！

《南京零距离》横空出世

目标犹如山峰，一个个耸立在前进的道路上。翻过一座山峰，达到一个目标，然后马不停蹄地确定下一个目标，再向新的山峰攀登。这是精英团队的事业模式，也是奋斗人生的成功要诀。

江苏卫视推出《天天90分》一举成功，不仅获得了丰硕的美誉度和收视率，而且广告经营业绩持续上升，基本上扭转了被动局面，在全国卫视中的座次迅即前移，在江苏的"老大"地位得以恢复。为此，我踌躇满志，立即酝酿新的发展之策，寻找下一个目标。

就在这时，全省市级电视台尤其是南京电视台面对省广电总台的强劲发展势头，深感"压力山大"，暗暗酝酿应对之策。这本来应该是件好事，竞争促发展、压力变动力嘛。可是，当时南京电视台采取了一项"非常"举措——掐断了省广电总台综艺频道在南京市有线网的传输。这无疑是对总台的致命一击。因为总台成立后，有线台无线台合并，一共是四个频道，即卫视频道、城市频道、综艺频道和影视频道。而原省有线电视台的综艺频道，是总台成立后广告创收的主力军。如果综艺频道在南京市落不了地，总台的经营创收将受到重创。

我意识到了问题的极端严重性，心里十分焦急，只好直接打电话给南京电视台台长进行交涉，但整整一个上午，要么关机，要么无人接听。下午，我便派人直接到南京电视台去与他们协商，而得到的回复是，台长不在台里。平心而论，屁股指挥脑袋，南京电视台的做法也是为了维护本台的利益，台长也是在各方压力下做出的决定。

无奈之下，我便带着人去找省广电厅厅长，他到任不久，曾在南京市工作过。我向他汇报了有关情况，请求厅里出面协调，督促南京电视台按有关规定，尽快恢复总台综艺频道在南京市的传输播出。他一口答应，但几天过去了，南京电视台那边毫无动静。我们再去问厅长，他显得无能为力。我也理解他的难处，于是，我不得不进京向国家广电总局申诉。张海涛副局长接待了我。他听完汇报，当即表态，南京电视台的做法不妥，总局会要求南京电视台落实“一地一网，省市共用”的规划，确保省台各频道节目进入市网，否则将予以处罚。还没等我回到南京，台办公室主任就在电话里向我报告，南京市电视台已恢复总台综艺频道在南京有线网中的播出。

我松了一口气，一场“危机”终于得到化解。这件事再次引发了我对竞争的进一步思考。英国哲学家罗素说过，竞争一直是，甚至从人类起源起就是对大部分激烈活动的刺激物。印度小说家普列姆昌德也说，在人类生活中，竞争心是具有重大意义的东西。我也深刻地认识到，江苏广电事业的发展，要摆脱被动局面，就必须积极地面对和参与竞争。

当然，这种竞争应当是有规则的、有序的竞争。竞争可能是建设性的，也可以是破坏性的。只要坚持建设性的竞争，就能转危为机，就能促进事业的发展，就能取得双赢。这对省台是这样，对市台也是这样。因而，在这场意外的

“危机”化解后，我仍然怀有很强的危机感，保持着强烈的竞争意识，用竞争去推动总台事业的进一步发展。

我清楚地知道，虽然省广电总台经过一系列的改革、推出一系列的栏目，又重新坐上了全省老大的位置，但还存在着许多薄弱环节。比如总台的城市频道在节目制作和广告经营上一直上不去，与同城的南京电视台差距较大。于是，我对南京电视台作了深入分析，觉得他们的主要强项在于新闻栏目，新闻采访编辑队伍的力量强，而且他们占据天时地利，对南京地面熟，与老百姓离得近，做出来的新闻接地气，受到市民欢迎。而总台城市频道做的新闻，上不如中央台的重大性，下不如南京台的接地气，架在中间有些尴尬，尤其在南京地区缺乏竞争力和影响力。

为了扭转这种不利的被动局面，我想在城市频道做一档新闻栏目，专门针对南京观众的，说穿了，就是“以子之矛，攻子之盾”——向南京电视台学习，与南京电视台竞争。我把这个想法与时任城市频道总监景志刚说了，他非常赞同。我俩一拍即合，立即组织人马进行策划，拿出方案。景志刚是省电视台年轻的“老人”，有想法、有经验，也有很强的执行力。三天后，他就拿出了一个新闻栏目的方案。我看了这个方案，有一定的基础，但觉得太常规化了，缺乏创新与突破。我说，马上召开一个小范围的座谈会，对这个方案进行讨论。

在别人眼里，我是一个很强势的人，喜欢个人说了算。其实不然。我一直认为，民主是个好东西。我的所谓民主，就是听取各方面的意见。每当我有一个新的想法，想做一件新的事情，我一定会搞些调研，或者召开座谈会，让大家畅所欲言，发表意见。老实说，我并不是一个特别聪明的人，也不是一个很专业的干部，而我的本事就是，能从别人的意见中提取有价值的东西为我所用。

参加座谈会的人不多，都是台里年轻的新闻骨干。会议直奔主题，各抒己见，提出了许多有见地的想法与点子。这个时候，我的脑子转得特别快，既能很快辨别出这些发言中哪些有闪光点、有操作性，同时又能触发出我许多新的想法。

我综合大家的意见，明确指出，新栏目就是瞄准南京，做南京新闻，以南京电视台的新闻栏目为竞争对象，以南京市民为第一收视群体，抢占南京新闻地盘，做出权威，做出影响，做出品牌。同时提出，这次做的新闻栏目，要突出“民生”两字，做民生新闻，做老百姓自己的栏目，将镜头始终对准南京市民，反映他们的衣食住行和喜怒哀乐，表达他们的诉求，并为他们服务，为他们解决问题。

我还要求，栏目形式要大胆创新，做“大新闻、快新闻”，每档栏目时长一小时，增加信息容量，扩大报道面，并采用直播的方式，将报道“新近发生的事实”变为报道“正在发生的事实”，让观众第一时间了解身边发生的新闻事件，打破传统新闻的“时差”，顺应新闻发展的最新律动。

有人提出，新栏目能否做批评性报道？我明确表示，不仅要做，而且要多做、做好，充分发挥新闻媒体的舆论监督职能，激浊扬清、扶正祛邪，为人民群众鼓与呼。我又特别指出，新栏目一定要在新闻题材、栏目版块和播报方式上有所突破，变“播新闻”为“说新闻”，以平等的视角与口吻，拉近与观众的距离，提高栏目的亲和力和信任度。

最后我强调：“总而言之，我们要做一档与南京没有距离、与观众没有距离，与南京电视台短兵相接的新闻栏目，用现在一个新词，叫作零距离。”

有人接着说，这个栏目就叫《南京零距离》吧。

好！我拍案叫绝道："就这么定了——《南京零距离》！"

以往的新闻栏目，一般都是录播的，普遍采用播音员播报的方式。而《南京零距离》要改变这种方式，实行演播厅与新闻现场的同步直播，并由主持人说新闻、评新闻。这是一个很大的转变。这就要求主持人除了具有一定的播音基础和经验外，还要有一定的评论水平和迅捷的反应能力，同时还要善于沟通，具有亲和力和公信力。虽然总台的新闻播音员不少，有的相当优秀，但要选一个新闻栏目的主持人，而且又是一个小时的直播栏目，那是十分困难的。

景志刚他们在全台反复挑选，最后推荐了几位候选人让我选定，我都不甚满意，叫他们在更广的范围内物色。时间一天天过去，他们毫无动静。我催了几次，他们总是说还未找到合适人选。

有一次，景志刚到我办公室汇报栏目筹备情况，告诉我总体进展顺利，但对主持人挑选之事只字未提，我急了，便说："你汇报了半天，就是不谈主持人的事。没有主持人，其他准备工作做得再好、再充分也是白搭。"

景志刚为难地说："我们一直在物色，但还没有找到一个非常合适的人选。"

我说："要解放思想，不要局限在播音员中选，可以扩大视野嘛！"

听我这么一说，景志刚立即附和道："我们也是这样想的，所以也在记者中物色了一下。"

"那有没有物色到呢?" 我问。

"有倒是有一个，但不是非常合适，所以也就不敢向你汇报。"

我说："什么叫非常合适呢？合适就行。"

景志刚这才摊牌："他是个光头。"

"光头？"我颇为惊讶，"那绝对不行！"

景志刚惋惜道："只是觉得这个人其他条件还不错，弃之可惜。"

我追问："其他条件？什么条件能把这光头盖住？"

景志刚认真地说："这个人是个很好的记者，南京人，又长期跑南京，对南京情况非常熟悉，而且既能说会道，又很有思想。"

我顿时有了兴趣："很有思想？是不是聪明的脑袋不长毛？"

景志刚连连点头："是的是的，这个人真是蛮聪明的。"

我只好说："既然你们如此看中这个人，就让他试个镜吧！"

第二天上午一上班，景志刚就拿着片子到我办公室，说："章台，昨天晚上我们加了个班，让这个光头用说新闻的形式做了一条新闻，还让他即兴点评了一下。"

我急切地坐到沙发上看片子，还没等看完，就霍地站起来："定了，定吧，就这个光头了！"这个光头就是孟非。当时我并不认识他。

我做事的主要经验，或者说主要套路，就是发现人才、重用人才。为了确保这档全新的新闻栏目一举成功，我点兵点将，让景志刚挂帅，并在全台抽调骨干力量组成精干班子。两位栏目制片人均为新闻专业研究生，年轻有为，富有新闻采编经验。所有采编制作人员的平均年龄仅为25岁，但他们在各自岗位上摸爬滚打，得到了锻炼，有一股子闯劲和韧劲。主持人除孟非外，又选拔了一位靓丽活泼的天气预报主持人小乐，还配备了多位新闻现场的出镜记者，阵容颇为强大。

一元复始，万象更新。2002年元旦，省广电总台又给广大观众送上了一份新年贺礼——《南京零距离》。这档每晚60分钟的大型直播类新闻资讯栏目，经过前期精心组织策划、倾力打造，在总台城市频道全新推出，闪亮登场。它以南京城市为定位，以南京市民为收视服务对象，在风格定位、播出方式、时长和密度上与以往新闻栏目完全不同，以最大的信息容量、最直接的贴近互动、最佳最长的播出时段、最好的制作方式，给南京市民以全新的感受和切身的服务，并影响和改变他们的收视体验，再造城市频道新亮点、新形象。

《南京零距离》横空出世，让南京观众眼前一亮：演播厅简洁明亮，犹如城市客厅，洋溢着现代都市气息，给人以新潮而又不失温馨的感觉；孟非的主持一改新闻播报的一贯面孔与腔调，说新闻、聊家常、评时事，平等互动、自然大方，一下子拉近了与观众的距离，极具亲和力；栏目直播过程中不时切入现场采访、现场点评，不仅时效性强，而且让观众身临其境、真实可信；除了时政要闻，大量报道社会新闻、民生新闻，尤其是增加了生活资讯，如水、电、天气、商情和投资理财、专家荐股等，热诚为市民观众服务；现场开通投诉热线，由权威人士或职能部门给予答复或解决。

《南京零距离》一经推出，迅即引爆南京荧屏。当夜，很多热心观众打来电话，对总台城市频道开办这个栏目给予充分肯定和殷切期待。电话中，有的观众说，《南京零距离》无论从报道内容还是主持风格上都给人耳目一新的感觉。有的说，一个钟头的节目既有社会新闻、时政要闻，又有生活信息、财经资讯、市民投诉，内容贴近生活，确实是南京市民的电视晚报。有的观众说，最大的看点是在节目中采用开放式直播投诉这一方式，让我们老百姓有了在电视里说话的机会。

本来，一档新栏目的推出，总会引起各方评头品足，甚至“同行必妒”，而《南京零距离》则不然，业内人员极大关注，有的媒体还组织集体收看，对其节目的内容、形式、风格等都做了详细分析，给予高度评价。

我始终相信，民主是个好东西，竞争也是一个好东西。通过民主获得好主意，再用好主意来参与竞争、克敌制胜。我怀揣着这两件好东西，在视听界开疆拓土，从成功走向成功，从胜利走向胜利！

化解危机

在我国众多的刊物中，《人民日报》和《群众》杂志是中共中央在新中国成立之前就主办的机关新闻刊物，且都由毛泽东题写报刊名。顾名思义，一张是办给人民看的报纸，一份是办给群众看的杂志。

其实，新闻报刊也好，广播电视也好，都是大众传媒，都应当是办给老百姓看的、听的。但也有一些新闻单位主办的新闻栏目出现了一个误区，似乎是办给领导看的，以领导的好恶来决定新闻的内容，使新闻栏目和新闻报道与老百姓拉开了距离，失去了大众传媒和新闻宣传的应有功能和效果。

针对这种现象，我有意要办一个老百姓自己的新闻栏目。这正是开办《南京零距离》的初衷之一。《南京零距离》实际上是与南京市民零距离。栏目开播之初，我们就陆续推出了《2001年南京十大新闻评选揭晓》《民工兄弟，你怎么了？》《超市净菜竟如此保鲜》《金鲍银翅发生重大火灾》《狠心丈夫抠妻眼珠》《老教授状告120》《黑中巴何以如此猖狂》等一系列报道，引起了观众强烈反响，真正实现了与南京市民的“零距离”——

年终岁末，拖欠民工工资的问题十分突出，被拖欠工资的民工爬上高塔，索讨工资的事件屡屡发生。记者历时二十多天的时间，找到爬塔的民工，并走进南湖某工地的工棚，与二十多位四川民工同吃、同住了十多天，拍摄到民工的艰苦生活，并掌握了黑心老板拖欠民工工资的第一手资料，制作了三集系列报道《民工兄弟，你怎么了？》。由于采访深入、画面真实，所反映的事情又带有一定的普遍性，一经播出便引起了较大的社会反响。许多市民朋友打来电话，对民工的遭遇表示同情，呼吁有关部门切实保护民工的合法权益，有的市民还主动捐钱捐物，为民工们提供工作岗位。

为了拍摄雨花台公交站上黑中巴野蛮拉客、殴打公交车司机的猖狂举动，《南京零距离》记者顶着雪后的寒风，爬上公交站的楼顶等候了二十几个小时，手脚都冻僵了，终于拍摄到了真实的画面。同时，记者克服重重阻力，先后十多次乘坐黑中巴，与车主面对面交锋，取得了黑中巴车主打人、倒客、非法经营的第一手资料，制作了四集连续报道《黑中巴何以如此猖狂》，引起了公安、客管、公交部门的高度重视。

《南京零距离》记者在接受市民投诉并进行深入采访的过程中，常常由于被曝光单位的不理解、不支持，遭到粗暴的阻挠，使正常的采访工作难以进行。但《南京零距离》的记者并没有因此却步，他们本着“架桥”而不是“砌墙”的职业态度，以极大的宽容，与被采访对象进行协调，促成事情向好的方面转化。例如，记者在拍摄“我们的救济金咋领不到”的新闻时，被投诉单位南京某零件厂领导不配合记者的采访，甚至对记者动起了粗，将记者按倒在沙发上，并限制记者人身自由达两个多小时，后在栖霞警方的配合下记者才得以脱身。后来，该厂领导认识到了自己的错误，不仅对粗暴对待记者一事作了反省，而且对记者采访积极配合，并迅速解决了10多名下岗女工的失业救济金问题。

像这样的例子，在记者的采访中是家常便饭。而《南京零距离》的记者从来不是把问题反映出来就万事大吉，而是化阻力为动力，努力在政府和百姓之间架设一座沟通的桥梁，促成问题的解决。记者在拍摄“流动公厕缘何成了摆设”节目时，遭到了新华书店个别工作人员的粗暴对待，记者忍辱负重进行采访，诚恳态度和敬业精神终于打动了被采访单位，原本处于矛盾对立面的两家单位——南京市容管理部门和新华书店领导在《南京零距离》记者的劝说下坐到了一起，共同商讨，最后圆满解决了问题。

短短几个月的时间，《南京零距离》名声大振，如火如荼。开播3个月后，绝对收视率高达10.3%，平均收视率7.0%左右，其收视率一下子超过了电视剧和综艺栏目，创造了新闻栏目收视的“奇迹”和“神话”。总台城市频道因此迅速扭转颓势，一跃成为强势频道。

更为可喜的是，《南京零距离》在老百姓中口碑极佳、信誉度极高。他们把《南京零距离》当作自己的新闻、自己的栏目，有了新闻线索便主动提供给记者，遇到难事就找上门来，记者出去采访总有人给予方便和帮助，出租车司机一听说是《南京零距离》的记者，便免费把记者送到采访地，有时还等候在那里，等采访完后再把记者送回台里。

《南京零距离》火了！

为什么会如此火呢？有人说，是因为栏目的形式新；也有人说，是因为栏目的信息量大；更多的人说，是因为孟非主持得好。这都对。而我认为，《南京零距离》的成功，关键在于内容，在于栏目内容的真实性、接近性，而这种真实性与接近性又集中体现在一种平民化的人文关怀。它关注普通人的命运，关注老百姓的生存状态；它将报道重点从“领导新闻”转向“平民新闻”，从“机关新闻”转向“社区新闻”，即便是涉及领导机关的新闻，也是从与老百姓利益有关的角度去选择、去报道；它强化了新闻的服务功能，向观众提供了大量包括政策服务、信息服务在内的服务性新闻。

中国的老百姓最为朴实。你为他们说话，你为他们办事，他们就说你好，就拥护你、支持你——老百姓最会识你的好，这就是《南京零距离》红火的主要原因！

在《南京零距离》最为红火的时候，我隐约感到有些担忧。我担忧，栏目的信息源会不会枯竭？我担忧，观众对栏目的新鲜感会不会衰退？我担忧，编辑记者的工作热情会不会持续下去？然而，我担忧的事情没有出现，没有担忧的事情却来了。

一天中午，总台办公室给我送来省委办公厅转来的函件，我拆开一看，是打印好的厚厚一沓材料，首页上的黑体标题赫然可见：《南京零距离》对南京市的批评报道目录。上面还有两条批示，第一条是：“转彦申同志。回良玉。”第二条是：“请剑华阅。任彦申。”回良玉时任江苏省委书记，任彦申时任江苏省委副书记兼宣传部部长。我急切地翻阅着这份材料，不禁一震，竟是《南京零距离》近一个月的新闻报道题目，并逐条注明了具体批评的对象与内容。材料最后还提出两条意见：“一是作为省台不能专门报道南京市的新闻；二是《南京零距离》几乎都是批评报道，对南京市的工作与稳定不利，应立即调整或撤掉。”

看着这份材料，我气愤极了，但理智告诉我要冷静，我细细琢磨领导的批示。我曾长期担任省主要领导的秘书，对领导批示的口径有所理解与把握。我分析，回书记的批示并没有提具体意见，只是让分管领导知道一下这个情况。而任书记的批示是让我阅知，而不是阅处，更没有要求作出说明和整改。

冷静分析后，我觉得问题并不是十分严重，但必须引起重视。于是，我立即把城市频道总监景志刚找来，把材料给他看了。看毕，景志刚不屑道："完全是扯淡。我们的栏目，不全是南京新闻，更不都是批评报道。"我说："话是这么说，但省领导不一定了解情况。你们赶紧把近几个月来《南京零距离》的新闻报道作一个详细分析，分一分类，有多少是全省性新闻，有多少是南京新闻。在南京新闻当中，时政类新闻是多少，服务类报道是多少，投诉类消息是多少，批评性新闻是多少，要具体一点。"

很快，景志刚就把《南京零距离》近几个月的新闻报道内容分类统计交给了我。大致情况是这样的：南京新闻占70%。南京新闻中，服务类占50%以上，投诉类35%，批评类不到15%。我立即让办公室整理了汇报材料，赶在当天下班前派人送给了任彦申书记。

材料送走后，我的心里还是忐忑不安。几天过去了，任书记一直没有回复。这让我愈发紧张和担忧。我拿不定主意，不知道《南京零距离》要不要整改？甚至开始怀疑"红旗能打多久"？到了第五天，我实在忍不住了，就硬着头皮给任书记打了电话。我说："任书记，我们上报的关于《南京零距离》的汇报材料不知您看到没有？您有没有具体的意见和要求？" 任书记说："你们的材料送过来我就看了，没什么意见。" 我一下子放松了许多，但还是追问道："我们要不要整改一下？" 任书记回答说："这几天我特地连续几天重点看了看你们的这个栏目，这样做新闻也是一种做法，应该没有什么大问题。”

挂了电话，我心里的一块石头落地了。我很感激省领导对《南京零距离》的认可与理解。认可就是肯定，理解就是支持。但我并没有因领导没有追究而沾沾自喜，也没有去追究这份告状材料是谁写的，而是进行了自我反思。我暗自感觉到，任书记说没什么大问题，并不是说一点问题也没有，起码还是有改进的地方；告状材料也不是完全没有道理，作为省台的新闻栏目，全省性新闻的比例应当提高，批评性报道也要作些改进，应再增加服务类的民生新闻。于是，我们对《南京零距离》作了微调，使栏目更加成熟、更具亲和力。

《南京零距离》的一场危机终于化解了。经过这次危机风波，我更加坚定地认识到，老百姓识我们的好，我们更要识老百姓的好，更要把《南京零距离》办好。为了让这个栏目长期办下去，不至于中途夭折，我如履薄冰，对《南京零距离》严加把关，逐条审核，不敢有丝毫的懈怠与疏忽。

即便这样，《南京零距离》的危机是不是真的化解了呢？

人生之路上难免“触雷”

稻盛和夫曾把人生比作一片地雷阵，我们穿行其间，多多少少会触及各种地雷。当我们触雷时，如何反省才是关键所在。乔布斯也曾说过：“三十三年来，我几乎每天都会反思，是它帮我战胜了自己的本能。我这一生，无论是公司屡遭危机，还是被驱逐出董事会，都没有沉沦抱怨，而是不断地反观自身、寻找原因。”这种反省的习惯，在很大程度上成就了乔布斯。

这世上每个人都会“触雷”，都会遇上这个挫折那个困难，都会存在自身的问题，但每个人都拥有自我修正的能力和机会。真正对事业、对自己负责的人，往往会在经历中认识自己，在反省中成就自己。只有懂得反省的人，才会拥有自我更新的能力。当你经过反省，并将其化为自己的经验，融合进人生的阅历之中，你便成了更好的自己。

《南京零距离》风波过去之后，我一直在反省、在思考、在总结。我意识到，作为省广电总台，不能把眼睛仅仅盯在南京新闻和民生新闻上，而应当着眼于全省，放眼于全国，在重大新闻宣传上打起旗帜，充分发挥主渠道、主功能的作用。因而，在总台成立一周年之际，我回过来抓江苏卫视新闻，要求总台新闻中心对卫视《江苏新闻》进行全面改版，做到“三个适应”：适应江苏卫视新闻主频道的定位，当好党和人民的喉舌；适应形势发展的需要，展示江苏文化大省、经济大省的新形象；适应宣传工作的新要求，营造健康向上的社会舆论氛围。

新闻中心立即行动起来，戴听祥主任带领全体工作人员用二十多天的时间，进行前期策划，制定改版方案，并在台里相关部门的配合下，做了五次样片。每做一次样片，我都与有关人员进行充分讨论，提出修改完善的意见，最后确定：改版后的《江苏新闻》更名为《江苏新时空》，长度由30分钟加长到60分钟，内容由时政新闻扩充到社会新闻和生活资讯，形式由新闻播报改为新闻主持，并实行全新的栏目包装。同时决定，向全国招聘新闻主持人。

2002年7月22日晚上7点30分，一档全新的大型电视新闻直播栏目《江苏新时空》在江苏卫视正式亮相。栏目以“分类集成、版块组合、相互勾连”的方式，强化了“大容量、快节奏、新包装”的整体效果；以总主持人总串及评点、新闻主播及资讯主持人轮流主持为主要形式，使栏目内容丰富又流畅贯通，一改新闻栏目的刻板形象，给人以全新的新闻传播体验。

在这档全新的新闻栏目中，观众看到了与江苏著名播音员贺笑搭档的一个新面孔，他就是从全国范围内选拔并聘用的广东电视台原新闻主播、全国十佳金话筒得主徐浩然，他自然灵活的主持风格成为栏目的一个亮点。细心的观众还发现，这位从外省招聘来的主持人，其长相居然与时任省长季允石十分相像，更有了一种亲切感。有人与我开玩笑说：“你选主持人还看省长脸色啊？”我只好笑而不答。

省广电总台的新闻改革又一次获得成功，《江苏新时空》好评如潮，不仅获得了观众的广泛赞誉，也得到了省领导的高度认可。时任省委副书记任彦申和省委常委、宣传部部长王国生分别批示，给予充分肯定和热情鼓励。

在推出《江苏新时空》的同时，我们又策划组织了一次大型新闻行动——“空中看江苏”，就是用飞机航拍江苏全境及各地风貌，从独特的视角观察江苏，反映改革开放以来江苏的巨大变化与成就。

当时没有无人机，必须动用飞机才能进行这样的新闻拍摄行动。我们打听到泰州春兰集团新近买了一架EC-135型商务直升机，就派人与陶建幸总裁联系，请求支持。陶总这次特别爽快，没提任何条件就一口答应下来，并确定直升机首飞之日，就是“空中看江苏”开机之时。

在经过一段时间的准备和培训之后，摄制组在扬州进行了首次航拍。航拍的难点是，摄像机必须在机舱外向下拍摄。我们在众多的摄像记者中选择了31岁的赵文华担负舱外拍摄任务。为了保证绝对安全，在他身上绑上了一根又一根安全带，简直就是五花大绑，然后被牢牢地固定在起落架上。飞机起飞和飞行过程中，赵文华扛着沉重的摄像机，被悬挂在机舱外，一面艰难拍摄，一面经受风吹日晒，有时长达两三个小时，其危险和辛苦程度可想而知。

这次大型新闻行动“空中看江苏”历时数月，新闻中心抽调大批得力记者，组成空中和地面8个摄制组，转战大江南北，使用了5个军用机场、2个民用机场和2个临时起降点，空中飞行98个小时、10000多公里，地面行程6000多公里，共拍摄了150多个小时的电视新闻素材和1000多张航拍照片。最后经过精心选择、精心剪辑，制作成18集大型新闻系列片，在党的十六大召开前夕，如期在《江苏新时空》栏目中陆续播出。

“哇，这就是我们的家乡啊！”许多观众们看后都惊呼道，“我们还是第一次看到了江苏的真容，实在太美丽、太新奇、太震撼了！”省领导对“空中看江苏”也特别肯定，认为这次新闻行动是江苏电视史上规模最大、资料最全、质量最高的新闻采访活动，让全省人民看到了一个崭新的江苏，全面展示了江苏山水风光、自然风貌和人文景观，充分反映了江苏改革开放以来现代化建设取得的巨大成就。这是对即将召开的党的十六大的最好献礼。

然而，就在全国人民喜迎党的十六大召开的热烈氛围中，江苏发生了一件令人震惊的事件：2002年9月14日凌晨，南京市江宁区汤山镇作厂中学和东湖丽岛工地附近部分学生和民工因食用了油条、烧饼、麻团等食物后陆续发生呕吐、吐血等中毒症状，许多人很快当场身亡，还有大批人躺倒在地、生命垂危……

中毒事件发生后，党中央、国务院领导高度重视，立即作出批示，要求采取紧急措施，尽最大努力抢救中毒人员，并迅速侦破案件。省市主要领导随即赶赴现场指挥抢救，并成立了现场指挥部。随后，公安部、卫生部派出工作组来南京协助工作。一场与死神争夺生命的战斗即刻打响。

事发地的汤山医院，仅有的30多张床位全部躺满中毒者，至上午7时，医院里的空地上也全部躺满了急需抢救的人。医生们只能迅速为中毒者做必要的检查和处理，然后立即送往南京市区各大医院。省人民医院、军区总医院等11家医院，投入最好的医生、最好的设备、最好的药品，与死神争夺生命。

事后查明，这是一起人为投毒案件。作案人陈正平在汤山镇经营菊红面食店期间，为琐事与该镇正武面食店业主陈宗武发生矛盾。陈正平见陈宗武面食店生意兴隆，遂怀恨在心，意图报复，便用“毒鼠强”投放到正武面食店的食品原料之中，由此造成严重中毒事件。

我台派出多路记者到事发地和各大医院进行采访。我坐镇新闻中心指挥采访工作，组织新闻稿件，亲自安排《江苏新时空》和《南京零距离》的相关报道。这是一起严重的突发事件，引起各方关注，如何报道事关重大。当天下午，南京市主要领导在百忙中直接给我打电话，希望我把握好报道口径。下午5点钟左右，王国生部长又赶到总台新闻中心，与我商量如何做好新闻报道。可见，领导对这一事件的报道何等重视，我也深知其分量。

下午5点多钟，现场记者的新闻稿件及时传到台里，把事发经过、组织抢救、领导重视等都详细地写了进去，只是伤亡人数还没有最后确定。我们焦急地等待着，因为这是人们最为关注的。直到节目开播前10分钟左右，记者才从指挥部得到消息：这次事件已造成40多人死亡、300多人中毒住院抢救。

有人提出，这个数字太大了，要不要报道出去？报出去会不会影响江苏和南京的形象？还特别提醒我，当心“触雷”。而我当机立断，坚持要如实报道。因为我知道，只有把真相及时告诉公众，才能稳定人心，才能阻止谣言满天飞。在场的王国生部长考虑一番后，同意了我的意见。最终，这条消息完整及时地在《江苏新时空》播报出去。

这一事件，在中央和省委的指导下得到处置。我们的新闻报道准确及时，社会与业界反映尚好，并没有造成负面影响。

一天，台里突然接到通知，让我赶赴徐州，省委书记回良玉要在那里找我谈话。我顿生疑惑：回书记为什么要找我？又为什么急着要我去徐州？我忐忑不安地坐车赶往徐州，到那里已是傍晚时分。原来，回良玉书记带着各市市委书记在徐州考察调研。晚饭时，回书记特地让我坐在他的旁边，还向市委书记们介绍了我。这时，我不安的心才有所平复。晚饭后，回书记热情地邀我到他的房间坐一坐，还亲自给我倒茶。我向回书记汇报了总台工作和新闻宣传计划。

回书记肯定了总台的工作，特别表扬了《江苏新时空》和“空中看江苏”新闻行动，并对下步做好迎接十六大召开的新闻报道提出了要求。谈话中，自然讲到了“汤山事件”的报道，回书记说：“你们这次报道总体是好的，只是有一点有些不妥，就是在报道伤亡人数时说，到目前为止，至少死亡了多少人、受伤了多少人，至少两字的说法，会不会让人觉得媒体有点幸灾乐祸，希望死伤的人越多越好？我觉得这个效果不太好。”我立即解释道：“这种提法是国内外新闻媒体报道突发事件伤亡人数的惯例，目的是为了报道的准确性和留有余地。”回书记点了点头说：“这也有道理，你们按新闻规律办事，我只是随便提一提。”回书记的一番话，让我深感他对新闻工作的重视，也感受到了他对新闻工作者的理解、宽容与大度。

说实话，领导越是重视、越是宽容，我的压力就越大，责任感就越强。回宁后，我立即分别召开领导班子和新闻中心会议，传达回良玉书记讲话精神，部署加强新闻宣传工作。

在西方，新闻与宣传是不能放在一起的，认为新闻是客观事实，宣传是主观意志。我不赞成这样的新闻观。我在复旦大学学习时，著名新闻学教授王中先生曾强调说，无论是新闻还是宣传，都要把真相告诉人民。

我完全接受他的观点，认为新闻与宣传不是对立的，新闻有助于宣传，宣传借助于新闻，都要及时地把事实真相告诉公众。这种真相，既有正面的，包括经验与成就，如“空中看江苏”的主题报道；也有负面的，包括问题和突发事件，如汤山投毒事件的报道等，都要做出及时、客观、全面的报道，以满足人民群众的知情权，有效地引导舆论。

新闻报道必须把事实真相及时告诉公众。

这就是我的新闻观。我也一直按照这样的原则抓好全台的新闻宣传工作，坚持把握正确的舆论导向，营造良好的新闻舆论氛围。

金庸先生给我一封信

省广电总台在成立一年多的时间里，靠竞争杀出了一路血路——采取集中优势兵力的方法，主要打了“综艺”和“新闻”两大战役，在激烈的电视竞争中取得骄人战绩。

在此基础上，我注意运用“弹钢琴”工作法，力戒胡子眉毛一把抓，在抓好重点工作的同时，统筹兼顾，全面出击，弹好总台工作的“协奏曲”，积极寻找新的机会，争取新的突破。

那时，中央电视台的全国青年歌手电视大奖赛红遍全国，非常吸引眼球，成为央视文艺节目的一大品牌，也是各省级电视台在央视展示本省形象的一个重要平台。我省号称文化大省，但在这个平台上一直战绩平平，无论是省里领导还是普通百姓都觉得没有面子，不甚满意。当第十届青歌赛举办时，大型活动部主任张红生来请示我，这次要不要去争一争？我说当然要争，而且要铆足劲去争，为江苏人争回脸面。

领了任务的张红生和负责此项工作的郁洲萍立即行动起来，广泛动员，认真组织，积极备战。经过多轮选拔，南京艺术学院的雪人组合和南京军区的迷彩组合脱颖而出。这两组实力相当，难分伯仲。究竟确定哪一组作为专业团体组代表江苏参赛呢？张红生他们为难了，便请来专家，并再三请求我在演播厅观看两组的演出，进行最后的评选。

看完两组的歌唱表演，专家们进行了讨论，指出各自的优劣之处。最后张红生让我发表意见。我说，我没有意见，只有一个建议，今天先不确定，让两组继续努力备战。张红生急了，离比赛只有半个多月了，时间紧迫，必须尽快确定下来。我说，不急，等我出国访问回来再定。张红生更急了，你出访要十多天，回来就晚了。我坚持道，一点不晚，这十多天正是给这两个组做最后的冲刺。

第二天，我便随江苏文化代表团出访日本与美国。这次出访与两国媒体界进行了广泛的交流，大开眼界，还分别与日本、美国的两个电视台签订了合作协议，收获颇丰。

虽然只有十多天的时间，但我总是牵挂着台里的工作，归心似箭。

出访结束后从美国返回，我们一行人顺利登机，飞机准时起飞，但飞到太平洋上空时，广播里突然告诉大家，飞机上的一个发动机出了故障，必须实施抛油后立即返航。飞机上的所有人都傻眼了，先是议论纷纷，后是一片沉默。我与大家一样心情沉重，默默地看着窗外从飞机一侧不断向空中喷出的一条“白色油龙”。不一会儿，机上的油抛完了，开始返航。

大家屏住呼吸，谁也不说一句话。终于在二十多分钟后，飞机安全着陆在原来的机场上。

经过这么一折腾，我们一行推迟了一天回到南京。这可把张红生急坏了，他在机场等候着我，我一下飞机，就立即把我直接拉到了电视台演播厅，看两组的表演。看完后，我说两组都有很大的进步。张红生说，虽然两组都不错，但南艺的雪人组合更专业些，我们的意见，这次还是让雪人组合上吧。

我反问道，前几次比赛雪人组合为什么没有夺冠呢？张红生答，可能是特色不够明显。我说，比赛既看专业水平高不高，也看演唱有没有特色。有特色会让人眼前一亮，容易加分。我看迷彩组合就有特色。我这么一说，张红生觉得有道理，便说，那就让迷彩组合上吧，雪人组合参加其他奖项的比赛。

果然，在十届青歌赛上，迷彩组合获得金奖，雪人组合表现同样出色，也获得了各种奖项。江苏广电总台参赛队以总分584.96分的优异成绩，获得了团体总分第一名。这是自1984年青歌赛举办以来，江苏参赛队第一次夺得团体冠军，也是第一次由北京以外的参赛队获得冠军。

喜事连连，好事成双。青歌赛后，省广电总台全额投资的电视剧《天龙八部》开机在即。说到这部电视剧，还得从头说起——

省广电总台成立之时，我们向金庸先生发出邀请，请他来南京担任“新世纪江苏人新形象”电视辩论大赛决赛的评委团主席。对此，我们并不敢抱多大希望。也许是金庸先生眷恋江南的小桥流水，也许是蛰伏已久的大侠愿意到江湖上走动走动，金庸先生竟欣然应允了。

我在玄武饭店接待了金庸先生，并与他共进晚餐，近距离感受这位巍巍学者、谦谦长者的独特魅力与风范。我们边吃边聊，趁他兴致上来时，我向他提出两点请求：一是请他担任江苏广电总台的高级顾问，二是购买《天龙八部》的版权，由我台组织改编并拍摄电视剧。金大侠不假思索道，顾问我可以当，版权得回去后协调一下。

在宁期间，金庸先生主持了电视辩论赛的评选，参加了我台举办的高级顾问聘任仪式。他离宁后不久，我就收到了金庸先生的亲笔来信。他在信中说：

> 前不久来宁，承蒙盛情接待，并予高级顾问之荣衔，谨表谢意，愿尽力为贵台服务。关于《天龙八部》拍摄电视剧一事，经协调，作为意向，你们可以派人过来与我助手具体洽谈。我向你推荐张纪中先生，他对我的作品特别熟悉，也有电视剧拍摄制作的丰富经验，若此项目确定，可请张纪中先生和他的团队担当拍摄制作任务，以保证该剧质量，争取拍成精品。请斟。顺颂贵台及你本人事业辉煌。

读完金庸先生的来信，我立马把李乃光找来商量，明确要求一切按金庸先生意见办，并派他随即带人找金庸先生的助手和张纪中先生面谈。李乃光当天赴京，谈得很顺利。《天龙八部》的版权费为50万元，我台再出资3000万，委托张纪中团队拍摄制作。在当时，50万元的版权费很低，而3000万元的投资却不小。我召开台长办公会讨论，拍板确定了这个项目。

经过半年多的筹备，担任制片人的张纪中和总导演周晓文率领《天龙八部》剧组的胡军、林志颖、汤镇宗、刘亦菲、刘涛、陈好、王璐瑶、谢雨欣等主演，来到《非常周末》直播现场，以特别的方式正式向外界掀开了“盖头”，上演了一出精彩纷呈的“天龙八部群英会”。两天后，剧组移师北京十渡开机，后又转战云南大理，在当地政府投资1.2亿元兴建的《天龙八部》外景基地拍摄。

几个月后，我台又在北京人民大会堂举行大型电视连续剧《国家公诉》开机新闻发布会。该剧是我省著名作家周梅森历时两年精心创作的作品，以某市发生的一场大火为切入点，在权与法、理与法、情与法的惊心动魄的较量中，成功塑造了以女检察官叶子菁等为代表的一大批优秀共产党员的形象。由斯琴高娃、高明等主演。这成为我台投资拍摄的又一部重头戏。

仅用一年不到的时间，40集《天龙八部》和35集《国家公诉》先后拍摄制作完成。播出后获得巨大成功，分别成为传统题材和现实题材的经典之作，而且，总台获得1个多亿的净利润，实现了社会效益与经济效益的双丰收。

遗憾的是，这两部电视剧播出时，作为倾注许多心血的决策者和参与者，我的名字在演职人员名单中却没有出现。个中原因，待后便知。

天有不测风云

人生在世，事业为重。一息尚存，绝不松劲。东风得势，时代更新，趁此时机，奋勇前进。

吴玉章先生的这段话正是我当年的写照。

省广电总台成立之后，恰逢我国改革开放和现代化建设的黄金时期，经济与社会快速发展，形势喜人也鼓舞人，全国上下呈现出与时俱进、开拓奋进、积极向上的高昂态势。2002年11月，党的十六大胜利召开，提出了全面建设小康社会，加快推进社会主义现代化，开创中国特色社会主义事业新局面的目标任务。

趁着这大好时代，我决心带领广电人大显身手、大干一场。

在广泛调研和充分论证的基础上，省总台提出了从“跨大步”到“上台阶”的全年目标任务。我向全台提出了“架文明之桥，极视听之娱”的理念和“敬人敬业，唯实唯精”的台训，努力实现总台事业和广电人的全面发展。

然而，天有不测风云，人有旦夕祸福。

2003年4月间，非典疫情在全国暴发。非典又称非典型性肺炎，为一种由SARS冠状病毒引起的急性呼吸道传染病。开始人们对此并不认识也毫无准备，后来随着疫情扩散和日益严重，形势十分严峻，引起社会恐慌。各地采取有力措施，严防死守，展开了一场抗击非典疫情的人民战争。

在这紧急关头，新闻宣传承担着及时报道疫情、正确引导舆情、稳定社会人心的重大责任。这段时间，我全身心地扑到新闻报道工作中，心无旁骛，不敢有丝毫懈怠，常常工作到深夜才回家。

有一天，我与往日一样很晚回家，住在隔壁的弟弟子华等着我回来，急切地告诉我，剑华，听说省委组织部在考察省广电总台台长人选，将有人来接替你的台长职务。我脑子里“轰”的一下，无意识地喃喃道，不会吧？不会的。子华却说，可能是真的，你要有个思想准备。

我毫无思想准备，一片茫然。踏进家门，我没有惊动家人，一个人坐到房间里，关上房门，过了很久，心情才慢慢平静下来。我反复分析着，弟弟是光大银行的行长，接触面比较广，他获得的信息往往比较准，没有一定的把握他不会随便与我说的。我又细细回想了近期的一些情况，的确有些迹象，忙时没有在意，现在琢磨起来似乎不对头。思来想去，这个消息并非空穴来风，可能确有其事。

我默默地坐了很久，心情一下子低落到了冰点，全身开始发冷发抖。这是从来没有在我身上发生过的现象。过了好长一段时间，我才缓过来，从来不写日记的我，坐到桌子前，展开一张纸，拿起笔颤巍巍地写着——

刚刚，子华告诉一个我万万也没有想到的消息。这是真的吗？不会是真的吧？我到总台工作还不到两年，其间我埋头工作，一心事业，没有休息一天，没有偷懒一刻，在大家的共同努力下，各项工作已经有了很大起色，总台出现了强劲的发展势头。可是，我怎么啦？我犯什么错误了吗？为什么要突然把我调走？我承认我有缺点和不足，但我没有犯什么错误呀！我一切的一切都是为了工作，为了总台发展得快一点、好一点。我真是这么想、这么做的啊。我怎么能离开呢？我有我的计划，我有我的雄心，我有我的追求。许多事情还没有真正去做，更没有做好啊！我怎么能就这样离开呢？

我在广电岗位整整十年了，我太爱广电了，广电太适合我了，我太不想走了，真的，我不想离开、不能离开啊！为什么要我走？是因为《南京零距离》吗？不会吧？这档民生类新闻节目是我们的独创，受到老百姓的普遍欢迎和好评，当然难免有些不足之处，但我们做了调整与改正呀！

那究竟什么原因要立即把我调离呢？我是不是真的要走呢？如果要我走，我要不要想想办法呢？但有什么办法呢？会有作用吗？我真的好无助、好难受啊！怎么办呢？怎么办呢？我有什么办法呢？……

我就这么胡乱地想着，胡乱地写着，一种从未有过的孤独感、失落感和无助感占据了我的全部身心。

那天，我一夜无眠。

我是一个农民的孩子

一夜无眠，我却毫无倦意。与往日一样，一早就去台里上班。我坐在车上默默地思考着：要不要找人去核实一下呢？有没有这个必要呢？

凭直觉，我已经有了基本的判断，调离省广电总台在所难免。我反复告诫自己，越是在这个时候，越要沉着，越要坚强，千万不能流露出不安与忧伤的情绪。

来到办公室，一切如常。我强作镇静，照常工作。也许是我敏感，也许是外界已有传闻，反正那天来找我处理事情的人显得有些异样，有的无话找话，有的欲言又止，我也不便多问。

直到下班前，新闻中心戴听祥主任匆匆而来，轻声问道，章台，听说你要调走，是真的吗？我说，听说了，但还不太清楚。戴主任说，外面传得有鼻子有眼的，看来不是空穴来风，你得抓紧做做工作。

做做工作？面对戴听祥的好心提醒，我犹豫不决。是的，我可以找人打探情况，也可以找熟悉的领导包括曾任省委书记的老领导韩培信、沈达人、陈焕友等，他们了解我、关心我、爱护我，他们肯定会帮我说话的，也肯定会起到一定的作用，但极强的自尊心让我不能这样去做。

还是听天由命吧，不！听从组织决定吧。

然而，连续几天没有动静。我继续上下班，不再作任何决策、提任何动议，只是认真仔细地批阅各种材料，严格审阅着所有新闻稿件。我边工作边等待着，也不时地幻想着——幻想着“奇迹”的出现。

这样的日子，我真不知道是光阴似箭，还是度日如年？

一周后的一天上午，我接到通知，让我立即去省委大楼，省领导找我谈话。我立刻放下手头的材料，心情反而十分镇定——

要来的总归要来的！

我这个人就是这样，每临大事、难事、麻烦事，开始时很是担心、很是害怕，往往烦躁不安、彻夜难眠，但真正遇上了，避不开了，反而会变得十分沉着，坦然去面对它、处理它。

站在省委大楼前，这里一切是多么的熟悉啊！我在这里工作了近十个年头，而如今如此陌生，如此望而却步！但我还是调整了一下自己的情绪，坦然地走了进去。

没有寒暄，没有沏茶。省领导以不可商量的语气对我说：“也许你已经知道了，我们考虑将你的工作岗位调动一下。”

我平静地说：“我知道，但也不应该算是知道，因为从来没有领导与我谈过我的工作调动问题，更没有征求过我的意见。而外面却传了一个多星期，我认为，应当以组织谈话为准。”

省领导说：“哦，是这样的，昨天省委常委会研究决定，你调任省文化厅厅长。”说完，省领导看着我，以为我会发表意见，而我一句话也没有说，既没表示愿意，也没表示不愿意，这让省领导出乎意料。

省领导看了看我，开始做我的思想工作：“这次调动是工作需要。你应该知道，你原来是事业单位负责人，现在是政府组成人员；原来是正厅级，现在是正厅长；原来是行政一把手，现在是党政一把手。所以，这次调动是对你的重用。”

为什么要重用？省领导没说，也没有对我在总台近两年的工作做丝毫的评价——肯定或指出问题。

没有感谢，没有抱怨。我超乎平静地说：“我到省广电总台任职不满两年，工作没有做好，没有成绩，不应该得到重用。我非常热爱广电事业，而一切才刚刚起步，我很想好好地干下去，但我完全服从组织决定。”

我停顿了一下继续说：“我是一个农民的孩子，没有任何家庭背景，主要靠组织的培养，也凭自己的努力，走上厅级领导岗位。我不管在什么岗位上都会努力工作，对得起人民，对得起组织。”

省领导没有想到我的表态如此干脆，如此政治正确，愣了一下，过了好长时间才说：“接替你的人选还没有确定，这段时间你继续做好台里的工作。”

我不置可否。省领导问：“你还有什么意见和想法吗？”

“没有。”我站起来说，“那我就回去了。”

没有握手，没有道别。我离开省委大楼，径直回到台里办公室。关上门，坐到办公桌前，我的情绪再也控制不住了，眼泪扑簌簌地掉下来……

欣慰与委屈

我原本以为，省领导正式谈话后就要立即进行交接工作了，因为这是惯例。而现在，接替我的人早就考察了，为什么不立即到位？决定把我调走了，为什么还要我在台里继续工作？

我感到有些蹊跷，也有些许欣慰——我还能在这个位置上多待几天。

培根说过，美德犹如名贵的香料，只有在经受焚烧或者碾压后，才能散发出更为浓郁的芳香。所以顺境最能暴露恶习，而逆境最能昭显美德。

我能不能在逆境中培养和保持美德呢？我不敢打包票，但我要尽力去做。所以，这段时间，我继续在台里上班，认真负责地维持正常的工作运转，主要做好新闻审稿和安全播出。我给自己定了三条：一是不作任何决策特别是不调整干部，二是不批一张发票，三是不主动找人谈话。

台里异常地平静，大家心照不宣。我以前一贯的做法是开门办公，任何人可以随时进出，但在省领导找我谈话后，我就关门办公了。我一边工作，一边整理，收拾各类文件材料和捆扎书籍。偶尔还是会幻想着：会不会夜长梦多，调动之事发生变化呢？

一天，台办公室主任刘旭东来我办公室，递给我一封信说，这是丁群给省委写的一封信，他让你看看是否有什么不当，听听你的意见。我接过信说，我先看看，待会儿再找你。

丁群何许人也？他是江苏电视台的老台长，江苏电视事业的奠基者和开拓者之一。在他的领导下，江苏电视台在全国省级电视台中名列前茅，他亲自撰稿并组织拍摄的纪录片《中山梦寻》等作品在业界和社会上赢得高度评价。他是省内首批高级记者，享受国务院津贴的专家，著有《陆兰秀传》《刘顺元传》等长篇专著。在任期间，他组织兴建江苏电视大厦，在全国省级台中首屈一指。他为人正直，管理严格，清正廉洁，在省里和业界具有崇高的威信。

我展开丁群老台长的信，一行行端正的文字映入我的眼帘：

我从江苏电视台台长的位置上退下多年了，从不过问台里的工作，但作为电视台的老人，一直关注着台里的情况与发展。我与章剑华同志隔了几任，虽见过几面，但不熟悉。近闻，他将调离广电总台。这个消息，大家都觉得有点突然。我的第一反应是，他是否犯了什么错误？为此，我特地到台里私下找些人问了问情况。

据了解，总台成立后，章剑华同志带领全台上下大刀阔斧进行改革，狠抓节目生产和节目质量，尤其是《江苏新时空》和《南京零距离》，形式新，信息量大，导向上把握得也是好的。总台管理严格，不该报销的发票坚决不报，刹住了以前长期存在的一些歪风邪气和不良做法。经营收入也大幅上升。总台成立前，省电视台已经有点揭不开锅了，而这两年大有改观，全台总经营收入将突破10亿大关。对于章剑华同志本人，大家对他反映也不错，说他是一个有魄力、有能力、肯做事的台长，而且有正义感，对自己的要求也很严格。当然，他也有缺点，个性比较强，处事比较生硬，还有些独断，谦虚谨慎不够。

我怕自己对剑华同志了解不全面，失之偏颇，但了解之后就比较有发言权了。我认为，省广电总台成立不久，剑华同志的任职时间也不长，现在总台正处在上升的良好势头上，台领导班子宜相对稳定，剑华同志还是不调离为好。所以，我作为电视台的一个老人，恳请省委对总台现况和剑华同志的工作作全面了解，该批评则批评，该整改则整改。剑华还年轻，暂先不调离总台，给他以改进提高的机会，这样，以利于总台的发展，也对剑华同志这位年轻有为的干部予以爱护，用其所长……

读着丁群老台长的信，我不禁泪流满面。我知道，他的信已经难以挽回我调离省广电总台的结局，但他的话语让我深受感动与欣慰，体现了一位老台长对总台、对我的关切关爱之情。此时此刻，我更加对总台依依不舍，甚至对总台、对老台长、对同事有一种愧疚之感——我没有也不能为他们做更多更好的事情了！

看完信，我把刘旭东主任叫到办公室，对他说，信我看了，请你转告老台长，我谢谢他，但信就不必送给省委了。

几天后，省里召开了人大常委会。会上，我全票当选为省文化厅厅长。会议结束后，我走出会场，在省人大大院里等待上车。这时，有人赶过来告诉我，省领导在找你，请你在这里稍等一下。不一会儿，省领导过来了，板着脸，十分生气地对我说："你们台里最近情况不正常，居然有人写信，对省委的决定表示异议。我想这事你是知道的。"

我一下子蒙住了。我刚刚被选为省文化厅厅长，刚刚上台领了任命书，领导怎么能在几分钟之后就以这样的态度对待我？而且，有人写信与我有什么关系呢？

领导见我不说话，以为我自知理亏，又接着批评道："已经找你谈过话，你自己也表了态，怎么又用这种方式做小动作呢？"这时，我才反应过来，领导认为我指使人写信给省委，试图影响乃至推翻省委的决定。

这可是组织原则问题，也是一个人的人品问题。我不能不加以澄清，我平复了一下自己的情绪，毫不含糊地说："自从你找我谈话后，我没有找过任何人私下谈话，没有做任何小动作，更没有指使人去写什么信。我照常坚持上班，认真审阅新闻稿，维持台里的正常运转。"

省领导口气缓和道："我只是与你说一下这个问题。"

我这个人个性强，执拗道："这不是个小问题。你可以派人到台里去调查，如果是我让人写信，可以处理我，甚至撤我的职！"

省领导的态度明显改变："这个就没有必要了。"

我却提高嗓音，差点要吼起来：“不，有必要！”

省领导毕竟是省领导，并没有计较于我的态度，见他的小车开过来了，就说：“我要去连云港调研，今天就不谈了。”

我一步上前，站到小车车门前说：“今天必须弄个清楚！我可以不要职务，但不能不要人品！”

领导这才意识到问题的严重性，愣了好长时间说：“好吧，我会尽快弄清情况回复你。”

领导的话让我有所冷静，不由自主地退步离开车门。

看着领导的小车远去，顷刻间，我的怒气和硬气一下子消失到九霄云外去了。此时此刻的我，好无助、好委屈、好软弱啊！

我久久地站在那里，眼前一片茫然……

含泪离开我心爱的岗位

这一时期，非典疫情反复无常，我的工作调动也显得扑朔迷离。

那天省领导与我在省人大大院内对话后，立即派人进行了调查。至于怎么调查的，我不得而知，反正当天晚上，省领导就让省委副秘书长给我打了电话，转达两点意见：一是有人写信给省委与你没有关系，二是这段时间你在台里坚持工作，表现是好的。

省领导转达过来的意见，不仅消除了我的委屈，反倒促使我开始反省自己。我认识到，丁群老台长在信中指出的我的缺点，还是非常中肯和切中要害的，我的确个性比较强，处事比较生硬，还有些独断，谦虚谨慎也不够。

我还认识到，无论自己多么努力，有多大的成绩，如果不能及时反省和适当调整，不能做到谦虚谨慎，成功反将成为不利因素，进而失去有利的工作条件和良好的机会。

认识到了这些之后，我努力平复自己的心绪，开始酝酿离职发言稿，对总台、对自己作一个很好的总结。当时我估计到，离开广电总台的时间不会太长了。不出所料，省领导意见转达之后的第三天，省委副秘书长就来总台召开全体中层干部会议，宣布我调离省广电总台。

这次会议是在非典疫情最为吃紧的时刻召开的，会议本身也具有“非典型性”，因为按照惯例，一个正厅级单位一把手的更替，离任与新任的领导要同时到场，由省委组织部领导宣读省委文件，决定任免事项，再由省委领导作重要讲话。但这次会议都没有这些程序，省委副秘书长也没有宣读省委的文件，只是传达省领导的重要指示精神，他是这样说的：

> 省委决定剑华同志任文化厅厅长，是对剑华同志工作的充分肯定，是对剑华同志的重用，也是对省广电总台工作的肯定。省委省政府非常重视我省的文化事业发展，正在深入推进文化大省的建设，调剑华同志到文化厅工作，是对文化工作的一个加强，也是对干部的重用。
>
> 总台组建以来，特别是总台近期的工作，省委是满意的。剑华同志从省委领导找他谈话，到省人大常委会通过对他厅长的任命，其间有半个月的时间，延续时间相对比较长。这一阶段对我们总台的领导班子、中层干部和广大员工，是一个重要考验。剑华同志也承受了一定的压力，坚守在台长的岗位上，保证了全台各项工作的正常运转。特别是防治非典的任务空前地突出起来，新闻宣传很好地配合了省委省政府的工作部署，在推动

工作、安定人心、稳定社会方面起到了重要的作用。

剑华同志到广电工作十年，1993年从省委办公厅调到省广电厅工作，在广电厅担任厅长助理、副厅长兼任省有线台台长，总台组建后，担任总台台长、集团总经理，为省级广电和全省广电的发展做了很多工作，作出了重要贡献。特别是总台组建之后，新闻宣传、体制改革、资源整合的任务很重，事业发展的任务很繁重。经过近两年的工作，在党委的领导下，在剑华同志的努力下，在大家的配合下，总台的各项工作有了一个良好的开端，事业得到了长足的发展……

会场上鸦雀无声，大家屏住呼吸，倾听省委领导对总台和对我的评价与要求。听完省委副秘书长的讲话，我感慨万千，热泪盈眶，但我竭力地克制自己的情绪，不让眼泪掉下来。本来我是准备写个离任发言稿的，但时间仓促，发言稿还没来得及写好，只得即兴发言了：

此时此刻，我真正体会到了依依不舍的滋味。我的确对为之奋斗了十年的广电事业无比热爱、难以割舍，我的确对长期以来与我朝夕相处、并肩战斗的同事们充满感情、不愿分开。

此时此刻，再好的词汇、再多的语言也难以表达我的心情，一切都凝聚成了感谢与祝愿这两个词。我感谢组织对我的培养，把我放在省级广电事业这个平台上，有机会参与创业的实践和事业的开拓，从而使自己增长了才干，获得了一定的工作经验。我感谢同事对我的支持。从决策到管理，从节目到创收，还有许许多多的事情，党政领导班子成员以及干部员工都给我以诚心诚意的帮助、指点和配合。

如果说，我在工作中有一点成绩的话，都是同志们支持的结果。这是我的真心话。我感谢干群对我的鼓励。无论在机关“三讲”活动中，还是多次民意测验中，许多同志都给我投了信任的一票，对我的工作和为人给予肯定，并提出中肯的批评和建议。这是对我的最大爱护，比任何东西都宝贵。

我感谢大家对我的宽容。我这个人脾气不好，毛病不少，工作中有许多不足，对人、对事不免有偏颇之处，大家对我没有求全责备，更没有计较和埋怨，而是给予理解和谅解。这使我十分感激也非常内疚，但请大家相信，我不会把大家对我的宽容去滋长自己的不足，我会认真地反思自己，改正缺点，以此回报宽容、回报大家。

我感谢大家对我的照顾。每一碗面条、每一盒药品、每一次理发、每一句提醒，都是一种深深的关爱，犹如父母和兄弟姐妹之情。总之，我真心实意地感谢大家，虽然，难以报答，但我会永远记得……

说到这里，我再也克制不住自己的情感，眼泪夺眶而出，实在讲不下去了。停顿了许久，我哽咽着继续说下去：

今天，除了感谢之意，我还要表达良好的祝愿。我祝愿江苏省广电总台按照一年打基础、两年跨大步、三年上台阶、五年创一流的既定目标，开拓进取，加快发展，做强做大，早日进入全国省级广电的第一梯队。我祝愿总台全体干部员工在总台党政领导班子的领导下，同心同德，团结协作，积极进取，顾全大局，一心为公，以台为家，共同把节目办好，把管理抓紧，把经营搞活，把事业做强，把创收搞大，把风气搞正，把队伍带好，使广电总台蒸蒸日上、广电事业兴旺发达。我祝愿大家在广电事业的平台上都能找到自己合适的位置，发挥所长，做出自身的品牌，实现更大的自身价值。我祝愿大家远离非典和各种疾病，身体健康，家庭幸福，万事如意！

我最后说，由于工作交接的原因，我来不及到各单位、各部门向所有干部员工打招呼了，请你们转达我的谢意和歉意。我虽然调出广电系统，但今后还会有许多交流和交往，欢迎大家有机会到省文化厅去看看，衷心希望大家对省文化厅工作和我省文化事业予以关注和支持。

我讲完后，大家含着眼泪报以长时间热烈掌声。掌声中流淌着一股爱的暖流——

他们爱我，我也爱他们！

整理自己

我怀着极其复杂的心情到省文化厅任职，时任省委常委、宣传部部长王国生代表省委送我过去。这次的程序比较正规，召开了省文化厅全体机关干部和下属单位负责人会议。

会上，省委组织部领导宣读了省委的任免决定。前任厅长季根章与我分别发言。接着我作表态发言。

我说，老厅长的名字叫季根章，注定在他后面跟着一位姓章的厅长。季厅长是一位经验丰富的厅长，而我对文化工作很不熟悉，毫无经验，坦率地说，我来文化厅也毫无思想准备，我对广电事业感情很深，而对文化厅工作还没有感情，但请大家相信，我这个人不管在什么岗位上都会投入，都会专注，都会努力去工作，进而喜欢上、热爱上这项工作，并力争在工作中开创局面，取得成就。

我的“就职演说”，得到了与会者的热烈鼓掌。这鼓掌，表达了对我的欢迎。

我发言后，王部长讲了话，介绍了我的基本情况，对我过去的工作给予充分肯定和高度评价，并对文化厅今后的工作提出了殷切希望。

照例，会议结束后，王部长就可以离开了，但他没有，而是坐下来与我谈了很长时间。与其说是领导谈话，还不如说是朋友交心。我们推心置腹聊了很久很久……

这次谈话，我至今难以忘怀。在我最迷茫、最孤独的时候，领导理解我、勉励我，使我有了投入新工作的勇气与动力。

就这样，我踏上了新的工作岗位。

我当厅长那年是46岁，在当时省级机关的正厅长中属于最年轻的之一，在省文化厅的领导班子中我是年龄最小的。几位副厅长都在55岁左右，有两位已近60岁，他们资格老、情况熟、经验丰富，但他们个个真心实意地对待我、支持我，我也非常尊重他们，很快成为一个团结和谐的班子。

著名画家赵绪成先生是当时的副厅长，至今他还经常提到一个这样的细节：厅长们在一起吃饭时，章剑华总是往边上坐，非常谦和；而开会时，他往中间一坐，一副威严的样子。

到省文化厅不久，非典疫情过去了，我的“非常时期”也过去了。我尽可能静下心来，反省自己，面对现实，调整状态，以适应新的工作。

这年春节，文化厅承办省里的春节联欢会。这是我的强项，在电视台工作时，我策划和组织过各种类型的文艺演出。我邀请了省里的知名编导进行策划，创作了许多新的节目。我想把这次演出搞好，作为我到文化厅的“见面礼”，呈现在领导和观众面前。

我还特别创作了一首题为《整理自己》的歌词——

匆匆忙忙又一年，
能否给自己留点时间？
如同整理自己的房间，
理理自己凌乱的思维。
把美丽的想象挪进窗户，
把错误的杂念搬到后院。

是是非非又一年，
能否给自己留点时间？
如同整理自己的书籍，
理理自己起伏的心田。
把多余的烦恼塞进抽屉，
把积蓄的热情放上桌面。

苦苦乐乐又一年，
能否给自己留点时间？
如同整理自己的衣被，
理理远去的眷恋。
让无端的怨恨锁在柜里，
让永恒的欢乐叠放床前……

我请人谱曲后，由一位年轻歌手用通俗歌曲的唱法在春节联欢会上演唱，现场效果特别好。不知现场的省领导和观众觉察到了没有，这首歌词表达了我当时的心境——我要好好地整理一下自己。

人心犹如庭院。我们既要以智慧去播种花草，播种善念，又要经常加以整理，进行打扫，否则就会杂草丛生，错误的杂念和不良的情绪就会占据内心的庭院。所以，我要努力整理自己，调整自己的心态与情绪。

那年下半年，我带团出访澳大利亚，第一次来到黄金海岸。蓝色的天空，白色的波浪，金色的沙滩，使我心旷神怡、诗兴顿发，即兴赋诗一首：

潮起潮落天地间，
黄金海岸云水连。
迈步沙滩远望海，
心胸顿开忘是非。

从那时起，我的心胸开阔起来。心胸一开阔，就会觉察到生命的幸福与意义，进而忘掉过去的种种恩怨与委屈，全身心地投入全新的工作之中。

经历一些事情和种种曲折之后，使我进一步成熟起来。可能有人会笑话，多大年纪啦，还没有成熟？是的，一个人的成熟与年龄无关，而与他的经历有关。只有经历一些事，尤其是种种曲折之后，他才会真正走向成熟。

那么，什么才算成熟呢？余秋雨先生说，成熟是一种明亮而不刺眼的光辉，一种圆润而不腻耳的音响，一种不再需要对别人察言观色的从容，一种终于停止向周围申述求告的大气，一种不理会哄闹的微笑，一种洗刷了偏激的淡漠，一种无须声张的厚实，一种并不陡峭的高度……

显然，我当时虽然成熟了许多，但并没有达到那种高级的成熟。我还在成长……

改革的争议与共识

到文化厅的头两年，正值文化体制改革，省里成立了省演艺集团，文化厅下属的省级剧团全部划归演艺集团。

我经过调查研究，征询各方意见，认为剧团改革应当慎之又慎，重在内部机制改革。无论是中央领导来开座谈会，还是省里开会研究，我都讲实话、讲真话，反映真实情况，提出合理意见。

我的主要意见是，文化体制改革势在必行，但在具体的改革方案上，既要尊重艺术规律，又要因地制宜、实事求是、分类实施，立足于文艺院团的长远生存与发展。我明确提出，省京剧院、省昆剧院和省戏校留在文化厅，保留事业单位性质。

省里根据上级精神，经过多方权衡和综合考虑，省京剧院和昆剧院与其他剧团一样转企改制，划归演艺集团，只把省戏校留在厅里。

大势所趋，大局已定。文化厅作为文化主管部门，当然要服从大局，全力配合，积极推进文化体制改革。

在改革过程中，的确遇到了不少的阻力与困难。省昆剧院的员工多次到文化厅上访，要求留在厅里，我出面反复做工作，晓之以理，一方面承诺为他们争取政策，一方面要求他们服从改革大局。

一次，省政府召开文化体制改革推进会。会上，省演艺集团的一位负责人列举了改革的种种困难和阻力，指责有关部门的领导人不支持改革，甚至反对改革，最后还指名道姓说，文化厅成了这次文化改革的阻力。

我作为文化厅厅长，面对这样的无端指责，怎能充耳不闻？我随即拍案而起，厉声道：你这算什么话？谁在反对改革？文化厅怎么阻碍改革了？请你拿出证据来！

那位集团负责人没料到我当着那么多领导的面大发雷霆，一下子被镇住了，无言以对。分管副省长立即出来打圆场，才把现场的气氛缓和下来。

不打不相识。这次交锋后，那位负责人很快改变了态度，主动到文化厅汇报改革情况，请求厅里的支持和配合。我们握手言和，进行了认真的讨论与沟通，并达成共识，表示相互理解、相互支持，积极稳妥地推进文化体制改革。

在改制过程中，演艺集团有一批老艺术家无法安排，请求文化厅予以帮助。我一口答应，把这批老艺术家接收下来，安排到省戏校工作。这样，既帮助演艺集团解决了难题，又留住了一批知名艺术家，让他们继续发挥作用。

现在回过头来看，文化体制改革是一项繁重而复杂的事情，既不能一蹴而就，更不能一刀切。当初的改革，有许多成功的做法与经验，也有一些问题和后遗症，需要进一步调整和完善，不断深化改革。这样才能使文艺院团健康持续地发展下去，真正实现文化体制改革的目标。

人间总有缘分在

我从不迷信，却相信缘分。

缘分，是人与人、人与事之间的无形联结，是某种必然存在相遇的机会和可能，是由很多巧合、很多阴差阳错、很多偶然与突然组成的。简而言之，人生中的一场又一场人与人、人与事的相遇，许多出于缘分。

我的许多机遇皆缘于缘分。这里仅举一例：从小到大，体育一直是我的弱项，但机缘巧合让我与体育结缘，与全运会结缘。

说来话长，还要回过头来从省有线电视台台长任上说起。有一天，我突然接到省体育局领导的电话请求，希望帮助制作一个申办第十届全运会的专题片。全运会的前九届，一直是由北京、上海、广东三个地方轮流主办。到了第十届全运会，中央决定采取申办方式竞争全运会承办权。这极大地调动了各地的积极性，江苏也不例外。

虽然省体育局不给制作经费，时间又非常紧迫，但我还是一口答应下来，立即组织台里的骨干进行拍摄和制作。片子做出来以后，我看了总觉得缺点什么，便创作了一首歌词，放在片尾——

敞开宽广的胸怀，
我们用心去表达。
千山万水展示自然的气魄，
千言万语讲述人们的心愿，
千丝万缕编织美丽的梦想，
千呼万唤透露热切的期盼。

啊！千山万水，千言万语，
啊！千丝万缕，千呼万唤，
我们一个共同的表达——

省体育局申办小组带着这个片子，到北京参加申办活动。结果，江苏在强手如林的激烈竞争中，拿下了十运会举办权。后来省体育局领导告诉我，申办专题片尤其是片尾曲为我省的申办工作加分不少。我为此高兴和自豪——我省人民举办十运会的梦想终于实现了。

从申办成功到举办第十届全运会，其间相隔四年的时间。到2005年我省承办全运会时，我已调任省文化厅厅长。省里决定我担任十运会大型活动部部长，负责十运会的开闭幕式文艺演出。

这个重任之所以落到我的肩上，又是一种缘分。

在承办十运会前，省里举办了一场以体育为主题的文艺演出，国家体育总局的官员前来观看。分管副省长对此十分重视，但有人看了现场排练后向他反映，这场演出的编排有问题，需要作大的修改。那位副省长对文艺不太熟悉，心中没有底，就邀请我一道去观看彩排。看完后，我对他肯定地说，这场文艺演出的主题与结构都很好，其中许多节目有新意，也很精美。整场演出只需要在一些地方适当作些调整就行了。接着，我把需要调整的地方与编导们做了坦率的交流。后来，这场文艺演出圆满成功，得到各方和体育总局领导的好评，成为承办十运会的一个前奏、一次练兵。

通过这次“火力侦察”，这位副省长觉得我对文艺演出颇为内行，既能看出门道，又能发现问题，并能提出改进的具体意见。于是，在组建十运会大型活动部时，竭力推荐我担任部长，负责十运会的开闭幕式包括文艺演出。

当然，这也不是副省长一个人所能决定的。全运会是国内水平最高、规模最大的综合性运动会，而且是北京奥运会前的一届全运会，国内外都非常关注，国家主席和国际奥委会主席都将前来观看开幕式。作为主办省份来说，最重要的一环就是办好开闭幕式。开闭幕式既是重大的艺术盛宴，更是一项极其重要的政治任务。有人这样说，开闭幕式的成功是十运会成功的一半。所以，谁来担任十运会大型活动部部长，负责开闭幕式及其文艺演出，省里是非常慎重的。

经过长时间的酝酿和多次集体研究，最终由省主要领导亲自拍板，决定我来挑起这副重担。

这就是缘分。缘分可遇不可求。你踏实工作、真诚为人，缘分自然会来到你的身上。如果缘分来到你身上，就要十分珍惜它。珍惜缘分，就是珍惜上帝的赠予、天赐的良机。

我暗下决心，一定要把这赠予、这缘分、这良机，化作人生中新的美丽篇章。

新的舞台鼓舞了我

有科学依据表明，人的情绪是有周期性的，即一个人的情绪高潮和低潮的交替过程所经历的时间。它反映人体内部的周期性张弛规律，因此有时也被称为“情绪生物节律”。

人的情绪周期与生俱来，周而复始。一个人若处于情绪高潮期，那么他会表现出强烈的生命活力，感情丰富，做事认真；若处于情绪低潮期，那么他会比较容易急躁，喜怒无常，并常感到孤独与寂寞。因而，认识自己的情绪周期，驾驭自己的情绪变化，对于事业发展和人生幸福是很重要的。

在调离省广电总台后的一段时间内，我虽然努力调整自己，但情绪一直处在低落和波动期。直到担任十运会大型活动部部长后，我一度的失落与彷徨才烟消云散。对于我来说，工作与事业是消除低落情绪的一剂良方。新的任务、新的舞台又一次鼓舞和激励了我的斗志，焕发了我的精神，增添了我的干劲。我全身心地投入新的战斗之中，情绪高昂地开展十运会开闭幕式的筹备工作。

说实话，我虽然曾经策划和组织过各类文艺演出不下几十场，但对全运会文艺演出这样规模大、规格高的超大型文艺活动，还是缺乏经验，心中一点底也没有。为了尽快熟悉情况、进入角色，我把历届全运会开闭幕式文艺演出的相关资料和录像，找来认真研究和仔细观看，从中疏理演出的基本内容、流程、形态，掌握其规律，做到心中有数。

与此同时，我开始招兵买马。在省里的协调下，从电视台和演艺集团以及社会上抽调了一批骨干力量，组成了强有力的工作班子。紧接着，组织部分专家赴北京、上海、广东三地学习考察他们举办前几届全运会的经验，组织我省20余名创编人员赴苏州、无锡地区进行采风活动，并召开了十运会开幕式大型文艺表演主题研讨会。在广泛听取各方意见后，一方面依靠本省力量进行开幕式文艺表演方案的创作，一方面向全国广泛征集开幕式文艺表演方案。

2004年3月9日，“中华人民共和国第十届运动会开幕式大型文艺表演方案专家座谈会暨新闻发布会”在北京举行，我在会上宣布大型活动各项工作正式启动，并向全国公开征集开幕式大型文艺表演方案。这在全运会历史上还是第一次。我要求，全运会开幕式要在前几届基础上有所发展、有所创新，力争做到“三特三新三性”，即体现时代特征、江苏特色、体育特点，运用新构思、新形式、新技术，做到思想性、艺术性、观赏性相统一。

新闻发布会后，全国各地踊跃投稿。大型活动部聘请国内知名专家组成评审委员会，本着“公开、公平、公正”的原则，经过多轮评比和答辩，最后由陈维亚挂帅的团队的创意方案胜出。

在那时，陈维亚还不像现在那样有名。为了慎重起见，我专程赴北京对他及他的团队进行考察。陈维亚是南京人，时任中国东方歌舞团艺术总监，他的团队中有灯光设计师沙晓岚、作曲家卞留念、舞美设计陈程等。我与他们一起进行了深入讨论，商定分别在北京和南京成立两个创作组，共同对开幕式创意方案进行修改完善和细化深化。

经过几个月的研讨、修改、打磨，一份凝聚集体智慧的文艺表演创意文本《时代交响》出炉了。我反复琢磨这个文本后，向主创班子提出了一些修改意见，并特别建议增加“梦想五环”的版块，以突出和深化晚会的主题。我的建议得到主创班子的一致赞同，很快，“梦想五环”的人物形象和情节设计出来了。陈维亚建议我创作一首歌曲放在尾声部分，我欣然允诺。

2005年3月11日，省领导在北京京西宾馆听取我和主创人员关于“十运会开幕式大型文艺表演文本方案”的全面汇报，给予了充分肯定，认为基本体现了时代特征、江苏特色、体育特点，有创新、有亮点，是一个好本子。接着，我们赶赴国家体育总局，汇报开幕式文本方案，同样得到了肯定。

方案一次性顺利通过，初战告捷。接着便进入了紧张的排练阶段。8月初，十运会文艺表演的群众演员在11个地点同时启动分点排练，音乐、服装、道具、中心舞台等制作工作也全面铺开。中下旬各篇章合排相继进行。9月上中旬，在江苏省消防训练基地模拟场地，分别来自11个参演单位的群众演员与部分专业演员顺利完成了开幕式上、中、下三个篇章的通篇合练。

在经历了近两个月的分点排练和合练之后，十运会开幕式排练的决战即将展开——进入奥体中心体育场正式排练。16000多人的集体排练，其组织之复杂、工作之艰巨、遇到问题之多，这里无法详述，只能略举几例——

原定9月中旬进入奥体中心排练，但现场安排的临时电源发生故障，而抢修工作迟迟跟不上，音响和灯光无法使用，这将直接影响排练的进程。我心急如焚，日夜守候现场，督促抢修进度。到了第三天深夜，一位电工师傅看我疲惫不堪，便上前对我说，章厅长，你就回去休息吧！我们都过意不去了。我摆手道，不，我就陪着你们。这位师傅劝说道，你放心好了，无论如何我们设法赶在天亮之前通电。我坚持说，看不到全场通电，我决不离开这里！终于，在天亮前抢修完毕，确保了第二天的正常排练。

在排练过程中，往往是一边进行排练，一边搭建舞台和舞美，现场一片混乱。我寸步不离，一面关注排练情况，一面处理各种问题。有一天，省公安厅一位副厅长带着一批人来检查安全工作，看到现场如此杂乱，又看到搭建起来的各种架子，以及空中拉着的绳索，非常着急，对着我们的工作人员大发其火道，太不安全了，你们完全是乱搞！我们的工作人员告诉他，我们也不希望这样，但实在没有办法。这位副厅长怒吼道，没有办法是你们的事，我决不同意你们这样搞！我在一旁实在听不下去了，上前厉声道，我也不同意这样搞，我们不搞了好不好？那位副厅长先是一怔，后又回击道，我不是说不搞，但必须符合标准！我反问道，什么标准？这是体育场，本来就不符合搞文艺演出的要求。副厅长坚持道，这是你们的事，我只管安全！我顺着说道，对，你管安全，我管演出，各管各的，各负其责！副厅长无言以对，怒气冲冲而去。

吵归吵，做归做。我立即组织整改，那位副厅长也派出人员在现场协助工作，确保排练和演出的安全。

集中排练一段时间后，省委书记、省长等领导前来观看联排，并召开现场座谈会，由我就排练和节目情况先作扼要汇报，然后请省文化部门单位负责人发言，谈谈观后感和修改意见。不可思议的是，会上一片冷场，无人发言，既不说好也不说坏，令我十分尴尬，不，十分难堪。照例，像这样的会议，都会认真发言，首先肯定一番，然后提出一些意见和建议，起码也要说几句客套话。不发言、不说话，实际上就是对这次演出节目的否定。我明显感到省领导受到会场气氛的影响，心里颇为不安。当然，最不安、最下不了台的是我。但我竭力镇定下来，与坐在身边的总导演陈维亚交换了一下意见，然后诚恳地对着大家说，今天是第3次联排，以后还要进行8次、10次，我们一边联排，一边发现问题，一边修改提高，一定把演出搞好、搞成功，请大家不看过程看结果，相信我们！听我这么一说，省领导顿时放心了不少，随即给我们加油打气，并提了一些原则性的要求。

大话说出去了，我内心的压力更大。每天排练结束后，我与陈维亚等编导都要连夜召开小结会，疏理各种细节，讨论改进措施。一段时间下来，我的电脑里存下了上千条需要改进和注意的问题。在一系列问题中，我感到最大的问题，是表现改革开放后的现实图景不够，现代感不强。我反复思考后向陈维亚提出，能否在其中的一个版块，把江苏生产的各类小轿车开进现场，几十辆色彩鲜艳的轿车围绕中心舞台快速行驶，体现改革开放的发展速度和发展成果，也有强烈的现代感与冲击力。陈维亚拍案叫绝：好，一定会非常震撼！不到一天的时间，几十辆崭新的轿车就调到现场，融入节目之中，场面蔚为壮观。

反复联排后进入了彩排。几次彩排都很顺利，可最后一次彩排时出了大问题，其中有一个环节是多辆巨型彩车绕场巡游，上面有几十位演员载歌载舞，车下有几十个人隐身推车前行，但就在行进之中，有一辆彩车的车架突然断裂，停在场地中央动弹不得，跟在后面的所有彩车也无法行进，演出被迫中断。这真要命啊！我当场急得跳脚，对着制作人员大发脾气，勒令他们连夜把所有彩车彻底检查整改。

祸不单行。那天深夜，调试最后一个环节——点火仪式。这次点火仪式采用全新的方法：由巨型机器人在空中穿行，到终点后展开臂膀点燃圣火。虽然创意很新鲜、很独特，但难度和风险也非常大。果然，在那天调试时，机器人到达终点后，臂膀展开不到位，火点不起来。这可是运动会最关键、最神圣、最令人关注的环节啊！这时，我清醒地意识到，发火训斥已无济于事，抓紧调试改进才是上策，于是，我盯在现场，通宵达旦与技术人员一起研究并反复调试，终于把问题解决了。

我暗自庆幸，老天帮忙啊，让问题提早暴露了，要是在正式演出时出现这两种情况，那整场演出就彻底砸锅了，其后果不堪设想。后来我得知，就在那天出事后，几位主创人员避开我，偷偷跑到栖霞寺烧香拜佛去了。他们并不是迷信，而是用这种形式缓解压力，祈祷演出成功。

我当然不会去烧香拜佛，但那天，我一直在心里默默地许愿着、祈祷着……

当圣火点燃时

这是一个万众瞩目的时刻，更是我期待已久又惶恐不安的日子——2005年10月12日，第十届全国运动会在新落成的南京奥体中心体育场隆重开幕。

当天下午，演出现场一切准备就绪，人员全部撤出，由公安人员作全面的安检。这天我享受特别的待遇，两名年轻的武警全副武装紧随我左右，在场内进行巡视，作最后一次检查。每临大事有静气。我的心情平静了下来，脑子里像过电影一样，把演出的主要环节和重点细节过滤了一遍又一遍。

提前吃过晚饭，我来到设在体育场一侧最高处的现场指挥台。此时，文艺演出的解说员——央视主持人孙正平与省电视台播音员贺笑已经在做准备工作了，我与他俩就有关问题作了交流，然后，静静地等待开幕时刻的到来。总说时间会忽快忽慢，而此时的我真不知道时间过得快还是过得慢，原本千头万绪的脑子似乎一下子清空了。

天色慢慢地暗下来了，场内灯光亮起。开幕式前的群众性暖场表演开始了。这一块不是我负责的。所以，暖场表演开始后，尽管表演非常热烈，我却无心去看，不时地低头看手表。我作为现场总指挥，此时就只有一个任务：准时准点下达开幕式开始的指令。

19时58分，在欢快的乐曲声中，胡锦涛、罗格等领导与重要嘉宾走向主席台，向现场观众招手致意，全场响起热烈的掌声。顷刻间，场内流光溢彩、鼓乐震天，容纳8万人的体育场人声鼎沸、群情激荡。十运会吉祥物“金麟”在场内欢舞。我眼睛一眨不眨地看着手表。

“开始——”20时整，我用对讲机下达了指令。

雄壮的《运动员进行曲》响起。步伐矫健的男青年和英姿飒爽的女青年护拥着鲜艳的五星红旗和全运会会旗、十运会会旗向主席台走来。裁判员队伍首先入场，紧随其后的是46个代表团的运动员。他们精神抖擞、雄姿勃发，充分展现了中华体育健儿的风采。

随后，全场起立，高唱国歌。在国歌的激昂旋律中，五星红旗冉冉升起。我面对徐徐升起的国旗，一种神圣感、庄严感油然而生。

然而，意外的事情发生了：国旗上升到顶部时，竟没有及时展开来。我顿时傻眼了——怎么回事？还没有等我反应过来，国旗很快飘扬了起来。现场的领导和观众并没有感觉出来，而我差点吓瘫倒地。

真是天佑中华！看着鲜红的国旗迎风飘扬，我的眼泪再也止不住流了出来。

20时50分，胡锦涛以洪亮的声音宣布：中华人民共和国第十届运动会开幕。顿时，数千只彩色气球腾空而起，绮丽的礼花绽放夜空，手持鲜花的少女翩翩起舞，热烈的掌声经久不息。

接着，江苏省省长梁保华、国家体育总局局长刘鹏先后致辞。沈巍巍、庞毅分别代表参加十运会的运动员、裁判员宣誓。随后，大型文体表演开始。由田震演唱的十运会会歌拉开了大型文体表演《时代交响》的序幕——

生命的竞赛
力量的竞赛
希望的竞赛
让时代的脚步在风雨中
更高、更强、更快……

火焰喷涌，一座巨大的青铜鼎冲天而起——这是上篇《铸造辉煌》中的一幕。这座巨鼎即中华宝鼎，高9米，长9米，宽6米，重达2吨，以商代后母戊鼎为原型，象征中华民族经过峥嵘岁月，走过艰难征程，屹立于世界民族之林。当巨鼎升高到21米时，场内观众无不感到震撼，一时掌声雷动。

转眼间，巨大的舞台变成了波光粼粼、烟雨江南的美景：亭台楼阁，粉墙黛瓦，小桥流水人家，雾岚弥漫，昆曲悠扬，少女起舞。水边，有人嬉戏；水中，鸭子畅游，鸬鹚还不时地抖动翅膀，忽地潜入水中，嘴衔一条活鱼……这是中篇《锦绣江苏》营造的如梦似幻的江南风情画卷，让现场观众为之惊叹、为之陶醉。

第三篇《力量神州》展示体育精神与时代精神。当几十辆江苏生产的五颜六色的崭新轿车鱼贯而入时，现场观众眼前一亮，深感自豪，欢欣鼓舞。

21时50分，点燃圣火的时刻到了。江苏籍运动员葛菲高举火炬跑进体育场，传递给机器人——象征东方力量的巨人“中国飞人”，“中国飞人”手持火炬，在体育场上空飘然而过，到达点火台。此时此刻，我的心吊到了嗓子眼，差点跳了出来！说时迟那时快，只见机器人缓缓展开长长的臂膀，用火把准确无误地点燃十运会主火炬，熊熊火炬顿时映亮了体育场上空。场内群情振奋，掌声欢呼声响彻云霄，达到高潮。此时，我创作的开幕式主题歌起——

和畅的春风吹拂生动的大地，
多情的河水传递快乐的信息。
鸟儿来来往往自由飞翔，
草木郁郁葱葱吐露芬芳。
生命的绿洲生活的天堂，
人类与自然构成和谐的交响。

和煦的阳光照耀美丽的心情，

自信的花朵绽放幸福的脸庞。
人人快快乐乐心花怒放，
家家和和美美共享安康。
生命的绿洲生活的天堂，
爱心与梦想弹奏和谐的交响……

歌声中，几十个普通家庭的男女老幼，手牵着手从观众席走向舞台中央，有的翩翩起舞，有的愉快观光，有的合影留念，有的面向主席台欢呼着，一派和谐幸福的景象。胡锦涛、罗格等站起来，微笑着向大家招手致意、热情互动，场内顿时成为一片欢乐的海洋。

十运会开幕式圆满结束。我来到舞台中央，与在场的主创人员一一握手，含泪热情相拥，合影留念。

这是我一生中难以忘怀的完美时刻。

在崇高荣誉面前

几许汗水，几许成果。在我们历时半年的日夜奋战和各方大力协同下，第十届全运会开幕式文艺演出取得了巨大成功。

我们来不及享受成功的喜悦，就马不停蹄投入闭幕式的排练之中。

根据省里要求，开幕式文艺演出方案面向全国征集和招标。而闭幕式文艺演出，我坚持由省内组建主创班子，靠我们自己的力量来完成。这是我的一贯主张，因为我省搞文艺演出大有人在，而且水平也不差，更主要的是，给他们机会，给他们平台，能让他们充分展示自己的才华，并在大型文艺活动中得到更大的锻炼和提高，有利于培养我们的主创团队。

省里同意了我的意见，闭幕式文艺演出由我们自己来搞。我就选用李乃光担任总导演。他是我的老搭档，一直担任省有线电视台的副台长，主要负责综艺节目和大型文艺活动，具有很高的创意能力和丰富的实践经验。

以他为主的创作团队经过认真策划和反复修改，拿出了《欢庆与祝福》的闭幕式文艺演出方案，设计了“江、河、湖、海”四个篇章。这个策划很有创意，也很有江苏特色，因为江苏是全国各省份中唯一同时拥有江河湖海的省份。这个方案通过后，在开幕式一结束，就开始驻场进行紧张的排练。

就在排练进入最后阶段的一天，我突然接到省领导的电话，他劈头盖脸地责问我，闭幕式的总导演是谁？是不是你选的原有线电视台副台长？我说是的，省领导厉声道，有人向我反映，他从来没有搞过这样的大型活动，要知道，闭幕式同样非常重要，你必须立即换人！

我一听急了，立即解释说，李乃光是有水平有经验的，他完全有能力担当这个重任。再说，闭幕式文艺排练已经进入后期最紧张的阶段，临阵换将乃兵家大忌，现在把他撤下来，那就乱套了。

省领导责问，难道就没有比他更合适的人了吗？完全可以从省级文艺单位或南京军区文工团里选嘛。我坚持说，临时选真的选不出来，即使选出来也顶不上去。省领导恼火了，你负得了这个责任吗？

面对这样的责问，我心里十分难过，但我知道，省领导也是为这么重要的活动而着急。我还知道，如果这时我软下来、退一步，那领导就会更没底、更着急，进而会坚决要求换人。于是，我毫不示弱道，省里把这么重要的任务交给我，我当然知道轻重，当然要承担责任，当然要选用我熟悉的、信任的总导演。用人不疑，疑人不用，我相信李乃光能担起这个重任，我也保证能像搞好开幕式那样搞好闭幕式！

领导毕竟是领导，听我这么坚定的回答，立即改变了原来的态度，谆谆嘱咐道，那你们千万要用尽全力把闭幕式搞好、搞成功！

我们没有辜负省领导的要求，在十运会闭幕式上奉献了一台高质量的文艺演出。这场演出在奥体中心体育馆内举行。我们在体育馆的演出场地上全部铺上LED，在当时这么大面积地使用LED还是少有的。由于用了先进的技术，许多创意就能呈现出更好的艺术效果：

大江的汹涌澎湃，河水的清澈见底，湖面的波光粼粼，大海的一望无际，随着节目神奇般展现在观众面前，令人拍案叫绝……

演出尾声，我创作的闭幕式主题歌响起——

祖国的天空飘过朵朵祥云，
欢乐的歌声环绕回回年轮。
和谐的春风拂动江河湖海，
辉煌的盛会凯旋美丽金陵。

欢庆全运江河欢腾，
祈祷奥运湖海动情。
今天的全运连着明天的奥运，
明天的奥运展示祖国的强盛……

这歌声，久久回荡在南京奥林匹克体育中心的上空。她超越体育，超越时空，超越梦想，激励着人们去实现祖国强盛的美好梦想。

如果说开幕式文艺演出气势磅礴而令人震撼，那么闭幕式演出是美轮美奂而吸引眼球。两场演出各有特色，各放异彩，都获得了巨大成功。

国际奥委会主席罗格先生在宁期间，欣然接受记者采访。有记者问，您能给这次开幕式打几分？听到这个问题，我的心突突突地跳。就在开幕式举办的前一天，有记者采访我，问了同样的问题，我脱口而出，78分。记者听了不甚满意说，这分数不太高呀，难道你对这次开幕式没有充分的把握与信心？不！我说，在学校做作文，老师给80分就是高分了，而开幕式比做一篇作文难多了，能有78分就非常不错了，再说，我们还在用最后的时间完善提高，力争在正式演出时达到或超过80分。

我这样回答，一是留有余地，二是降低大家的期望值。我想把大家的期望值压低一点，到时给观众一个惊喜。

而现在，我的期望值很高很高，多么希望罗格先生给开幕式打个90分啊！罗格略加思考后回答道，95分！

顿时，现场记者热烈鼓掌，我更是喜不自胜。接着，罗格又说，真想为十运会开幕式文艺演出打100分，但考虑到奥运会将在北京举办，留有余地，就给你们打95分吧！

对于闭幕式，各方也给予了极高的评价。国务委员陈至立在看完闭幕式文艺演出后，笑着对省委领导说，我给闭幕式文艺演出打100分！国家体育总局局长也说，这是历届全运会中开闭幕式办得最精彩的一次！龙永图则笑问，十运会开闭幕式办成了这样，那以后的北京奥运会该怎么办呢？山东省省长韩寓群开玩笑地说，下一届全运会还是由你们江苏主办吧！虽然都是玩笑话，但他们用幽默风趣的话语给十运会开闭幕式予以热情的赞许。

在大型活动部的总结会议上，省领导对十运会开闭幕式文艺演出高度肯定道，十运会开闭幕式大型文艺表演是一场大仗、硬仗，是一场以前江苏从未打过的仗，经过大家的努力，我们实现了一次大跨越，打了一个翻身仗，做到了领导满意，百姓满意，媒体满意，文艺界人士满意，受到了全社会从上到下的一致好评。可以说是大型活动中的精品力作。

省委宣传部部长在总结会上特别讲到，十运会开闭幕式大型文艺表演这么重要的任务，由大型活动部一个部门承担，章剑华同志一个人主抓主管，其中的酸甜苦辣只有他自己知道，他非常辛苦，几个月里瘦了几圈，我们都深知其中的甘苦，确实来之不易。

2005年11月14日，省委省政府在南京隆重举行十运会总结表彰大会。在会上，省文化厅荣获集体一等功，我荣获个人一等功。这在省文化厅历史上是第一次，也是我有生以来获得的最高荣誉！

第十届全运会在辉煌和掌声中落下了帷幕。作为全运会组委会大型活动部部长和开闭幕式文艺表演的总策划，我与大家一样沉浸在成功的喜悦之中。回首刚刚过去的日日夜夜，我更多的是感动。也许，成功的喜悦会随着全运会的远去而慢慢消失，而那份感动却将长留在我的心灵深处——

我总被那些来自全国、全省的编导感动着。他们为每个创意而绞尽脑汁，为排练每一个动作而不厌其烦，为制作每一个道具而费尽心思，为完善每一个细节而付出艰辛，整整几个月的时光，奋战在排练场，晒脱了皮肤、喊破了嗓子，回到驻地往往又要工作到深夜，常常通宵达旦。

工作人员同样令我感动不已。他们来自许多部门和单位，有的则是刚刚分到文化厅系统的大学生，还没来得及到本单位报到就被抽调过来，投入紧张而艰巨的工作之中，其任务之重，难度之大，困难之多，真是难以想象。为了节约经费，工作人员都吃住在文化厅，五六个人挤在一间办公室里，睡的是临时搭起的床位，先后三个多月的时间，大家却没有一句怨言。

当然，最苦最累的还是那些群众演员。他们大多是在校的学生和部队的战士，接到排练的通知后，在家度暑假的学生们从四面八方赶到南京，战士们则边训练边排练。炎热的夏天酷暑难耐，他们却要在烈日下、操场上进行长时间的排练。如注的汗水浸透了全身，滚烫的场地灼伤了皮肤，一些人当场晕倒，许多人身感不适，许多家长心疼自己的孩子，在操场外悄悄地抹着眼泪，可这些孩子没有一个人叫苦叫累，更没有人退出排练。有一名战士和一位舞蹈演员，在排练中不慎受伤，不得不送往医院。大家在享受演出成功的喜悦时，而他们只能在医院忍着疼痛，边看电视边接受手术治疗……

使我感动的远不止这些。从省委省政府领导到组委会各个部门，为我们创造了一切条件。这里还要特别提到的是，新闻媒体和各路记者，在开闭幕式前，多么想及早采访及早报道啊。我当过记者，我理解他们的心情，也知道他们想得到什么，但我出于某些考虑，守口如瓶，直到演出前一两天才召开新闻发布会接受采访，而记者们对我予以充分理解，在宣传上给予了最大的配合。

短短几个月的时间，让我感动的人和事实在太多太多，但使我特别感动的，却是一件“极不愉快的事”——

就在正式演出的前一天，排练现场居然出了一个意想不到的事故。这时的我，已经几天几夜没有合眼了，体力上的极限和精神上的压力使我几乎失去了理智。我当即在现场召集编导、制作、剧务等方面的人开会，一个一个指着鼻子严厉批评，不，是毫无道理的狂吼和谩骂。

现场鸦雀无声，我分明看到，一个一个熬红了的眼里含着泪水。我知道，他们已经尽了最大的努力，在精神和体力上也已到了承受的极限。但是，在场的每一个人，没有解释，没有推诿，没有反抗。

会议结束，大家又立即回到各自的岗位上，开始了更紧张的工作。我独自一人坐在那里发呆，这时一位小青年怯怯地走到我的身边，轻轻地对我说，章厅长，对不起啊，我们没能为你分担这么大的压力。我抬起头来，看着这位稚气未脱的小青年，我真想对他说一句，对不起！但我终于没有说出口来。不是我不敢认错，不是我放不下架子，而是我被深深地感动了，我不禁流下内疚的、感怀的眼泪，说不出话来……

丰收果里，有你的甘甜，也有我的甘甜；

军功章上，有我的一半，也有你的一半……

我获得的奖章中，饱含着大家的智慧、心血和汗水，还有泪水。

大胆“谏言”

十运会圆满结束后，一切回归常态。

我又全身心地投入文化工作之中。就像我刚到文化厅上任时表态的那样，我很快爱上了文化工作，并在工作中努力提高文化认识，推进文化实践。

记得在一次省政府常务会议上，在我汇报全省的文化工作情况后，省长问，还有什么意见和建议吗？我想了想说，现在有人议论道，什么叫文化大省？就是遇到文化上的事就大大地省钱。我这么一说，大家不禁笑出声来。

省长也笑了，追问道，有这么回事吗？我肯定道，有的，我省省级财政在文化上的投入比例排在全国平均数的后面，与经济大省的地位不相符合。闻之，省长立即对省财政厅厅长说，你们查一查，如果是这样的话，应该把省财政在文化上的投入比例提高上来。

由于省财政加大了对文化的投入，我省文化事业发展明显加快。几年后，我经过深入调研和反复思考，在省里的会议上首次提出了在全国率先建设文化强省的构想，并阐明了三条理由：

一是我省历史悠久，文化底蕴深厚，1996年在全国率先提出了文化大省建设，经过十年的努力，我省文化事业和文化产业得到了长足的发展，具备了建设文化强省的条件；

二是我省地处东部沿海，是改革开放的先行区，经过近三十年的发展，已成为名副其实的经济强省，为了与之相匹配、相适应，迫切需要加强文化建设；

三是文化大省主要是文化资源大省，而文化强省是在充分利用文化资源的基础上，发展文化事业和文化产业，建设新文化，跃上新台阶。

我的这一构想得到了省委省政府领导的肯定与重视，他们亲自调研、组织座谈，并多次讨论，明确了文化强省建设的目标、思路与措施。2006年9月，省委省政府在全省文化工作会议上提出了“文化事业强、文化产业强、文化人才队伍强”的文化强省建设目标，并出台了“十一五”文化经济政策。

文化强省目标的提出，使我省文化建设进入了“快车道”，文化事业、文化产业加速发展，文化人才队伍日益壮大。随着形势的发展，我省又多次调整充实文化强省的目标：从“三强”到“新三强”，即“文化凝聚和引领力强、文化事业和产业强、文化人才队伍强”；从“新三强”到“三强两高”，即在“三强”基础上，增加“思想文化高地和道德风尚高地”；从“三强两高”到“三强三高”，即在“两高”基础上，再增加“文艺创作高地”。每次文化强省目标的调整，我都参与其中，提出积极的意见与建议，并被省里所采纳。

几年后，省里研究制定“小康社会考核指标”。先在省政府常务会议上讨论，我作为省政府组成人员参加会议。会上给每个与会者发了有关部门起草的《江苏小康社会考核指标（草案）》，我从头看到尾，发现三十多个指标中竟然没有一个文化指标。我有点不相信，又仔细看了一遍，的确没有，我就立即要求发言，指出，小康社会不光是经济的发展，也不光是人民物质生活的提高，而应当包括文化生活的改善和人的素质的提高。我又强调道，没有文化的军队是愚蠢的军队，没有文化的小康不是真正的小康。

我的发言引起大家的笑声和赞同声。省长当即表示，剑华同志提的意见很有道理，应该加上文化指标。起草文件的同志问，加什么文化指标合适呢？我回答说，文化指标的确很多，等我们研究一下向你们汇报。

会议一结束，我立刻回到厅里，召集有关人员进行研究，列出了几条代表性的文化指标。当天晚上，我却接到了省政府副秘书长的电话，他告诉我，查阅了其他几个省份的小康社会指标，都没有文化方面的指标，我省也就不加了。他还嘱咐我，明天省委常委会讨论时，就别再提出这个问题了，这是领导的意思。既然是领导的意思，我也就只好勉强答应了。

这一夜，我左思右想总觉得不对劲。

在第二天召开的省委常委会议上，第一项议程就是讨论《江苏小康社会考核指标》，先是汇报，后是讨论，再是省委书记小结。一般来说，书记小结讲话后，这个议题也就通过了。但那天书记讲完后，我实在按捺不住了，就破例要求发言，我直言道，我本来不该发言的，但想来想去，有话还是要讲出来。我认为，小康社会考核指标中，不能没有文化指标，不加进去是不对的。

我话音刚落，那位省政府副秘书长不快道，不是与你说过了吗，文化指标加不进去，其他省份也没有加。我反驳道，难道其他省份没有加我省就不能加了？关键看是否合理，是否必要。而且，改革开放提倡先行先试，小康社会建设同样需要先行先试。既然我省要两个率先，那文化建设当然是题中应有之义。

面对我俩的争论，书记与省长交换了一下意见，然后说，他也同意加上文化指标，但不能加得太多，既要有代表性，又要有综合性。我随即提出，加上两条即可，一是全民阅读率，二是全社会志愿者人数比例。

会议经过讨论同意加上这两条。虽然这两条不能全面体现文化建设的内容，但我认为加总比不加好，在小康社会考核指标中加入文化指标，不仅使文化建设由软任务变成了硬指标，而且可以引起各级领导和全社会对文化的高度重视与自觉，有利于促进文化强省建设。

我庆幸自己讲了真话，更庆幸领导采纳了我的意见。

太阳开始有点往下走了，但热度不减，照得大地火辣辣的。此时的太阳就是50岁的你，继续无保留地发出你的光和热。

第06章 使命在肩

天命与使命

小时候，总把50岁上下的人当作老人。我记得，在自己和同学的作文中常常会有这样的描述：有一次，我在上学的路上，遇到了一位年过半百的老汉……

2007年，我50岁，已在“老汉”之列。杜甫有诗云：“年过半百不称意，明日看云还杖藜。”当时我却春风得意，全然没有“老之将至”的一点伤感，而对孔子“五十知天命”的说法有了自己的一些感悟：

人应当遵从自然的意志——天命，而天命之外还有使命，这就是要为事业、为社会而努力奋斗。

坦然地说，我50岁的时候，正是事业心和使命感最强的时候。

江苏省虽然提出了建设文化强省的目标，且具备了一定的条件和优势，但也存在一些薄弱环节。就拿省级图书馆、美术馆、博物院来说吧，还都是民国时期的建筑，一个像样的大剧院也没有，重要演出都是放在民国时期建的人民大会堂。有一次朝鲜艺术团来南京演出，居然满足不了他们的演出要求。可见，那时省级文化设施相当落后了。

我乘着文化强省建设的东风，在省级“三馆”建设上做了大量工作，起到了积极的推动作用。2007年，南京图书馆新馆建成并全面开放。紧接着，投资3个亿的江苏省美术馆新馆开工建设，两年后建成了具有国际水准和时代特征、在江苏乃至全国一流的美术馆。

关于省美术馆新馆建设，有两件事值得一提：一是选址问题。当时有人主张建在河西，我们经过反复论证与比照，提出了现在的位置，得到省长的支持。现在看来，新馆与中国近代史博物馆、南京图书馆新馆、梅园新村纪念馆相毗邻，东望汉府街，北邻长江路，南接中山东路，地理位置优越，便于市民参观，也增添了南京城的文化景观和艺术氛围。二是建筑设计问题。当时通过招标设计，有三个方案入围。有一次我正在北京开会，分管副厅长给我打电话，准备确定其中的一个方案：火柴盒造型＋玻璃幕墙。我立即回答说，先不定，等我回宁后再论证一下。后来几经比较，并经省政府领导审定，采用了德国人设计的方案。这个方案的设计理念是，建起来后与周围环境和建筑融为一体，不突兀、不显眼，不会让人有新建筑拔地而起的感觉，50年甚至100年后来看，这个建筑也不会落后。我非常赞同这个理念。重要文化设施是百年大计，一定要有超前意识、长远意识。

南京博物院前身是1933年蔡元培等人倡建的国立中央博物院，原计划建“人文、工艺、自然”三大馆，后因时局剧变，仅建了“人文馆”，就是现在看到的仿辽建筑“大殿”。因面积太小，无法满足展陈的需要。在省文化厅的积极争取下，省里决定建设省博物院新馆。为了处理好新馆与大殿的关系，在新馆建设前，用现代技术将“大殿”整体抬升了3米。同时，新馆尽量少占地上面积，以地下展厅为主，确保有更大的展陈空间，也便于老百姓参观。

省级“三大馆”建成后，硬件设施大大改善，我们又在内容、服务、管理上提档升级，真正达到了国内一流馆的水准。

有一次，我在南京博物院检查工作时，发现前来参观的人并不多，问其原因，院领导汇报说，平时来参观是要花钱买票的，所以人比较少，而有时搞活动免费开放时，人就特别多。我又问，你们一年的门票收入是多少？院领导说，大约几十万吧，这个收入可以用来弥补院里经费的不足。我说，南博的固定资产十几个亿，这还不包括价值连城的文物，而且每年的人员经费、运行经费、收藏经费，少说也要上千万吧，就为了收点门票费，把老百姓挡在门外，这么多的国有资产和文物发挥不了应有的作用，这不是得不偿失吗？这个账你们算过了没有啊？就不能改一改吗？我又说，你们能不能在今年春节前试行免费开放，厅里来向省财政争取政策，给你们补偿一些经费。院领导当即表态做好免费开放的准备工作。

那年春节前，南京博物院免费向公众开放，参观人数猛增。春节期间人更多，每天达上万人，我既高兴又担心，生怕人多不安全，每天去现场与院里领导研究相关防范措施。由于服务与管理到位，现场秩序良好，没有发生任何问题。参观的人都称赞说，免费开放好！让我们过了一个有意义的文化年。

春节后，省委宣传部根据媒体的报道，摘编了一条“南京博物院春节前后免费开放，老百姓拍手叫好！”的信息上报中宣部。不久，中央领导和中宣部领导分别在这条信息上批示：“此做法很好，值得总结，并在全国推广。”从此以后，中央出台规定和政策，全国各级公共文化设施免费向公众开放，让人民群众共享文化发展成果。

这是我一生中最得意、最有意义的一件事情，因为我承载了一项重要的文化使命——为人民服务，为老百姓办实事，让更多的人能够有机会共享更多更好的文化产品。

这正是文化建设的目的所在。

做事也是硬道理

有人说，读万卷书不如行万里路。又有人说，行万里路不如阅人无数。我跟着再说，阅人无数不如多做实事。这样的表述不一定十分准确，我只是想强调，做事最为重要。用现在通常的一句话来说，就是要“想做事、能做事、做成事”。

所谓想做事，就是要有主动做事的欲望，不能无所事事混日子；所谓能做事，就是要有一定的工作能力和干事创业的本事，不能无思路无举措无担当；所谓做成事，就是要有工作的成效与成果，推进事业的发展，不能花拳绣腿一事无成。

总之，做事也是硬道理。

我可以毫无愧色地说，一路过来，我一直是认真做事的，不做事就空虚，就心慌。正因为做事，加上有良好的机会与平台，所以无论在什么岗位上，天天忙个不停，事情做了不少，有的堪称大事。除了成功组织实施十运会开闭幕式外，我还做过两件大事——参与组织了两次“世界性”重大文化活动，即中国南京世界历史文化名城博览会和第31届世界戏剧节。

“名城会”是由南京市主办的。省文化厅在其中承办四个项目，分别是：开幕式晚会、文化名人对话论坛、国际民族民间艺术博览会和大卫·科波菲尔演出活动。显然，开幕式晚会是“名城会”的重头戏。时任南京市委宣传部部长高度重视，与我们一起筹备、一起组织。经过精心策划，我们决定把开幕式晚会放在玄武湖公园内举行。节目的内容紧紧围绕“名城会”主题，围绕南京深厚的文化底蕴，充分体现“集古都精华，汇世界风采”的办会理念。

晚会在玄武湖公园搭建水上大舞台，采用开放的形式，把晚会的演出与六朝古都的山水园林融合在一起，使国内外的嘉宾在远山近水之间，观看国内外具有浓郁民族民间特色的优秀节目，感受六朝古都的现代风采。

然而，天公不作美，在晚会举行的前一天，南京天气突变，气温骤降。为了确保晚会能顺利进行，组委会临时决定，把在玄武湖上的演出移至南京人民大会堂，而且要把世界名城会开幕式与庆祝五一国际劳动节的演出合二为一，胡锦涛总书记要亲临现场观看。

天呐！在不到一天的时间里，要把在巨大水面舞台上的大型演出，搬到剧场里来演，还要更换节目，简直是天方夜谭！但我们知道，这不仅是重要的文化活动，也是重要的政治任务。考验我们的时候到了。我们二话没说，说干就干，争分夺秒地投入战斗，其工作难度、紧张程度不言而喻。

终于，我们把不可能变成了可能。4月30日晚上，文艺晚会在南京人民大会堂如期举行，胡锦涛总书记与世界历史文化名城的代表以及江苏省劳动模范等各界人士观看演出。晚会以新创节目为主，演出了歌舞《人文之光》、舞蹈组合《名城会金陵》、歌舞《南京城门江南桥》、少儿舞《石城梅香》、服饰展示《云锦衣裳》以及大型歌舞《美好的欢聚，永远的精彩》等。

演出井然有序，节目精彩纷呈，现场气氛热烈。然而，就在演出的最后，出现了意想不到的情况：这位央视著名主持人，竟然在讲结束语时，突然卡壳了，足足在台上停顿了一分多钟。一分多钟在生活中转瞬即逝，而在舞台上就是漫长的等待。我的心急得快跳到嗓子眼了，还好，绕了半天，主持人还是把这句十分重要的话准确地说了出来。他的脸涨得通红，总书记和观众却报以热情的掌声。演出结束后，总书记破例接受邀请，欣然上台接见演职人员。在与主持人握手时，还与他耳语了几句，这时他才开心地笑了。我也从忐忑不安中放松下来，由衷钦佩总书记的宽厚和对艺术家的尊重。

2008年，省文化厅还成功申办了第31届世界戏剧节。世界戏剧节素有“戏剧奥林匹克”之称，由联合国教科文组织下属的国际戏剧协会创办。国际戏剧协会成立于1948年，首届世界戏剧节1957年在巴黎举行。1975年起，国际剧协将世界戏剧节的主办权交给不同国家的申办城市。

有一天，省剧协秘书长杨丽娟来文化厅找我，介绍了世界戏剧节的有关情况，并建议我省承办第31届世界戏剧节。我颇感兴趣，认为这是在世界舞台上展示中国戏剧艺术、促进中外文化交流的极好机会，当即同意了她的提议。我省便通过中国戏剧家协会，向国际剧协提出在中国举办第31届世界戏剧节的申请。经过多方努力，得到了国际剧协的同意和热情支持，定于2008年10月16日至26日在江苏举办第31

届世界戏剧节。

这是世界戏剧节诞生半个世纪以来首次走进中国。来自包括中国在内的亚、非、欧、美、大洋洲12个国家26台经典剧目云集南京参演，江苏省内的10台优秀现代剧目也参加展演。我们邀请了国际剧协的官员和一批享誉世界的艺术家前来参加。

当时国际剧协的总干事和副总干事分别为芬兰人和德国人，她俩从欧洲坐飞机先到上海，第一次踏上中国的土地。一到上海，看到现代化的大都市，接着又乘坐专车，从高速公路上来到江苏，住进金陵饭店。晚宴时，两位女士兴奋地对我说：在我们的想象中，中国还是比较传统甚至原始的状况，但到这里后看到的，让我们惊呆了，太现代、太繁华了！

当天晚上的演出更是让她俩惊喜与兴奋。嘉宾们观看了“同一个世界，同一个舞台”开幕式文艺演出。演出通过戏剧大师汤显祖与莎士比亚穿越时空的关于戏剧艺术的对话，艺术表演大师卓别林与梅兰芳对戏剧艺术之美的共同探求，当代各国戏剧大师交相辉映的同台表演，让现场观众经历了一次奇特的戏剧艺术的时空之旅，成为本届戏剧节的突出亮点。

开幕式演出结束后，国际剧协名誉主席贝尔哈兹欣然接受媒体采访，他说：今晚的演出非常精彩，给我全新的感觉。我被深深地震撼了。这是世界戏剧节创办以来最精彩的一届开幕式。晚会编导找到了一个最佳结合点，把拥有几千年历史的东西方戏剧结合在一起进行展示，同时将芭蕾、戏曲、古今中外经典爱情故事等很多戏剧元素全都融入其中，让人领略到世界戏剧的独特魅力。

无论是世界名城会还是世界戏剧节，对于促进中外文化交流，扩大江苏对外文化影响力，都取得了极好效果和圆满成功。但唯一感到有所不足或遗憾的是，江苏的剧场条件相对较差，没有一个现代化的大剧院，很难满足国内外大型剧目的演出。

说到大剧院，江苏文化艺术界盼望已久。在我担任省文化厅厅长之前，江苏大剧院项目早已立项，曾经邀请国内外设计师做过设计，设计费高达3000万元，但后来由于种种原因没有实施。我到文化厅工作后，大剧院项目再次启动，通过实地考察和几个地址的比选，初步确定在玄武湖畔建设江苏大剧院，但后来因故未建。直到2010年，新任省委书记在省委宣传部召开座谈会，会上，书记点名让我发言，我鼓起勇气道，我不说别的了，今天只提一个特别的建议，我省至今没有一个像样的大剧院，而江苏大剧院立项已近20年，一拖再拖，希望这届省委省政府早些启动这个项目，力争在本届建成这个早该建设的重大文化项目。书记笑道，剑华厅长实话实说，我也明确表个态，力争在我任上把这件事办成了、办好了！

2012年12月26日，江苏大剧院奠基并开工建设。到2017年8月，江苏大剧院如期建成，建筑总面积27万平方米，包括歌剧厅、戏剧厅、音乐厅、综艺厅和报告厅，满足歌剧、舞剧、话剧、戏曲、交响乐、曲艺和大型综艺演出的需要，是中国最大的现代化大剧院，也是亚洲最大的剧院综合体。如今的江苏大剧院，成为我省最高最大的艺术殿堂，许多国内外精品剧目在这里上演，给江苏观众送上了丰盛的艺术大餐。

像这样的文化建设大事还有许多，都是依靠省委省政府和省委宣传部的重视，以及各方面的支持办成的。我作为文化厅厅长尽心尽力地做了一些推动和促进工作，也承担了一系列的具体事务。我用实际行动和工作业绩证明自己“想做事、能做事、做成事”，尽到了自己应尽的职责。

我因此感到充实、欣慰与自豪。

当官就要担当

我是省里担任正厅职领导干部时间最长的之一。之一之外，屈指可数。

有人半开玩笑地问我，你想不想当副省啊？我毫不掩饰地回答：想当，非常想当！他们以为我是在调侃，其实这是我的真实想法。谁不想被提拔？谁不想当更大的官？但是，我还是有点自知之明的，知道自己不够格，当不上。当不上就算了，就不去活动了，更不去跑官要官了，就老老实实服从组织安排，安安心心当好我的厅长吧。

然而，2008年，省委决定我担任省委宣传部常务副部长。对于是否接受这个职位，我是有些犹豫的。从文化厅厅长到宣传部常务副部长，不能说是提拔，也算是重用；说是重用吧，我从一把手变成了二把手；说是二把手吧，又排在宣传文化口所有厅局长之前，在工作上分管着他们。总之，常务副部长是个很特殊的角色。

省委领导找我谈话时，我表示服从组织安排，并要求继续兼任省文化厅厅长。省委同意了我的要求。这样，我一个人占了两个正厅实职的位置，当然也就承担了两份工作、两份责任。

到省委宣传部上任的第一次干部会议上，我开诚布公道，都说常务常务，就是抹布；常务常务，常常失误。而我说，常务常务，就是服务；常务常务，减少失误。大家会心地笑了，继而报以热烈的掌声欢迎我的到来。

我到部里工作后，部长对我的工作很放手，部班子成员和各部门干部对我的工作很支持、很配合，我也尽心竭力为大家服务，认认真真做好各项日常工作。

我主要分管新闻宣传工作，这是常务副部长的最主要的工作，也是省委宣传部最重要的职能。好在我学的是新闻，当过报社记者和电视台台长，对这一块比较熟悉，加之宣传部新闻处和省各新闻单位的力量比较强，所以，抓起新闻宣传来还比较顺手。

但是，不知何故，在我担任常务副部长期间，江苏的突发公共事件频频发生。小的不说，特别重大的就有四五次。

2009年3月11日凌晨1点45分，中铁24局租用在江苏镇江丹阳市吕城镇惠济村的一闲置厂房内发生巨大的爆炸，厂房坍塌，造成11人死亡，20人受伤。

2010年7月28日上午10时15分，位于南京市栖霞区迈皋桥街道的南京塑料四厂地块拆除工地发生地下丙烯管道泄漏爆燃事故，共造成22人死亡，120人住院治疗，其中14人重伤，爆燃点周边部分建筑物受损，直接经济损失4784万元。

2012年7月28日清晨，由于担心日本王子纸业集团在当地修建排污设施会对当地生产生活产生不良影响，南通启东发生大规模群体事件，数万名启东市民在市政府门前广场及附近道路集结示威游行，并冲进市府大楼。在此过程中，有人乘乱对市领导采取污辱性行为，现场一度失控。

2014年8月2日7时34分，位于江苏省苏州市昆山市昆山经济技术开发区的昆山中荣金属制品有限公司抛光二车间发生特别重大铝粉尘爆炸事故，当天造成75人死亡、185人受伤……

这些突发公共事件，在我省乃至全国都是属于特别严重和罕见的。

突发公共事件是指突然发生，造成或者可能造成严重社会危害，需要采取应急处置措施予以应对的自然灾害、事故灾难、公共卫生事件和社会安全事件等。在人类的历史长河中，任何一个国家或地区都会面临这样那样的突发公共事件。

我省发生的这几起重大突发事件，我都直接参与处置工作，做到勇于负责，敢于担当，决不瞻前顾后、畏手畏脚，依靠自己长期积累的新闻工作经验，根据上级的要求，借鉴兄弟地区的做法，群策群力，积极主动地做好处置工作。我们的主要做法是：

第一时间到达现场。突发公共事件在社会生活中具有“地震效应”，往往一经披露就成为舆论的焦点，能否及时准确、客观公正地进行新闻报道，直接影响到突发事件能否得到顺利妥善处置。因此必须争分夺秒到达第一现场，抢占第一时间发布新闻。比如“丹阳3·11爆炸事件”，我是在上班路上得到信息的，当即掉转车头，第一时间到达现场，第一时间通知媒体，第一时间掌握舆情，第一时间接待记者，第一时间发布新闻。

及时开好新闻发布会。好事不出门，坏事传千里。所有情况都表明，在突发公共事件出现的最初12到24小时内，消

息会像病毒一样，以裂变方式高速传播，正所谓“当真理还在穿鞋，谣言早已走遍天下”。比如“昆山爆炸事件”发生后，境内外记者蜂拥而至，但当地宣传部门没有及时召开新闻发布会，很快谣言四起。我一到现场，立即宣布半小时后召开新闻发布会。紧接着，我与同行的新华社记者一起了解情况，一起写新闻发布稿，在很短的时间内，组织召开了新闻发布会，把最新的情况及时发布出去，同时宣布下午再开一次新闻发布会，公布初步查出的事故原因和进一步核实的伤亡人数，有效地引导了社会舆论。

敢于公布事件真相。对于突发公共事件，应当做到“公开是原则，不公开是例外”。这是社会开放、政府开明的表现。但由于突发事件的复杂性，加上一些地方官员或企事业单位负责人怕担责，往往在公布事件真相特别是事件原因和伤亡情况上犹豫不决，拖泥带水，甚至遮遮掩掩。比如在“南京爆炸事件”发生后，个别市政府领导在报道伤亡人数上就有不同意见，但我与市委宣传部部长的意见高度一致，坚持快报实报，把事件原因和伤亡人数快速如实地报道出去，让公众及时地了解事件真相，既保障了公众的知情权，又促进事件的正确处置。

虽然突发事件的新闻报道十分重要，但关键还是在于突发事件处置的综合措施。比如“南通群体事件”的解决，最终还是当地政府改变了原来的做法，采取了正确的方法，得到了公众的认同，使群众关心的问题得到解决，维护了社会的稳定。

一个不可回避的事实是，经济越发展，社会越发达，突发事件往往越多。前几年全球肆虐的新冠疫情就是充分的例证。人类社会与突发事件共存状况也许无法改变。我们唯一能做到的是，及时、正确地应对和处置好突发事件，把损失与负面影响减少到最低程度。

但愿我们对突发事件的粗浅认识与一些做法，能对目前和今后的突发事件处置和新闻宣传起到一定的启示作用。

梦重新开始的地方

从2008年到2015年，我在省委宣传部工作有八个年头，其间几经变化。先是任常务副部长兼文化厅长，三年后，省委组织部征求我的意见，让我选任其中的一个岗位，我当然愿意继续担任文化厅厅长。这样，连云港市市长调省里接任省委宣传部常务副部长，我回省文化厅工作，继续兼任省委宣传部副部长。

两年后，那位常务副部长调无锡市任职，我又回宣传部当常务副部长。我对他说，你来接我班，现在我又来接你班了。我们会心地笑了。

那时，我还是兼任省文化厅厅长。大约一年后，我任厅长已满两届，按规定正式卸任省文化厅厅长一职。在全厅干部会议上，我饱含深情地说，我特别感激组织上尊重我的意愿，让我在文化厅干满了整整十年。

文化厅是我人生道路上工作时间最长、用劲最多、改变最大、感情最深的地方。十年，无论是对于单位还是个人，都是一个不短的时间。十年树木，十年磨一剑。十年的时间，我们做了很多的事情，取得了一定的成绩，曾被省委省政府记集体一等功。虽然这一切都已过去，但还是很有意义的。回首过去的十年，我非常留恋，也十分感激。在真诚感谢大家对我的关照和支持后，我与大家分享了文化工作的四点感悟，也可以说是临别赠言吧：

文化要传承、要创新；
事业要开拓、要坚持；
单位要共建、要和谐；
人生要奋斗、要坦荡。

这平常的话语，既是我十年文化工作的切身感悟与扼要总结，也是我在人生道路上逐步形成的认知与体悟。

在过去的十多年中，我一直担任两个重要职务，也就是承担两份职责，现在专职担任省委宣传部常务副部长，顿时觉得肩上的担子轻了许多，有一种有劲使不完的感觉。

没过多久，又有一个机会来了：省文联党组书记到龄转岗，留出了一个空位置。我随即向组织上提出，我想到省文联去工作。这是我唯一的一次主动向组织提出换岗的要求。

为什么呢？我有个自己的小算盘，当时我56岁，离退出实职领导岗位的时间不到五年了，我想为自己选择好工作的最后一站，为以后继续从事文艺创作打下基础。

省委尊重我的意愿，决定我担任省文联党组书记、常务副主席。时任省委书记找我谈话时说，人家把宣传部常务副部长的位置看得很重，你却主动提出到省文联工作。我说，是的，因为我喜欢文化艺术工作。书记微笑道，我支持你的这个要求，到文联更能发挥你的作用。书记又说，与你谈话很轻松、很愉快，而现在有些人对自己的职位看得太重，刚才我找一位正厅级领导干部谈话，他对自己没有被提拔使用感到很委屈、很不满，还掉了眼泪。这不好。职位不是最重要的，关键是能充分发挥自己的作用，多作贡献。我笑着点了点头。最后，书记又对做好文联工作提了一些要求。

人生就像一列火车，驶过一站又一站，景色再美也不会后退，一直向前奔去。就这样，我愉快地走进了我工作的最后一站。不，应当说是走上了新的工作岗位。

2013年12月16日上午，省委宣传部部长亲自送我到省文联任职。省文联办公大楼是一座崭新的现代大厦，坐落于南京河西新城——梦都大街50号。

梦都，多么富有诗意的名字啊！它濒临长江之滨，自然环境优美。站在省文联大楼前，我不禁想起童安格的一首歌——

生命就像蜿蜒的江河，
慢慢流过岁月。
人来人往有些爱永不更改。
在你我忘了珍惜的时候，
最美好的已远走。
能不能把碧绿还给大地？
能不能把蔚蓝也还给海洋？
能不能把透明还给天空？
梦开始的地方，
一切还给自然……

一切还给自然，梦想还给自己。梦都，它是梦重新开始的地方，我将怀着新的梦想，愉快地踏上新的历程。

作为宣传文化战线上的老兵，我还是保持着以往一贯的热情，仍然有着“新官上任三把火”的冲劲。那么，这“三把火”从何烧起呢？

省委领导在找我任职谈话时，讲到省书协、省美协已经十多年没有换届了，作为书画大省，这样是不应该的，应该尽快换届。我表态说，我到任后就先抓这件事。同时我又提了一个条件，请省领导放手让我们去做，尤其是在人事安排上尊重我们的意见。省领导明确说，这没问题，我们支持省文联党组抓紧做好省书协、省美协的换届工作。

我为什么会向省领导提出这样的要求呢？因为我知道省书协、省美协难以换届的症结，主要是主席、副主席人选的竞争非常激烈，难以摆平。说实话，一段时期，书画界风气不正，争名夺利的现象白热化、公开化，而且虾有虾路，鱼有鱼路，每逢换届，各找各的门路，有找领导打招呼的，有自己伸手要的，有拉帮结派的，争得头破血流，搞得乌烟瘴气。有一个省的书协换届，由于争当主席、副主席的人太多，加上各路领导打招呼，最后不得不安排了30多个副主席、10多个副秘书长，一时成为全国笑柄。

我省当然没有那么严重的情况，但由于江苏是书画大省，名家大师多，符合担任主席、副主席条件的人选也多，竞争十分激烈，人选难以定夺，所以，换届工作一拖再拖。我知难而进，以省书协换届为突破口，点燃了我到文联工作后的第一把火。

我首先广泛听取意见，摸清情况，按照书协章程和惯例提出省书协候选人的必备条件，由省文联党组拿出换届初步方案，报省委宣传部批准同意。然后我三次登门拜访尉天池先生，他长期担任省书协主席，是德高望重的全国著名书法家。我与他倾心交谈，听取他的意见，达成换届工作的基本共识。接着，我找省内书法界的代表人物谈话。开始谈得很艰难，多位原本有条件进入主席、副主席人选的人，由于年龄等原因，这次没有列入人选名单，他们意见很大，摆出了充分的理由，而且言辞颇为激烈。我虚心听取他们的意见，既做耐心的思想工作，又坚持原则不退让，该肯定的肯定，该解释的解释，该批评的批评，该调整的调整，经过多个回合的工作，终于做通了他们的思想工作。

这里我要特别提到的是，言恭达、徐利明两位书法大家，不仅在书法艺术上有突出成就，而且为我省书法事业和书法人才培养做了大量工作，他们完全有资格、有条件列入主席候选人选，但他们通过我耐心细致的思想工作，最终服从大局，理解与支持省文联党组的换届人选方案，表现出艺术大家的高风亮节，为省书协顺利换届起到了关键作用。

经过紧锣密鼓的各项准备工作，江苏省书法家协会第四次会员代表大会于2013年12月21—23日在南京钟山宾馆隆重召开。我作了题为《推进书协改革，促进书法繁荣》的讲话。会议选举产生了新一届理事80人，常务理事20人。孙晓云当选新一届书协主席，言恭达担任省书协艺术总监，徐利明等三位同志当选副主席。

这次会议开得出乎意料的顺利与成功，开出了我省书法界的精气神，还在全国书法界创下了“两个最”：一是开得最快，从动议到召开，仅用两周时间；二是主席团人数最少，主席一名、副主席三名。

啃下书协换届这块硬骨头之后，省文联党组又经过深入仔细的工作，在充分酝酿和准备的基础上，对14年没有换届的省美协进行换届。虽然省美协的换届工作也有很大的难度，但有省书协换届的先例与经验，省美协换届相对顺利了许多，获得圆满成功，省国画院院长周京新当选新一届省美协主席。

省书协、省美协的成功换届，有力地推动了省书画事业的发展与繁荣。在后来的全国美协、全国书协换届中，孙晓云荣任全国书协主席，是全国书协首位女主席，也是江苏书法家担任此职的第一人；周京新荣任全国美协副主席，是继傅抱石之后江苏美术家再次获此职位。

我到省文联后的第一把火，把难点变成了亮点。接下来，我要抓工作的重点了。什么是重点？据我的经验，弱点就是重点。抓住并解决一个单位的薄弱环节，就能迅速改变单位的现状，变弱势为优势。我了解到，在历届文联党组和主席团的努力下，我省文联工作有着很好的基础，但在文艺创作、文艺活动和为艺术家服务等方面，缺乏必要的平台与手段，不利于省文联工作的有效开展，也影响了省文联的凝聚力和号召力。

就在这时，办公室主任向我请示，是否同意省科协提出的将文联、作协、科协、史志馆所共有的一个大厅划归他们使用。我随即了解有关情况并到现场察看，原来这是一个有几百平方米的共享大厅，但十多年来一直空着，基本没有使用过。我灵机一动：这可以改造成一个很好的书画展示空间啊！于是，我婉言拒绝了省科协的要求，并与几家协商，由省文联创办一个现代美术馆，各家共同使用。在省委宣传部和省级机关事务管理局的支持下，用很少的投入、很短的时间，建成了一个崭新的江苏省现代美术馆，成为继省美术馆后的又一个省级美术馆。

建成后，好评如潮，展览频繁。每年为艺术家举办各类展览近50场，还承办了国内外高水平、有特色的展览数十场，不仅为艺术家提供了展示平台，还成为重要的省级公共文化阵地。

有了良好的工作开局，我趁热打铁，又与党组一班人精心谋划全面工作，在三年内整体推进“两主四品六平台”的目标任务。

“两主”就是组织实施“中国精神·中国梦”主题文艺创作；广泛开展“深入生活、扎根人民”主题实践活动。

“四品”就是重点拓展“百家金陵”“百花金陵”“千峰工程”和“千帆行动”等文艺品牌。

“六平台”就是成立江苏省现代美术馆、江苏省书画院、江苏省茉莉花艺术团，建设江苏艺术剧场，创办《江苏文化艺术周讯》，开设江苏文艺网。

不到两年的时间，“两主四品六平台”的目标任务提前实现，省文联工作出现了崭新的局面。2015年4月，江苏省文学艺术界联合会第九次代表大会在南京隆重召开。在这次大会上，我当选为省文联主席。这是省委和全省艺术家给我的莫大信任。在我之前，江苏省文联主席是由省委原副书记和原副省长先后兼任的，所以，我倍感荣幸和责任重大。

梦都大街50号——省文联真正成为我的梦重新开始的地方。

为艺术家站台

在人们眼里，省文联主席是全省文艺界的最高职位了，而我给自己的定位是，既不是领导更不是什么官，而是艺术家的朋友。

为什么这样说呢？在多年的文联工作中，我逐步认识和掌握了文联组织的性质与特点。文联是党和政府联系文艺界的桥梁和纽带，也是全省文艺创作的园地和艺术家之家。如果说，我之前担任的厅长、部长等职，主要在于决策与管理，那么，省文联主席则主要在于团结与服务，即团结艺术家，服务艺术家，热心地为他们开展艺术创作和艺术活动搭建平台，创造条件，搞好服务。所以，我在艺术家面前转换角色，从不以领导自居，而是与他们平等相处，与他们交朋友。

以前当厅长、部长时，我曾多次当众宣布，我不与大家交朋友，我们是同志与同事，保持工作关系。我还对大家说，你们到我办公室来，只谈工作不谈心，只要汇报工作不要汇报思想。思想是自由的，你们心里想什么我不管，我只管工作，只看工作表现和成效。甚至我认为，思想好不好应体现在工作上，思想好的工作就好，工作好的思想就好。现在看来，我的说法与做法也许失之偏颇，但还是有一定道理的。

到文联工作后，我一改这种说法与做法，而是经常与艺术家接触，拉近与他们的距离，找各种机会与他们聊天谈心，谈创作、谈生活、谈思想，无所不谈，了解他们的所思所想。我经常参观各种展览，观看各种演出，掌握艺术家最新的创作动态和艺术成果，同时向他们学习书法与绘画，参与艺术实践，掌握艺术规律，逐步从艺术的外行变为艺术的内行，找到与艺术家的共同语言。

有段时间，我还拣起了老本行，当起了记者，不定期地采访了50多位著名艺术家，与他们面对面、零距离进行访谈，就艺术的创作状态、倾向、基本理论等问题，进行深入交流与探讨，碰撞出艺术火花。这些访谈整理出来后达30万字，分别在我的个人公众号里推出，许多国家级、省级传媒纷份转载，既宣传了这些著名的艺术家，也对当前的艺术创作起到了较好的引导和促进作用。

艺术家是一个特殊的群体，他们有才华、有专长，也有思想、有个性。他们往往看上去比较清高与孤傲，甚至有点狂妄，但通过与艺术家的广泛接触与交流，我不仅向他们学到了许多艺术知识，而且了解到了他们许多真实的想法与诉求。他们最大的愿望，就是搞好创作，并让他们的作品得到领导和社会各界的认可，能够得到广泛的传播，能够实现最大的艺术价值。

为了满足艺术家的愿望，我想方设法为他们“搭台”与“站台”。

所谓“搭台”，就是为他们搭建艺术展示的平台，创造条件为他们举办各种展览和演出，让他们有更多机会展示自己的艺术成果和艺术风采。

所谓“站台”，就是参加他们的艺术活动，到个场、讲个话、揭个幕。这几年，我不管工作多忙，都尽量参加艺术家的各类活动，为他们在开幕式或研讨会上发个言、讲个话。

我的讲话稿，都是我自己来写，不讲大话套话，不搞廉价吹捧，而是深入研究他们的艺术创作和艺术成果，针对每个艺术家不同的创作方法、不同的艺术风格和特点进行点评，力争讲到点子上，说在关键处。所以，许多艺术家搞活动，都希望我到场为他们讲讲话。

十多年来，应该有几百次了吧。我曾在冯健亲、喻继高、尉天池、赵绪成、言恭达、宋玉麟、吴为山、孙晓云、徐利明、周京新、薛亮、管峻、黄孝慈、张继青、顾芗等我省著名艺术家的展览或演出活动上讲话，也为许多优秀中青年艺术家讲过话。这些讲话，给大家留下了深刻的印象，获得好评。

比如，我在赵绪成先生的一次展览开幕式上说，赵绪成20岁时的绘画就像70岁时那么成熟；他70岁时的绘画又像20多岁时那么富有朝气。今天，他80岁了，进入了耄耋之年。但他自称是80后，始终充满着生命的活力。他的心理年龄比生命年龄年轻得多，而他的艺术年龄正处在青春勃发之际，进入了又一个艺术创作的高峰期。这就是赵绪成先生艺术生命的价值与意义所在。

再如在尉天池书法艺术馆开馆仪式上的讲话，也有一定特色。讲话不长，在这里全文抄录一下：

今天，我们在这里隆重举行尉天池书法艺术馆开馆仪式，同时，由荣宝斋出版社出版的《尉天池书法集》也一同面世了。在尉天池艺术馆和书法集中，汇集了尉老从1968年呈林散之老师函件到2018年整整50年创作的代表作。在这里，请允许我选出其中四幅作品的四句诗文，作为对尉老书法艺术人生的描述与品评——

"大风起兮云飞扬，威加海内兮归故乡"，这是尉老在2009年创作的一幅作品，出自刘邦的《大风歌》，表达了刘邦回到故土的豪迈气概和无限感慨。今天我想套用一下，也写这样两句：书风起兮云飞扬，名扬海内兮归故乡。我把这两句诗送给尉老，也许他不会接受，但我认为这是实至名归。今天，尉老不是"衣锦还乡"，而是"荣归故里"。为什么这样说呢？尉老曾获得过许多奖项与荣誉，而其中最高、最重的就是中国文联和中国书协授予的"中国书法兰亭奖·终身成就奖"。这是中国书法艺术的最高奖，也是中国书法界对尉老艺术成就的充分肯定和最好褒奖。

"删繁就简三秋树，领异标新二月花"，这是尉老在2014年创作的一幅隶书作品，出自郑板桥题书的斋联。这正是尉老书法创作、创新的最好写照。尉老一生从事书法创作，已近70年。纵观他的书法创作，可以说一直在探索、一直在求变、一直在创新，不赶浪头，不趋风气，自辟新路，进而形成了他如今"删繁就简、领异标新"的书法面貌和书法风格。一是大写意。汉字本来就是写意的，而尉老在写意的基础上再写意，高度简练，大胆夸张，去除枝蔓，挺拔主干，使作品爽利劲捷、流畅简洁、清隽意达。二是大开合。尉老的书法创作，遵循“中敛旁肆”的规则。收，收得住；放，放得开。纵向聚气，横向取势，八面出锋，纵横驰骋，使作品挥洒自如、游刃有余、酣畅淋漓、跌宕起伏。三是大气象。尉老的书法创作充满着浪漫主义的色彩，无论是用笔结字，还是章法布局，皆为因势利导、随机应变，既是自然造化，又是性情所至。有人说尉老的书法有旁若无人、独往独来的霸气，而我认为尉老的书法展示出厚实雄朴、匡正恢宏的大气。正是尉老书法艺术中的大写意、大开合、大气象，构成了他书法艺术的独特面貌和崭新风格，在当今书坛独树一帜、独领风骚。

“世事洞明皆学问，人情练达即文章”，这是尉老2013年创作的一幅作品，出自《红楼梦》的一句话。简略地说，就是实践出真知。尉老在书法艺术上之所以能够取得如此大的成绩，与他的学养和经历是分不开的。大家知道，尉老是我国最早的一位书法教授，长期进行书法创作和书法教学，既有很深厚的创作功底，又有很坚实的理论功力。而且，尉老很早就走出书斋、走出校门，与社会广泛接触，积极参与社会活动，积累了丰富的人生阅历。我曾经与尉老有过一次访谈，在访谈中尉老告诉我，书法家要多接触社会，多深入生活，多吃五谷杂粮，也就是说，要有多方面的学养和丰富的社会阅历。他是这样说的，也是这样做的。尉老坚持做到理论与实践相结合，教学与创作相结合，把自己的学养与阅历渗透到书法创作之中，一改书斋创作、书生书法的老套路，使自己的书法之路越走越宽阔、越走越远大。

“胸中丘壑，笔底波澜”，这是尉老在2012年创作的一幅作品，有多个出处的不同表达。也许这是尉老的自我表白。对于书法家来说，学养与经历固然重要，而更重要的还有眼光与胸怀。有这样一句话，比大地开阔的是海洋，比海洋开阔的是胸怀。有多大胸怀就有多大格局，有多大格局就能成就多大事业。具体到书法上来说，有多大胸怀，书法就有多高的品位与气质。尉老长期担任省书协主席，为我省书法事业的发展和书法人才队伍培养倾注了大量心血，是我省书法领域的一面旗帜。他为书为事为人，胸怀宽广，目光远大，气度非凡，深得江苏乃至全国书法界的好评与崇敬。他的眼光与胸怀，成就了他书法艺术的大气大度、博大宏达。总之，尉老以其毕生的努力奋斗，取得了在书法创作、书法教学、书法组织上的三项重大成就，成为当今书坛的一座高峰。

最后，我要引用尉老书法集的最后一幅作品的三个字“翰墨缘”来表达我的良好祝贺，祝贺尉老缘定江苏、缘牵徐州、缘注翰墨，以80岁的高龄、80后的心态，让生命之春与艺术之春永驻，再创书法艺术的新辉煌！

那次开幕仪式结束后，紧接着召开了“尉天池书法艺术研讨会”，由我主持，来自全国的十多位专家参加研讨会并发言。第一个发言的专家上来就说：这次展览非常成功，首先是尉老的作品好，都是精品力作，有的堪称书法经典。再就是领导的讲话好。我参加过无数次的展览开幕式，也听过许多领导的讲话，但今天章剑华主席的讲话最有特色，既是一个不带客套的讲话、一个有独到见地的评论，也是一篇优美的散文。

好一篇优美的散文！

过奖了，过奖了。但我将朝着这个方向去努力，使自己的每一次讲话，都能成为一篇真正的好散文——推荐艺术名家、点评艺术作品、弘扬艺术精神！

成就他人方能成就自己

《三国演义》中说：“卧龙、凤雏，二者得一，可安天下。”刘备三顾茅庐会诸葛，萧何月下单骑追韩信。

这样的例子不胜枚举，人才的重要性可见一斑。在人类社会发展的历史进程中，人才扮演的角色越来越重要，对于事业发展具有基石和决定性的作用。

非常之功，必待非常之人。文艺创作当属“非常之功”，而文艺人才显然就是“非常之人”。我在文化艺术战线上工作的几十年，正是我省文化建设的重要时期。在我省文化建设中，关键或者说根本在于文化艺术人才。江苏文化强省建设目标几经调整，唯独一条没有变的，就是“文化人才队伍强”。身为省文化艺术部门的主要领导，我尤其重视文化人才的发现、培养和使用。如果说我在文化强省建设中做了一些工作、作出了一定贡献的话，那么我觉得最主要的还是在人才队伍建设方面。

在省有线电视台和省广电总台期间，我先后发现和培养了陈怡、金波、王楠、浩然、孟非等一批优秀节目主持人，台里为他们提供了精心策划制作的品牌栏目——展示才华的舞台，使他们一举成为享誉省内外的著名主持人。曾在央视一套黄金档热播的电视剧《人世间》，以及早些年热播的电视剧《人民的名义》，其导演李路，也是当年我破格提拔他为南京电影厂业务厂长，为他以后的发展奠定了一定的基础。

到省文化厅不久，我带团出国访问，与一些艺术家同行，其中有省国画院院长赵绪成推荐的该院青年书法家管峻。我原来不认识他，在访问澳大利亚和新西兰途中，他边写生边写诗，很是认真。我看了他创作的书画作品和诗词，觉得是个人才，回国不久，就推荐他担任省国画院院长助理，一年后又破格提拔他为副院长。三年后，省文化厅创办了江苏省书法院，公开向全国招聘了一批优秀中青年书法家，管峻先任执行院长，后任院长。如果他没有担任过江苏省书法院院长的话，也许就不可能去当中国书法院院长。

对于特殊人才，我敢于破格使用。破格，就是不拘一格用人才。有一次，省国画院领导向我汇报，想把吴冠南调到院里来。这个吴冠南，与著名画家吴冠中同为宜兴人氏，有人以为他们是兄弟关系，其实一点关系也没有。当时吴冠南已经50多岁，腿有残疾，且没有大学学历，没有正式工作单位，但他从小刻苦学画，自学成才，在写意花鸟画创作上具有相当实力和较高水平，是难得的书画艺术人才。我看了他的简历和有关材料，开始有些犹豫，他是我的老乡，用他会不会引起非议？但我权衡再三，用人不避亲，还是同意调他来省国画院。他调来后，平台不同了，视野开阔了，艺术上大有精进，成为国内公认的大写意花鸟画大师。

为了招揽和培养更多的艺术人才，我竭力争取上级组织的重视和各方的支持，筑巢引凤，新建和新设了一些文化机构和文艺组织，如江苏省书法院、江苏省书画院、江苏省现代美术馆、江苏省青年艺术家协会、江苏省雕塑家协会、江苏省当代艺术创作研究会等，并从省内外引进了一批优秀中青年艺术家，重用了一批艺术骨干，使他们迅速成长起来，成为我省文化艺术的中坚力量。

相对于书画创作来说，我省的剧本创作较为薄弱。剧本剧本，一剧之本。没有好的剧本，再好的剧团、再好的演员也排不出好戏来。一次，省文化厅文艺处处长吴小平向我推荐了上海戏剧学院博士生罗周，我一看她的简历和她创作的一些作品，当即决定把她作为人才引进，安排到厅里的剧目工作室任专职创作人员，不久又提拔为主任助理、副主任。现在她是省戏剧创作院院长，三次获得中国剧本创作最高奖——“曹禺文学奖”，这在全国独此一人，被誉为中国剧本创作的“半壁江山”。

在我担任文化厅厅长期间，正是厅直属文化单位领导班子新老交替之际，主要是“两院两馆”：南京博物院、省国画院、南京图书馆、省美术馆。这四个单位都是我省最重要的文化单位，在全国也一直排在前三的位置上。要保住这些单位在全省乃至全国的地位，就要配备好领导班子，而一把手尤为重要。在选拔这些单位主要领导人选时，我坚持做到三条：一是德才兼备，二是专业过硬，三是放开视野。我先后向省里推荐了系统内的优秀专业人才孙晓云、龚良分别担任省美术馆馆长和南京博物院院长；又从南京大学、南京艺术学院选拔了徐小跃、周京新分别担任南京图书馆馆长和省国画院院长。

这里我要特别谈一下周京新的任用过程。当时省国画院院长宋玉麟到龄退休，亟待配备一名新院长，而江苏省国画院是傅抱石等老一辈书画家创办的，在全国的知名度和艺术地位都很高，其院长必须是由全国知名的书画界领军人物来担任。我经过多方物色，准备推荐南京艺术学院美术学院院长周京新担任院长，但省委宣传部和组织部都没有表态，我就直接去找当时的省委书记，他听我说到推荐周京新当省国画院院长，立即摇头说：省里的著名书画家我都很熟悉，可从来没有听说过周京新，看来不合适。我坚持说：你对省国画院和社会上的书画家熟悉，但对高校里的不一定都熟悉。据我对周京新的考察了解，他无论在绘画水平还是学术能力上都是首屈一指的，在全国书画界很有影响，是个难得的美术人才，请书记了解一下他的情况再定。在我的请求下，书记专门在书画界征询意见，最后采纳了我的推荐，同意提拔任用周京新为省国画院院长。

人往高处走，水往低处流。一度时期，江苏出现了“孔雀北飞”现象，就是优秀文化艺术人才向北京等大城市流动，这虽然也是好事，但对我省文化建设带来了一定影响，造成了青黄不接的现象。为此，我想方设法留住人才，动之以情，晓之以理，竭力地挽留他们，并给他们提供更高更好平台，让他们在江苏同样能发挥自己的才华和作用。通过我的工作，先后把周京新、喻慧、罗周等多人留在了江苏，他们为江苏的文化艺术作出了杰出贡献，也在全国的舞台上大放异彩。唯一遗憾的是，我没有能把管峻留下来，因为他调动时，我已离开了省文化厅厅长的岗位。好在他在中国书法院院长的位置上做得很好，发挥了更大作用。

在我几十年的职业生涯中，发现、培养和重用了一大批优秀文化艺术人才，他们都取得了丰硕的成果，作出了很大的贡献。他们当中许多人成为江苏乃至全国文化艺术界的领军人物，如孙晓云担任了中国书协主席，周京新担任了中国美协副主席，管峻担任了中国书法院院长，他们的艺术成果、发挥的作用以及作出的贡献比我大得多。

世有伯乐，然后有千里马。从另一个角度看，世有千里马，然后有伯乐。千里马之所以成为千里马，说到底还是靠千里马自身的条件与努力。上述列举到的那些优秀的艺术家，都是自己几十年奋斗的结果。如果没有我的发现与培养，早晚也会有其他人来发现与培养他们，金子在哪里都会发光，花朵在哪里都会芬芳。

成就他人，方能成就自己。从某种意义上来说，是那些艺术家给了我机会，是他们成就了我。我因他们而欣喜，为他们而自豪！我们共同为江苏文化艺术事业作出了应有的贡献。

我的书法之路

南京太平门是明代京城十三座城门之一，位于龙蟠路南端，坐南朝北，依山而建，在玄武湖与紫金山之间，扼守紫金山通向城内最近的通道。这里长年车水马龙，行人如织，节日尤甚。

每年春节前，我都应邀参加“城门挂春联”活动，连续五年为太平门书写巨幅春联，既向公众表达良好的节日祝福，也为人们展示中华国粹——书法之美。

书法不是我的专业，而是我的兴趣。

兴趣是个人对某种事情的喜好和热情，它可以激发人的积极性和上进心，还能作为心灵上的慰藉，在压力或挑战面前提供支持和动力。所以，人是要有一点精神的，也是要有一点兴趣的。做自己感兴趣的事，并把兴趣发挥到极致，那实在是一件十分幸福的事。

兴趣是最好的老师。我从小特爱书法，启蒙于小学的描红课。初高中时，遇上“文革”，周围铺天盖地的大字报和大标语，虽然都是用毛笔写的，但称不上书法。我常常躲在家里，对着描红本依葫芦画瓢，认真地练习毛笔字。恢复高考后，我进了师范学校。教中文的邱老师板书特别漂亮，这又勾起了我练习书法的愿望。正好班上有几个同学也喜欢书法，我们常常在一起切磋和练习书法。邱老师鼓励我们说，你们练习书法非常好，做老师要有一手好的板书，如果会书法则更好。在邱老师的鼓励和指点下，我的毛笔字进步较快，也算是初步踏进了书法之门吧。后在复旦大学学习期间，我从学校书店买了一本小楷字帖，一有时间就在宿舍里练习，着实下了不少功夫，在小楷上达到一定的水准。

后来走上工作岗位，再也没有时间练习书法了。直到到省文化厅工作后，赵绪成先生竭力鼓励我再研书法，我一下子动了心。近朱者赤，近墨者黑。我想，周围有许多书法家可以当我的老师，还经常参观各种书画展览，具有学习书法的极好机会和浓厚氛围，而且可以借此与艺术家交流、交朋友，有利于工作的开展，何乐而不为呢？

于是，我正式开始学习书法，先从“二王”入手，于孙过庭、赵孟頫、文徵明、董其昌一路循序渐进，旁及米芾、张瑞图，后又临习于右任的标准草书。在此期间，我认识了南京艺术学院书法教授徐利明，与他多有交往。在一次谈话中，他主动征求我意见，愿不愿意当他的书法博士生。我当然愿意！当时我虽然年过半百，但学习愿望还相当强烈，尤其是在书法上拜师学艺，是我梦寐以求的一件事。

我按学校统一要求参加了入学考试。考试那天，校领导和徐老师在教室门口等我，对我能否真的前来参加考试将信将疑，而我准时到达，与其他考生一道，在三个小时的考试中，除了基础题外，按要求当场写了一篇关于书法的文章。写作是我的长项，我以《书法的传承与创新》为题写了近三千字的文章。后来徐老师告诉我，他给这篇文章打了85分，且把我的这份试卷存放在学校的文档里。

我幸运地被南京艺术学院录取为在职博士生。在三年的学习期间，徐老师让我读了许多书法方面的书，并经常给我面授。我边学习边创作，同时撰写书法方面的文章，先后在《中国书法》等全国性书法杂志上发表四篇论文。在此基础上，完成了10万字的毕业论文《中国书法的现代构建》。学校邀请国内著名书法教育家进行了盲审，然后进行论文答辩。

答辩那天，我忐忑不安地来到学校的一个小会议室，从全国邀请来的专家包括南艺的黄惇教授等坐成一排，两旁是同时参加答辩的五六位同学。我是第二个进行答辩。由于我的准备比较充分，答辩过程很顺利，但到最后，外地来的一位专家突然对我发问：你能不能对“一切历史都是当代史”作个扼要的阐述？我愣住了，过了许久才结结巴巴地说，记得这是国外的一位哲学家说的，意思是，一切历史对于当时来说都是当代史，如同今天的新闻就是明天的历史一样。那位专家毫不留情地说，你理解错了，起码不是完全对。一切历史都是当代史，是意大利历史哲学家克罗齐提出的一个著名命题。他认为，每一个历史判断的基础都是实践的需要，它赋予一切历史以当代史的性质。

我脸唰地红了。黄惇教授则为我解围说，一个问题答不准不要紧，但你回去后要好好查查资料，把这句话的含义弄清楚。我连连点头。

答辩结束后，我心里很是懊恼，担心通不过。但后来得知，我的答辩顺利通过了，而且得到了考官们的表扬。南艺领导还对参加答辩的其他学生说，你们看看章剑华的毕业论文，再听听他的答辩，你们服不服啊？他是厅长，工作那么忙，却准备得如此充分，你们要向他学习。

读博，让我掌握了一定的书法理论知识，但实话实说，在书法创作上还没有什么突破，没有形成自己的书法特色与风格。一次偶然的机会，我在《书法报》上看到一幅章草作品，一下子把我吸引住了，觉得非常好看，特别喜欢。我立即打电话给在南航任教的刘灿铭教授，问他能不能给我找一本章草字帖。他第二天就把找到的一本1982年出版的宋克的《急就章》送给了我，我随即临习起来。我姓章，与章草有一种暗合。所以一临就很快上手。之后，我把临习的一幅章草作品给徐利明老师看，他看后说，你临得很好，以后可以往章草上靠一靠、走一走。从此，我就在章草上苦下了一番功夫，日积月累，颇有收获。

我在临写的过程中发现，章草毕竟是旧体，虽有古意和文气，但范式严谨，显得有些呆板，用现代人的审美眼光来看，并不是很美。于是，我试图在旧体章草的基础上进行创新。在创新过程中，我始终坚守"汉字为本、中和为上"的书法精神，首先在宏观上思考书法发展方向和道路。我认识到，汉字是中华文化的源头和精髓。书法是以笔墨纸砚为工具和材料、以汉字为对象、以表意抒情为特征的一门独特的造型艺术。书法是汉字的艺术化，无论怎样创新，都要立足汉字这个根本，在汉字的造型和内涵上拓展与升华。同时，还要善于运用中华哲学思想指导书法创作。中华文化源远流长，哲学思想博大精深，其核心是“中和”两字。“中”者中庸，适当适时也。“和”者和谐，和而不同也。书法的最高境界，是由内而外的“中和”，即在对立统一中达到平衡，在千变万化中实现和谐。

在书法精神的引领下，我又在微观上对书体风格进行较长时间的摸索，将古体章草与于右任的标准草书相结合，同时吸收近现代章草名家王遽常、高二适等的创新笔意，再加入自己个性化的笔法，既保留了章草与今草的一些特征，又融入篆、隶、楷、行、草诸体中的部分元素，形成了自己全新的书法面貌，有人称之为“新章草”。

这显然是拔高了，但因为我姓章，大家也就认了，或者并没有当真。而我对章草是当真的、上心的。在反复实践的基础上，我将自己的创作方法归纳为这样五条：

一是起笔如楷。借鉴楷书的起笔方法。楷书常以折锋起笔，或谓“露锋入笔”，即起笔与行笔之间毫锋运动的方向成一定的角度，有一个毫锋转向的环节，写出“有棱角、出锋芒”的方头笔画。

二是行笔如篆。借鉴篆书的行笔方法。无论大篆还是小篆，其笔法特点为笔笔中锋，即在行笔书写时，笔锋进行适时调整，使之与纸平面保持垂直，笔尖始终在线条的中心部位，正所谓“令笔心常在点画中行”。

三是收笔如隶。借鉴隶书收笔的方法。“收笔雁尾”是隶书用笔上的典型特征，即在收笔处先按笔，然后向右上方挑笔出锋。

四是内构如草。借鉴草书的连笔方法。连笔是草书的特色，将此连笔方法用于结体，形成字内“多笔相连”或“笔笔相连”，一气呵成。

五是外形如行。借鉴行书的造型方法。行书字形富有变化，灵动活脱，提按分明，使转有度，字与字之间相对独立，错落有致，偶有连笔，上下贯气。

多年前，我举办了题为“墨语”的一次小型书法作品展，并出了一本论述书法的小册子，邀请著名文化学者余秋雨写了一篇序言。他是文化大家，对书法与文化的关系有着特别的认知，他在序言中说：

> 章剑华先生与历来多数书法理论家不同，他不是就书法论书法，而是去把书法放在一个现代宏观的文化架构来思考它的命运。他心中的文化架构不是一种静态的背景性存在，而是一个动态的生命过程。文化变成了一种气势浩大的生活逻辑，书法只是其中一脉支流，这就使全部论述具有了雄辩的高位，而很多在实践中探寻和固守的书法实践家，往往正是缺少这种高位。正是在这个高位上，章剑华先生在列数古今有关书法的各种定义后自己立了一个定义。他的定义只有二十五个字：书法是用笔墨对汉字进行造型处理的一门独特的艺术形式。这个定义看似平常，但只要对比了其他定义就可发现，它大胆舍弃了最常见的书写的概念，代之以笔墨造型的提法，又强调了艺术形式，使书法在疏离实用性书写功能后的生存趋势，获得了自由度很高的审美定位。

我这样大段引用余秋雨先生的序言，绝不是为了借名家大师之口抬高自己，而是觉得余秋雨先生讲得太好了，尤其是对文化与书法的关系论述得太深刻、太精辟了！

如今，我对书法的兴趣与日俱增，创作水平也在不断进步，但我知道，我的书法水平与书法名家相比还有很大的差距。我更知，书法艺术的奇妙在于变化无穷，书法之路的魅力在于永无止境。“新章草”的探索与实践还刚刚起步，尚未达到高妙精深之境地。我将在书法之路上继续前行，从宏观与微观两个层面上进行探索与实践，创变其形态，丰富其内涵，充实其文质，并在字法、墨法、章法上进行全方位的完善与提高，使“新章草”真正成熟起来，达到更高的艺术水准。

夕阳西下，映红了天边的晚霞。夕阳是成熟了的朝阳。它虽然没有朝阳那么鲜亮与艳丽，但比朝阳执着与凝重。60岁的你，虽是夕阳，并非落日。

第07章 春华秋实

重燃文学之梦

如果说书法是我的兴趣爱好，那么文学就是我的人生之梦。

我从小爱好写作，年轻时曾做过“文学梦”，但因当时学习和生活条件所限，没有能走上文学之路。这是我至今的一个缺憾，但我从未间断过写作，哪怕是担任领导干部后，也从来没有放下手中的笔，除了写作各类文稿包括讲话稿外，还常常利用业余时间，写写散文、杂谈、评论之类，偶尔也写些诗词和歌词。直到十五年前，一个偶然的机会，让我重燃文学之梦，踏上了纪实文学创作之路。

在担任省文化厅厅长期间，有一次我到南京博物院调研，他们带我到朝天宫地下文物库房察看。这是抗日战争时期为存放北京故宫南迁文物而建造的一个文物库房。我进去一看，竟然有上千箱文物堆放在里面，上面还贴着故宫博物院的封条。我就让他们抬下几箱，打开一看，我大为震惊，里面都是国宝级的故宫文物。他们向我介绍了有关情况，让我对故宫文物在抗战中辗转迁徙的历史有了初步印象。

之后，我又查阅了有关资料，初步掌握了故宫文物南迁的过程。我隐约感到，这段历史、这个事件，是抗日战争中发生的一个很重要的文化事件，其艰苦卓绝的程度，及其产生的作用和意义，绝不亚于战场上的拼杀与流血。但我发现，关于这段历史的文字记载不多不全，专门的研究则更少。后请教文物界的专家朋友，才知道其中的一些原因：当时兵荒马乱，加之故宫文物外迁是在十分紧急和秘密的情况下进行的，参加外迁的专家们更多地关注文物的安全，重于文物的研究，至于外迁过程中的人与事，则不太在意，更不愿意在世人面前表功，因而他们在回忆和记述这个事件的时候，往往只是说明何时出发、走什么路线、带有多少箱文物、在何处落脚等，就像他们写的文物勘察研究报告一样，非常严谨和简略。当然，还有一个原因是，由于解放战争期间，故宫人被迫分道扬镳，有的留在大陆，有的去了台湾，之后两岸政治纷争几十年，对故宫文物迁台也存有异议，故而大家都尽量回避这个话题，不愿过多提及。

在弄清这些情况后，我产生了这样一个念头：应该将故宫文物南迁这段尘封已久的历史全面而详尽地记载下来，以弥补历史记载的不足，同时也可以给我们这些后来的文化工作者以激励和教益。于是，我便想方设法详细了解这段历史，走近这段历史，从多方面去搜集有关资料，如当时的档案、当事人的回忆录以及相关的历史书籍等，并进行系统的梳理和深入的研究；我多次向故宫博物院院长郑欣淼、南京博物院原院长徐湖平和时任院长龚良请教，以求全面客观地把握这段历史；我还利用南京博物院进行院际交流的机会，直接采访了当年参与故宫文物外迁的老人高仁俊，并与老一辈故宫人的后代庄灵、李光谟、梁金生等进行交流；为了增加感性认识和切身感受，我趁着出差的机会走访了北京故宫博物院、台北故宫博物院，以及当年故宫文物外迁的部分路线和贮存地，并多次到南京博物院朝天宫库房察看当年的南迁文物和包装箱等。经过较长时间的努力，我终于掌握了大量材料，基本搞清楚了故宫文物外迁的来龙去脉——

“九一八”事件后，故宫第一批文物2118箱于1932年10月在一片争议声中，通过铁路运往上海。在途经南京时，有人主张改迁西安，便在南京下关车站耽搁了三个多月，后经协调仍旧运往上海。之后又运出4批，共计13427箱，存放在法租界天主教堂的仓库内。后来南京这边在朝天宫建了文物仓库，就把存放在上海的故宫文物运到南京存放。

之后不久，“七七事变”爆发，南京岌岌可危，存放在南京的故宫文物被迫分南路、中路、北路踏上了西迁之路。

南路文物80箱，于1937年8月14日乘招商局建国轮从水路出发，先抵汉口，后装车运到长沙，次年1月分两批转运至桂林，再转运至贵阳。1939年1月又运至安顺的华严洞存放。一直到1944年12月5日，这批文物又运到巴县的飞仙岩。

中路文物9386箱，先后于1937年11月和12月分两批乘江安轮、黄浦轮运抵汉口，再运至宜昌。1938年1月至5月，分19批转运至重庆，分存在地点不同的7个仓库。1939年三四月间，又分24批运至宜宾，之后又分27批运到乐山安谷乡，存于一寺六祠。

北路文物7287箱，于1937年12月分3批由南京运至宝鸡，1938年2月分28批运至汉中，之后又转运至成都。1939年5月至6月，经彭山运至峨眉山，存放在大佛寺和武庙。

西迁过程最长、最复杂，也最艰难。

日本帝国主义投降后，故宫文物先陆续集中到重庆，后经水上运回南京，这就是回迁。解放战争打响后，国民党实施了故宫文物迁台计划，先后分3批共运走5860箱文物。1949年后，存放在南京的故宫文物陆续运回北京，有一部分留在南京朝天宫库房至今。

故宫文物外迁过程的确比较复杂，涉及许许多多的人与事，但我觉得，仅仅把这个过程记述下来并不太难，而且有人记述过了。因此我没有简单地去重复记叙这个过程，而是力图从战争与文化、文物与人物、纪实与还原三个层面，全景式地展示这段鲜为人知却是波澜壮阔的历史画卷。为此，我没有急着动手写作，而是对掌握的资料，对这段历史，进行深入的思考与分析。我认为，人类社会一直处在战争状态，除了军事战争，还有意识形态战争、货币战争、金融战争、信息战争。而且，所有战争都包含着文化战争。应当看到，随着经济全球化进程的加快，世界文化既融合又冲突，西方国家对我国进行文化渗透愈益加剧，中国传统文化面临着前所未有的危机。基于这样的认识，我觉得有必要把故宫文物外迁这段历史，尤其是马衡他们的事迹和精神传播开来、传承下去，以唤起人们特别是文化工作者的文化危机感和使命感，弘扬老一辈优秀知识分子的爱国情怀、顽强意志和坚毅品格，为继承和发展中华文化不懈努力。

俄国著名作家托尔斯泰著有代表作《战争与和平》，主要写的是平民与战争的关系。我想，抗战期间的故宫文物南迁可以称作“战争与文化”。战争与文化关系十分紧密，古人云：“凡武之兴，为不服也；文化不改，然后加诛。”日本关东军司令官本庄繁深谙战争之道，他认为战争只是皮肤的接触和摩擦，而要征服中华，必须开展“枪”后的文化工作。可见，故宫文物外迁既是在战争背景下发生的文化事件，又是战争的重要部分，或者说是“文化抗日战争”。

通过深入思考与研究，我提炼出“战争与文化”这个主题，从“文化抗日”这个角度来写故宫文物南迁这一事件。为了能充分展现这一历史事件的人与事，我选择了纪实文学这个体裁。纪实文学容许在主要事实、主要人物真实的基础上进行适当的虚构。这给写作留有一定的灵活性和拓展的空间。但我在写作时极少虚构，大都是真实的再现，有些缺漏的东西，我尽可能去还原，在合理想象中把整个事件链接、连贯起来，做到前呼后应，同时扩充一些情节，加上人物的心理活动和对话等。

在写作过程中，我十分注意处理好文物与人物的关系。毫无疑问，写文物外迁一定会涉及许多文物，但我认为，文物是人物的劳动对象，是由人创造的，又是由人来加以研究和保护的，所以我没有重复别人“重文物轻人物”的记述方法，而是把记述的重点放在人物上，写那个时代以故宫人为代表的中国优秀知识分子面对国难，挺身而出，保护故宫文物、保护中华文化，与日本帝国主义的文化掠夺进行坚决抗争的感人事迹，充分反映他们的崇高精神和高尚情怀。

初稿形成后，恰逢我带队去马尔代夫访问，我就将初稿打印出来，分发给访问团成员，请他们在飞机上随便翻翻，提提意见。飞机抵达马尔代夫后，在去宾馆的汽车上，随行的省美术馆副馆长张兴来迫不及待地告诉我，他已把书稿看完了，并说，内容很丰富，故事很曲折，就是缺少点味精。我不解地问，味精？什么味精啊？顿时，车上的人都笑了起来。这一笑，更让我丈二和尚摸不着头脑。张兴来看我真的没有理解他的意思，便笑道：我觉得文学作品中要有爱情故事，不然看了总觉得缺了点什么。车上的人都附和他的意见，有人开玩笑说，张馆长不仅要看爱情，最好有点性爱描写，这样他才看得过瘾。张兴来不加掩饰道，还真是。同行人大都赞同，我也觉得有道理。出访回来后，我进一步查阅了有关资料，发现当时有一批北京大学历史系的毕业生在故宫实习，有的还参与了文物的南迁。我就据此在书稿中增加了青年男女的爱情故事。至于性爱描写，就加到了日本特务的身上，为此我还找来贾平凹的《废都》一书，用以参照。当然，我不会写得那样露骨。

经过几次修改，书稿基本定稿。我把这本书取名《承载》。这是因为它承载了太多太重的东西：故宫文物承载了中华上下五千年的历史；飞驰的列车、远航的江轮和翻山越岭的汽车承载了故宫的万箱国宝；故宫人则承载了中国知识分子的文化使命。如今，我写这部作品，也承载了我们文化工作者在今天的思考和责任。

从酝酿写作到书稿完成，《承载》用了近五年的时间。本来应该是放在江苏出版的，但我考虑，我是宣传部常务副部长，如果放在江苏出版，会有利用职权之嫌。我就带着书稿去了北京，找到在人民文学出版社工作的曹剑和王干，他们原来都是省有线电视台的同事，看了我的书稿很是吃惊，没想到我工作这么忙还能创作出几十万字的作品来，但他们表示要等看完书稿再来商量出版事宜。我很理解他们，因为人民文学出版社是我国最有名、最权威的文学出版社，对书稿的要求肯定很高，光凭关系是不行的。

回宁后过了很长一段时间，我才接到曹剑的电话，让我去北京面谈。到了北京才知道，是人民文学出版社社长潘雄凯亲自与我面谈。他上来就对我说，原来以为宣传部领导写的东西，官样文章居多，但看了你的书稿，是一部很好的纪实文学作品，更主要的是，居然以前没有人写过这个题材，而你找到了一个文学创作的宝库。这个题材很独特，很有价值。接着我们讨论了书中涉及的有关问题和出版事宜，并明确王干和安静做《承载》的责任编辑。

经过王干和安静的精心编辑，《承载》一书于2010年9月正式出版。我把新书送给时任故宫博物院院长郑欣淼，他看了以后表示充分肯定，并破例同意在故宫博物院举行新书首发式。《人民日报》《光明日报》和新华社、中央电视台等中央媒体都作了报道，并发表了钱理群、王干等著名评论家的评论，《中国青年报》《解放日报》等报刊还分期转载了全书的内容。一时间，《承载》一书在全国畅销，产生了很大影响。我受到极大鼓舞，便一鼓作气，将写作《承载》时掌握的故宫历史资料进行整理，又花五年的时间创作了完整的《故宫三部曲》——

《变局》以辛亥革命为起点，记载北京紫禁城由明清两代皇宫变为故宫博物院的全过程。从延续两千多年的封建帝制轰然崩塌，到清朝末代皇帝溥仪被赶出内廷；从《清室优待条件》的废除到北京故宫博物院的建立，标志着中国社会的大变局，预示着一个新时代、新社会的开启。

《承载》以日本侵华战争爆发为起点，记载北京故宫博物院在“九一八事变”后，实施“国宝南迁”的这段鲜为人知的悲壮历史。以马衡、易培基等为首的一批中国优秀知识分子，抱着“文化之根在，中国不会亡”的信念，在另一个战场上进行了一场艰苦卓绝、没有硝烟的“文化抗日战争”。

《守望》以新中国成立为起点，记载两岸分离以后形成“一宫两院”的发展过程与现状。一桩桩往事、一件件国宝、一缕缕乡愁，见证着中华民族同宗同祖、故宫文物同根同源、两岸文化一脉相承，昭示出故宫国宝聚首合璧、两个故宫交流合作的美好愿景。

2015年9月，《故宫三部曲》由人民文学出版社出版。时任故宫博物院院长单霁翔再次同意在故宫博物院举行首发式，全国政协副主席孙家正、中国作协副主席何建明等领导和专家参加首发式。领导与专家们认为，《故宫三部曲》用近百万字和400多幅罕见的珍贵照片，图文并茂地展现了故宫近百年的动荡历史，首次全景式地呈现了故宫的前世与今生，是第一部文学版的"故宫通史"。

故宫博物院院长单霁翔在座谈会上说，章剑华赠送给故宫博物院的刚刚新鲜出炉的90套《故宫三部曲》，是故宫博物院在90岁生日之际收到的一份特别的礼物。该书用文学的笔触，全面描述了故宫博物院90年来的风雨历程和沧桑巨变，史料翔实，挖掘深刻，结构庞大，叙事生动，是一部非常难得的文学性故宫通史，对于记录和传播故宫历史，传承和弘扬中华优秀传统文化，具有重要的作用和意义。

《故宫三部曲》重燃了我的文学之梦，开启了我的文学创作之路。

人生之路就是这样，是由一段一段路连接起来的。偶尔一段曲折的、艰辛的路，也许会助你走上光明的、成功的路。

不是吗？假如不把我从省广电总台调到省文化厅，我会有机会创作《故宫三部曲》吗？我还会走上文学之路吗？

行走在官场与文场之间

2017年，对于我来说，是一个划时代的年份。那年，我60周岁；那年，我不再担任省文联党组书记，专任省文联主席；那年，我的《故宫三部曲》获得了中国徐迟报告文学奖和紫金山文学奖。这是我几十年如一日，辛勤耕耘、笔耕不辍换来的成果，正所谓春华秋实。

更为荣幸的是，2018年，我获得了省委省政府颁发的“紫金文化奖章”，这是我省宣传文化领域的最高奖项。省委书记在会见获奖者时勉励大家说，获奖同志都是江苏文化和社科界的代表人物、领军人物，各方面很关注，也有更高期待。

继2005年省委省政府给我记个人一等功之后，我又一次得到省委省政府的表彰。这一殊荣，对于我来说有着特别的意义：在我进入耳顺之年，实现了人生中的一次华丽转身——进入了文学艺术家的行列。

华丽转身，指的是从一种社会角色、形象转变成为另一种社会角色、形象。转身就是改变，而这种改变是否华丽，则要看这种变化是否朝着积极的、公众认可或期望的方向发展。所以，我不能陶醉于自己的“转身”，而是要努力向着“华丽”的方向发展，创作更多更好的文艺作品，成为当之无愧的文学艺术家。获奖当天，我在我的微信公众号里写了一篇短文《分享的力量》表达我的心愿：

> 烂漫的金秋，收获的季节。今天，省委书记、省长接见江苏省紫金文化奖章获得者，并在全省宣传思想工作大会上亲自给获奖者颁奖。我名列其中。这是我有生以来最大的收获之一。
>
> 在这光荣的时刻，我除了感动、感谢、感恩之外，更想说的是“分享”两字。
>
> 今年是改革开放四十周年，正是我踏上社会的四十年。其间，我在省级宣传文化战线上整整奋斗了三十个年头。这三十年，我没有离开一个“文”字，一直从事文字、文化、文艺工作，先后担任过省委秘书、省广电

总台台长、省文化厅厅长、省书法院院长、省委宣传部常务副部长、省人大教科文卫委主任、省文联主席之职。我在几个主要岗位上一干就是十年，取得了一定的工作成绩，并利用业余时间进行文学艺术创作，笔耕不辍，有所成果。这些工作成绩与创作成果的取得，并非一己之力。没有组织提供的机遇与平台，没有领导给予的信任与支持，没有班子成员的密切配合，没有同事们的同心协力，是不可能取得这些成绩与成果的。这决不是客套话、自谦话，而是肺腑之言。

十年前，省委、省政府在给我记一等功的同时，也给省文化厅记了集体一等功。这次省里的紫金文化奖章，虽然只是颁发给我个人，但这个荣誉也应该属于我工作过的电视台、文化厅、宣传部、文联等部门单位的全体同仁。所以，我要与大家一起分享这枚奖章、这个荣誉、这份快乐。当然，也包括我的亲朋好友，你们给了我无微不至的关怀和帮助。

有这么一句歌词：与你分享的快乐，胜过独自拥有。真的，我与大家分享我的荣誉，并没有使我的快乐丝毫减少，反而让我得到了双倍的快乐！不仅如此，我还从分享中得到了新的力量。我知道，大家在与我分享荣誉和快乐的时候，一定会更多地关心我、鼓励我、支持我。这正是我继续前行的力量所在！

这里，我还要向大家透露一个小小的秘密。前不久，人民文学出版社将我的长篇纪实文学《故宫三部曲》推荐参加鲁迅文学奖的评选。过五关斩六将进入最后一轮评选，结果落选了。这可是我国文学的最高奖项啊！我失之交臂，颇为遗憾。事后，我认真地拜读了鲁奖作品，确实比我写得好，我心悦诚服。如果说，获奖是对我的鼓舞，那么，落选则是对我的鞭策。这让我看到了自己的差距与不足。差距就是努力的方向，不足就是发展的空间。我从落选中同样获得了前行的动力。

获奖是一种荣誉，也是一种责任。作为省文联主席，我要更好地为全省艺术家服务，为文艺的繁荣发展鼓与呼。作为一名文化人和文艺工作者，我要潜心于创作，实现我早先的承诺，在未来几年，完成两个“100万”，即100万字的文学创作和100万字的书法创作，并力争多出优秀作品和精品力作。

凡是过去，皆为序章。我将以荣获紫金文化奖章为新的起点，在未来的岁月里以更大的热忱不懈努力，以更多更新的工作业绩和文艺成果奉献给这个伟大时代，真正无愧于这枚承载光荣与责任的紫金文化奖章！

这是感言，更是承诺。我行走在官场与文场之间，在继续做好文联工作的同时，以更多的时间与精力投入文艺创作之中，用作品说话，真正实现华丽转身，再谱人生新华章。

焕发持久的荣光

含金量极高的紫金文化奖章，是给我60岁生日的一份厚礼，也是一份厚望，激励我用更加出色的工作和创作来回报她，让她焕发出持久的荣光。

获得紫金文化奖章不久，省委省政府实施江苏文艺“名师带徒”计划，通过“师徒传承”的方式扶持和培养文学艺术人才，力争通过3—5年时间，推出一批在全国有影响力的文艺新秀。

我荣幸地被选为首批名师，与省文联秘书、青年作家孟昱结为师徒关系。这是组织上对我文学创作成果的肯定，也是对我文学艺术家身份的确定。我倍感自豪，决心不辜负组织的期望，更好地做好文学创作和人才培养工作。

这年底，南京长江大桥经大修后面貌一新，在恢复通车前向市民开放。一时间，观者如潮、游人如织，形成了一股“大桥热”。我也前往参观。我们这代人，对南京长江大桥有着特殊的感情。想当年，我是从农村专程赶到南京来参观南京长江大桥的。那才叫震撼啊！我激动不已，拍照留念，流连忘返。一晃四十多年过去了，但当时的情景历历在目、记忆犹新。如今，再次站到修葺一新的桥头堡下，感慨系之，突发灵感：何不以南京长江大桥为题材创作一部作品呢？

我立即去参观了南京长江大桥史料展，并查阅相关资料。在查阅资料过程中，我对长江、大桥有了更多更深的了解：长江是中国第一、世界第三大河流，千百年来，中国人就试图在长江上架设桥梁，但直到1949年，长江上居然一座大桥也没建成。就在新中国开国大典之后，茅以升等桥梁专家上书中央人民政府，建议修建武汉长江大桥。很快，这一计划得到了中央的重视并付诸实施，拉开了在长江上建设大桥的历史序幕。从那时开始，随着新中国的前进步伐，在风风雨雨中，从解放之初到改革开放新时期，从跨入新世纪到进入新时代，从无到有，从少到多，从1座到111座，万里长江上建起了一座座宏伟的大桥。

2019年是新中国成立70周年。我想，新中国的成就千千万万，举世瞩目，而长江大桥建设纵贯70年，横跨大中国，这不是新中国成立70周年巨大成就的生动写照吗？于是，我形成了一个较为完整的创作计划，即以新中国70年光辉历程为背景，以长江大桥建设为题材，以纪实文学为体裁，以《大江之上》为题创作一部新中国长江大桥建设三部曲，以此奉献给中华人民共和国七十华诞。

创作构思形成后，我正好应邀参加长三角文学创作联盟主题策划会，遇到中国作协副主席何建明先生，我把我的创作计划向他作了汇报，他当即表示，这个创作设想好，是庆祝新中国成立70周年的好选题。中国文联名誉主席孙家正得知我的创作计划后，特地给我发来短信：大桥三部曲，题材宏大，意义深远，实际上是从大桥切入，为共和国作传，为中国人作传。他们的肯定与鼓励，增加了我创作的动力与信心。

春节前夕，我赶去武汉采访。在中铁大桥勘测设计院和大桥局查阅了大量资料，采访了多位大桥设计者、建设者和研究者，并冒着大雪登上武汉长江大桥现场参观，感受大桥的宏伟和建设者的艰辛。回到江苏，我又分别走访了南京长江大桥、江阴长江大桥、润扬长江大桥、南京大胜关长江大桥、苏通长江大桥、泰州长江大桥以及正在建设中的沪苏通长江大桥和五峰山长江大桥，并召开多次座谈会，采访了几十人次，搜集了大量的写作素材。

凑巧的是，有一次回宜兴老家，在与朋友聚会时，我谈到"大桥三部曲"创作计划，有位朋友说，他有个亲戚参加过南京长江大桥的建设，他的事迹还上过当时的《新华日报》呢。我急问，他还在吗？朋友说，他是大桥局的老桥工，以前住武汉，这几年老两口把家搬回宜兴住了。

真是天助我也！我便拜托这位朋友赶紧帮忙与这位老桥工联系。两天后，我就与这位老桥工见面了。他叫周泳阶，1963年从武汉桥梁学院毕业后分配到南京长江大桥工地，与当时的建桥英雄王超柱在一个班组，成为一名优秀技术人员，人称“小诸葛”。他虽已80多岁，但记忆力很好，十分健谈，向我讲了许许多多建桥的人和事，还把他珍藏的当年报刊、资料和照片送给了我，使我真正掌握了许多难得的第一手资料。

经过近五个月的埋头创作，《大江之上——长江大桥建设三部曲》终于赶在新中国成立70周年前夕，由江苏人民出版社出版了。该书侧重写了具有代表性的三座长江大桥——

武汉长江大桥。新中国的成立，拉开了在长江上建造大桥的序幕。经茅以升等桥梁专家的倡导与努力，在毛泽东、周恩来的直接关心与指导下，得益于苏联工程专家的帮助，成千上万的建设者历时七年，在万里长江上建成了有史以来的第一座长江大桥。一桥飞架南北，天堑变通途。她圆了中国人的千年梦想，开启并见证了人与社会的巨变。

南京长江大桥。在我国经济困难和政治动乱的特殊时期，在苏联背信弃义撤走专家、断供钢材的情况下，聚全国之力，积十年之功，大桥建设者们用生命与激情，用汗水与泪水，虽九死而犹未悔，挺起中华民族的脊梁，克服难以想象的困难，把不可能变成可能，独立自主建成了南京长江大桥，创造了旷世传奇的人间神话。这是一座自力更生的“争气之桥”，这是一座感天动地的“精神之桥”。

江阴长江大桥。改革开放以来，开创了我国经济建设的黄金期，也迎来了在长江上建设大桥的高潮期。江阴长江大桥是首座跨千年、跨千米的现代化长江大桥。1999年9月28日江阴长江公路桥胜利通车，建桥技术达到国内领先、国际先进水平，是我国20世纪桥梁工程建设的里程碑，跻身世界桥梁先进行列。

这三座长江大桥，全景式描绘了20世纪50年代、60年代，以及20世纪90年代至今三个不同时期长江大桥建设的恢宏画卷，折射了新中国工业的发展历程，展示出国家工程的磅礴气势，从一个侧面凸显了新中国70年的沧桑巨变与伟大成就。同时也是为新中国建设者作传，塑造了茅以升、李文骥、彭敏、梅旸春、李国豪等老一辈和新中国成立后成长起来的新一代桥梁专家的群像，表现了我国桥梁人“为国家造桥、为人民造福”的使命与担当，树立起一座座大国工匠的时代丰碑。

《大江之上》的面世，是我献给新中国成立70周年的一份厚礼，被列为“江苏好书”的榜首，受到广大读者的追捧。同时还助推了一股“大桥热”，省内外许多部门、单位和学校邀请我作关于长江大桥建设的讲座，特别荣幸的是应邀到中国大桥建设的摇篮——上海同济大学作了讲座，与专家学者及师生互动，共同回顾我国长江大桥建设历程和人间奇迹，盛赞新中国建设的伟大成就。

从无到有，从少到多，从1座到111座，从钢梁桥到斜拉桥、悬索桥，大江之上犹如桥梁万国博览会。中国长江大桥不单单是沟通地理南北之桥，也是沟通人与自然、历史与未来之桥，更是连接自主与自信、梦想与成功之桥。

一座大桥就是一座丰碑。长江大桥将永久造福于人类，并焕发出持久的荣光。我以此为豪，为此作传。这是祖国母亲的荣光，也是我人生的荣光。

中国小康的见证者

民亦劳止，汔可小康。千百年来，中国老百姓的一个梦想，就是过上安逸富裕的小康生活。而历史上，中国人从未达到过整体而持续的小康。

新中国成立后，特别是经过改革开放，中国人民从站起来到富起来再到强起来，千年梦想，百年梦圆，终于在“第一个百年”——中国共产党成立100周年之际，我国全面建成小康社会。

这是中国历史上也是世界历史上的伟大奇迹，这是中国人民创造的壮丽史诗，值得大书特书。所以，我在《大江之上》写作完毕之后，就计划写一部关于小康主题的长篇报告文学，并着手选择题材。

我在选择题材上有着特别的要求，必须选那些既有现实意义又有历史纵深，既是宏大叙事又能以小见大，既有重要人物又有生动故事，既与江苏有关又有全国影响的题材。据此，我一下子想到了——江村。

我在年轻时读过费孝通先生的《江村经济》，对江村在百年前就开始小康实验留下深刻的印象。江村是费孝通先生给她起的一个学名，其原名是开弦弓村，位于太湖之滨的吴江县。该村虽然因费孝通而名扬海内外，但我从来没有去过。我决定去江村实地看看再说。

初次到江村，我就立即认定写江村了。为什么呢？一是被江村的村容村貌吸引住了，这里还保留着秀丽的水乡田园风貌，还是真正的农村；二是被江村的历史文化吸引住了，这里曾经是吴头越尾的吴越战村，也是丝绸之路的丝绸之乡；三是被江村的人物吸引住了，这里不仅有勤劳的人民、著名的人物，还有他们的许许多多的生动故事。

开弦弓村是一个普通的水乡小村。20世纪30年代，省女子蚕校校长郑辟疆带着他的学生费达生等人来到这里，在当地文化人陈杏荪的协助下，利用当地的蚕桑养殖传统，发动了一场“蚕丝革命”，因地制宜，培育新品种，采用新技术，办起现代化的缫丝厂，发展蚕桑产业，帮助当地百姓渡过难关，过上温饱的生活。

在此期间，费达生的弟弟费孝通，在出国留学前来到了这个小村庄做社会学调研。他为郑辟疆、费达生、陈杏荪等人的工作所感动，也为开弦弓村农村新气象所吸引，搜集掌握了大量的第一手材料。不久以后，他赴英国留学，在著名人类学家马林诺斯基教授的指导下，完成并出版了他的博士论文《中国农民的生活》，即中文版《江村经济》，一举成为当时社会学研究的里程碑。

然而，郑辟疆、费达生他们的“实业救国”理想，最终还是破灭于日本侵华战争。直到新中国成立，他们的小康实验和理想才得以恢复，并在艰难曲折中一步一步向前推进，最终在改革开放的时代洪流中，江村成为名副其实的小康村……

经过反复梳理和思考，我并没有把写作的重心放在实现小康的“最后一公里”，而是以实事求是的态度，按照题材本身的特点规律，把开弦弓村放到百年历史中去考察，从江村那段得以扬名天下的带有浓厚传奇色彩的故事写起，从而更精彩也更有历史纵深感地反映小康建设的历程，寻找历史的必然性和规律性。

从确定选题到写成初稿，大约一年多的时间。其间采访受到了疫情的影响，只能在几次实地采访的基础上，用电话与微信进行采访，并边采访边写作。也正是因为疫情，我可以足不出户几个月，天天从早到晚倾心写作，每天写一章。初稿完成后，我又进行了多次补充采访，多次修改完善，终于完成了《世纪江村》的全部书稿。

八十多年前，费孝通先生用科学的方法研究江村；八十多年后，我用文学的形式记录江村。虽然我的《世纪江村》

不能与费孝通先生的《江村经济》相提并论，其写作水平难以望其项背，但我抱着一颗崇敬之心进行创作，用纪实文学的笔法，聚焦大变局中的中国江村，以费达生、费孝通姐弟以及郑辟疆、陈杏荪等中国知识分子在开弦弓村所进行的技术革新、小康实验、社会观察以及村民们为小康生活不懈努力奋斗的事迹为题材，全过程、全景式地展现了开弦弓村几代人为实现小康理想所经历的艰难曲折和取得的成果。

全书由“三部三线三十万字”构成：上部“汔可小康”，中部“上下求索”，下部“百年梦圆”。我笔下的江村，是中国小康之路的一个真实写照，也是新时代全面小康的一个精彩样本。从江村的百年变迁中，我们可以找出一条重要的规律：国家强则乡村富，国家弱则乡村穷。从江村的百年探索中，我们可以总结一条重要的经验：产业强则乡村富，产业弱则乡村衰。从江村的百年历程中，我们可以得出一个重要的结论：没有共产党就没有新中国，没有新中国就没有新农村。只有共产党领导的新中国才能实现中国人民的千年梦想——全面建成小康社会。

《世纪江村》出版之时，正是著名社会学家、人类学家费孝通先生诞辰110周年之际。2020年10月11日上午，“中国现代化新征程暨纪念费孝通诞辰110周年学术研讨会”在费孝通故乡苏州吴江召开。开幕式上，首先举行了长篇纪实文学《世纪江村——小康之路三部曲》首发式。国家和省市领导以及来自全国的专家学者200多人参加了首发仪式。

我站在巨人的肩膀上，借助费孝通和他的《江村经济》，借助全国性的学术研讨会的高平台，使《世纪江村——小康之路三部曲》一经出版就在全国产生了广泛影响，入选中宣部和江苏省2020年度主题出版重点出版物，还分别入选《中国出版商报》《中国新闻出版广电报》“2020

年度影响力图书”和“优秀畅销书排行榜”，后又获得了江苏新闻出版最高奖——政府奖，位列榜首。

我有幸成为中国小康社会建设的参与者、见证者、受惠者和书写者。中华民族的千年梦想在我们这一代终于实现了——从原始状态到现代文明，从贫穷落后到富裕安康。这是祖国的荣耀、人民的福祉，也是我的荣幸与荣耀！正因如此，我可以自豪自信地说：

我活了上千年！

由于我在报告文学创作上取得了一定成绩，2020年，我当选为江苏省报告文学学会会长。上任伊始，我就围绕“全面小康”和“建党百年”等重大时代主题，策划了《向时代报告——中国全面小康江苏样本》和《向人民报告——江苏优秀共产党员时代风采》《向未来报告——江苏现代化建设新征程全速启航》大型报告文学采写计划，得到省委宣传部的充分肯定和大力支持。我们组织召开十多次策划会，并采取邀约、推荐、公开报名等多种途径，从全省报告文学作家中遴选出七十多名优秀作家，历时三年，先后高质量地推出了3部共200万字的大型报告文学集——《向时代报告》《向人民报告》《向未来报告》，以“沉浸式”的时代叙事方式，从多个维度真实记录了八千多万江苏人民追梦、筑梦、圆梦的恢弘历程；生动记叙了五十名受到过党中央、国家相关部门表彰的优秀共产党员坚守初心使命、奋力担当作为的先进事迹；全面记录了江苏现代化建设全速启航、面向未来的壮丽图景。

“大鹏一日同风起，扶摇直上九万里。”这是伟大诗人李白仗剑天涯时写下的豪迈诗句，那时他感受着盛唐的蓬勃气象，胸中鼓荡着凌云壮志。今天，我们正处在伟大的新时代，中国人民正昂首阔步行进在社会主义现代化建设的新征程上。

这是祖国的春天，人民的春天，也是文学的春天。身处大时代，我要用更加出色的工作与创作——向时代报告，向人民报告，向未来报告。

创作史诗的雄心

中国不乏生动的故事，关键要有讲好故事的能力；中国不乏史诗般的实践，关键要有创作史诗的雄心。

我有这个雄心。虽然水平有限，力不从心，但我作为纪实文学的作者，有热情也有责任记录和讴歌中国史诗般的伟大实践。

2021年，我在电视新闻中得知，中国航天日启动仪式暨中国航天大会开幕式在江苏南京举行，叶培建、费俊龙被聘

为中国航天公益形象大使，他俩都是江苏人。航天，无疑是当今中国的史诗般实践和成果。这一下子触发了我写航天的念头。

我的创作往往出于一个念头、一种冲动。与以往一样，我说干就干，立即查找资料，并进入前期采访。但很快发现，航天的“重镇”不在江苏，采访有一定的难度。而与航天有关的天文学，这几年的发展也很快，取得许多重大成就，且我国天文事业的发展与江苏有着极大关系。于是，我决定掉转枪口，写天文。

而天文是科学题材，创作的难度特别大。在知识上，我从来没有接触过天文学，不具备这方面的知识，所以，无论是采访还是写作，对于我来说都很困难，必须进行大量的学习，掌握天文学的基础知识和基本情况。在采访上，涉及许多地方和单位，要直接采访重量级的著名科学家，他们谈话的内容深奥、时间有限，这就要求我必须做好充分准备，否则就达不到采访目的，且无法补救。在写作上，科学题材相对严密而理性，缺少故事性，甚至有些枯燥，要写得通俗易懂、生动感人，是很不容易的。

难度就是高度。我知难而进，重点在采访上下功夫。这次采访分为实地寻访和人物采访。我行程上万里，先后到北京、上海、南京、河南、青岛、贵州、昆明、海南等省市，寻访了近二十处古代天文遗迹、名人故居、近现代天文基地，广泛收集资料，增强写作的在场感；同时又采访了十多位中国科学院院士、天文学专家和首席科学家，以及几十位奋斗在一线的天文工作者，掌握了大量的第一手材料，并亲身感受到了天文学家的行为举止、思想品格和科学精神。

在充分采访的基础上，我完成了《向苍穹——中国天文发展三部曲》的创作。回顾这一过程，虽然遇到了许多困难，但总的来说还是“天时地利人和”。

一说天时。我遇上了天文发展和文学创作的最好时代。离开这个时代，就没有史诗般的天文成就，就没有史诗般的创作题材。说来也巧，就在结稿的那天，新华社发布了几条重磅消息：中国国家太空实验室正式运行，我国首个大型巡天空间望远镜正在研制，“中国天眼”探测到脉冲星辐射新形态。

二说地利。江苏从古到今，都是我国天文学发展的重镇。尤其是紫金山天文台、南京大学空间天文学院、南京航空航天大学均是我国近现代天文事业和天文人才摇篮，而且在天文科学上一直处在最前列，进入新时代更是取得了丰硕成果，如常进院士领衔的暗物质探测卫星，方成院士领衔的“羲和一号”卫星、首席科学家甘为群领衔的“夸父一号”卫星等，都主要是在江苏这块土地上研发的。

三说人和。在我的采访和写作中，许多人为我提供了直接或间接的帮助。在我的写作接近尾声的时候，经一位热心人士的牵线搭桥，帮我联系上了著名科学家欧阳自远先生，他不仅接受了我的采访，还同意为本书作序。这是对我最大的加持！

我深深地体会到，文学创作既是个人创作，也是集体创作。正是天文学家的长期奋斗和他们创造的天文学发展成就，才有了丰富的创作题材。他们是文学作品的“第一作者”。

该书由江苏人民出版社出版后，入选国家出版基金项目，先后被评为中国好书、中国社科好书和中国党建好书，以及凤凰好书。新华社“新华荐书”向全国推荐，其推荐语是：

这是一部史诗级的中国天文发展纪实文学佳作。从屈原问天的“裸眼时代”，到现代天文望远镜观测的“天眼时代”，再到卫星遨游、登月探日的“巡天时代”，中国人实现了三次天文发展的历史跨越。当抬头仰望星空之后，再低头打开这本天文通史，你看到的不仅是星河灿烂，更有灿烂星河背后的无限空间，以及人类走向太空的豪迈和智慧。

获此推荐和好评，我当然非常高兴，也清楚地知道，我的作品离史诗级文学佳作还有很遥远的距离，就像地球与星空的距离。但正如哲学家康德所说，在这个世界上，有两样东西值得我们终生仰望：一是我们头顶上璀璨的星空，二是人们心中高尚的道德律。我可以仰望星空，我可以守望苍穹，我可以向史诗级佳作去努力、去攀登！

从“故宫”到“天宫”，从“地上”到“天上”，从“古代文化”到“现代文明”，这是我的写作经历，也是我的创作使命。我将继续写下去——

为读者，为人民，为祖国，为时代……

向大地，向苍穹，向大海，向未来……

来一次“蝶变”

人生一征途耳，其长百年，我已走过十之七八，回首前尘，历历在目，崎岖多于平坦，忽深谷，忽洪涛，幸赖桥梁以渡。桥何名欤？曰奋斗。

这是我在写作《大江之上》时摘抄的著名桥梁专家茅以升的一段话。

依茅老之言，我的人生之路已走过十之六七，但我奋斗的雄心依旧，总想突破自己，挑战自我。因为每一个人最大的敌人是自己，人总是在不断战胜自己的过程中成长着。一个人最大的能力就是不断超越自我，只有挑战自己、超越自己才能有惊人的成果。

那么，怎样才能超越自我呢？我特别喜欢这样两句话：

蝴蝶需要一次蜕变，才有可能换来惊艳。

如果我们想要更多的玫瑰花，就必须种植更多的玫瑰树。

是的，我需要来一次“蝶变”与“种植”。虽然我在报告文学的创作上取得了一定的成果，但我并不以此满足。毋庸讳言，文学作品是语言文字的艺术，是艺术的源头和“大哥大”，但在这飞速发展的时代，人们与文学渐行渐远，许多人很难有时间静下心来读完厚厚的一本书，转而会花较多的时间去欣赏影视艺术和舞台艺术。于是，我尝试着对我创作的报告文学作品进行改编，孵化成其他文艺样式，以求更为广泛的传播。

我先从《故宫三部曲》入手。这部作品人物多，故事性强，最适合改编成电视连续剧。但我实在没有能力和水平将它改编成电视剧本，更没有资金投入拍摄。就在这时，有家全国知名的影视公司找到我，提出他们有意向将《故宫三部曲》中的《承载》改编成电视连续剧。这对我来说是求之不得，我们一拍即合。我只提了一个要求，要请一位好的编剧来编写剧本，我参与策划和监制。

该公司很快在北京物色了一位名叫牛静的编剧，并约他来南京与我见面。牛编上来就说，改编领导的作品有些忐忑，不知领导有何要求？我知道他是在探我的底，便直截了当道，你不要有任何顾虑，对电视剧本我是外行，既然请你来改编，就按你的思路来写。他说，投资方希望拍成商业片，你同意吗？我说，人家投资那么多钱，当然要拍得好看，要有市场，但这是一个真实的、厚重的历史事件，在改编时，必须做到主要事实、重要人物的真实性。他说，这没有问题，但在原著的基础上，会有很多虚构的人物和故事。我表示完全理解。基本意见达成统一后，我们又从多方面进行了深入的沟通。经过深入的交谈，我感觉到牛编是一位有经验、很认真的编剧，就确认由他担任编剧。他回北京后，很快拿出全剧大纲、分集提纲，并与我多次进行沟通。接着他用近一年的时间，拿出了剧本初稿。我在南京组织召开了剧本研讨会，对剧本提出了具体的修改意见。牛编又对剧本进行了多次修改，形成了一个各方较为满意的剧本。我为这部电视剧定名为《国宝奇旅》，并创作了主题歌《佑我中华》和插曲《唯你所依》。

2018年春节前，《国宝奇旅》在横店开机，花菁任导演，刘烨和袁姗姗饰演男女主角。我参加了开机仪式，之后又三次到横店探班，与导演、主演和制片一起讨论拍摄的质量与进度等问题。

2019年春节大年初二，42集电视连续剧《国宝奇旅》在江苏卫视、浙江卫视和爱奇艺、腾讯、优酷三大网站同步播出，迅即引发收视热潮。媒体纷纷报道——

> 由花箐执导，刘烨、袁姗姗等主演的抗战剧《国宝奇旅》再续了荧屏国宝题材，彰显中华传统文化力量，揭秘故宫文物南迁背后的故事，讲述一代人信仰传承的忠贞使命和崇高精神，让我们一起乘坐护宝列车，为信仰而战！

《国宝奇旅》终于播出了，而且成为开年大戏和热播剧，引发观众热议与追捧，形成收视长虹，收视率和美誉度一路攀升，稳居全国前列，在收视最高点时，浙江卫视与江苏卫视分别列第一第二。这一成绩来之不易、值得庆贺。

《国宝奇旅》的成功播出，实现了我的初衷，让尘封已久、鲜为人知、不可忘却的这段可歌可泣的历史广为人知，让中国知识分子的爱国精神和文化使命得以传承与弘扬，也为这个时代创作了一部优秀影视作品。

我倍感荣幸的是，这部剧有着正宗江苏血统和许多江苏元素。剧情与江苏有关，故宫文物南迁的决策和第一站都在南京；原著作者和总导演以及剧中许多演员都是江苏人；由江苏的影视公司投资拍摄，又在江苏卫视首播。可以说，《国宝奇旅》是真正的“江苏制造”！

更为可喜的是，《国宝奇旅》获得了社会效益和经济效益的双丰收：荣获省“五个一工程奖”等多个奖项；收回三个亿的巨额投资，并有一定的盈利。在当下电视剧市场风险极大的情况下，取得这样的成绩着实很不容易了。

《故宫三部曲》改编成电视连续剧并成功播出，了却了我的一个心愿，但我还是不够满足，书中还有许多素材可以充分利用。我便产生了创作一部话剧的念头。我一直喜欢话剧，看过许多经典话剧，还组织过《中山码头》等话剧的策划和排演，但从来没有写过话剧剧本。我这个人的长处在于没有框框，敢于尝试。毕飞宇曾当面对我说：在文学创作上，你的胆子比我大。我不知他是在夸我还是在骂我，但他说的是实话。我不问三七二十一，选择了故宫南迁文物到达南京后藏于朝天宫地下文物库房这段鲜为人知的故事，动手创作了《朝天宫下》的话剧剧本。说实话，剧本初稿出来后，我有点吃不准，也就没敢立即抛出来。

有一次，省文投集团和江苏大剧院领导邀我谈谈对他们工作的建议，并询问我手中有什么作品，我告诉他们前不久创作了《朝天宫下》剧本。他们对此颇感兴趣，让我把剧本给他们先看一看。过了一段时间，大剧院领导告诉我，他们看了剧本并作了认真的论证，决定创排这部剧，邀我担任编剧与艺术总监。我欣然接受，并全程参与到剧目的筹备和排练之中，与导演和主演反复沟通，密切配合，边排边改，边改边排，九易其稿，精心打磨。经过三个多月的排练，2020年7月31日晚，大型原创话剧《朝天宫下》在江苏大剧院精彩上演。

首场公演引起热烈反响，演出结束后，观众对演员们的精彩演出报以热烈掌声，好评如潮。有专家盛赞这部话剧：一曲浩然正气的爱国之歌，一群凛然傲骨的文化之人，一篇培根铸魂的雄壮华章。

在江苏大剧院正式公演后，《朝天宫下》又参加了江苏紫金文化艺术节的演出，并被评为新创优秀剧目。之后又应邀参加上海国际艺术节的演出，广获赞誉。时任省委书记观看了演出，并在省十次文代会的讲话中特别作了表扬，他说，话剧《朝天宫下》艺术再现了誓死捍卫文物可歌可泣的感人故事，受到观众广泛好评。

就在《朝天宫下》成功上演的同时，我又悄悄地创作了一个电影剧本，取名《问鼎钟山》，也是讲故宫文物南迁过程中的故事。剧本刚写好，恰逢省电影局向全国征集电影剧本，我就从网上投了稿。这次征集活动得到全国各地作者热烈响应，投稿踊跃，收到剧本500多部，后送北京请专家进行盲审盲评。《问鼎钟山》竟脱颖而出，被专家评为“潜力电影剧本奖”。《中国作家》杂志又全文发表了该剧本。

之后，我又创作了音乐剧《茉莉之音》，被列为省文化厅江苏艺术基金资助项目，由南京艺术学院创排与制作，在江苏大剧院成功首演。我还创作了五幕话剧《走吧，司徒雷登》和现代越剧《中华星光》，排演计划还没敲定。

我用我的创作和作品，在华丽转身之后又实现了一次“蝶变”——成为一名剧作者——还不是剧作家哦！

新媒体时代的达人

在网上，又一个新词热闹起来——“元宇宙”。我迫不及待要弄清楚“元宇宙”是个什么东西。于是立即在网上搜索。原来这并不是一个新词，它诞生于1992年的科幻小说《雪崩》，小说描绘了一个庞大的虚拟现实世界，在这里人们用数字化来控制并相互竞争，以提高自己的地位。这显然描述的是超前的未来世界。

未来已来。“元宇宙”真的来了。

究竟什么是“元宇宙”呢？有专家指出，元宇宙是利用科技手段进行连接与创造的，是与现实世界映射与交互的虚拟世界，具备新型社会体系的数字生活空间。

我们是不是可以给“元宇宙”这样定义：通过科技手段和互联网应用，实现“现实世界虚拟化，虚拟世界现实化”，进而使“两个世界”打破边界，交互交融，使人类生活进入全新社会体系的全新体验。

从某种意义上说，“元宇宙”也是一种“新媒体”。

我曾长期从事媒体工作，因而对于新事物、新媒体特别关注，总是去积极研究它、使用它。

2003年，我从省广电总台台长的位子上调任省文化厅厅长，但媒体情结始终未了，为此我开设了“章剑华个人文化网站”，继续着我的“媒体梦”。一个偶然的机会，我接触到“微博”这一新兴的网络媒体，便迫不及待地开始“试水”。不试则已，一试欲罢不能，还不小心弄出个“中国十大微博官员”的头衔来，粉丝近500万，在当时也算是“大V”了。

十多年前，有人告诉我，现在有一种微信公众号，比微博更好。我研究了一番，果真如此！它集文字、图片、音频、视频于一体，还能与粉丝互动。于是，我又开设了微信公众号——“章剑华人文空间”。多年下来，粉丝数众多，阅读量日增。我写的“新冠疫情亲历记”阅读量近5万，其他每期的阅读量也在几千至几万之间，在江苏地区影响力不下于“官媒”。

无论是微博还是微信，都属于新媒体、自媒体。要做好用好这东西，是大有讲究的。我的体会是要做到“三平”：

一是平等的角度。千万不能居高临下，拉官腔、说官话，要以普通网民的身份与粉丝进行交流，做到平等待人、礼貌待人、真诚待人。

二是平实的语言。长而空不好，短而空也不好。文字要通俗，内容要实在，切忌华而不实，哗众取宠。要多说些实实在在的话，多说对粉丝有帮助和启示的话。

三是平和的心态。原以为我的粉丝就是我的支持者、崇拜者，其实不然。你说的对路，他就是你的粉丝；你说的不对他胃口，他就是你的“黑粉”，不仅会严厉地批评你，甚至会把你痛骂一顿。这时，我们就要以平和的心态对待之，最多在必要时做些说明，但千万不要争辩，不要反驳，更不能对骂。好话听得进，坏话更要听得进，这是开办微博和微信公众号等自媒体的必备胸怀与风度。

总之，我不喜欢在微博微信上“微言耸听”，也不认为微博微信能够“微言大义”。微博微信就是把自己所思、所做、所知的内容，以最简短最快捷的方式发布出去，与粉丝共享，供大家参考。

日积月累，滴水成河。我在微博微信上的微思微言，已有几十万字，已结集为《微思录》正式出版。

当下，短视频正火，元宇宙生成。前不久，我又试水做了几档短视频，名为《就说三分钟》，专门讲江苏历史文化。几期下来，广获好评。对于“元宇宙”，尚在观望与研究之中。

我要追赶时代。有朝一日，我要去元宇宙遨游，做一个元宇宙新媒体的达人。

生活的港湾

写了这么多的文字，一直没有写到我的家庭。其实，这是我最应该也是最想写的。家庭是社会的细胞，是每一个人生活的港湾。人的一生都离不开自己的家庭。成长、成才、成功与家庭密切相关，学业、事业、家业与家庭紧密相连。

吾姓章。章氏源出于姜姓，为炎帝神农氏的后裔，始祖为姜子牙。西周初，姜子牙受封于齐，建齐国，收鄣国为附庸。春秋齐灭鄣国，其后人以国已不存，去“阝”为章姓。

章姓一族，名人辈出。秦朝有将领章邯，北宋有大才子章惇，还有南宋陶瓷家章生一、章生二兄弟，元末明初御史中丞的章溢，清代史学家章学诚，中国近代民主革命家、思想家章太炎，民主人士章士钊、章宗祥，还有七君子中的章乃器、爱国人士章伯钧、医学家章次公、地质学家章鸣钊，以及新中国外交部副部长章汉夫。

这里还要特别补充三位当代章姓女士，她们是章含之、章诒和、章子怡。章含之是我国著名外交家乔冠华之妻，曾任毛泽东主席的英文教师；章诒和是章伯钧之女，经历坎坷，曾为中国艺术研究院研究员，博士生导师，多年前出版了反映“文革”期间民主党派内幕的回忆录《往事并不如烟》，内容准确与否不知道，但文字很精彩；章子怡是大家熟知的著名影星，在全国十次文代会上，我与章子怡同时被选为全国文联委员，因姓氏笔画相同，我们的座位被安排在一起，但从没见到她来参会，不免有点遗憾。

章氏为小姓，据说现在全国姓章的人口仅一百多万。如此小的姓氏，却出如此多的名人，值得章氏后人自豪。而我列举出这么多章氏名人，并没有半点炫耀之意，只是为了寻根问祖。

大哥坤华曾收集整理我家的家谱，但有关我家祖上的情况知之甚少，从记忆力极度弱减的老父亲那里得知曾祖父的名字叫章望成，祖父的名字叫章顺元。祖父少时家境尚好，读过书，算是一个文人，在当时的政府部门工作。中日战争爆发后，他在国共合作时期担任情报机构工作者，在一次抗日行动中被日本鬼子残酷杀害。得知消息的曾祖父前往出事地到处寻找，也没有找到祖父的尸体。回家后，曾祖父为了躲避日本鬼子的烧杀抢掠，带着只有几岁大的孙子，也就是我的父亲，从城里逃难到了乡村。不久曾祖父去世，我父亲成了孤苦伶仃的孤儿，在乡亲们的帮助下独自苦苦生活，慢慢长大，后来成家立业。

父亲章南翔是无名之辈，但在我的心目中，他是强者，他很伟大。在战争年代和困难时期，他先是为了自己的生存，后是为了家庭的生活，进行坚强的抗争、艰苦的劳作，用自己毕生的心血延续和壮大了章氏的家业。我母亲是当地农民家的孩子，没有上过学，她嫁给父亲却是“下嫁”，因为父亲是孤儿，一无所有。婚后，父亲继续做些小生意，母亲种田和操持家务。父母生育了四个儿子一个女儿。他们含辛茹苦把五个孩子养育成人，在家庭经济极其困难、读书无用论盛行的年代，节衣缩食，千方百计送子女上学。在父母的严格教育下，我们在校的表现都很好，学习成绩名列前茅。

大哥坤华，上学后一直表现突出、成绩优异，尤其能写一手好字和好文章，高中时担任宜兴市第三高级中学学生会主席，本来有条件作为优等生直接保送北大、清华之类的名牌大学，但机不逢时，恰遇“文革”开始，高考中断，只好报名参军。在部队，大哥主要从事通讯报道工作，写了大量的新闻和长篇通讯稿，多篇稿件在《解放军报》整版全文刊登，并因此荣获二等功、三等功多次。后到南京政治学院学习深造，毕业后留校任教，成为师级教员。他是大哥，更是表率，我们都以他为榜样。

二哥仲华受“文革”影响，初中毕业后便无学可上。父母想尽办法让二哥参军，当了汽车驾驶员。后来二哥转业回地方，当了省27车队队长。50多岁时他提前离职，举家迁来南京。从我记事起，因大哥二哥在外读书，后又远离家乡参军当兵，所以我们聚少离多。二哥的到来，终于让我们天天聚在一起了。二哥是位能工巧匠，又特别吃苦耐劳，总是忙前忙后，帮助我们整理庭院，还自己动手盖了一个小屋作为茶室，因屋边有竹，故取名“近个闲庭”。闲下来，我们就在一起喝茶聊天，其乐融融。

姐姐桂英也只上了初中，但她心灵手巧，做了多年的裁缝工，后来换了工作，但缝纫的手艺一直没丢。在我的记忆中，姐姐为我做过许多新衣服，式样好且特别合身。要知道，那时能穿上新衣服是多么的满足和开心啊！

我与弟弟子华的运气都比哥哥姐姐好，有幸碰上国家恢复高考。弟弟高中毕业即考取了中央财经大学，毕业后留校当办公室主任。因大哥和我都在南京工作，他就主动要求调回南京，在南京交通银行工作，不满30岁就当上了副行长，后又调任南京光大银行行长。虽然做经济工作，但他一直对文字抱有极大的兴趣，写有一手好字，还常常写点小诗，抒发情怀。

20年前，章家的第三代都上了大学，也都成家立业。除我女儿在上海工作外，他们都在南京工作或就业。这样，我父母及二哥、姐姐也都随子女来到了南京生活。早在20年前，我们章家三代都陆续在南京江宁买了房，同在一个小区，共有三十多人，是名副其实的“大家庭”。多年前，大哥曾把我们大家庭的情况做了一条微信发在网上，不知怎么让央视的记者发现了，就打电话给大哥，说现在这样的“大家庭”不多了，要来做一档节目。因当时父亲生病，大哥就把此事推掉了。现在想来有些遗憾。

而让我最为遗憾的是，父母年老时总是对我说，剑华，你忙你的，我们好好的，不用你常来看。我也就没有抽出很多的时间陪伴年迈的父母，以为以后有的是时间。等父母离世后，已经为时已晚，我懊悔莫及，成为我无法消除的心头之痛。

好在我们这个大家庭还在。我们兄弟几个都住在一个小区里，都喜欢舞文弄墨，有一年还在自己家里办了一个“兄弟书法联展”，平时也都喜欢写点散文与诗歌之类。我们现在共同的爱好就是喝茶，几乎每天都要在一起喝茶，有时一天两三次，边喝边聊，海阔天空，而谈得最多的是家里的事，也常常回忆过去的点点滴滴，感觉父母还在我们身边。

说了大家庭，再回过来说说我的小家庭。我在师范毕业后回乡当中学教师，父母就张罗着为我找对象，经人介绍，与比我小两岁的王大庆结了婚。她的名字，不是取“工业学大庆”之意，而是她出生于1959年，取新中国成立十周年大庆之意。她原来是小学教师，后随我调到了南京，长期在银行工作。她最大的特点是在单位里勤勤恳恳工作，从不与人争，与领导和同事保持着良好的关系。她为了承担家务，让我全身心投入工作，便主动放弃了个人发展的机会。放弃的事还有一件，她当年想学开车，被我拦住了，我说她胆子小、力气小，开不了车。为此至今耿耿于怀，很是后悔，常常抱怨说，要是当初学会开车，现在出行就方便了。她还有一个优点，从不到我的工作单位里来，不多言，不多事，不贪心，不给我带来任何麻烦。这是对我工作上的最大支持，她因此也得到大家的尊敬。

婚后一年，我们有了一个可爱的女儿。我给她取名一叶，有“一枝一叶总关情”“霜叶红于二月花”之意。女儿生来老实，加之我们对她一直教育很严、要求很高，使她的性格不那么开朗活泼。但她独立性比较强，不依赖父母，靠自己的努力考取了中国传媒大学新闻学院，毕业后到上海东方电视台工作，后被单位送到美国旧金山大学攻读国际政治学硕士学位，现已成为上海电视台国际评论员。她文字能力强，自己撰稿、自己主持、自己制作的国际评论栏目《环球叶问》选题重要、语言新锐、角度独特、风格清新，还常常准确预测预判国际重大事件，在网上阅读量高达几百万，成为具有广泛影响的品牌栏目。今年，她被评为上海市“东方英才”。这大大超出我对她的期望值，为此我们特别感到欣慰和骄傲。

女儿一叶在十年前有了自己的小家庭，爱人是在上海工作的德国人，会讲中国话，在国际学校任教。他们婚后生了一个宝贝女儿，小名“面包”，大名“可立”，长得健康漂亮，而且聪明懂事，小小年纪，就会中文、英语和德语，喜欢跳舞与网球。她上幼儿园时，我曾问她，你天天来回要走一个多小时的路，累不累啊？她回答说，还好，不太累。我又问，你的同学是不是都有车子接啊？她点了点头说，坐车有坐车的好处，而我走路可以锻炼身体。现在她上小学了，天天独自坐校车往返。疫情期间，“小面包”待在家里一个多月，除了认真上网课外，读了许多课外书，还在家里做各种游戏，自找乐子，锻炼身体。有一次，与我视频电话，她对着地球仪与我讨论俄乌冲突，说得头头是道，我听了特别好笑与开心。也许是隔代亲的缘故吧，我特别喜欢“小面包”，比对女儿要亲多了！

家庭是人生的港湾、亲情的温床。从大家庭到小家庭，亲情时刻环绕在我的身边。亲情是润物无声的细雨，是沁人心脾的春风，是一泓清澈的泉水，给我以无比的温暖，更给我学习、工作、生活的勇气和不竭的动力，让我在耳顺之年还有旺盛的工作精力和生活热情，尽情享受春华秋实的喜悦和天伦之乐，继续在人生之路上幸福前行。

此心安处是吾乡

常言道，叶落归根。虽然我还没有到叶落归根的时候，但随着年龄的增长，思乡之情愈益浓烈，绵绵的乡愁常常萦绕在我的心头。

我的家乡宜兴，古称阳羡。人们总会用这样四句话来形容——

茶的绿洲，
竹的海洋，
洞的世界，
陶的古都。

更有古诗这样赞美宜兴——

天子须尝阳羡茶，百草不敢先开花。
人间珠玉安足取，岂如阳羡一丸土。
买田阳羡吾将老，从初只为溪山好。

宜兴不仅自然环境优美，而且人文底蕴深厚，人才辈出，有着“教授之乡”“院士之乡”和“书画之乡”的美名。早在新中国成立初期，就有“无宜不教”的说法，全国各地的高校里都少不了宜兴籍的教授，而且还有许多大学校长是宜兴人。更巧的是，当时清华大学校长蒋南翔和台湾大学校长虞兆中都是宜兴人，两家的祖屋离得很近，且前门对后门。粉碎“四人帮”后，我国召开第一次科学大会，在主席台上就座的有四位宜兴人，他们分别是：教育部长兼清华大学校长蒋南翔，著名物理学家、教育家周培源，中国心理学之父潘菽，著名化学家、吉林大学校长唐敖庆。宜兴不仅教授多、校长多、院士多，而且著名画家也多，徐悲鸿、吴冠中、吴大羽、尹瘦石、钱松喦、徐明华等都是宜兴人。一个县级市拥有那么多在近现代美术史上占据重要地位的名家大师，在全国绝无仅有。

我的老家在宜兴乡下，地处滆湖之滨。滆湖，又称西太湖，很小，在中国的地图上找不到她，在江苏的地图上也只是一个小小的点，而在我儿时的眼里，就是大海，尤其是在梅雨季节里，长时间的下雨天，湖水猛涨，湖面更加开阔，一望无际，波涛汹涌。梅雨过去，湖面平静下来，犹如一面硕大无比的明镜，在阳光的照拂下，波光粼粼，仿佛盖上了一层皱褶的银纱。此时，湖边的芦苇一下子长出了水面，高高的、绿绿的、柔柔的，微风中摇曳生姿，给滆湖围上了飘逸的绿色的围裙，真是美极了。

小时候，听老人们讲那滆湖的故事，我觉得最好听、最有兴趣的是滆湖的来历。相传，滆湖原本不是湖，而是一座繁华的城市，城里人过着富裕安逸的生活。东汉年间的一个梅雨季节里，城里突然闯进一群强盗，都长得怪模怪样，个个右边的脸上长着胡子，人称“半边胡子”。他们进城后，逼着每家每户交出家里的黄金，否则就要烧毁全城。无奈之下，城里人都只好把家里藏有的黄金都交了出来。黄金堆积成一座小山，强盗们便把黄金装进一个个箩筐，当他们扛起装满黄金的箩筐时，天空下起了瓢泼大雨，脚下的地面开始下陷，他们扛着箩筐往外奔跑，然而，他们跑到哪里，地面就下陷到哪里，但他们死活不肯放下扛着的箩筐，整整跑了好几里路，最后一个个累死倒地，此时地面才停止下陷。可惜的是，这座繁华的城市下陷后被水淹没，变成一片湖泊，后人称之为滆湖。

传说毕竟是传说。据科学考证，滆湖是因地震引发地陷而形成的。滆者，因水阻隔、地陷成湖之意也。滆湖四周是典型的江南水乡。我就出生在这里的一个小镇上。这个小镇叫南新街，她虽然不如周庄、同里那样有名，却也曾是美丽富庶的鱼米之乡，而且还有着深厚的文化底蕴。据传，春秋时期，范蠡协助吴王打败越国后，急流勇退，带着美女西施归隐乡里，泛舟太湖。有一次他俩乘坐一叶扁舟，从太湖出发，经过一条小小的自然河流，驶向滆湖，中途经过南新街，在街头的一座石桥下停留歇息。这个故事不过是人们的口头传说罢了，无法证实。而另有一个故事是有史书记载的，那就是苏东坡阳羡买田的故事——

苏东坡阳羡买田的故事流传千年，而他买下的那块水稻田也一直保留了下来，而且就在南新街的旁边。我高中毕业后，回乡务农，就在这片水稻田里劳动。那时，种的是双季稻，都是人工栽秧，“脸朝黄土背朝天，后退原来是向前”，十分吃力。后来开始试种杂交水稻，当时并不知道是袁隆平培育的。种杂交水稻没有种双季稻那么辛苦，但长势好、产量高。

梅雨时节，雨量充沛，正是水稻生长的旺盛期。成片的水田，绿色的稻叶，在夏风中掀起阵阵绿浪。我每每站在田埂上，看着这美妙的景致，心中总会升腾起无限的憧憬。秋天到了，稻田里的稻子成熟了，弯下了腰，低下了头，谦恭地向着大地。这时，农民昂起了头，翘首以盼这片金黄的水稻取得大丰收，也盼望着有朝一日过上小康生活。

我就在这块土地上劳动锻炼。虽然很累很苦，但这段经历，使我增进了与土地的感情，尤其是与农民的感情，耳濡目染了他们的勤劳、朴实和善良，感受到他们劳动的艰辛和对幸福生活的渴望。

恢复高考第一年，我离开家乡踏上求学之路。之后长期在外工作，至今已有四十多个年头。然而，水乡、水田、水稻是我最深刻、最美好的记忆和乡愁。我庆幸自己在范蠡曾经泛舟的水乡，在苏东坡曾经买下的水田，亲手栽种过袁隆平培育出来的水稻，并与农民一起分享丰收的喜悦与成果。几年前，我们四个兄弟回到家乡，我急切地去寻找我曾经生活和劳动过的地方。

啊！水乡还是水乡，水田还是水田，水稻还是水稻！

不同的是，现在已经不用人工插秧了，改成了机械栽秧，大大减轻了劳动强度。村民告诉我，如今的水稻产量比以前又提高许多，亩产近2000斤，农业收入也大大增加，加上其他经济收入，如今家家户户真正过上了幸福的小康生活。

来到从小生活过的南新老街，原来住在这里的人大多搬迁到新的地方居住了，房屋和街道破旧不堪，那座承载我许多美好记忆的石桥濒临倒塌……

看着这景况，心里真不是滋味。我们兄弟商量了一下，决定我们自己出资把老街修缮一下，为振兴乡村、回报家乡出点微薄之力。

我们的计划得到了当地政府的重视和村民的支持，家乡的一些朋友和企业家也主动出资，与我们一起参与南新老街的修缮。

一年后，南新老街改造一新。我们把老街留存的老房子整修后，开办了鹅州书院、乡村小剧场、东坡美术馆、村民茶社等，向当地父老乡亲无偿开放。周边的乡亲们纷纷来到这里，喝茶聊天，读书阅报，还开展各种自娱自乐的文化活动，其乐无穷，享受着江南水乡的美好生活。

有一次回去，一个仍住在老街上的百岁老人，亲切地拉着我的手说：剑华啊，我与你妈妈同岁，要是她还在，看到现在的这条街变成这样，一定会开心得不得了。你们兄弟几个为家乡办了一件大好事啊！我连连点头，心里在想，与其说是我们为家乡办了一件实事，还不如说是家乡成全了我们一个积蓄已久的心愿。

每每看到家乡的变化和亲切的乡亲们，我感到无比的高兴与幸福。我曾即兴赋诗一首：

美丽的田野，
迎来快乐的霞光。
清澈的河水，
浇灌永久的热望。
晨风荡漾着层层波浪，
时空飘散着阵阵芬芳。
湖边那座小镇，
河边那个村庄，
就是生我养我的地方，
就是我们美丽的家乡。
东坡佳话穿越千年长廊，
明月古桥历经百年沧桑。
翰墨书香孕育代代成长，
耕读传家守望各业兴旺。
啊，美丽的江南，
我的家乡我的梦想。
啊，永远的水乡，
我的乡愁我的荣光。

一千年前，苏东坡在我老家买田置业。一千年后，我在这块土地上出生、劳动、学习、成长。如今，我又回到家乡，寻觅远去的乡愁。走在这面貌一新的老街上，看到熟悉的街景，遇到亲切的乡亲，听到热情的乡音，我不禁与当年苏东坡有着同样的感受、同样的感慨——

此心安处是吾乡！

我的“中进观”

谈到哲学和世界观，可能会给人一种高深莫测的感觉，认为那是一门抽象晦涩的学问，与日常生活无关。其实，事实并非如此。

简单来说，哲学是关于世界观的学问。而世界观是每个人对宇宙、世界、生活等根本问题的看法和观点。它直接影响人们的认知方式、行为模式以及对待社会、对待生活的态度。

哲学和世界观都与人们的生活密切相关。当我们迷惑、烦恼、困顿、受挫、痛苦时，它们就会成为我们抉择和行动的基本准则，成为保持人生正道的指南针。如果没有哲学的引领，没有正确的世界观，就像没有灯光而在黑夜里行走，就像没有航海图在漫无边际的大海里航行，必然会迷失人生的方向。

由于人们的工作经历、人生阅历和社会地位的不同，以及观察问题的角度不同，就会形成不同的世界观、价值观、人生观。所以，每个人都有自己的人生哲学和世界观。

在工作和生活中，我往往以“强者”和“先进”的面貌出现，而实际上，我是个传统中人，信奉的人生哲学是中华传统文化中的中庸之道。

中庸之道，是中华传统文化中的核心内容之一，是在中国历史上占据主导地位的哲学思想。这种哲学经由儒家和道家的深刻论述和实践，已成为中国人的基本思维方式和行为模式。余秋雨认为，中华文明之所以能够成为人类几大古文明中唯一没有中断和消亡的幸存者，有很多原因，其中最重要的秘密就是中庸之道。它在一次次巨大的灾难中，起到了关键的缓冲作用、阻爆作用和疗伤作用，故而中庸之道是中华民族的“长寿基因”。

在我看来，中庸之道是一种高明的哲学，它并非像数学中精确可计的两端平均数，不是居中的一个点或一条线，而是反对走极端，主张在两极之间，在前后、左右、上下之间，找到一个紧靠中心的区位或点位，找到一个最恰当、最合适的方式方法。这相当于黄金分割法中的“0.618”。

“0.618”有个故事。在古希腊，有一天毕达哥拉斯走在街上，在经过铁匠铺前，他听到铁匠打铁的声音非常好听，于是驻足倾听，他发现铁匠打铁节奏很有规律，这个声音的比例被毕达哥拉斯用数学的方式表达出来，便成为黄金分割点0.618。

这个比例被公认为最能产生美感的比例。更令人惊讶的是，意大利画家达·芬奇发现，人的肚脐位于身长的0.618处最美；科学家们还发现，当外界环境温度为人体温度的0.618倍时，人会感到特别舒服；建筑师们则发现，按照黄金分割来设计殿堂，殿堂将更加雄伟，去设计别墅，别墅将更加舒适。这样的例子在自然界、在生活中，以及艺术领域比比皆是。

黄金分割法与中庸之道有异曲同工之妙，都是在两极之间找到最合适、最恰当、最美妙的一个点。在我国的24个节气中，有“小满”和“大满”。古人是很有智慧的。无论“小满”还是“大满”，千万不能太满。月盈则亏、水满则溢。事物盛到极点就会衰落，就会走下坡路。《尚书·大禹谟》曰："满招损，谦受益，时乃天道。" 所以讲，"小满"是最好的状态，"0.618"是最美的比例，"三七开"是最好的评价。

推而广之，居于极左极右之间才是适当的，居于落后与先进之间才是主动的，居于起点与终点之间才是有前途的，居于怯懦与鲁莽之间才是有胆略的，居于吝啬与奢侈之间才是慷慨大方的，居于怠惰与拼命之间才是有活力的，居于卑屈与傲慢之间才是谦虚谨慎的，居于严肃与滑稽之间才是风趣幽默的，居于优柔寡断与任性冲动之间才是理智的……

在我看来，"之间"不是"中间"，而是中间趋前、中间趋上、中间趋进。所以，我主张处中而进，处中而上，始终以积极向上的态度对待人生、对待工作、对待事业。

中者，进也。中与进是紧密联系在一起的。落后者不进取无法进入"中"的境地，居中者不进取不可能保住"中"的位置，先进者不进取，就会失去"中"的境界而陷入困境。只有积极进取，有所进步，有所前进，落后者才能迎头赶上，改变自己的命运；只有不断充实提高自己，继续勤勉工作，居中者才能不落伍、不掉队，心安理得地生活下去；只有不断提高自己的精神境界，谦虚谨慎，旷观远虑，居安思危，先进者才能保持清醒头脑，进退自如，掌握主动。

进而言之，人类社会必须保持"中进"状态。人类原本也是自然界的普通一员，也曾理解自然的法则，将自己处于生物链之中。但慢慢地聪明起来，聪明到了可以用工具猎杀其他动物，并能种植和养殖，进而从食物链的制约中解放出来，摆脱了循环法则，由此失去了与其他动物共同生存的谦虚谨慎，逐渐傲慢起来，再也不愿"天人合一"，企图支配自然的欲望不断膨胀，自我节制的防线被突破，贪婪之心赤裸裸地凸显出来，过度开发与发展，无节制地消费，威胁到自己赖以生存的自然环境，结果必将受到自然界的惩罚。前几年在全球肆虐的新冠疫情，就是自然对人类的一种警告、一种惩罚。

小而言之，每个人也要保持“中进”状态。在人生的道路上，要摆正自己的位置，认清主客观条件，目标不要定得太远大，跳一跳能摘到；走得不要太急，持之以恒，久久为功；个性不要太强，也不能没有个性；对人对事坚持原则，但绝不整人害人；官不必当得太大，只要能发挥自己的才能，干成一番事业就好；钱财不求太多，够用就行。

这就是我的哲学。

这就是我的世界观——“中进观”。

也许有人觉得我的“中进观”不是非常积极、非常先进。不是的，我一贯主张积极上进，只是告诫自己，也告诫人们，不要过度，不要耗尽全力，不要急于到达顶点。只有这样，才能在“中”与“进”的转换中不断成长，才能始终保持积极向上的生命姿态，才能以持久的生命力在前进的道路上永续前行。

做一个思想者

伦纳德·蒙洛迪诺在他的《思维简史》中说，数百万年之前，人类开始站直身体，这改变了我们的肌肉和骨骼，使我们能够以一种直立的姿势行走，我们的双手因此得到解放，可以探索和操控周围的物体；这还拓宽了我们的视野范围，使我们可以去更远的地方探索。在站立起来的同时，我们的思考能力也超出其他动物一大截，这让我们可以不只是用眼睛去看，还可以用大脑去探索这个世界。

他强调，我们站了起来，但最重要的是，我们开始思考。人类的高贵，在于我们的求知欲与思想力。

人是有思想的动物。一部人类发展史，也是一部思想史。同样，一个人的历史，既是生命的成长史、事业的成功史，也是思想的成熟史。我的宜兴同乡、著名画家吴冠中先生曾经说过，我们书画家不一定是思想家，但必须是一个思想者。何止是书画家，我们所有的人都应是思想者。其实，人人都会思考，个个都有思想，只是思考的多少、思想的深浅不同而已。

人的大脑就是一个加工厂。我们的所见、所闻、所行，经过大脑的加工，产出的是想法。这些想法积累起来，不断成熟，那就成了思想。我思故我在。人因思考而存在，我们不求成为思想家，但求成为一个能思考的人——一个思想者。

但凡成功的人，都是肯动脑筋的人，他们勤于思考，长于思考，更善于抓住闪念或顿悟，把它变成好的想法，再把它变为现实，形成有价值的东西，创造物质财富或精神财富。

我不是一个很聪明的人，但我是一个肯动脑筋、善于思考的人。在学习中思考，在工作中思考，在写作中思考，在生活中思考。我庆幸自己养成了思考的好习惯。

由于我长期担任领导职务，自然对工作用心最多、思考最深。如果说我在工作上、事业上有所成绩、有所成就的话，那主要在于善于思考、勇于实践，进而用新思路、新方法打开工作的新局面。

在过去的几十年中，无论工作多忙，我都没有停止过手中的笔，坚持自己思考自己来写。我的每一篇文章、每一次

讲话，不是照抄照搬，不是人云亦云，不是老调重弹，总有一定的新意和深度，有一定的针对性和指导性。而现在许多人，尤其是一些当官的，官不大却懒得动脑，从不自己写东西，从讲话稿、工作总结、调查报告，到简单的主持词，都要秘书代劳，成了思想的懒汉。这不仅是一种坏现象，还是一种致命伤！

这几年，我从写讲话稿、写文章转向文学创作。这是一件苦差使，苦就苦在伤脑筋。在创作过程中，要通过苦苦思索，选择题材，提炼主题，构思故事，塑造人物。创作的过程就是思考的过程——思考人生、思考生活、思考世界。

我曾看到中国作协主席铁凝的一篇文章，她在文中说，文学也可以说是一种时间的艺术，是一种有能力把历史、现在和未来连接起来的艺术。古往今来，那些好的文学作品不是历史的骨头，而是历史丰盈的血肉。因为文学，我们才得以窥见我们的先人气血盈盈的生活和劳作、爱和忧伤、思想和思想的表情，我们才有可能在千百年之后依然有能力和他们心意相通。如果时光是无法挽留的，那么文学恰是为了创造时光而生。文学创造出的美和壮丽，能够使我们有限的生命更饱满、更生动。当未来社会的诸多不确定形态让我们困惑时，不同代际的作家也应相信，那同时到来的一定还有蓬勃的更有意义的可能。

我把这段话浓缩一下，是不是可以这样说：文学是思想的表情，文学创造着时光。我有幸在步入中老年之后，圆了我青少年时的“文学梦”。从事文学创作，既塑造人物、展现思想，又拉长了时光，使自己有限的生命得到时空的拓展。

除了在工作和写作中思考外，我更多的是对生活、对人生的思考。我出版的《热点思维》《想法》《微思录》《极简演讲集》，都是我思考的结晶，虽然称不上“思想”，只能算是一些“想法”，但我觉得，这些“想法”与我从事的事业、取得的成绩具有同样的价值，甚至更有意义。

往事如烟。我做过许多的事情，也有多次“高光时刻”，但都已成为过去，成为过眼云烟，如做梦一般。唯有我的这些“想法”还能保留下来，对自己、对别人还会有一定的作用与价值。

有位哲人说过，你有一个苹果，我有一个苹果，两人交换以后各自还是一个苹果；你有一个思想，我有一个思想，我们交流以后就各自有了两个思想。我认为，任何一种思想都是一种力量，并能够吸引其他思想与之共鸣，产生奇异的效果。所以，我期望我的思维点滴、我的一些想法，能够给大家以启发和借鉴。

从某种意义上说，一部《人生简史》，也是一部《思维简史》。

拥抱人生的秋天

当我写到这里，正是夏季已过、秋天刚至的时候。这节奏、这时节，犹如我走进人生的秋天。

秋天，既是一年中色彩最丰富的季节，也是人生中成熟且丰硕的象征。这个时候，虽不如春之艳丽、夏之灿烂，但天高云淡，风清气爽。岁月给我们的胸襟渐宽，我们回归自然，回归家园，少了焦虑，少了烦躁，看花开花落，任尔春去秋来，开始学会在喧嚣中寻找宁静，在复杂中寻找简单，在繁忙中寻找安逸。生活的质感变得细腻，像秋日清晨凉爽的风，拂过心田，带来清新与希望。

秋天，是自然界也是人生的收获季节。经过了青年的奋斗，中年的稳重，我们收获了知识、经验，还有深度。就像秋天里那些沉甸甸的果实，它们在夏日的高温和风雨后，变得更加甜美。我们在生活中的每一个选择和决定，都像是悉心培育的庄稼，到了收成的时刻，有的甘甜，有的苦辣，但都是成熟的味道。

秋天，也是播种的季节。这时，没有了“朝九晚五”，没有了“白+黑”，我们终于可以腾出足够的时间，根据自己的意愿和兴趣，做自己想做能做的事情，在没有负担，没有功利，甚至没有目标的情况下，去耕耘属于自己的一块田地，去种自己喜爱的花草树木，也可打理一个小小的菜园子。

我们可以这样说，自然之秋是“金黄”的，人生之秋是“黄金”的。正如有人所感受到的：

回头看一看，
我们这一生，
就像走一场生命的旅行。
看到了很多风景，
听到了很多故事，

经历了人生的悲欢离合，
走过了生命里的坎坎坷坷。
感触很大，彻悟很多。
突然感觉，人到晚年，
不再年轻，其实也挺好……

其实也挺好！真的挺好的！古人云，自古逢秋悲寂寥，我言秋日胜春朝。是的，我感同身受。

在这人生的秋天里，我们可以尽情地回望。从小时候几乎原始的农耕生活，到如今的现代农业、现代工业、现代城乡；从高度集中的计划经济体制，到充满活力的社会主义市场经济体制；从封闭半封闭，到全方位开放；从经济处于崩溃边缘，到成为世界第二大经济体；从吃不饱穿不暖的贫苦生活，到富足安乐的小康生活……

在人生的秋天里，我们可以任意地展望。未来已来，将来将至。现代化指日可待，元宇宙不期而来。那是一个多么诱人的美好图景啊！因为美好，所以热爱，所以珍惜，所以向往。

不知不觉中，我也步入了人生的秋天。我要热情地拥抱秋天，它仍然是我人生中的美好时光和黄金岁月。我要尽情地享受秋天。现在，我的时间宽裕了，空间广阔了，阅历丰富了，经验成熟了，看得透彻了，该得到的得到了，该放下的放下了，总之，生命可以自由舒展了！

当然，我还会耕耘秋天。在参与社会文化艺术工作的同时，我将继续进行文学创作，多出好作品、大作品，力争出几部精品力作与经典之作。还有，以后要多花更多的时间练习书法。书法能修身养性、延年益寿，何乐而不为？

岁月的礼赞

过去，人们对于长寿的概念就是长命百岁，那不过是一种愿望而已。而现在，科学研究表明，人的寿命可以超过百岁，而且超过很多。

诺贝尔奖曾授予了伊丽莎白·布莱克本等三位科学家，以表彰他们对端粒的研究发现了寿命和衰老的奥秘。

端粒位于染色体两端，细胞每分裂一次就会缩短一截，端粒维持着染色体的稳定。端粒缩短就会引起衰老和疾病，因此端粒被称为是生命的“分子时钟”。细胞2.4年分裂一次，正常端粒长度可以维持分裂40—50次，人的寿命极限也就是120岁。

对此，我是相信的。这不仅是有科学依据，而且在现实生活中，人的寿命在增长，长寿老人越来越多。

我在小区里常常遇到一位96岁的老人，或散步溜达，或伸展运动，嘴上总是叼着一支香烟——烟不离口。见面时，他问我最多的一句话是：外孙女回来了吗？他的体貌和思维绝对不像是90多岁的老人，而且心态特别好。

前几天，老乡给我发了一个短视频，里面是我小时候的邻居老太太，现已93岁了，不仅能洗衣做饭，还能坐在家门口用草秆编扎笤帚。看样子活过百岁没有问题。

现在像这样高龄的老人越来越多，我在媒体上还看到国外的一个例子：103岁的澳洲老奶奶完成了百岁后的第三次极限运动——高空跳伞。她的跳伞并不是为了打破纪录，而是为运动神经元疾病的研究筹集资金。她乐观自信，心系公益事业，努力为这个社会贡献出力所能及的力量。

看着这些老年人的生活状态，我钦佩不已，也信心满满，我也可以像他们一样，从容地变老。变老，不仅是一种生理现象，更是一种生活的态度。

在生命的长河里，我们从稚嫩的婴儿，逐渐成为皱纹横生的老者，岁月用最直接的方式告诉我们年华的含义。无论你昨天多风光，也无论你昨天多失意，明天天亮的时候，你照样要起来做一个人。无论你处于什么阶段，人总是要向前走的。过去的成就一键清零，未来的生活一键重启。即便岁月可以改变我们的容颜，但深藏于内里的心却可以保持活力，保持年轻。

变老，是岁月的礼赞，是对生活更深层次的理解和领悟。我们要学会与岁月和谐共存，从容地接纳衰老作为生命的一部分。随着年龄的增长，我们的外貌和身体机能会发生变化，这是自然定律。从容变老意味着接受这些变化，并从中找到新的机会，享受每一个当下。不论身在何种阶段，都应保持好奇心，尝试新事物，体验不同的生活乐趣。这样我们就能让人生的秋天长些、更长一些，即使到了人生的冬天，也能享受阳光，感受温暖，幸福地活着。

我们还要保持学习的兴趣和习惯，丰富自己的内心，做到活到老学到老。不断学习，不仅能使人的精神状态保持年轻，还能拓宽视野，丰富内心世界。通过网络课程、阅读、旅行等方式，我们可以持续充电，跟上时代的步伐，享受知识带来的快乐。

当然，更要重视自己的健康。身体是革命的本钱嘛。随着年龄的增长，保持健康显得尤为重要。合理安排饮食，积极锻炼身体，可以保证我们有更充足的精力去应对生活中的各种挑战。还要保持健康的心态，更加懂得感恩，感恩生命中的相知相遇，感恩岁月给予的种种经历和智慧。我们更要珍惜亲情友情，分享生活中的点滴，加深彼此间的情感纽带，从中得到更多的慰藉、照顾和欢乐。

在我看来，从容变老不是退让，而是面对生命节奏的一种积极而勇敢的姿态。老去不只是容颜的改变，更有着内心的成熟和越发深刻的灵魂。当我们以开放的心态和智慧的眼光看待老去，就会发现，这是一种从容，一种淡定，一种释然，一种优雅，更是对生命的自信、自重与自爱。

岁月不拘，时节如流。但我们可以在岁月的长河中找到属于自己的位置，以一份从容不迫的心态去书写人生的每一页。而这一切，终将汇聚成珍贵的生命力量和人生经验，支撑我们继续前行。

我们将从容地变老，乐观而优雅地生活下去……

后记

二十多年前，我开设了“章剑华个人网站”，在上面办了一个题为《文场与官场》的栏目，开始写作并发表关于我人生经历的系列文章。十多年前，我又开设了微信公众号“章剑华人文空间”，便把以前的系列文章重新修改整理，并续写了后面的大部分内容，以《人生简史》为题在公众号上陆续发表，至今近百篇，遂结集出版。

我这样做的目的，是想通过记录个人的人生经历和所思所想，保留珍贵的个人记忆，以便深入了解自己的过去、现在和未来，进一步增强内生动力，继续勇毅前行。

同时，也是为了记录时代变迁。我的经历可以说是我们这代人的人生缩影，也可以说是我们这个时代的印记。我们这一代是非常特殊的一代，先后经历了新中国的建设初期、三年困难时期、国民经济恢复时期、“文革”时期、改革开放时期，以及新世纪、新时代。所以，我的记忆也是社会记忆的一部分，把它记录下来，可以帮助人们懂得往日之困苦、奋斗之艰辛、道路之曲折，进而了解过去、珍惜当下、奋斗未来。

而我最主要的目的，是要把我积累的各种人生经验和智慧，当然也包括许多教训，提供给大家尤其是青少年，使他们从中得到一点教育和启示，激发他们的思维、灵感和同理心，鼓励他们面对困难时保持耐心和勇气，并能更好地理解自己，理解他人，理解社会，不断修正和充实自己，更好地完善人生，丰富人生，创造人生。

由于自己的人生经历有限和文字水平所限，不一定能达到我的初衷与目的。如果读者能够从中获得一点点收获和启示，我也就非常满足了。

本书出版之时，正是春华秋实之际。我将用新的努力、新的方式、新的生活，续写好我的《人生简史》。

敬请期待吧!